Arsène Lupin

9

L'Île aux
trente
cercueils

아르센 뤼팽 전집 9
서른 개의 관

1판 1쇄 펴냄 2015년 3월 1일
1판 3쇄 펴냄 2021년 6월 15일

지은이 모리스 르블랑
옮긴이 바른번역
감수 장경현, 나혁진
펴낸이 하진석
펴낸곳 코너스톤
주소 서울시 마포구 독막로 3길 51
전화 02-518-3919
ISBN 979-11-85546-34-6 04860

아르센 뤼팽
전집

9

A r s è n e   L u p i n

서른 개의 관

모리스 르블랑 지음 바른번역 옮김
장경현, 나혁진 감수

코너스톤
Cornerstone

차례

제1부
베로니크

프롤로그 • 009
1 — 버려진 오두막 • 012
2 — 대서양 해안에서 • 027
3 — 보르스키의 아들 • 047
4 — 불쌍한 사레크 사람들 • 073
5 — 십자가에 매달린 네 명의 여자 • 094
6 — 만사형통 • 121
7 — 프랑수아와 스테판 • 142
8 — 불안 • 159
9 — 죽음의 방 • 178
10 — 탈출 • 194

제2부
기적의 돌

1 — 신의 재앙 • 217
2 — 골고다 언덕길 • 240
3 — 엘리, 엘리, 레마 사박타니! • 264
4 — 늙은 드루이드 사제 • 285
5 — 지하 제실 • 309
6 — 보헤미아 왕가의 묘석 • 338
7 — 운명을 받드는 잔인한 왕자 • 357
8 — 신의 돌 • 381
에필로그 • 389

비밀 문

십자가상 꽃밭

요정 고인돌

터널 입구

수도원 집

왕참나무 숲

검은 황무지

사레크

아르시냐 자매의 집

제1부

베로니크

Arsène
Lupin

프롤로그

전쟁으로 크나큰 혼란이 일어난 바람에, 몇 년 전에 벌어진 데르주몽 사건을 지금껏 기억하는 사람은 거의 없을 것이다.

벌어졌던 사건을 간추려 보면 다음과 같다.

1902년 6월 어느 날, 브르타뉴 지방의 거석 건조물 연구로 유명한 학자 앙투안 데르주몽은 딸 베로니크와 함께 불로뉴 숲에서 산책하던 중 돌연 네 명의 괴한의 습격을 받아 지팡이로 얼굴을 얻어맞는다.

데르주몽은 필사적으로 저항했지만 금세 제압당했고 친구들 사이에서 미녀로 통하던 베로니크는 자동차로 끌려가 현장의 목격자들이 보는 가운데 순식간에 생 클루 방향으로 사라졌다.

그다음 날, 이는 단순한 납치 사건이었음이 밝혀진다. 알렉시스 보르스키 백작은 젊은 폴란드 출신 귀족으로 평판은 별로 좋지 않지만 풍채만은 그럴싸했으며 자신이 왕족이라고 주장하던 위인인데, 백작과 베로니크는 서로 사랑하는 사이였다. 하지만 베로니크의 아버지에게 거부당하고 수차례 모욕을 받자 백작은 베로니크에게 알리지도 않고 은밀히 이 사건을 꾸민 것이다.

편지 몇 통이 공개되자, 데르주몽은 난폭하고 무뚝뚝하며 괴팍할 뿐 아니라 지독하게 이기적인 성격에 병적인 구두쇠였고 딸은 그런 아버지 밑에서 불행하게 지냈다는 사실이 알려졌다. 그리고 그런 데르주몽은 이 사건에 대해 가장 잔인한 방식으로 복수하겠다고 공공연히 맹세했다.

일단 데르주몽은 결혼을 허락했고 두 달 후 니스에서 결혼식이 거행됐다. 그런데 그 이듬해, 놀라운 사건이 연거푸 벌어진다. 증오에 찬 맹세대로 이번에는 데르주몽이 자기 딸과 보르스키 사이에서 난 아이를 납치한 후 구매한 지 얼마 안 된 소규모 유람용 요트를 타고 빌프랑슈에서 출항한다.

그날은 바다에 풍랑이 심했고 요트는 이탈리아 해안이 바라다보이는 곳에서 침몰했다. 함께 탔던 선원 네 사람이 지나가던 배로 구조됐는데, 이들은 데르주몽과 아이가 파도에 휩쓸려 사라졌다고 증언했다.

두 사람이 익사했다는 증언을 전해 들은 베로니크는 그길로 카르멜 수녀원에 들어가 버렸다.

여기까지가 알려진 사실이다. 그리고 이 일련의 사실들은 14년 후 벌어질 유례없이 끔찍하고 놀라운 사건의 발단이 된다. 사건은 엄연한 현실에 바탕을 두고 있었으나 얼핏 보기에는 황당무계한 전설적 요소로 가득했다. 전쟁으로 삶이 한없이 복잡해지는 바람에 지금 펼쳐질 이야기처럼 전쟁과 상관없이 일어난 일마저, 전쟁이 지닌 비정상적이고 비논리적이며 가끔은 불가사의하기까지 한 성격을 띠게 된 것일까. 이 일련의 사건에 내포된 현실성을 되살리려면 진실을 명명백백 밝혀야 할 것이다. 그런데 그 진실이란 단순하기 그지없었으니….

1
버려진 오두막

5월의 어느 아침, 브르타뉴 한복판에 있는 그림같이 아름다운 마을 파우에 한 부인이 마차를 타고 도착했다. 회색빛의 풍성한 옷을 입었으며 짙은 베일로 얼굴을 가렸음에도 여인의 빼어난 아름다움과 고상함이 고스란히 드러났다.

여인은 마을에서 가장 큰 객줏집에서 간단히 점심을 들었다. 그리고 정오쯤 객줏집 주인에게 자기 짐을 맡기면서 그 지방에 대해 몇 가지를 물어본 후 마을을 가로질러 들판으로 들어섰다.

얼마 안 가 두 갈래 길이 나타났다. 하나는 캥페를레로, 다른 하나는 캥페르로 향하는 길이었다. 여자는 캥페르로 가는 길로 접어들어 작은 골짜기 사이로 내려갔다가 다시 오르막길을 올랐다. 오른쪽에 지방도로로 접어드는 길이 나왔고 거기에는 '로크리프, 전방 3킬로미터'라고 적힌 표지판이 세워져 있었다.

'여기로군.' 여자는 생각했다.

하지만 주변을 둘러봐도 찾는 것이 보이지 않아 놀라고 말았다. 알려준 내용을 잘못 이해한 걸까?

주변에는 아무도 없었다. 나무로 둘러싸인 방목지며 구불거리는 언덕 너머의 브르타뉴 벌판 어디에도 사람 하나 없었다. 이른 봄 연초록빛 초목 사이로 마을에서 멀지 않은 곳에 있는 작은 성이 하나 보일 뿐이었다. 성은 창문과 덧문이 모두 닫혀 있었다. 정오 삼종기도를 알리는 종소리가 허공에 울려 퍼졌다. 그러더니 주변은 다시 적막하고 고요해졌다.

여자는 짧은 풀로 뒤덮인 비탈진 언덕에 앉아 주머니에서 편지를 하나 꺼내 들고 여러 장으로 된 편지를 펼쳤다.

첫 번째 장 위쪽에 이런 상호가 적혀 있었다.

뒤트레이 사무소
자문 업무
기밀 정보 조사
비밀 보장

그리고 그 아래에 받는 이가 적혀 있었다.

브장송 의상실, 베로니크 부인 귀하

여자는 편지를 읽었다.

부인,
금월 1917년 5월, 부인께서 친히 편지를 보내 제게 두 가지 임무를 맡겨주시니 얼마나 기쁜지 모르겠습니다. 지금으로부터

14년 전, 부인께서 끔찍한 사건으로 어려움을 겪으시던 시기에 제가 부인께 효과적으로 도움을 드릴 수 있었던 당시 정황을 지금까지도 잊지 않고 있습니다. 친애하고 존경해 마지않는 부친 되시는 앙투안 데르주몽 씨와 사랑하는 아드님 프랑수아의 사망과 관련된 확증을 얻어냈던 건 바로 제 공이었지요. 제 경력에서 첫 성과라 할 만한 이 사건 이후로도 물론 괄목할 만한 숱한 실적을 올려왔습니다.

더구나 부인께서도 잊지 않으셨겠지만 부인의 요청에 따라서, 그리고 감히 이런 표현을 쓰겠습니다만 부인의 남편이 지닌 증오와 사랑으로부터 부인을 구할 필요가 있다고 판단하여 부인께서 카르멜 수녀원에 들어가실 수 있도록 필요한 조치를 취한 사람도 바로 저였지요. 그리고 끝으로, 수녀원에서 은둔해 계시다가 수녀 생활이 부인께 맞지 않다는 사실을 알게 되어 자그마한 의상실에 지금의 일자리를 마련해드린 사람도 바로 접니다. 부인께서 유년기를 보냈고, 몇 주간 결혼 생활을 하신 도시에서 멀리 떨어진 브장송에 말이지요. 솜씨가 있으셨을 뿐 아니라 살아가기 위해, 그리고 잡념을 없애기 위해 부인께서는 일하실 필요가 있었습니다. 성공하셔야 했지요. 그리고 드디어 성공하셨습니다.

이제 부인께서 의뢰하신 두 가지 일로 돌아가 보지요.

우선 첫째, 서류상 폴란드 출신이고 본인의 말에 따르면 왕족의 후손인 부군 알렉시스 보르스키 공은 이 혼란한 상황 중에 어떻게 되셨을까요? 간단히 말씀드리겠습니다. 전쟁이 발발하자마자 보르스키 공은 수상쩍은 인물로 지목되어 카르팡트라 근처의 전시 수용소에 감금되었다가 탈출합니다. 그 뒤 스위스로 건너갔다가 프랑스로 돌아오지만, 독일인 첩자로 활동했다는 혐의를 받아 다시 체포됩니다. 사형당할 것이 뻔한 상황에서, 보르스키 공은 다시 한 번 탈옥해 퐁텐블로 숲에서 자취를 감춥니다. 그리고 결국 누군가에게 칼에 찔려 시신으로 발견되지요.

혐오스러운 방식으로 부인을 실망하게 한 이 사람을 부인께서 얼마나 경멸하고 계시는지 잘 알고 있습니다. 게다가 완벽한 사실로 증명된 것은 아닙니다만, 부군의 행적 대부분을 신문을 통해 알고 계시리라 여깁니다. 그래서 이렇게 숨김없이 노골적으로 말씀드리는 겁니다.

그런데 보르스키 공이 사망했다는 증거가 존재합니다. 저 역시 그 증거를 직접 봤습니다. 따라서 알렉시스 보르스키 공이 퐁텐블로 숲에 매장됐다는 사실에는 더 이상 의심의 여지가 없습니다.

하지만 부인, 이 죽음에는 무언가 석연치 않은 점이 있습니다. 부인께서 제게 말씀해주셨던 보르스키 공에 관한 기묘한 예언을 떠올려보십시오. 보르스키 공은 실제로 지력과 정력이 남달리 뛰어난 사람이었으나 허황되고 미신적인 정신에 지배받아 자기 능력을 제대로 발휘하지 못했고 간혹 환각이나 심한 불안 상태에 빠지기도 했습니다. 그래서 자기 인생을 짓누르던 이 예언에 크게 영향을 받았지요. 신비주의에 빠진 몇몇 사람들이 전해오던 그 예언은 다음과 같았습니다. '보르스키, 왕의 아들인 너는 친구의 손에 죽을 것이며 네 아내는 십자가에 매달려 죽으리니.' 부인, 예언의 마지막 부분을 적으며 웃지 않을 수 없군요. 십자가에 매달린다고요! 시대에도 맞지 않는 십자가형이라니요! 저는 부인의 신변이 걱정조차 되지 않습니다! 하지만 그 기이한 예언 내용대로 보르스키 공이 칼에 찔려 사망한 점에 대해서는 어떻게 생각하십니까?

골치 아픈 이야기를 너무 늘어놓았군요. 이제는….

베로니크는 편지를 잠시 무릎 위로 떨구었다. 뒤트레이의 젠체하는 어투나 친근한 척 던지는 말은 여인의 섬세한 마음에 상처만 줬다. 게다가 알렉시스 보르스키의 음산한 모습을 머릿속에서 지울 수 없었다. 그 남자에 대한 끔찍한 기억에 생각이 닿자 불안한 마음에 오싹 전율이 일었다. 여자는 마음을 추스르고 다시 편지를 읽어갔다.

이제는 부인, 부인께 훨씬 더 중요한 두 번째 임무에 대해 말씀 드리겠습니다. 나머지는 과거에 일어난, 이미 끝난 일일 뿐이니까요.

사실을 말씀드리겠습니다. 3주 전, 평소 그토록 훌륭히 영위하고 계시는 단순한 생활에서 잠시 벗어나 부인께서 의상실 직원들을 데리고 그 주 목요일 저녁에 영화관에 가셨지요. 그런데 정말 설명할 수 없는 이상한 장면을 목격하고 엄청나게 놀라셨습니다. 그날 상영된 영화는 〈브르타뉴의 전설〉이라는 제목의 영화였는데, 영화 주인공들이 순례하는 도중의 한 장면이 어떤 도로변의 버려진 오두막 앞에서 벌어집니다. 그 집은 사실 영화 내용과는 크게 관련도 없었지요. 그저 우연히 거기 있었던 겁니다. 그런데 정말 이상한 점을 발견하셨습니다. 타르를 칠한 낡은 문의 나무판자 위에 누군가 V. d'H. 세 글자를 손으로 휘갈겨 써놓은 겁니다. 부인께서 결혼 전에 쓰시던 서명이었지요. 그 옛날에 부인이 썼던 너무도 익숙한 글씨이자 14년 동안 단 한 번도 사용하지 않았던 바로 그 서명이었지요! 베로니크 데르주몽Véronique d'Hergemont! 착각하셨을 리가 없습니다. 대문자 두 개와 그 사이에 따옴표로 연결된 소문자 d. 더구나 H의 가로획은 일종의 고유한 표시로 이 세 글자 아래로 쭉 뻗어 있는데 그 모양이 예전에 부인이 쓰시던 방식과 똑같았습니다!

부인, 이러한 우연에 놀라신 나머지 제 협조를 요청하셨지요. 당연한 일이었고 또한 부인께서도 애초부터 제 협조가 효과적일 거라는 사실을 알고 계셨을 겁니다. 부인께서 예상하신 대로 저는 이 임무를 성공적으로 해냈습니다. 이 점에 대해서도 제 평소 습관대로 간단히 말씀드리겠습니다.

부인, 파리에서 저녁에 급행열차를 타시면 그다음 날 아침에 캉페를레에 도착하실 겁니다. 거기에서 파우에까지 마차를 타고 가십시오. 시간이 있다면 점심 식사 전이나 후에 생트 바르브 성당에 가보십시오. 이 성당은 매우 흥미로운 곳인데 그 주변 경관이 참으로 특이하여 영화 〈브르타뉴의 전설〉을 촬영하는 계기가 됐다고 합니다. 그 후 캉페르로 가는 길을 따라 걸어가십시오. 처음 나오는 오르막길 끝, 로크리프로 가는 지방도로가 나오기 조금 전에 나무로 둘러싸인 반원형 공터가 나오는데, 부인 서명이 적힌 버려진 오두막이 바로 거기에 있습니다. 별다른 특징이랄 건 아무것도 없는 오두막입니다. 그 안은 비어 있지요. 심지어 마루도 깔리지 않았습니다. 다 썩어가는 판자 하나가 의자 대신 놓여 있을 뿐이지요. 지붕엔 이미 헐어 빠진 서까래만 남아 있어서 비가 들이칩니다. 다시 한 번 말씀 드리지만, 이 집이 영화에 등장한 것은 단순한 우연의 일치인 게 분명합니다. 이야기를 마치기에 앞서 마지막으로, 영화〈브르타뉴의 전설〉은 작년 9월에 촬영되었으니 서명은 적어도 지금으로부터 8개월 전에 적혔다는 사실을 덧붙입니다.

여기까지입니다, 부인. 제 두 가지 임무가 완수되었군요. 이토록 빨리 임무를 완수해내기 위해 얼마나 많은 노력을 기울이고 궁리했는지 말씀드릴 만큼 제가 신중하지 못한 사람은 아닙니다만, 이 사실을 부인께서 아신다면 제가 제시한 금액 500프랑이 터무니없이 적다는 사실을 실감하실 테지요.

그러면 부인, 이만 존경….

베로니크는 편지를 접고, 편지 때문에 뭉게뭉게 솟아오른 갖가지 느낌에 잠시 빠져들었다. 고통스러운 느낌, 그 끔찍했던 결혼 생활에서의 바로 그 느낌이었다. 특히 유독 한 가지 인상이 떠올라서 사라지지 않았다. 과거 수도원으로 도망쳤던 이유도 바로 이 느낌 때문이었는데 당시의 상황이 떠오를 만큼 아주 강렬했다. 그건 바로 아버지와 아들의 죽음을 비롯한 자신의 모든 불행이 보르스키를 사랑하는 잘못을 저지른 데서 시작됐다는 확신이다. 사실 베로니크는 이 남자의 사랑에 저항했고, 보르스키가 훗날 자기 아버지에게 복수할 것이 두려운 나머지 강요에 못 이겨 절망적으로 결혼을 승낙했다. 하지만 결혼 초기에는 보르스키의 시선을 받을 때마다 사뭇 가슴이 떨리지 않았던가. 바로 이 사실, 지금은 절대로 용서할 수 없는 비겁함으로 여겨지는 이 사실 때문에 지금껏 양심의 가책을 느끼는 것이다.

"자." 베로니크가 중얼거렸다. "공상에 잠기는 건 이 정도로 하자. 울려고 여기 온 건 아니잖아."

브장송에 은둔해 있다가 오로지 진실을 알고 싶은 욕구 하나로 여기까지 찾아왔다는 사실을 새삼 떠올리며 여자는 마음을 다잡고 일어났다.

"로크리프로 가는 지방도로가 나오기 조금 전… 나무로 둘러싸인 반원형 공터…." 여자는 뒤트레이가 편지에 쓴 구절을 되뇌었다. 그렇다면 그 장소를 벌써 지나쳐왔다는 이야기다. 여자는 재빨리 길을 되짚어 갔고 금방 오른쪽에서 숲을 찾아냈다. 분명 나무들에 오두막이 가려져 있을 것이다. 아니나 다를까 가까이 다가가 보니 오두막이 보였다.

양치기나 도로 공사 일꾼들이 잠시 쉬어가는 곳 정도로 보였는데, 혹독한 풍파 때문에 거의 쓰러질 지경이었다. 가까이 가보니 서명이 보였다. 비와 햇빛에 닳아서 영화에서 볼 때보다 훨씬 흐릿했다. 하지만 세 글자와 고유 표시인 가로획을 잘 알아볼 수 있었고 그 아래에는 뒤트레이 씨가 편지에는 전혀 언급하지 않았던, 화살표 하나와 9라는 숫자가 쓰여 있었다.

베로니크는 혼란스러웠다. 누가 자기 서명을 흉내 내려 했겠느나마는, 이건 분명 처녀 시절에 자신이 사용한 서명이다. 이전에 단 한 번도 와본 적 없는 브르타뉴 지방의 버려진 오두막에 대체 누가 이 서명을 해놓았을까?

베로니크는 세상에 변변한 연고 하나 없는 실정이었다. 일련의 사건을 거치며 사랑하는 사람들과 지인이 모두 죽어버렸고 결혼 전의 과거는 무너졌다. 그런데 어떻게 지금, 세상을 뜬 사람들이나 자신만 알고 있을 이 서명을 기억하는 사람이 있단 말인가? 더구나 왜 이 자리에 서명해놓은 걸까? 무슨 의미가 있을까?

베로니크는 오두막을 한 바퀴 빙 둘러 살펴보았다. 오두막의 다른 곳이나 주변의 나무에는 아무런 표시도 없었다. 뒤트레이가 오두막 문을 열어봤고 그 안에 아무것도 없다고 했던 게 생각났다. 베로니크는 그 말이 맞는지 직접 확인해보고 싶었다.

문은 돌려서 열기만 하면 되는 단순한 나무 걸쇠로 잠겨 있었다. 그래서 걸쇠를 들어 올렸는데, 문득 이상한 기분에 사로잡혔다. 이 문을 당기는 데 물리적 힘이 아닌 엄청난 정신력과 의지력이 필요했던 것이다. 이 작은 행동 하나로 무의식적으로 두려워하고 있던 세계에 들어서는 느낌이 들었다.

"대체 왜 이러는 거지?" 베로니크가 중얼거렸다. "이걸 왜 못한다는 거야?"

그러면서 문을 확 열어젖혔다.

동시에 끔찍한 비명을 터뜨렸다. 오두막 안에는 웬 남자 시체가 있었다. 시체를 보자마자 특징적인 사실 하나가 곧장 눈에 띄었다. 남자에게는 손이 하나 없었다.

회색 수염이 부채처럼 퍼져 있고 긴 백발이 목 주변까지 늘어진 늙은이였다. 거무죽죽한 입술과 퉁퉁 부어오른 피부를 보면서 베로니크는 이 남자가 독극물로 사망했을지도 모른다고 생각했다. 겉으로는 아무런 상처가 없었기 때문이다. 유일한 상처는 한쪽 손목 바로 위로 손이 잘려나간 선명한 자국뿐이었는데 벌써 며칠은 지난 듯했다. 깔끔하지만 헤진 브르타뉴 어부 옷을 입고 있었다. 바닥에 앉아 머리는 장의자에 기대고 다리는 오그린 자세였다.

베로니크는 무의식적으로 이런 사실을 관찰했으나 사실 나중에서야 떠올린 기억일 뿐, 그 순간에는 벌벌 떨며 시선을 돌리지 못하고 선 채 그저 중얼거리기만 했다.

"시, 시체야…. 시체라고…."

그러다가 퍼뜩 자신이 착각하고 있으며 실은 남자가 죽은 게 아닐지도 모른다는 생각이 들었다. 남자의 이마를 만져보았다. 피부가 얼음장 같아 몸서리가 쳐졌다.

덕분에 멍한 상태에서 벗어날 수 있었다. 주변은 아무도 없는 허허벌판이니 베로니크는 직접 파우에로 돌아가 경찰에 알리겠다고 마음먹었다. 그래서 이 남자의 신분을 알 만한 단서가 없을까 하고 시체를 살펴보았다.

주머니는 비어 있었다. 옷에는 아무런 머리글자도 새겨져 있지 않았다. 이렇게 뒤적거리다가 그만 시체 머리가 앞으로 수그러들더니 상반신 전체가 다리 위로 푹 쓰러져 의자 아래쪽이 드러났다.

의자 아래에는 얇은 스케치용 종이 두루마리가 하나 있었다.

온통 구겨지고 엉망진창으로 휘어 있었다.

베로니크는 두루마리를 집어들어 펼쳤다. 그러나 전부 펼치기도 전에 덜덜 손을 떨어대며 중얼거렸다.

"아! 세상에…! 아! 이런, 세상에…!"

여자는 마음을 가라앉히려고 안간힘을 쓰며 제대로 보고 이해하기 위해 애썼다.

그렇게 간신히 몇 초 동안 바라볼 수 있었다. 하지만 이내 눈앞에 안개가 낀 듯 시야가 부옇게 흐려지더니 그 너머로 붉은색 그림이 어른거렸다. 여자 네 명이 나무 기둥 네 개에 각각 묶여 십자가형을 당하는 그림이었다.

그림 맨 앞에는 중심인물인 첫 번째 여자가 베일을 쓴 채 온몸을 꼿꼿이 세우고 있었는데 얼굴에 더없이 끔찍한 고통이 서려 있었다. 그런데 십자가에 매달린 여자의 얼굴이 낯익었으니, 바로 자기 얼굴이었던 것이다! 의심할 여지 없이 바로 자기 자신, 베로니크 데르주몽이었다!

게다가 여자의 머리 위, 형틀 기둥 끄트머리에는 고대의 관습에 따라 글자가 또렷이 새겨진 푯말이 달려 있었다.

글자는 결혼 전 베로니크의 서명인 V. d'H., 즉 베로니크 데르주몽이었다!

머리부터 발끝까지 전율이 휩쓸고 지나갔다. 베로니크는 일어나 돌아서서 급히 오두막을 빠져나왔으나 곧 정신을 잃고 풀밭에 쓰러졌다.

베로니크는 건강하고 원기 왕성한 여자다. 훤칠한 키에 모든 면에서 조화로움을 갖추었기에 살아오면서 지극한 어려움을 겪을 때도 정신적으로나 육체적으로 균형을 잃은 적이 결코 없었다. 따라서 지금처럼 신경이나 정신력이 혼란을 겪는 이유는 이틀 밤을 기차로 여행하느라 피로가 쌓인 데다 전혀 예기치 못한 일에 맞닥뜨렸기 때문일 것이다.

2~3분이 지났을까, 베로니크는 정신을 차리고 용기를 되찾았다.

자리에서 일어난 베로니크는 오두막으로 돌아가 그림을 집어들었다. 불안감은 여전히 이루 말할 수 없을 정도였으나 이번에는 제대로 보고 생각할 수 있는 상태였다.

일단 몇 가지 세부 사항이 눈에 띄었는데 별로 중요한 것 같지 않았고 그 의미도 이해할 수 없었다. 왼쪽에는 열대여섯 칸으로 나뉜 좁은 기둥이 있었다. 거기에 있는 문장을 이루지 않으면서 세로획이 일정한 글자들은 그저 여백을 채울 목적으로 쓴 게 틀림없었다.

하지만 군데군데의 단어 몇 개는 알아볼 수 있었다.

그렇게 찾아낸 말은 '십자가에 매달린 네 명의 여자'였고 좀 더 가서 '서른 개의 관…', 그리고 마지막 줄 전체는 이러했다. '죽음 아니면 생명을 주는 신의 돌.'

기둥 전체는 폭이 일정한 두 줄의 테두리로 에워싸여 있었는데 한 줄은 검정 잉크로, 다른 한 줄은 붉은 잉크로 그려져 있었다. 기둥 바로 위에는 겨우살이 가지로 엮여 있는 두 개의 낫이, 기둥 아래에는 관의 윤곽선이 붉은색으로 그려져 있었다.

오른쪽 부분에는 훨씬 더 중요한 내용이 있었다. 황적색 그림이 빼곡히 한 장 전체를 가득 채우고 있었으며 그 바로 옆에는 설명 문구가 종이 모양, 좀 더 정확히 말해 책의 낱장 모양 안에 적혀 있었다. 그림은 커다란 옛 그림책에서처럼 기법은 무시한 채 원초적인 방식으로 그려져 있었다.

십자가에 매달린 네 명의 여자 그림이었다.

세 여자는 지평선 뒤쪽으로 멀어지며 점점 작아졌는데, 모두 브르타뉴 지방의 전통의상과 머리쓰개 차림이었으나 특정 지역의 관습을 반영하듯 널찍한 검정 리본의 꼬리 두 개가 알자스 지방의 전통 리본처럼 펼쳐져 있었다. 그림 중심부에는 베로니크가 공포에 질린 채 도무지 눈을 뗄 수 없는 끔찍한 그림이 그려져 있었다. 밑부분의 잔가지가 모두 제거된 가장 큰 십자가가 그려져 있고 그 양쪽으로 여자의 두 팔이 늘어져 있었다.

손발은 못으로 박혀 있지 않았으나 어깨까지, 그리고 살 위쪽까지 노끈으로 친친 동여매어 있었다. 브르타뉴 의상 대신 거의 땅바닥까지 늘어진 수의 같은 옷을 입고 있었으며 고통을 받아 앙상히 마른 몸을 축 늘어뜨리고 있었다.

얼굴에는 고통에 찬 체념과 우수 어린 우아함이 뒤섞인 표정이 떠올라 보는 이의 가슴을 에었다. 베로니크의 얼굴이 맞다. 특히 스무 살 무렵, 그 암울했던 시기에 거울에 비치던 희망을 잃은 눈과 흐르는 눈물이 그대로였다.

머리카락도 그 당시와 비슷하게 허리까지 구불거리며 내려오고 있었다.

무엇보다 아주 선명하게 이렇게 적혀 있었다. V. d'H.

베로니크는 한동안 생각에 잠겨 과거를 떠올리며 현재와 옛날 기억을 어떻게든 연결해보려고 노력했다. 하지만 아무것도 떠오르는 게 없었다. 지금 읽는 단어들이나 지금 보고 있는 그림, 이 모든 것이 베로니크에게는 아무런 의미도 없었고 따라서 아무런 설명도 찾을 수 없었다.

몇 번이나 다시 그림을 살펴보았다. 내용을 계속 생각해보며 느릿한 동작으로 종이를 잘게 찢어 바람에 날려 버렸다. 조각이 모두 흩어졌을 때쯤 베로니크는 마음을 정했다. 시체를 도로 세워놓고 오두막 문을 닫고 나와 마을 쪽으로 황급히 떠났다. 이 사건을 사법 기관에 알리는 게 지금으로서는 가장 옳다는 생각이 들었기 때문이다.

하지만 한 시간 후 파우에 마을 이장과 방범요원, 호기심에 따라온 사람들까지 대동하고 돌아왔을 때, 오두막은 텅 비어 있었다.

시체가 사라져버린 것이다.

이 모든 일이 너무도 이상했다. 머릿속이 온통 뒤죽박죽인 와중에도 베로니크는 자기가 사람들의 질문에 제대로 답할 수 없음을 깨달았다. 자신의 증언이 진실한지, 왜 이곳에 왔는지, 심지어 제정신인지에 대해 사람들이 의혹을 품고 의심해도 제대로 해명하지 못하리라는 사실을 잘 알았다. 베로니크는 기를 쓰고 설명하지 않기로 했다. 마침 객줏집 주인도 와 있었다. 베로니크는 그에게 지금 이 길과 연결된 가장 가까운 마을이 어디며 그곳에서 파리로 돌아가는 기차역으로 갈 수 있는지 물어보았다.

그렇게 스카에르와 로스포르뎅이라는 두 곳의 이름을 알아낸 베로니크는, 길을 따라 걸어가고 있을 테니 마차를 불러 객줏집에 맡겨둔 짐을 실어 이쪽으로 보내달라고 부탁하고는 자리를 떴다. 우아한 태도와 위엄이 서린 미모 덕분에 사람들에게 크게 비난받지 않았다.

베로니크는 우연에 몸을 맡긴 채 길을 떠났다. 도로는 하염없이 길었다. 하지만 여자는 이해할 수 없는 일련의 상황에서 벗어나 과거를 잊은 채 조용히 지내던 생활로 한시바삐 돌아가고 싶은 마음에 성큼성큼 걸었다. 마차가 곧 도착할 테니 굳이 서둘러 걷느라 힘을 뺄 필요가 없다는 생각 따위는 하지도 않았다.

언덕이 나오면 올라가고 골짜기가 나오면 내려가면서 베로니크는 이제껏 맞닥뜨린 수수께끼의 답이 무얼까에 대한 생각을 거부한 채 머릿속을 텅 비워놓았다. 과거가 삶의 표면으로 떠오르는 것이 더없이 두려웠다. 보르스키에게 납치됐던 일부터 아버지와 아들의 죽음에 이르기까지의 그 과거가….

브장송에서 일군 소박한 삶에 대해서만 생각하고자 했다. 슬픔도 꿈도 기억도 없는 그곳으로 돌아가 자신의 아담한 거처에서 매일매일 살아가다 보면 버려진 오두막이나 손이 잘린 남자 시체, 기이한 푯말이 그려진 끔찍한 그림 따위는 잊어버릴 것이다.

하지만 스카에르에 조금 못 미친 지점에 이르러 뒤에서 말방울 소리가 들려온 순간, 로스포르뎅으로 빠지는 갈림길에서 반쯤 무너진 집이 보였다.

그 집 벽면에는 흰색 분필로 화살표와 10이라는 숫자가, 그리고 그 위에는 숙명적인 문구가 적혀 있었다. V. d'H.라고….

2
대서양 해안에서

베로니크는 돌연 생각을 바꿨다. 안 좋은 과거에서 솟아날 위협을 피해 가려고 단단히 마음먹었던 것만큼, 눈앞에 펼쳐진 길이 아무리 두렵더라도 끝까지 가보겠다는 생각이 들었다.

이렇게 생각을 바꾼 이유는 어둠 속에서 비친 작은 희망 때문이었다. 퍼뜩 아주 단순한 사실에 생각이 닿았던 것이다. 화살표는 방향을 가리키고 있으며 숫자 10은 정해진 여정의 단계를 가리키는 일련의 숫자 중 열 번째에 해당한다는 사실 말이다.

누군가를 인도해주려고 적어놓은 신호였을까? 그런 건 별로 중요하지 않다. 중요한 건 수수께끼의 답으로 인도할 실마리를 찾았다는 것이다. 대체 무슨 조화로 이런 비극적인 상황 한가운데에 처녀 시절에 사용했던 서명이 튀어나온 걸까?

파우에 마을에서 보내온 마차가 베로니크를 따라잡았다. 마차를 탄 베로니크는 마부에게 아주 느린 속도로 로스포르뎅으로 가달라고 부탁했다.

저녁 식사를 할 때쯤 로스포르뎅에 도착했다. 예상은 틀리지 않았다. 두 번이나 갈림길에서 자기 서명과 함께 쓰여 있는 숫자 11과 12를 봤던 것이다.

베로니크는 로스포르뎅에서 하룻밤을 자고 바로 이튿날에 다음 표시를 찾아 길을 떠났다.

어떤 공동묘지 벽에서 숫자 12를 찾아내 이 숫자를 따라 콩카르노로 향하는 길로 접어들었으나 아무런 표시도 못 본 채 콩카르노에 도착했다. 실수로 놓쳤다는 생각이 들어 다시 되돌아가 표시를 찾아 헤매느라 하루를 허비했다.

그다음 날이 되어서야 아주 많이 지워져 흐릿해진 숫자 13을 겨우 찾아냈는데 푸즈낭 방향을 가리키고 있었다. 그 길로 향하던 중 중간에 나타난 다른 표시를 따라가다가 그만 시골길에서 다시 한 번 길을 잃고 말았다.

이리하여 결국 파우에 마을을 떠나 나흘을 헤매고 보니 대서양을 면해 있는 벡 멜이라는 탁 트인 해변에 도착해 있었다.

베로니크는 인근 마을에서 이틀 밤을 머무르며 조심스레 수소문을 해보았으나 아무런 답도 구할 수 없었다. 그러던 어느 날 아침, 해변 군데군데 물에 반쯤 잠겨 있는 바위 사이와 잡목림에 둘러싸이고 교목으로 뒤덮인 나지막한 절벽 위를 헤매다가 벌거숭이 참나무 두 그루 사이에서 세관원이 사용했던 거처였을 듯한 흙과 나뭇가지로 만든 움막을 발견했다. 문 옆의 작은 선돌에는 서명과 숫자 17이 쓰여 있었다.

화살표는 없었다. 아래에 마침표가 하나 있는 게 전부였다.

움막 안에는 깨진 병 세 개와 빈 통조림통이 몇 개 굴러다닐 뿐이었다.

"여기가 목적지였단 말이지." 베로니크가 혼잣말을 했다. "누군가 여기서 식사를 했어. 식량이 미리 준비되어 있었을 거야."

이때 멀지 않은 곳, 바위들 한가운데로 소라 모양의 완만한 곡선을 이루며 파고든 작은 만에 소형 모터보트 한 대가 둥둥 떠 있는 모습이 보였다.

그리고 마을 쪽에서 목소리가 들려왔다. 여자와 남자가 서로 이야기하는 목소리였다.

베로니크가 있는 곳에서는 마른 국수, 말린 채소 등이 담긴 식량 자루를 대여섯 개 들고 있는 나이 든 남자밖에 보이지 않았다. 남자는 자루를 땅바닥에 내려놓으며 말했다.

"그래, 여행은 잘하셨어요, 오노린 아주머니?"

"잘했지요."

"어디에 다녀오셨다고요?"

"파리요. 세상에… 일주일이나 집에 없었으니… 주인을 위해 장을 보느라 이렇게…."

"돌아오니 좋습니까?"

"예, 물론이지요."

"오노린 아주머니, 보시다시피 배는 이 자리에 그대로 있었어요. 하루도 안 거르고 제가 한 번씩 와서 들여다봤어요. 오늘 아침에는 천을 걷어놨고요. 배는 여전히 잘 움직입니까?"

"아주 잘 작동해요."

"그러고 보면 아주머니도 아주 숙련된 조종사가 다 되셨네요. 그래, 오노린 아주머니께서 배를 조종할 줄 누가 상상이나 했습니까?"

"전쟁 때문이지요. 젊은이들은 모조리 섬을 떠나버렸고 다른 사람들은 고기잡이 일을 해야 하니까요. 게다가 2주마다 다니던 배도 이젠 다 끊겼고요. 그래도 장은 보러 와야 하니."

"그럼 석유는요…?"

"저장해둔 게 있어요. 그 점은 걱정이 없지요."

"그렇군요. 그럼 일단 전 가보겠습니다, 오노린 아주머니. 짐 신는 거 도와드릴까요?"

"괜찮아요. 바쁘실 텐데요."

"그러면 뭐, 이만 가보지요." 남자가 다시 말했다. "아주머니, 다음번엔 자루를 미리 준비해놓겠습니다."

남자는 뒤돌아 가다가 외쳤다.

"아주머니, 그래도 섬 주변의 그 뾰족한 암초들은 조심하세요. 아주 고약하다고 소문이 났으니까요! '서른 개의 관'이라는 섬 이름이 괜히 붙은 게 아니라고요. 그럼 조심히 가세요, 오노린 아주머니."

남자는 바위를 돌아 사라졌다.

베로니크는 몸서리를 쳤다. 서른 개의 관이라니! 그 무시무시한 그림 가장자리에서 읽었던 바로 그 문구!

베로니크는 몸을 기울여 내다봤다. 여자는 식량 자루를 들고 몇 걸음 걸어가 배 안에 짐을 싣더니 몸을 돌렸다.

여자의 얼굴이 정면으로 보였다. 브르타뉴 전통 의상을 입고 있었는데 머리쓰개 위로 검정 벨벳 리본 두 가닥이 보였다.

"아!" 베로니크의 목소리가 떨렸다. "그림의 그 머리쓰개… 십자가에 매달린 세 명의 여자가 쓰고 있던 그 머리쓰개야…!"

브르타뉴 여자는 마흔 살 정도로 보였다. 골격이 도드라진 활기찬 얼굴은 태양에 그을리고 추위에 단련된 강인한 인상이었다. 하지만 커다랗고 검은 눈은 사려 깊고 부드럽게 빛났다. 가슴에는 묵직해 보이는 금줄이 매달려 있었고 상의 블라우스가 몸통을 단단히 조이고 있었다.

여자는 나직하게 노래를 흥얼거리며 자루를 배 근처로 운반한 뒤 배가 묶인 커다란 돌 위에 무릎을 꿇고 앉아 차곡차곡 실었다. 짐을 다 싣고 나자 시커먼 구름이 몰려 있는 수평선을 바라보았다. 하지만 그다지 걱정하지 않는 듯 배를 묶어놓은 밧줄을 풀며 계속 흥얼거렸다. 이번에는 좀 더 크게 불러서 가사를 알아들을 수 있었다. 미소 지으며 고르고 하얀 치아를 드러낸 채 부른 노래는 아이들을 위한 느릿하고 단조로운 자장가였다.

아이를 재우며
엄마가 말했지
울지 마라, 네가 울면
착하신 성모님도 우신단다
네가 노래하고 웃으면
성모 마리아께서 미소 지으시지
두 손을 모으고 기도하면
착하신 성모님도…

여자가 노래를 뚝 그쳤다. 온통 창백하고 굳은 얼굴로 베로니크가 그 앞에 나타났기 때문이다.

여자가 깜짝 놀라 더듬거렸다.

"무, 무슨 일이지요?"

베로니크가 떨리는 목소리로 물었다.

"그 노래를… 누구한테 배웠나요…? 어디서 배우신 건가요…? 우리 어머니가 불러주시던 노래인데…. 어머니 고향인 사부아 지방의 노래예요…. 그 이후로 들어본 적이 없어서…. 그러니까 어머니가 돌아가신 후로는요…. 그래서… 알고 싶습니다…."

베로니크는 입을 다물었다. 브르타뉴 여자는 깜짝 놀란 표정으로 말없이 베로니크를 바라보았다. 마치 무언가를 되묻고 싶은 것 같았다.

베로니크가 다시 물었다.

"누구한테 배우셨나요…?"

"저기에 사는 사람에게 배웠어요." 오노린 부인이라고 불리는 여자가 마침내 대답했다.

"저기에 사는 사람이요?"

"예, 제가 사는 섬 사람에게 배웠어요."

베로니크가 약간 불안해하며 물었다.

"'서른 개의 관'이라는 섬 말인가요?"

"사람들이 그렇게 부르더군요. 원래는 사레크 섬이라고 해요."

두 여자는 서로 한참을 바라봤다. 그 시선에는 경계심도 있었지만 이야기를 나눠 무언가를 알아내고자 하는 커다란 욕구도 담겨 있었다. 동시에 두 사람은 상대방이 나쁜 사람이 아님을 느꼈다.

먼저 입을 연 사람은 베로니크였다.

"죄송합니다. 실은 제게… 아주 놀라운 일이 몇 가지 일어나는 바람에…."

브르타뉴 여자가 이야기해보라는 신호로 고개를 끄덕이자 베로니크는 말을 이었다.

"너무 놀랍고 당황스러워서…. 그러니까 제가 이 해안에 왜 왔을까요? 그 이야기를 먼저 드려야겠네요. 어쩌면 오로지 부인께서만 제게 답을 주실 수 있을지도 몰라요…. 그러니까… 우연한 기회로(아주 사소한 우연이었는데 결국 그 때문에 모든 일이 일어났습니다) 난생처음 브르타뉴에 왔습니다. 그런데 길가의 버려지고 낡은 오두막 문짝에서 제 처녀 시절 서명이 적혀 있는 걸 보았습니다. 14년 동안 그 서명을 쓴 적이 없는데 말이에요. 그 길을 계속 따라가니 똑같은 서명이 여러 번 나왔는데, 매번 그 옆에 서로 다른 숫자가 쓰여 있었어요. 그 숫자들을 따라오다 보니 이 벡 멜 해변에 도착했어요. 바로 이 자리가 예정된 여정의 목적지였는데…. 도대체 누가 표시해놓은 걸까요? 도통 모르겠습니다."

"부인 서명이 여기 어딘가에 적혀 있다고요?" 오노린이 물었다. "어디지요?"

"저 돌이에요. 움막 입구 앞에 있는 돌이요."

"여기서는 안 보이네요. 머리글자가 무엇인지요?"

"V. d'H.예요."

브르타뉴 여자가 움찔했다. 골격이 또렷한 얼굴에 놀란 기색이 역력했다. 여자는 나직이 말했다.

"베로니크… 베로니크 데르주몽."

"아!" 베로니크는 깜짝 놀랐다. "제 이름을 아시는군요…! 알고 있어요…!"

오노린이 베로니크의 두 손을 꼭 붙들어 감싸 쥐었다. 여자의 단단한 얼굴에는 환한 미소가 피어올랐다. 다시 입을 연 오노린의 눈에 물기가 반짝였다.

"베로니크 양…. 베로니크 부인, 그러니까 베로니크가 당신이라고요…? 아! 하느님! 이런 일이 있을 줄이야! 착하신 성모님, 축복받으시길!"

베로니크는 당황한 채 계속 중얼거렸다.

"제 이름을 알고 있군요…. 제가 누군지 알고 있다고요…. 그러면 이 모든 수수께끼가 어찌 된 일인지 설명해주실 수 있나요?"

한참 침묵이 흐른 끝에 이윽고 오노린이 대답했다.

"저는 부인께 아무것도 설명할 수 없어요…. 저도 잘 이해할 수 없으니까요…. 하지만 함께 생각해볼 순 있을 거예요…. 봅시다, 그 브르타뉴 마을 이름이 무엇이었지요?"

"파우에라고 해요."

"파우에라…. 그 마을을 알지요. 그럼 그 버려진 오두막은 어디에…?"

"거기서 한 2킬로미터 정도 떨어진 곳에 있어요."

"문을 열어봤나요?"

"예. 그런데 너무 끔찍했어요. 그 오두막 안에…."

"말씀해보세요…. 무엇이 있었나요?"

"일단 웬 남자 시체가 있었어요. 브르타뉴 지방 옷을 입은 노인이었는데 머리카락이 하얗고 수염은 회색이었고…. 아! 절대로 못 잊을 거예요…. 분명 살해당했을 거예요…. 어쩌면 독약으로… 하지만 잘 모르겠어요…."

오노린은 열심히 듣고 있었지만 살해에 대해서는 특별히 짐작하는 바가 없는 듯했다. 단지 이렇게 물었다.

"그 사람이 누구였을까요? 수사가 이루어졌나요?"

"파우에 마을 사람들과 함께 돌아가 보니 시체가 사라지고 없었어요."

"사라졌다고요? 누가 치웠을까요?"

"모르지요."

"결국 아무것도 모르는 건가요?"

"아무것도요. 그런데 처음 오두막에 들어갔을 때 그림이 한장 있었어요…. 제가 찢어버렸지만 끊임없이 떠오르는 악몽처럼 사라지지 않고… 도무지 잊을 수가 없어요…. 들어보세요…. 종이 두루마리였고 펼쳐보니 옛날 그림을 베껴 그린 게 틀림없는 그림이 그려져 있었어요. 오! 그런데 그 내용이 정말 끔찍했어요…. 무시무시한 그 그림은… 십자가에 여자 네 명이 매달려 있는 그림이었어요! 그리고 그중 하나가 바로 저였어요. 제 이름이 적혀 있었으니까…. 다른 여자들은 당신과 같은 머리쓰개를 하고 있었고…."

"뭐라고 하셨어요?" 브르타뉴 여자가 소리쳤다. "무슨 말씀을 하시는 거예요? 십자가에 매달린 여자 네 명이라고요?"

"예, 그리고 서른 개의 관에 관한 이야기도 있었어요. 그러니까 부인께서 사시는 섬 말이에요."

브르타뉴 여자가 베로니크의 입을 손으로 막았다.

"입 다무세요! 입 다물라고요! 오! 그런 말은 하면 안 돼요. 안 됩니다, 절대로 안 돼요…. 아시겠어요, 지옥과 관련된 이야기예요…. 그런 말을 하면 신성모독이라고요…. 일단 그 이야기는 하지 맙시다…. 나중에 알게 될 거예요…. 아마도 다른 해에… 좀 더 지난 후에… 좀 더 나중에…."

풍랑에 나무들이 쓰러지고 온 자연이 휩쓸리기라도 한 듯 여자는 공포에 질려 혼이 나간 것 같았다. 그러더니 갑자기 바위 위에 무릎을 꿇고 몸을 수그려 머리를 두 손 사이에 묻고 오랫동안 기도했다. 아주 열성을 다해 기도하는 여자에게 베로니크는 아무런 질문도 하지 않았다.

마침내 여자가 일어나더니 잠시 후 말을 이었다.

"그래요, 모두 끔찍한 이야기로군요. 그렇다고 해야 할 일이 바뀌는 건 아니니 더 이상 지체할 수 없습니다."

그러더니 엄숙한 어조로 덧붙였다.

"저와 함께 저기로 가셔야 합니다."

"저기라면 부인이 사시는 섬으로요?" 내키지 않는 기색을 숨기지 않으며 베로니크가 물었다.

오노린이 다시 베로니크의 손을 잡더니 여전히 약간 엄숙한 어조로 말을 이었다. 그 말 속에는 비밀스럽고 이루 형언할 수 없는 생각이 무수히 감추어진 것 같았다.

"부인 이름이 베로니크 데르주몽이 맞나요?"

"예."

"그럼 부친 성함이…?"

"앙투안 데르주몽이에요."

"그러면 부인께선 소위 폴란드 사람 보르스키와 결혼하셨나요?"

"예, 알렉시스 보르스키라고 해요."

"납치 사건이 있고 나서 아버지와 사이가 나빠진 이후에 그분과 결혼하신 게 맞나요?"

"맞아요."

"그리고 그 사람과 함께 아이를 하나 두셨고요."

"예, 아들이었고 이름은 프랑수아였어요."

"그런데 아드님을 제대로 알 기회가 없으셨지요. 부친께서 아이를 납치했으니까요."

"예."

"그리고 두 사람 모두, 다시 말해 아버님과 아드님 모두 조난 당해 실종됐지요?"

"예. 죽었습니다."

"그걸 어떻게 아시지요?"

베로니크는 오노린의 질문에 별로 놀라지 않고 대답했다.

"제가 따로 의뢰해서 조사해본 바로나 사법 당국에서 수사한 결과로나 의심할 여지 없는 증언에 따라 사망 사실을 확인했습니다. 선원 네 명이 증언했거든요."

"그 사람들이 거짓말을 하지 않았다고 누가 장담하겠습니까?"

"왜 거짓말을 했겠어요?" 베로니크가 놀라서 물었다.

"누군가에게 매수당했을 수도 있지요…. 매수한 사람은 증언할 내용을 미리 알려주었을 테고요."

"누구에게요?"

"부인의 아버지에게요."

"그런 말이 어딨어요! 게다가 말이지요! 아버지는 돌아가셨다고요."

"다시 여쭙지요. 그걸 어떻게 아시나요?"

이제 베로니크는 아연실색하고 말았다.

"대체 무슨 말씀을 하시려는 거예요?" 베로니크가 중얼거렸다.

"잠깐만요. 증언했다는 선원 네 사람의 이름을 아시나요?"

"알고 있었는데 지금은 잊어버렸어요."

"혹시 브르타뉴 사람의 성씨가 아니던가요?"

"예, 그랬어요. 하지만 대체 무슨 이유로…."

"부인께서는 한 번도 브르타뉴 지방에 오지 않으셨지만 부친께서는 집필 중이던 책 때문에 자주 오셨어요. 심지어 부인 모친께서 살아 계실 때 함께 오시기도 했지요. 그런 연고로 부친께서 이 지방 사람들과 친분을 쌓으셨을 겁니다. 만약 아버님께서 그 선원 네 명과 오랫동안 알고 지냈다고 해봅시다. 아버님께 충실했던 그들은 부탁을 받고 이 일을 위해 특별히 고용되었을 거예요…. 함께 뱃길을 나서서 부인 아버님과 아드님을 일단 이탈리아 항구의 어떤 섬에 내려놓은 후 해안이 보이는 바다로 나와 요트를 난파시킨 거예요. 이들은 모두 수영을 잘

했을 테니까요. 그렇다고 하면…."

"하지만 그 사람들은 엄연히 존재하는걸요!" 점점 흥분한 베로니크가 외쳤다. "그 사람들한테 다시 물어보면 되지요!"

"이들 중 두 사람은 몇 년 전에 편안히 세상을 떴어요. 세 번째는 마그녹이란 노인인데 사레크 섬에 살고 있지요. 네 번째 사람은 방금 보셨을지도 모르겠네요. 그 일을 해주고 받은 돈으로 백 멜에서 식료품점을 사들였지요."

"아! 그럼 그 사람에게 당장 물어볼 수 있겠네요." 베로니크가 흥분하며 말했다. "그 사람을 찾으러 가요."

"뭐하려요? 이 일에 대해서라면 제가 그 사람보다 더 잘 알고 있는데요."

"더 잘… 알고 계신다고요…?"

"부인께서 모르는 사실을 전부 알고 있지요. 무얼 묻든 전부 답할 수 있어요. 질문해보세요."

하지만 온통 암흑으로 둘러싸인 베로니크의 의식 저 안쪽에서 스멀스멀 고개를 들기 시작한 결정적인 질문, 베로니크는 그 질문을 감히 꺼내지 못하고 주저했다. 완전히 불가능하지만은 않은 진실, 희미하게나마 느끼고 있는 그 진실을 알게 될 게 두려웠다. 베로니크는 고통으로 미어지는 목소리로 더듬거렸다.

"이해할 수 없어요…. 정말 이해되지 않아요. 아버지가 왜 그런 행동을 하신 건가요? 어째서 자기가 죽었다고, 또 불쌍한 내 아들이 죽었다고 믿게 하신 거지요?"

"부친께서 복수하겠다고 맹세하셨으니까요…."

"보르스키에게 하는 복수였지요. 하지만 저한테까지…? 자기 딸한테도…? 그런 식의 복수라니…!"

"부인께서 남편을 사랑하셨잖아요. 그 사람에게 붙들린 후 도망치기는커녕 결혼을 승낙하셨어요. 공개적으로 모욕을 당하신 셈이었지요…. 부인도 아시다시피 부친께선 극단적인 면이 있으신 데다 복수심이 강한 성격이라서…. 뭐랄까, 천성이… 본인이 직접 하신 표현에 따르면 불안정하다고 할까요."

"그러면 그 이후에는요…?"

"그 이후론… 그 후로는 말이지요…! 세월이 흐르면서 후회하기 시작하셨어요. 아이에 대한 애정도 거기에 한몫했고요…. 그래서 부인을 사방으로 찾아다니셨습니다…. 그러느라 제가 얼마나 돌아다녔는지! 샤르트르에 있는 카르멜 수녀원에 간 것부터 시작해서 말이지요. 하지만 이미 오래전에 그곳을 떠나셨더군요…. 그러니 어디로 가겠어요? 어디서 부인을 찾겠느냐고요."

"신문에 광고를 내셨더라면…."

"딱 한 번 내셨어요. 그 납치 사건이 있었기 때문에 쉽게 눈에 뜨이지 않도록 신중을 기하셨어요. 그런데 정말로 누군가 답을 주었고, 그래서 약속을 잡았지요. 그런데 누가 온 줄 아세요? 보르스키였어요. 보르스키도 당신을 찾아다니고 있었던 거예요. 부인을 여전히 사랑하고 또 증오하고 있었던 거예요. 그 이후로는 두려워서 공개적인 행동에 나서지 못하셨지요."

베로니크는 잠자코 있었다. 쓰러지듯 바위 위에 걸터앉아 고개를 폭 수그렸다.

그러더니 중얼거렸다.

"마치 아버지가 여전히 살아 계신 듯 말씀하시네요…."

"살아 계세요."

"그리고 자주 만나시는 것 같고요…."

"매일 뵙지요."

"그런데(베로니크가 목소리를 낮췄다) 제 아들에 관한 이야기는 한마디도 없네요…. 무서운 생각이 드는데… 혹시 살아남지 못한 건가요? 그 사이에 죽었나요? 그래서 아들 이야기는 안 하시는 건가요?"

베로니크는 힘겹게 고개를 들었다. 오노린이 미소 짓고 있었다.

"아! 제발요." 베로니크가 애원했다. "사실대로 말씀해주세요…. 바라면 안 될 것을 바라는 게 얼마나 끔찍한지…. 제발요…."

오노린이 베로니크의 어깨를 다정히 감싸 안았다.

"아니, 이런 딱한 여인을 봤나. 그래, 그 애가 죽었으면 제가 이 모든 이야기를 했겠어요? 우리 예쁜 프랑수아를 두고서."

"살아 있나요? 살아 있다고요?" 젊은 여인은 미친 사람처럼 외쳤다.

"그럼요! 게다가 얼마나 건강한지! 아! 정말 씩씩한 소년이에요, 반듯하게 서 있는 모습 하며! 제가 자랑할 만도 하지요. 아드님인 프랑수아를 제가 길렀거든요."

베로니크는 감정의 무게를 이기지 못해 오노린의 품에서 무너졌다. 기쁨이 큰 만큼 고통도 컸던 것이다. 오노린이 말했다.

"우세요, 부인. 기분이 나아질 거예요. 그 옛날에 흘렸던 눈물보다 훨씬 더 나은 눈물이에요. 아닌가요? 우세요. 지나간 슬픔일랑 모두 떨쳐버리세요. 저는 마을로 돌아가 볼게요. 여관에다 짐을 두었겠지요? 그 사람들은 저를 잘 알아요. 제가 짐을 가져올 테니 함께 떠납시다."

브르타뉴 여자가 반 시간쯤 후에 돌아와 보니 베로니크가 서서 서두르라는 손짓과 함께 외쳐대고 있었다.

"어서 오세요…! 세상에, 왜 이렇게 오래 걸렸어요! 1분도 지체할 시간이 없다고요."

그런데 오노린은 서두르지도, 대답하지도 않았다. 표정은 씁쓸했고 미소라곤 조금도 찾아볼 수 없었다.

"그러면 떠나는 거지요?" 베로니크가 오노린에게 다가와 말했다. "출발을 늦추는 건 아니지요? 그럴 이유가 없지요? 왜 그래요? 아주머니, 아까와는 다르신 것 같아요…."

"가야지… 가야지요…."

"그럼 어서 서둘러야지요."

베로니크와 오노린은 여행 가방과 식량 자루를 배에 실었다. 그런데 갑자기 오노린이 베로니크 앞에 버티고 서더니 물었다.

"그런데 그림에서 십자가에 매달린 여자가 당신인 게 확실한가요?"

"틀림없어요…. 게다가 머리 위에 제 이름의 머리글자도 있었고요…."

"이상하군요." 브르타뉴 여자가 중얼거렸다. "걱정돼서 그래요."

"왜요…? 절 알고 있던 누군가… 장난친 거겠지요…. 그걸 제가 우연히 보았고 그래서 과거 일을 떠올리게 된 거예요."

"오! 과거 때문에 걱정하는 게 아니에요. 앞으로 벌어질 일이 문제지요."

"앞으로 벌어질 일이라니요?"

"예언을 기억하시지요…."

"무슨 말씀인지…."

"그래요, 그래. 보르스키에게 내려진 예언 중에서 부인과 관련된 내용은…."

"아! 그 내용을 알고 계세요?"

"알지요. 그 그림뿐만 아니라 부인께서 모르는 더 끔찍한 다른 일도 있는데, 그런 생각을 하니 몸서리가 쳐져요."

베로니크가 웃음을 터뜨렸다.

"뭐라고요! 아니, 그래서 저를 데려가길 주저하시는 거예요…? 그러니까 결국 그것 때문이라고요?"

"웃지 마세요. 지옥에서 치솟는 불길을 보면 웃지 못하는 법입니다."

브르타뉴 여자는 눈을 감고 손으로 가슴에 십자가를 그었다. 그러더니 말을 이었다.

"당연히… 절 비웃겠지요…. 미신적인 브르타뉴 여자라서 유령이나 도깨비불 따위를 믿는다고요. 아니라고 말하지는 않겠어요. 하지만 이건… 불 보듯 뻔한 사실이라고요! 마그녹 영감한테 환심을 살 수 있다면 직접 물어보세요."

"마그녹 영감이요?"

"선원 넷 중 한 사람이에요. 부인 아드님의 오랜 친구지요. 영감님도 프랑수아를 기르다시피 하셨거든요. 그런 종류의 이야기라면 그 어떤 학자나, 심지어 부인의 아버님보다도 더 잘 알고 있어요. 하지만…."

"하지만…."

"하지만 그분은 사람으로서 알 수 있는 그 이상을 알아보려고 운명을 시험했지요."

"무얼 했는데요?"

"손으로, 그러니까 자기 손으로 직접(영감님이 제게 말해줬어요) 지옥 밑바닥을 만지려고 했어요."

"그랬나요." 자기도 모르게 이야기에 빠져들며 베로니크가 말했다.

"그랬어요. 그랬다가 손이 불길에 타들어 갔어요. 상처가 지독했지요. 영감이 나한테 보여줘서 직접 봤는데 무슨 악성 종양처럼…. 그리고 고통이 어찌나 심했는지 그만…."

"어떻게 했어요?"

"영감이 왼손으로 도끼를 집어들고 자기 오른손을 잘라버렸어요…."

베로니크가 얼어붙었다. 이어 파우에 마을의 시체를 떠올리며 말했다.

"오른손이라고요? 마그녹 영감님이 자기 오른손을 자른 게 확실한가요?"

"열흘 전에 도끼로 잘랐어요. 제가 떠나기 이틀 전이었지요…. 제가 직접 상처를 치료해줬어요…. 그런데 그걸 왜 물어보시는 거지요?"

"왜냐면…." 베로니크의 목소리가 갈라졌다. "죽은 남자, 다시 말해 버려진 오두막에서 제가 발견했다가 사라진 노인의 오른손이 최근에 잘린 듯 보였거든요."

오노린이 몸서리쳤다. 또다시 평소의 침착함을 잃고 갈피를 잡지 못해 혼비백산한 표정을 지었다. 그러면서 더듬더듬 말했다.

"그게 정말이에요? 예, 그래요, 그렇겠지요…. 그 사람이… 마그녹이에요…. 긴 백발을 한 노인이지요? 그렇지요? 그리고 수염이 넓게 퍼져 있고요? 아! 이런 끔찍한 일이!"

여자는 감정을 자제하고 주변을 휘둘러보았다. 목소리가 너무 컸을까 봐 걱정하는 듯했다. 다시 한 번 가슴에 성호를 긋더니 혼잣말을 하듯 천천히 말했다.

"그분이 처음으로 죽을 거라고 했어요…. 영감님이 내게 직접 말해줬지요…. 나이 든 마그녹 영감님은 과거뿐만 아니라 미래를 읽을 줄 알아요. 보통 사람은 보지 못하는 것을 훤히 보곤 했지요. '첫 희생자는 내가 될 거야, 오노린. 이렇게 하인이 사라지고 나면 며칠 후엔 주인 차례가 될 거고…'라고 했지요."

"주인이란…?" 베로니크가 나지막이 말했다.

오노린이 몸을 곧추세우고 주먹을 불끈 쥐었다.

"그분은 제가 지킬 겁니다." 오노린은 선언하듯 말했다. "구할 거예요. 부인 아버님은 두 번째 희생자가 되지 않으실 겁니다. 절대 안 돼요. 제가 때맞춰 도착할 겁니다. 떠나겠어요."

"우린 함께 떠납니다." 베로니크가 단호히 말했다.

"제발 부탁이에요." 오노린은 애원조로 말했다. "고집부리지 마세요. 제가 하는 대로 내버려 두세요. 바로 오늘 밤, 저녁 식사 전에 아버님과 아드님을 모셔다 드릴게요…."

"대체 왜 그래야 하는데요?"

"저곳은 너무 위험해요…. 부인 아버님께… 그리고 부인께는 특히 그렇지요. 십자가 네 개를 생각해보세요! 십자가가 세워질 곳은 바로 저곳이란 말입니다…. 오! 부인께선 절대로 가시면 안 돼요! 저 섬은 저주받았다고요."

"제 아들은요?"

"오늘 보실 거예요. 몇 시간만 있으면요."

베로니크가 별안간 크게 웃었다.

"몇 시간만 기다리라고요! 아니, 그게 말이 되나요! 뭐라고요? 14년 동안 아들이 죽은 줄 알고 살아왔어요. 이제야 아들이 살아 있다는 걸 알게 된 마당에 품에 안아보려면 더 기다려야 한다고요? 아니, 단 한 시간도 못 기다려요! 목숨을 천 번이나 걸어야 한대도 못 기다립니다."

오노린이 베로니크를 바라보았다. 이 여자의 결심을 절대로 꺾을 수 없음을 이해한 듯 더는 반대하지 않았다. 세 번째로 성호를 긋더니 간결하게 말했다.

"신께서 그 뜻을 이루어주시기를."

두 여자는 좁고 길쭉한 배를 가득 채운 짐 더미 사이에 자리를 잡았다. 시동을 걸고 운전대를 잡은 오노린은 수면에 뾰족뾰족 솟은 바위와 암초 사이를 헤치며 능숙한 솜씨로 배를 몰았다.

3

보르스키의 아들

오노린 쪽을 바라보며 우현에 놓인 궤짝에 걸터앉은 베로니크의 얼굴에 미소가 번졌다. 폭풍 끝에 남은 몇 자락의 구름을 뚫고 나오려는 햇살처럼 그 미소에는 아직 확신이 없고 일말의 걱정과 망설임이 서려 있었으나, 그래도 분명 행복함이 담긴 미소였다.

극도의 불행으로 상처를 입었거나 사랑의 힘으로 스스로를 지켜낸 여인들이 엄격한 생활 태도를 고수하고 여성으로서의 교태를 철저히 배제함으로써 갖추게 된 특유의 고결함과 엄전함이 빚어낸 얼굴, 그 얼굴에 떠오른 지금의 표정이야말로 행복이라 일컬을 만했다.

베로니크는 관자놀이 부분이 약간 희끗희끗해진 검정 머리칼을 목덜미 부근쯤에서 질끈 동여맸다. 피부는 남부 사람 특유의 약간 짙은 빛깔을 띠었으며 눈은 온통 겨울 하늘처럼 창백하고 푸르렀다. 또 키가 컸고 균형 잡힌 상반신에 어깨가 널찍했다.

평소 남자처럼 약간 걸걸한 베로니크의 목소리는 되찾은 아들 이야기로 마치 노래를 부르듯 가볍고 경쾌하게 울려 퍼졌다. 베로니크는 그 이야기만 하고 싶었다. 오노린은 자신이 지금 당장 걱정스럽게 생각하는 문제로 화제를 돌려보려 했으나 아무 소용이 없었다. 그래도 포기하지 않고 이따금 이야기를 꺼내곤 했다.

"그런데요, 부인. 이해할 수 없는 점이 두 가지 있어요. 파우에부터 제가 매번 배를 대는 정확한 장소까지 부인을 인도한 표시는 대체 누가 해놓았을까요? 누군가 파우에서 사레크섬까지 왔다는 게 아니겠어요? 그리고 마그녹 영감이 어떻게 섬을 떠난 걸까요? 스스로 떠났을까요? 아니면 누군가 영감님 시체를 거기다 가져다 놓은 걸까요? 만일 그랬다면 어떻게 했을까요?"

"그 이야기를 꼭 지금 하셔야겠어요?" 베로니크는 못마땅하기만 했다.

"그럼요. 생각해보시라고요! 제가 식량을 사러 2주마다 백멜이나 퐁 라베로 타고 가는 이 모터보트를 제외하면 고기잡이배 두 척이 있을 뿐이고, 밀물 때면 사람들은 어김없이 그 배를 타고 오디에른까지 가서 고기를 팔거든요. 그렇다면 마그녹 영감이 어떻게 바다를 건넜을까요? 게다가 영감이 자살했을까요? 그렇다면 대체 왜 시체가 사라진 걸까요?"

베로니크는 거의 하소연하다시피 말했다.

"제발요…. 지금은 그런 게 전혀 중요하지 않아요. 다 밝혀질 거예요. 그보다 프랑수아 이야기를 해주세요. 프랑수아가 사레크 섬에 도착했다고 하셨지요…?"

오노린은 여자의 간청에 못 이겨 답했다.

"그 딱한 마그녹 영감 팔에 안겨 도착했지요. 프랑수아를 부인한테서 납치한 지 며칠 지났을 때였어요. 데르주몽 씨는 마그녹 영감한테 말하길, 낯선 부인이 이 아이를 자기 딸에게 맡겼는데 딸이 그만 죽어버렸다고 했어요. 저는 그때 10년 정도 파리에서 지내던 참이었어요. 제가 돌아왔을 때 프랑수아는 벌써 들판이랑 절벽 위를 뛰어다닐 정도로 늠름한 소년이었어요. 그때부터 저는 사레크에 정착한 부인 아버님 집에서 일을 시작했지요. 그리고 마그녹 영감의 딸이 죽자 아이를 집으로 데려왔고요."

"성은 뭐라고 했나요?"

"프랑수아요…. 그냥 프랑수아라고 했어요. 데르주몽 씨는 자기를 앙투안이라고 소개하셨어요. 아이는 데르주몽 씨를 할아버지라고 불렀고요. 아무도 그걸로 뭐라고 하는 사람은 없었어요."

"그럼 성격은 어때요?" 베로니크는 약간 걱정하며 물었다.

"오! 성격만큼은 정말 축복받은 아이예요!" 오노린이 대답했다. "아버지 쪽은 하나도 안 닮았고요…. 데르주몽 씨가 직접 고백하셨는데 할아버지와도 전혀 안 닮았죠. 온순하고 사랑스럽고 말을 잘 듣는 아이예요. 까탈을 부리는 법도 절대 없고요…. 항상 기분이 좋지요. 그런 성격 덕분에 할아버지가 아이한테 푹 빠진 거예요. 그래서 데르주몽 씨가 부인을 찾아 나서게 된 거고요. 그런 손주를 보니 자기가 거부했던 딸 생각이 났던 거지요. '이 애가 자기 어미를 쏙 빼닮았어'라고 하시더군요. '베로니크도 이 애처럼 온순하고 부드러웠지. 애정이 많고 따뜻한 애였어'라고요. 그러시더니 부인을 찾기 시작하셨어요. 저도 그 생각에 전적으로 동의했고 저한테 조금씩 자기 이야기를 해주기 시작하셨어요."

베로니크의 얼굴이 기쁨으로 환히 빛났다. 아들이 자신을 닮았다니! 착하고 밝은 아이라니!

"그런데 아이가 절 아나요? 자기 엄마가 살아 있는 걸 아나요?" 베로니크가 물었다.

"아느냐고요! 데르주몽 씨는 비밀을 지키려고 했어요. 그런데 제가 다 이야기했지요."

"전부요?"

"그건 아니고요. 자기 아버지는 죽었다고 알고 있고, 데르주몽 씨와 프랑수아가 사라지고 나서 부인께서는 수녀원에 들어갔고 그 이후로 자취를 감추었다고 알고 있어요. 제가 여행에서 돌아오면 그 애가 얼마나 소식을 전해달라고 하는지! 얼마나 엄마를 만나길 고대하는지 몰라요! 아! 자기 엄마를 얼마나 좋아하는지! 아까 들으신 노래도 프랑수아가 할아버지한테 배워서 항상 부르고 다닌답니다."

"프랑수아… 내 아가 프랑수아…!"

"아! 아무렴요, 그 애가 얼마나 당신을 좋아한다고요." 오노린은 이야기를 계속했다. "오노린 엄마도 있지만 진짜 엄마는 당신인걸요. 당신을 찾기 위해 빨리 자라서 공부를 마쳐야겠다고 난리예요."

"공부요? 공부를 하나요…?"

"자기 할아버지하고요. 그리고 2년 전부터는 제가 파리에서 데려온 착실한 총각한테 배우고 있어요. 전쟁 중에 공을 많이 세워 훈장까지 받았던 스테판 마루라는 사람인데, 부상을 당하는 바람에 내부 작전에 투입됐다가 퇴역한 사람이에요. 프랑수아가 그 청년한테 몹시 정을 붙였지요."

배는 고요한 바다에 은빛 거품을 내며 빠른 속도로 바다를 가로질렀다. 수평선에 드리워져 있던 구름이 그새 사라지고 없었다. 오후의 끝자락은 한없이 고요하고 청명했다.

"더요! 더 이야기해주세요!" 베로니크는 아무리 들어도 질리지 않는 듯 이야기를 졸랐다. "우리 아들은 어떤 옷을 입고 다녀요?"

"종아리가 훤히 드러나는 반바지를 입고 금 단추가 달린 풍성한 플란넬 셔츠를 즐겨 입어요. 그리고 자기가 좋아하는 스테판 씨를 따라 베레모를 쓰지요. 프랑수아 베레모는 빨간색인데 아주 잘 어울려요."

"마루 씨 말고 다른 친구도 있나요?"

"예전에는 섬에 사는 남자들 전부와 친구였지요. 하지만 지금은 수습 선원 소년들 서너 명뿐이에요. 다른 아이들은 아버지가 전쟁터로 떠나자 어머니를 따라 콩카르노나 로리앙 같은 뭍으로 전부 떠났어요. 사레크 섬에는 노인들만 남아 있지요. 섬에 사는 사람들은 기껏해야 서른 명 정도밖에 없어요."

"그러면 프랑수아는 누구랑 놀지요? 누구랑 돌아다녀요?"

"오! 그런 거라면 아주 좋은 동반자가 있지요."

"아! 그게 누구인데요?"

"마그녹 영감이 선물한 작은 강아지요."

"강아지?"

"정말 고렇게 별난 녀석도 없을 거예요. 스패니얼과 폭스테리어 잡종으로 아주 우스꽝스럽고 못생겼는데, 그놈이 정말이지 재밌고 깜찍하거든요! 아! 이름은 만사형통 씨라고 해요."

"만사형통이요?"

"프랑수아가 그리 부르는데 그 이름만큼 딱 어울리는 이름도 없을 거예요. 항상 기분 좋고 사는 게 즐거운 녀석이라니까요…. 혼자서 홀홀 몇 시간이고 돌아다니고, 심지어는 며칠 동안 사라졌다가도 누군가 슬프고 일이 잘 안 풀려 자기가 필요하다 싶으면 나타난단 말이지요. 만사형통, 그 녀석은 눈물 흘리고 소리치고 싸우는 거라면 질색해요. 누가 울고 있거나 우는 시늉만 해도 그 앞에 궁둥이를 깔고 앉아서 한 눈은 감고 다른 눈은 게슴츠레 뜨면서 재롱을 떤다니까요. 그러면 '그래, 이놈아' 하고 프랑수아가 말해요. '네 말이 맞다. 만사형통이구나. 걱정할 게 뭐가 있니, 안 그래?' 이렇게 기분이 풀어졌다 싶으면 만사형통 씨는 쪼르륵 가버리지요. 자기가 할 일은 다 했다, 이런 뜻이에요."

베로니크는 울다 웃다 했다. 그러다 한참을 말없이 있었다. 기쁜 마음에 절망이 드리워지며 점점 마음이 무거워졌다. 지난 14년 동안 살아 있는 아들을 두고도 죽은 줄 알고 자식 없는 어미로 살면서 잃어야 했던 그 모든 행복감을 생각해보았다. 갓 태어난 존재에게 기울이는 정성, 아이를 보듬으며 전달하는 따스함과 반대로 아이에게서 배어 나오는 따스함, 아이가 자라고 말하는 것을 들으며 느끼는 자랑스러움 등 한 어미를 기쁘게 하고 흥분시켜 매일 새록새록 애정을 솟구치게 하는 그 모든 것을 자기는 맛보지 못한 것이다.

"이제 절반쯤 왔어요." 오노린이 말했다.

이들은 글레낭 군도가 바라다보이는 곳을 지나고 있었다. 오른쪽으로 24킬로미터쯤 떨어진 펜마르 곶 해안선이 배가 나가는 방향을 따라 수평선과 잘 구분되지 않는 거뭇한 선을 그리고 있었다.

베로니크는 슬픈 과거를, 즉 잘 기억도 나지 않는 어머니와 이기적이고 무뚝뚝한 아버지와 함께 보냈던 어린 시절, 그리고 결혼 생활을 떠올렸다. 아! 특히 그 결혼을 생각하면! 보르스키와 처음 만났던 갓 열일곱 살 때가 생각났다. 그 이상한 남자가 처음부터 어쩌면 그리도 무서웠는지. 베로니크는 신비롭고 이해할 수 없는 것에 자연스레 이끌리는 그 나이의 또래 소녀처럼 보르스키를 두려워하면서도 그가 미치는 영향력에서 벗어날 수 없었다.

그다음으로는 납치가 일어난 혐오스러운 그날과 그날 이후로 갇힌 채 보르스키의 악랄한 힘에 짓눌려 협박받고 지배당하던 더욱 혐오스러운 몇 주가 떠올랐다. 자기 본능과 의지는 아니라고 울부짖으면서도 추문이 두렵고 아버지가 동의하여 결국 결혼을 허락할 수밖에 없었다.

생각은 이내 결혼 시기로 겅중 넘어갔다. 과거 악몽이 제아무리 귀신처럼 따라붙는다 해도 베로니크는 영혼 깊숙이 그 타락한 시기를 묻어놓고 환멸과 상처, 배신감으로 얼룩진 그때를 다시는 떠올리고 싶지 않았다. 남편은 냉소적인 자만심에 가득 차 일말의 부끄러움도 없이 수치스러운 행각을 벌이곤 했다. 걸핏하면 술을 폭음하고 노름에서 속임수를 써 친구의 재물을 빼앗았으며 사기와 공갈을 일삼는 본모습을 서서히 드러냈다. 그런 남편을 보면서 베로니크는 이 남자가 잔인하고 광기에 찬 악의 화신 같다 느끼며 몸서리쳤다. 지금까지도 그러한 느낌을 고스란히 간직하고 있었다.

"무슨 꿈에 그리 빠져 계시나요, 베로니크 부인." 오노린이 말했다.

"꿈도 기억도 아니에요." 베로니크가 말했다. "회한이랍니다."

"회한이라고요. 하긴 베로니크 부인의 인생은 순교나 다름없었으니."

"형벌의 탈을 쓴 순교였지요."

"어쨌든 이제 다 끝났습니다, 베로니크 부인. 곧 아드님과 아버님을 되찾을 테니 말이에요. 자, 이제 행복할 일만 생각하세요."

"행복이라고요, 제가 그럴 수 있을까요!"

"행복할 수 있느냐고요! 이제 금방 알게 될 거예요! 자, 사레크 섬이 보이네요."

오노린은 자기가 앉은 자리 밑에 놓인 상자에서 옛날 선원들이 나팔로 쓰던 큼직한 소라고둥을 꺼내 구멍에 입술을 대고 뺨을 한껏 부풀렸다. 황소 울음같이 힘찬 소리가 몇 차례 울려 퍼졌다.

베로니크가 의아하다는 듯 바라봤다.

"그 애를 부르는 거예요." 오노린이 말했다.

"프랑수아! 프랑수아를 부른다고요!"

"매번 돌아올 때마다 이렇게 해요. 그러면 그 애는 우리가 사는 절벽 꼭대기부터 신나게 달려서 부두로 내려오지요."

"그럼 이제 그 애를 본다는 말인가요?" 베로니크의 얼굴이 창백해졌다.

"예, 보실 거예요. 베일을 두 겹으로 쓰세요. 부인 초상화에서 본 얼굴을 못 알아보게요. 일단은 사레크 섬을 방문한 외지인이라고 말할게요."

섬이 또렷이 보이기 시작했다. 하지만 절벽 밑은 무수히 깔린 암초에 가려 있었다.

"아! 그래, 암초라면 넌더리가 날 만큼 있어요! 청어 떼처럼 우글거린다니까요." 모터를 끄고 짤막한 노 두 개로 배를 젓기 시작하면서 오노린이 외쳤다. "보세요, 아까는 바다가 아주 잠잠했지요. 그런데 여기는 절대 그런 법이 없어요."

아니나 다를까 자잘한 파도가 수천수만 개씩 몰려와 서로 맞부딪치며 바위로 몰아쳤다. 배는 급류 소용돌이 위를 헤쳐나가는 것 같았다. 사방에 흰 거품이 부글거리며 떠올라 있어서 청록색 물이라곤 한 자락도 보이지 않았다. 뾰족한 암초에 끈질기게 부딪는 소용돌이에서 피어난 흰 거품만 가득할 뿐이었다.

"섬 주변이 다 이래요." 오노린이 말했다. "그래서 작은 배만 사레크 섬에 다가갈 수 있지요. 쳇! 그러니 독일 놈들이 잠수함 기지를 세우려 해도 우리 섬에는 못 할 거예요. 그래도 확실히 조사해보겠다면서 한 2년 전에 로리앙에 주둔하던 우리 군 장교들이 왔었어요. 썰물 때만 갈 수 있는 해저 동굴이 서쪽 해안에 몇 개 있는데 그곳을 살펴봤지요. 결국 시간 낭비였다니까요. 우리 섬에선 어떻게 해볼 수가 없어요. 생각해보시라고요. 바위가 섬 주변에 먼지처럼 수두룩 깔렸고 뾰족한 놈들이 배신자들처럼 물밑에서 콱 물어뜯을 기세로 있는데 말이에요. 보이지 않는 놈들이 무섭다고는 해도 아마 제일 겁나는 건 뭐니 뭐니 해도 눈에 보이는 저 큰 암초들일 거예요. 이름까지 붙어 있고 거기에서 얼마나 많이 조난 사고가 났는지. 아! 저놈들은…!"

목소리가 기어들어 갔다. 오노린은 두려운 듯 주저하며 한 손을 뻗어 각양각색으로 힘 있게 솟아 있는 거대한 암초 몇 개를 가리켰다. 웅크린 동물, 톱니 모양의 탑, 거대한 바늘, 스핑크스의 머리, 얼추 피라미드를 닮은 모양을 띤 암초들은 모두 피에 적신 듯 붉은 기가 도는 검정 화강암이었다.

오노린이 속삭였다.

"아! 특히 저 암초들은 수 세기나 섬을 지키고 있는데, 사나운 야수처럼 해치고 죽이기만 해요. 저것… 저것들은…. 아니, 그런 이야기는 아예 안 하는 게 낫겠지요. 생각도 하지 말아야해요. 서른 마리의 야수랍니다…. 그래요, 서른 마리예요. 베로니크 부인… 암초가 서른 개예요…."

오노린은 성호를 긋더니 조금 차분해져서 말을 이었다.

"암초가 서른 개 있답니다. 부인 아버님께서 말씀하시길, 사람들이 사레크 섬을 '서른 개의 관'이라고 부르는 것도 에퀘이

écueil('암초'라는 뜻 – 옮긴이)와 세르퀘이cercueil('관'이라는 뜻 – 옮긴이)라는 두 단어를 혼동하면서 붙여진 이름이래요. 아마도… 아니, 분명히… 저게 관이란 말입니다, 베로니크 부인. 만약 들춰볼 수만 있다면 유골이 수두룩하게 나올 거예요…. 데르주몽 씨도 말씀하셨듯이 사레크sarek란 이름도 사르코파주 sarcophage('석관'이라는 뜻 – 옮긴이)에서 온 건데, 이 단어는 학자들이 관을 부르는 또 다른 말이라고 하더군요. 그리고 또….”

오노린은 다른 일로 생각을 돌리고 싶은 듯 잠시 말을 멈추더니 암초 하나를 가리키며 말했다.

“보세요, 베로니크 부인. 우리 앞을 막아선 저 큰 놈을 지나면 어렴풋이 작은 부두가 보일 거고 방파제 위로 프랑수아의 빨간 베레모가 나타날 거예요.”

베로니크는 오노린이 늘어놓은 암초에 관한 설명을 건성으로 들었다. 그저 뱃전으로 몸을 기울여 한시라도 빨리 아들의 모습을 보고 싶었다. 한편 오노린은 저도 모르게 다시 암초 생각에 사로잡혀 주절주절 말을 이었다.

“또 있어요. 아버님께서도 그것 때문에 여기를 거처로 정하신 건데, 사레크 섬에는 별로 특이하진 않지만 서로 비슷비슷하게 생긴 일련의 고인돌이 있어요. 그런데 이 고인돌이 몇 개인지 아세요? 서른 개예요! 아까 말한 큰 암초 개수처럼 서른 개라고요. 이 고인돌은 섬 가장자리를 빙 두르며 하나씩 서 있는데, 서른 개의 암초를 마주 보는 절벽에 세워져 있고 이름도 자기가 바라보고 있는 암초 이름과 같아요! ‘돌 에르 후뢰크’, ‘돌 케르리투’처럼요. 어떻게 생각하세요?”

이름을 말하는 오노린의 목소리는 이런 종류의 이야기를 할 때마다 으레 그랬듯 잔뜩 겁에 질려 기어들었다. 마치 고인돌이나 암초가 자신의 이야기를 듣고 무시무시하고도 성스러운 생명을 부여받아 깨어날까 봐 두려워하는 것 같았다.

"어떻게 생각하세요, 베로니크 부인? 오! 이 모든 게 수수께끼일 뿐이고, 다시 한 번 말하지만 아예 입을 다무는 게 나아요. 나중에 섬에서 멀리 떠나 부인이 아버지 곁에서 프랑수아를 품에 안을 때 마저 말씀드릴게요…."

베로니크는 오노린이 가리켰던 장소를 살피며 입을 꾹 다물었다. 오노린에게 등을 보인 채 두 손으로 난간을 움켜쥐고 그 지점을 뚫어지게 바라보았다. 바로 그 장소, 이 좁은 암초 사이로 아들이 보일 터였다. 언제 나타날지 모르는 프랑수아의 모습을 단 1초라도 놓치지 않고 싶었다.

배가 암벽에 다가섰다. 오노린이 젓는 노 하나가 암벽을 스쳤다. 배는 암벽을 따라가다 그 끄트머리에 도달했다.

"아!" 베로니크가 고통스럽게 내뱉었다. "아이가 없어요."

"프랑수아가 없다고요! 그럴 리가 없는데!" 오노린이 외쳤다.

이번에는 오노린이 고개를 들어 300~400미터 앞을 바라보았다. 모래사장 위로 부두 역할을 하는 커다란 바위 몇 개가 보였다. 세 명의 여자와 어린 여자애 하나, 그리고 나이 든 선원들 몇이 배를 기다리고 있었다. 남자아이는 없었다. 빨간 베레모는 보이지 않았다.

"이상하네요." 오노린이 나직이 말했다. "내가 불러도 안 온 건 처음이에요."

"아픈 걸까요?" 베로니크가 넌지시 물었다.

"아니요. 프랑수아는 절대로 아픈 적이 없어요."

"그러면요?"

"글쎄요, 나도 잘 모르겠네요."

"걱정할 만한 일이 있는 건 아니고요?" 베로니크는 불안해 견딜 수 없었다.

"프랑수아라면 걱정이 없는데…. 당신 아버님이 걱정돼요. 마그녹 영감이 아버님 곁을 뜨지 말라고 당부했었거든요. 신변이 위험한 건 데르주몽 씨니까요."

"하지만 프랑수아가 선생님인 마루 씨와 함께 아버지 곁에 있으면서 지켜주지 않겠어요? 저기, 말씀해주세요…. 무슨 생각을 하시는 거예요?"

잠시 말이 없더니 오노린이 어깨를 으쓱해 보였다.

"다 부질없는 생각이지요! 제가 말도 안 되는 생각을 한다니까요. 그래, 말도 안 돼요. 저를 너무 원망하지 마세요. 브르타뉴 사람이라 어쩔 수 없는걸요. 몇 년을 제외하면 평생 전설이나 기담 따위에 둘러싸여 살았으니…. 그 이야기는 더 이상 하지 맙시다."

사레크 섬은 높낮이 기복이 큰 길쭉한 고원지대가 고목들로 뒤덮여 있고 더할 나위 없이 삐죽삐죽한 중간 높이의 벼랑이 고원을 둘러싸며 받친 형상이었다. 비, 바람, 햇빛, 눈, 얼음, 안개 등 다양한 형태로 하늘에서 떨어지고 땅에서 스며 나오는 온갖 수분이 끊임없이 깎고 다듬어 만들어낸 울퉁불퉁한 레이스 왕관이 섬을 에워싸고 있는 것 같았다.

섬의 동쪽 해안 중 오목하게 들어간 한 곳에만 배를 댈 수 있었는데, 그곳에는 전쟁 이후 대부분 폐가가 된 어부들 집이 몇 채 모여 촌락을 이루고 있었다. 작은 부두로 가로막혀 움푹 들어간 그곳은 바다가 잠잠하기 그지없었다. 이미 작은 배 두 척이 정박해 있었다.

뭍에 가까워지자 오노린이 또다시 이런 말로 설득하려 했다.

"여봐요, 베로니크 부인. 이제 다 왔네요. 그런데… 부인께서 굳이 내려가실 필요가 있겠어요? 그냥 계시지요…. 늦어도 두 시간 후에는 제가 아버님과 아드님을 데려올게요. 벡 멜이나 퐁 라베에서 저녁 식사를 하는 게 어때요?"

베로니크는 이미 일어나 있었다. 그리고 묻는 말엔 대답도 않고 부두로 뛰어내렸다.

"그럼 할 수 없지요! 저기요." 결국 베로니크를 설득하길 포기하고 그 뒤를 따르던 오노린이 주변 사람들에게 물었다. "프랑수아는 안 왔어요?"

"정오 때쯤 여기 있었는데." 여자 한 명이 말했다. "근데 내일 전에는 안 오신다고 알고 있던걸요."

"그렇긴 한데…. 그래도 내가 오는 소리를 들었을 텐데…. 뭐, 두고 보면 알겠지."

오노린은 짐 내리는 걸 도와주는 남자들에게 말했다.

"그건 수도원 집으로 가지고 올라가지 마세요. 여행 가방도 그대로 두고요…. 하지만… 그래요, 이렇게 하지요. 만약 내가 5시까지 안 내려오면 아이 하나를 시켜 가방을 들려 보내주세요."

"아니, 제가 직접 가져다 드리지요." 선원 하나가 말했다.

"그럼 그렇게 하려무나, 코레주. 아! 참, 마그녹 영감 소식은 알아?"

"마그녹 영감님은 떠나셨어요. 제가 퐁 라베까지 모셔다 드렸어요."

"그게 언제였니, 코레주?"

"부인이 떠난 다음 날이었어요, 오노린 부인."

"무얼 하러 가신다고 하던?"

"말씀하기를 그러니까…. 어딘진 몰라도… 잘린 손하고 관련이 있다며… 무슨 순례를 가신다고…."

"순례? 혹시 파우에로 갔나? 생트 바르브 성당이라고 하진 않았니?"

"그래, 바로 거기였어요…. 생트 바르브 성당…. 영감님이 말한 게 그 이름이었어요."

오노린은 더 이상 묻지 않았다. 마그녹이 죽었다는 사실을 어찌 의심하리? 오노린은 베일을 내려 쓴 베로니크와 함께 해변을 떠나 군데군데 계단을 만들어놓은 자갈투성이 오솔길로 들어섰다. 길은 참나무 숲 한가운데를 통해 섬 북쪽 끄트머리 쪽으로 이어져 있었다.

"그런데요." 오노린이 입을 열었다. "데르주몽 씨가 떠나려 하실지는 솔직히 잘 모르겠어요. 종종 이런저런 사실에 대해 놀라시긴 하지만, 제가 지금껏 이야기한 내용을 아버님께서는 전부 허튼소리로 치부하시거든요."

"아버지가 사시는 곳이 먼가요?" 베로니크가 물었다.

"걸어서 40분이에요. 나중에 보시겠지만, 그곳은 거의 다른 섬이라고 봐야 해요. 옛날에 베네딕트 수도사들 수도원이 있던 섬인데, 이 섬에 바짝 붙어 있어요."

"아버지가 프랑수아와 마루 씨하고만 계시는 건 아니지요?"

"전쟁 전에는 남자가 두 명 더 있었어요. 이후로는 마그녹 영감과 제가 모든 일을 다 보고, 요리사인 마리 르 고프 아주머니가 있고요."

"그럼 부인께서 안 계시는 동안 요리사 아주머니께서 남아 계셨나요?"

"예, 물론이지요."

두 여자는 고원까지 올라왔다. 오솔길은 해안선을 따라 급격하게 오르락내리락했다. 참나무 고목이 지천으로 자라고 있었는데 가지에 기생한 겨우살이가 몇 남지 않은 잎 사이로 보였다. 멀리서는 녹회색 대서양이 섬 주위에 흰 띠를 둘렀다.

베로니크가 말했다.

"어떻게 하실 생각이세요, 오노린 부인?"

"일단 저 혼자 들어가서 아버님께 말씀드릴게요. 그리고 정원 문으로 부인을 모시러 다시 나올게요. 프랑수아한테는 어머니 친구라고 해둡시다. 조금씩 스스로 알아챌 거예요."

"아주머니가 보시기에 아버지께서 절 반겨주실까요?"

"대환영일 거예요, 베로니크 부인." 브르타뉴 아낙네가 외쳤다. "모두 얼마나 행복해할까요. 다만… 다만 주인님께 무슨 일이 생기지 않았다면 말이지요…. 프랑수아가 달려 나오지 않은 게 너무 이상하거든요! 섬 어디서고 배를 볼 수 있었을 텐데….

글레낭 군도를 지날 때부터 말이에요."

어느새 오노린은 데르주몽 씨가 허튼소리로 치부한다는 그이야기로 돌아가 있었다. 이들은 묵묵히 길을 걸었다. 베로니크는 초조하고 불안했다.

갑자기 오노린이 성호를 그었다.

"저처럼 하세요, 베로니크 부인." 오노린이 말했다. "수도사들 덕분에 이곳이 정화되긴 했지만 그래도 옛 시절의 사악한 것들이 남아 있어서 악운을 가져와요. 특히 '왕참나무 숲'이라고 불리는 이 숲이 그래요."

옛 시절이라 함은 분명히 드루이드교(성직자 드루이드가 창시한 켈트족의 한 종교로 나무를 신성하게 여김 – 옮긴이) 사제가 인간을 제물로 바치던 시기를 말하는 것이리라. 두 사람은 숲으로 들어서고 있었는데, 참나무들이 서로 뚝 떨어진 채로 각자 이끼 긴 바위 언덕을 하나씩 차지하고 그 위에 우뚝 서 있어서 나무 하나하나가 고유의 제단과 신비한 의식, 무시무시한 힘을 지닌 고대의 신처럼 보였다.

베로니크는 오노린을 따라 성호를 그은 후 자기도 모르게 몸서리치며 말했다.

"너무 슬픈 곳이네요! 꽃 한 송이 없이 황량하다니."

"여기서 조금 더 가면 아주 근사한 꽃들이 있어요. 섬 끄트머리의 '요정 고인돌' 오른쪽에 마그녹 영감님이 가꾸는 꽃이 있는데… '십자가상 꽃밭'이라 불리는 곳이에요."

"아름다운가요?"

"정말 근사해요. 영감이 어디선가에서 구해온 흙을 잘 준비해서 일구어요. 영감이 효력을 잘 아는 어떤 특별한 잎사귀를 거기 섞었대요…."

오노린은 입술을 달싹이며 중얼거렸다.

"곧 마그녹 영감의 꽃을 보실 거예요…. 세상에 그런 꽃이 존재할 수 없지요…. 기적의 꽃이라고요…."

언덕을 돌아가자 돌연 가파른 내리막길이 나왔다. 엄청난 간격을 두고 섬이 두 부분으로 나뉘었는데 나뉘어나간 저쪽 섬이 좀 더 지대가 낮고 크기가 작았다.

"저쪽에 '수도원 집'이 있지요." 오노린이 말했다.

역시나 들쭉날쭉한 절벽이 큰 섬에서보다 더 가파르게 위아래로 장벽을 이루며 작은 섬을 왕관처럼 에워싸고 있었다. 이 장벽에서 절벽 한 자락이 뻗어 나와 50미터 길이로 큰 섬까지 이어져 있었는데, 절벽의 두께는 고작 망루 벽 정도인 데다 꼭대기로 갈수록 가늘어져 도끼날만큼이나 예리해 보였다.

이 절벽 위로 길을 낸다는 건 불가능했고, 더욱이 중간쯤에는 크게 쩍 갈라진 부분까지 있었다. 그래도 갈라진 부분 양 끄트머리 암석에 교대를 설치하고 나무다리를 놓아 어찌저찌 건널 수는 있었다.

두 여자는 차례차례 다리 위로 접어들었다. 다리는 매우 좁고 부실해서 발을 디디거나 바람이 불면 흔들거렸다.

"저기, 섬 끄트머리를 보세요." 오노린이 말했다. "수도원 집 한 귀퉁이가 보여요."

수도원 집으로 이르는 오솔길을 따라서 주사위의 5점 모양으로 심은 전나무 사이를 지나갔다. 이내 오른쪽으로 다른 오솔길이 나왔고 이 길을 따라 울창한 잡목림으로 들어섰다.

베로니크는 수도원 집에서 눈을 떼지 않았다. 집 전면 아래쪽이 점점 길쭉하게 모습을 드러내고 있었다. 그렇게 몇 분 걷다가 오노린이 우뚝 멈춰 서더니 오른쪽 잡목림을 향해 외쳤다.

"스테판 선생님!"

"누굴 부르세요?" 베로니크가 물었다. "마루 씨요?"

"예, 프랑수아의 선생님이에요. 그분이 다리 쪽으로 달려가던데…. 나무 틈으로 봤거든요…. 스테판 씨…! 왜 대답을 안 하지? 부인께서도 봤지요?"

"아니요."

"분명히 스테판 씨가 맞아요. 흰 베레모를 썼으니…. 이제 다리를 다 건넜으니 그 사람이 지나가게 기다립시다."

"왜 기다려요? 혹시 수도원 집에 무슨 일이 있거나 혹시 위험한 일이라도 생긴 거라면…."

"맞아요…. 서둘러야겠어요."

두 여자는 안 좋은 예감에 휩싸여 발걸음을 재촉하다가 별특별한 계기도 없는데 달리기 시작했다. 현실을 맞닥뜨릴 때가 되니 두려움을 참지 못할 지경이 된 것이다.

섬이 다시 좁아지더니 수도원 집 부지를 표시하는 낮은 벽이 나왔다. 이때 집 쪽에서 비명이 들렸다.

오노린이 소리쳤다.

"누가 부르고 있어요! 들었어요? 여자 비명이에요…! 요리사! 마리 르 고프 아주머니예요…."

오노린은 철책으로 달려가 열쇠를 꺼내 들었으나 너무나 당황한 나머지 손이 떨려 자물쇠를 제대로 열 수 없었다.

"저기 틈새로!" 오노린이 외쳤다. "저기요, 오른쪽!"

그러더니 훌쩍 벽 틈새로 파고 들어가 널찍한 잔디밭을 가로질러 뛰어갔다. 여기저기 폐허가 된 건물이 서 있고 송악과 이끼로 뒤덮인 오솔길이 구불구불 나 있었다.

"우리가 왔어요! 여기요!" 오노린이 정신없이 외쳤다. "우리가 왔어요!"

그러더니 나직이 말하는 것이다.

"소리가 멈췄네! 무서워요… 아! 불쌍한 마리 르 고프…"

오노린이 베로니크의 팔을 붙들었다.

"한 바퀴 돌아봐요. 집 정면은 반대쪽이에요… 이쪽 문은 항상 잠겨 있고 창문에 덧문까지 잠겨 있어요."

이때 베로니크가 나무뿌리에 발이 걸려 넘어졌다. 일어나 보니 오노린은 이미 멀리 달려나가 건물 왼편으로 돌아들고 있었다. 베로니크는 오노린을 따라가기보다 반사적으로 집 오른쪽에 난 계단을 올라가 잠긴 문을 두드리기 시작했다.

오노린처럼 집을 돌아 전면으로 가는 게 더없는 시간 낭비라는 생각이 들었던 것이다. 하지만 아무리 문을 두드려도 소용없다는 걸 깨닫고 집 앞쪽으로 돌아가려 한 순간 바로 위, 집 안쪽에서 비명이 들렸다.

남자 목소리였는데 아버지 같았다. 베로니크는 몇 발자국 물러섰다. 갑자기 2층에서 창문 하나가 열리더니 아버지 데르주몽이 보였다. 형언할 수 없는 두려움으로 사색이 되어 헐떡이고 있었다.

"사람 살려! 사람 살려! 아! 저 괴물이… 사람 살려!"

"아버지! 아버지!" 베로니크가 안타깝게 외쳤다. "저예요!"

데르주몽은 한순간 아래를 내려다보았으나 딸을 보지는 못한 듯 재빨리 발코니로 넘어가려 했다. 그런데 그 뒤쪽에서 총성이 울리더니 유리창 하나가 산산조각이 났다.

"살인자! 살인자!" 데르주몽이 다시 방으로 들어가며 외쳤다.

베로니크는 미칠 지경이었으나 어찌할 바를 몰라 주변을 휘휘 둘러보았다. 어떻게 아버지를 구할까? 벽은 너무 높아서 도구 없이는 올라갈 수 없었다. 이때 20미터쯤 떨어진 곳 벽에 사다리가 기대어 있는 게 보였다. 아주 무거운 사다리였으나 베로니크는 거의 초인적인 의지와 힘으로 사다리를 들어 열린 창문 아래에 세웠다.

삶에서 가장 비극적인 순간, 정신이 온통 뒤죽박죽되어 혼란스럽고 온몸이 불안감에 덜덜 떨리는 와중에도 우리 내부에서는 일말의 논리력이 작용해 이리저리 생각을 엮어주는 법이다. 베로니크는 왜 오노린의 목소리가 들리지 않는지, 어째서 오노린이 빨리 방으로 들어가 아버지를 구해주지 못하는지 궁금했다.

또 프랑수아 생각을 했다. 대체 그 애는 어디 있을까? 아까 영문을 알 수 없는 모습으로 도망치던 스테판 마루를 따라간 걸까? 도움을 요청하러 간 걸까? 더구나 아버지가 괴물로, 살인자로 부르는 자가 대체 누구인가?

사다리는 창문까지 닿지 않아서 발코니로 기어 올라가기가 만만치 않아 보였다. 하지만 베로니크는 서슴지 않았다. 저 위에서는 누군가 몸싸움을 벌이는 소리가 났다. 이 소리에 섞여 아버지의 짓눌린 고함이 들렸다. 베로니크는 몸을 솟구쳤다. 있는 힘껏 손을 뻗쳐 발코니 창살 아래쪽을 붙들 수 있었다. 하지만 무릎을 대고 기어 올라가 머리를 들이밀어 방에서 무슨 일이 벌어지는지 보기에는 돋을새김 장식이 너무 좁게 나 있었다.

이때 아버지가 다시 창문까지 뒷걸음질쳐 밀려나며 몸을 살짝 돌렸다. 베로니크는 가까스로 아버지의 얼굴을 정면으로 볼 수 있었다. 아버지는 멍한 시선으로 팔을 맥없이 뻗은 채 움직이지 않았다. 무언가 끔찍한 일이 벌어지기를 기다리기라도 하는 듯.

그리고 더듬거렸다.

"살인자… 살인자라고…. 진정 너란 말이냐? 아! 천벌을 받을 놈! 프랑수아! 프랑수아!"

분명 구해달라고 손주에게 도움을 요청하는 것이리라. 분명 프랑수아도 공격을 받고 있을 것이며 어쩌면 다쳤거나 죽었을지도 모른다!

갑자기 불끈 힘이 솟아 베로니크는 돋을새김 장식에 다리를 걸치는 데 성공했다.

"됐다! 이제 됐다…!" 기쁨에 차 소리를 지르려 했다.

그런데 소리는 목구멍에서 사그라졌다. 베로니크는 보고 만 것이다…! 지금 눈앞에 보이는 건…! 자기 아버지 앞에서 다섯 걸음쯤 떨어진 곳, 맞은편 벽 앞에 선 누군가가 아버지를 향해 천천히 총을 조준하고 있었다. 그런데 그 사람은…. 오! 이런 끔찍한 일이…! 지금 베로니크의 눈앞에는 오노린이 말했던 빨간 베레모와 금색 단추가 달린 플란넬 셔츠가 보였다…. 특히 잔혹함으로 일그러진 앳된 얼굴은 증오와 광기가 고조됐을 때 보였던, 바로 그 보르스키의 얼굴이었다.

아이는 베로니크를 보지 못했다. 조준하고 있는 목표물에서 한순간도 눈길을 떼지 않는 아이는 결정적 행동을 늦추며 극도의 기쁨을 맛보는 듯했다.

베로니크는 입을 꾹 다물었다. 말하고 고함을 지르는 건 이 일촉즉발의 순간에 전혀 도움이 되지 않았다. 지금 할 일은 자기 아버지와 아들 사이를 막아서는 것이었다. 베로니크는 기어올라 창문을 넘어갔다.

하지만 너무 늦고 말았다. 총이 발사됐다. 데르주몽 씨는 외마디 비명과 함께 쓰러졌다.

아이는 여전히 총을 겨누고 있었는데 노인이 쓰러지는 바로 그 순간, 안쪽에서 문이 열렸다. 오노린이 뛰어 들어왔고 이 끔찍한 광경과 정통으로 맞닥뜨렸다.

"프랑수아!" 여인이 울부짖었다. "네가! 네가!"

아이가 오노린에게 달려들었다. 여자가 아이를 막으려 했다. 그러자 몸싸움을 벌이지도 않고 아이가 한 걸음 물러나더니 잽싸게 총을 조준해 발사했다.

오노린이 무릎을 꿇더니 문턱 위로 쓰러졌다. 소년이 오노린을 훌쩍 뛰어넘어 도망치는 동안 오노린은 계속 외쳤다.

"프랑수아! 프랑수아…! 아니야, 그럴 리가 없어…. 아! 어떻게 이런 일이 있을 수 있어? 프랑수아….”

밖에서 깔깔대는 웃음소리가 들려왔다. 그렇다, 아이가 웃었다. 베로니크는 그 소리를, 보르스키의 웃음을 연상시키는 그 섬뜩하고 악랄한 소리를 들으며 살이 타는 듯한 고통을 느꼈다. 과거의 그 고통, 보르스키를 마주할 때 자신을 태웠던 그 고통이었다.

베로니크는 살인자를 쫓아가지 않았다. 부르지도 않았다.

곁에서 희미한 목소리가 자기 이름을 부르고 있었다.

"베로니크… 베로니크….”

데르주몽 영감은 바닥에 널브러져 이미 죽음이 스며든 흐릿한 시선으로 베로니크를 바라보고 있었다.

베로니크는 아버지 곁에 무릎을 꿇고 피범벅이 된 아버지의 조끼와 셔츠를 풀고 상처를 막아보려 했다. 하지만 노인은 조용히 손길을 거두었다. 딸은 이미 치료가 소용없으며 아버지가 자기에게 무언가를 말하고 싶어 한다고 느꼈다. 딸은 아버지에게 몸을 기울였다.

"베로니크… 미안하다…. 베로니크….”

그게 죽어가는 아버지가 꺼낸 첫 말이었다. 베로니크는 울면서 아버지 이마에 입을 맞추었다.

"아무 말씀도 하지 마세요, 아버지…. 힘쓰시면 안 돼요….”

하지만 노인은 다른 말을 하려고 했다. 입술을 달싹이며 알아들을 수 없는 소리를 냈고 베로니크는 그 말을 알아들으려고 절망적으로 귀를 기울였다. 생명이 떠나고 있었다. 영혼이 암흑 속으로 자취를 감추고 있었다. 마지막 안간힘을 다하는 아버지의 입술에 베로니크는 아예 귀를 갖다 댔다. 아버지는 말했다.

"조심해라…. 신의 돌을 조심해….'

돌연 노인이 몸을 반쯤 일으켰다. 꺼지기 직전의 불꽃처럼 눈에 광채가 번쩍 일었다. 베로니크는 그 눈빛에서 딸이 온 이유를 완벽히 이해하고 있으며 딸을 위협하는 모든 위험을 감지했다고 느꼈다. 노인은 갈라지고 공포에 질린 목소리로, 하지만 분명히 알아들을 수 있는 목소리로 말했다.

"여기 있지 마라. 네가 여기 있으면 죽는다…. 이 섬에서 도망쳐라…. 떠나… 떠나거라….'

그리고 고개를 툭 떨궜다. 그러고 나서도 더듬거리는 몇 마디가 들려왔다.

"아! 십자가… 사레크의 십자가 네 개…. 내 딸… 내 딸, 십자가 형벌….'

그게 끝이었다.

주변은 온통 고요했다. 침묵은 매 순간 무게를 더하는 짐처럼 베로니크를 짓눌렀다.

"이 섬에서 도망쳐요…!" 문득 어떤 목소리가 들려왔다…. "'떠나라.' 이게 아버님께서 하신 명령입니다, 베로니크 부인."

오노린이 옆에 서 있었다. 얼굴이 창백했고 피로 붉게 물든 헝겊 뭉치를 두 손으로 그러쥔 채 가슴에 대고 있었다.

"치료해야 해요!" 베로니크가 외쳤다. "잠깐만요…. 제가 한 번 볼게요."

"좀 있다가요…. 제 문제는 나중에 처리하고…." 아낙이 더듬거렸다. "아! 그런 괴물이! 내가 조금 더 일찍 도착했더라면! 아래층 문을 막아놓는 바람에 그만…."

베로니크가 애원하듯 말했다.

"그 상처 좀 볼게요…. 제발요…."

"조금 있다가요…. 일단… 마리 르 고프, 요리사 아줌마가 계단 끝에… 그분도 다쳤는데… 치명상인 것 같아요…. 가서 좀 봐주세요…."

베로니크는 아까 아들이 도망쳤던 방 끄트머리 문으로 나갔다. 복도가 매우 널찍했다. 계단 아래쪽에 요리사가 웅크린 채 숨을 헐떡이고 있었다.

베로니크가 도착하자마자 요리사는 의식도 되찾지 못하고 숨을 거두었다. 이해할 수 없는 비극의 세 번째 희생자였다.

마그녹 영감이 예언한 대로 두 번째 희생자는 바로 데르주몽이었다.

4
불쌍한 사레크 사람들

베로니크는 오노린의 상처에 붕대를 감아준 후(상처는 얕아서 치명적이지 않은 것 같았다) 서재로 꾸며놓아 책으로 가득한 큰방에 있는 아버지 시신 곁으로 마리 르 고프의 시신을 옮겨놓았다. 그런 뒤 데르주몽의 눈을 감기고 시체 위로 천을 덮은 후 기도하기 시작했다. 하지만 기도는 말이 되어 나오지 않고 아무런 생각도 제대로 할 수 없었다. 잇달아 몰아친 불행에 녹초가 되고 말았다. 주저앉아 두 손으로 머리를 감싸고 그렇게 한 시간 동안 있었다. 그동안 오노린은 몸이 불덩이가 되어 잠들었다.

베로니크는 아들의 모습을 머릿속에서 지우려고 안간힘을 썼다. 그 옛날에 보르스키의 모습을 몰아내려고 번번이 애썼듯이. 하지만 감긴 눈앞에서 두 사람의 모습이 겹치더니 베로니크 주위를 빙글빙글 돌며 춤을 췄다. 눈을 감아도 끈질기게 눈꺼풀을 꿰뚫고 들어와 이리저리 흩어졌다가 하나로 합쳐지기를 반복하는 빛처럼. 그리고 결국 하나의 얼굴, 냉소적이고 잔인하며 경련으로 일그러진 혐오스러운 얼굴만이 남았다.

베로니크의 고통은 더 이상 아들을 위해 우는 어머니의 고통이 아니었다. 14년 전에 죽었으나 방금 되살아난 아이, 어머니로서 사랑을 담뿍 퍼부으리라 마음먹게 한 이 아이가 별안간 모르는 사람으로, 아니 그보다 더 나쁘게도 보르스키의 아들이 되어버린 것이다! 그러니 그 고통이 어떠했을까?

존재 깊숙한 곳으로 파고드는 예리한 상처였다! 잠잠하던 지대의 심부까지 뒤흔드는 지각변동에 비할 만한 충격! 지옥에서나 펼쳐질 광경이었다! 이렇게 터무니없고 두려운 광경이 어디 있단 말인가! 이런 가혹한 운명의 장난이 또 있을까! 내 아들이 내 아버지를 죽였다. 죽은 줄로만 알고 그토록 오랜 세월 헤어져 있다가 이제야 서로 만나 얼싸안고 오순도순 함께 살아보려던 바로 그 순간에! 내 아들이 살인자다! 내 아들이 죽음을 뿌리고 다닌다! 내 아들이 가차 없이 총을 겨누고 사악한 기쁨에 전율하며 기꺼운 마음으로 살인을 저지른다!

이러한 행동을 어떻게 설명할 수 있을지에는 의구심을 가질 여력조차 없었다. 어째서 자기 아들이 그런 짓을 했을까? 아이 선생인 스테판 마루란 자가 공범이자 주모자인 게 틀림없을 텐데, 대체 왜 사건이 일어나기 전에 달아난 걸까? 이런 무수한 의문점이 떠올랐으나 베로니크는 그 답을 찾아볼 생각도 하지 않았다. 머릿속에는 오로지 끔찍한 살육, 죽음의 장면만 떠올랐다. 그러면서 결국 자기가 죽어야만 안식을 얻고 이 모든 사건에 종지부를 찍을 수 있으리라는 생각이 들었다.

"베로니크 부인." 브르타뉴 여인이 속삭였다.

"아, 무슨 일이에요?" 생각에서 퍼뜩 깨어나며 베로니크가 말했다.

"들리세요?"

"뭐가요?"

"1층에서 누가 벨을 눌러요. 아마 가방을 가져온 모양이에요."

베로니크가 황급히 일어났다.

"뭐라고 말해야 하지요? 뭐라 설명하지요? 만약… 그 아이가 범인이라고 말해버리면….'

"아무 말씀 마세요. 제가 알아서 할게요."

"하지만 몸 상태가 너무 안 좋으세요, 오노린 부인."

"아니, 아니에요, 이제 좀 나아졌어요."

베로니크가 계단을 내려가 흑색과 백색으로 포석이 깔린 널찍한 현관에 당도해 커다란 문빗장을 풀었다.

아니나 다를까 아까 선원 중 한 명이었다.

"부엌문을 두드렸는데." 남자가 말했다. "마리 르 고프 아주머니 안 계세요? 오노린 부인은요…?"

"오노린 부인은 위에 계시는데 드릴 말씀이 있다고 합니다."

이 젊은 여자의 얼굴이 하도 창백하고 심각한 데 놀란 듯 선원은 베로니크를 멍하니 바라보다가 말없이 그 뒤를 따라갔다.

오노린은 2층 문을 열어놓고 그 앞에 서서 기다리고 있었다.

"아! 너구나, 코레주. 내 말 잘 들어라…. 소란피우지 말고, 알았니?"

"무슨 일이세요, 오노린 부인? 다치셨어요? 무슨 일이에요?"

오노린이 문가에서 비켜서며 흰 천이 덮인 시체 두 구를 가리켰다.

"앙투안 씨와 마리 르 고프 아주머니… 두 사람 모두 살해당했다…."

남자의 얼굴이 구겨지며 더듬더듬 물었다.

"사, 살해당했다고요…? 어떻게 그런 일이…. 누구 짓이에요?"

"모르겠다. 우린 일이 벌어지고 나서 도착했어."

"그럼… 꼬마 프랑수아는요…? 스테판 씨는요…?"

"사라졌다…. 역시 살해당했을 거야."

"하지만… 마그녹 영감님은요?"

"마그녹? 아니… 왜 그 사람 이야기를 하는 거니, 코레주?"

"그… 그 이야기를 하는 이유는… 만약 마그녹 할아버지가 살아 계신다면… 이 모든 건… 말이 다르니까요. 마그녹 영감님이 항상 말씀하시길 자기가 제일 먼저 죽을 거라고 했어요. 할아버지는 확실한 이야기만 하세요. 일이 돌아가는 내막을 아신다고요."

오노린은 잠시 생각해보더니 딱 잘라 말했다.

"마그녹은 살해당했다."

이 말을 들은 코레주는 완전히 침착성을 잃고, 베로니크가 오노린에게서 여러 번 본 적이 있던 끔찍이도 공포에 질린 표정을 지었다. 남자는 성호를 긋더니 들릴락 말락 한 목소리로 말했다.

"그러면… 그 일이 벌어진 거로군요. 그렇지요, 오노린 부인? 마그녹 영감이 예고했던 대로…. 어느 날 제 배에 타셨을 때 우리한테 그러셨어요. '조만간 일이 터질 거다… 모두 떠나야 한다'고요."

그러더니 갑자기 선원은 몸을 빙 돌아 계단으로 내빼듯 걸어갔다.

"거기에 서라, 코레주." 오노린이 명령하듯 말했다.

"떠나야 해요. 마그녹 영감님이 그랬다고요. 모두 떠나야 한다고."

"거기에 서라." 오노린이 다시 말했다.

선원이 머뭇머뭇하며 멈춰 서자 오노린이 말했다.

"네 말이 맞아. 떠나야지. 내일 오후가 저물 무렵에 떠날 거다. 하지만 그전에 앙투안 씨와 마리 르 고프의 시신을 처리해야 하지 않겠니. 이렇게 하자. 아르시냐 자매를 우리한테 보내거라. 초상집 밤샘을 치르게 해야겠다. 고약한 여자들이긴 하지만 그런 일 처리에 익숙한 사람들이니. 세 자매 중 적어도 둘은 와야 한다. 평소보다 보수를 두 배씩 더 주겠다고 해라."

"그리고 나면요, 오노린 부인?"

"네가 어르신들과 함께 관을 좀 처리해주고, 내일 새벽이 되자마자 성당 묘지에 터를 잡아 시신을 묻자."

"그런 다음에는요, 오노린 부인?"

"그런 다음엔 자유롭게 행동해도 돼. 다른 사람들도 마찬가지고. 짐을 싸서 떠나면 되겠지."

"그럼 부인은요?"

"내겐 배가 있잖니. 자, 이야기는 이만하면 됐다. 그럼 그렇게 하는 거다?"

"좋아요. 하룻밤만 지내면 된다는 거니까. 내일까지는 아무 일도 없겠지요…?"

"물론이지…. 가봐라, 코레주…. 서둘러주렴. 그리고 다른 사람들한텐 절대로 마그녹 영감이 죽었다는 말은 하지 마. 안 그러면 사람들을 붙들어 놓을 수가 없을 테니."

"약속할게요, 오노린 부인."

이 말을 남기고 선원은 허둥지둥 떠나갔다.

한 시간 후 아르시냐 자매 둘이 도착했다. 비쩍 말라 뼈가 앙상한 늙은이들로 여지없는 중세 마녀 같은 모습에 검정 벨벳 리본이 달린 꼬질꼬질한 머리쓰개를 쓰고 있었다. 오노린은 그제야 같은 층 건물 왼쪽 끝에 있는 자기 방으로 물러났다.

초상 밤샘이 시작되었다.

그날 밤 베로니크는 처음에는 아버지 곁에 있다가 오노린의 상태가 나빠진 것 같아 오노린의 침대맡으로 자리를 옮겼다. 그러다가 결국 잠이 들었는데, 또렷한 의식을 완전히 잃지는 않았던 오노린이 열에 들떠 자신에게 말을 거는 것을 듣고 깨어났다.

"프랑수아는 숨어 있는 게 틀림없어요…. 스테판 씨도요…. 마그녹 영감이 그들에게 알려준 은신처가 있거든요. 그러니까 다시 나타나지 않을 거예요. 아무도 무슨 일이 벌어졌는지 모를 거예요."

"확신하세요?"

"확신해요…. 게다가… 내일 사람들이 전부 사레크 섬을 떠나면 우리 둘만 남을 거고, 그때 소라로 신호를 보내면 그 애가 여기로 올 거예요."

베로니크가 곧장 반박했다.

"아니, 그 애를 안 볼 거예요…! 끔찍하다고요…! 제 아버지가 그러셨듯 그 애를 저주할 뿐입니다…. 생각해보세요, 그 애가 제 아버지를 죽였어요. 바로 내 눈앞에서요! 그리고 마리 르고프도… 그리고 당신까지 죽이려 했잖아요! 아니, 안 돼요. 괴물 같은 그 아이를 증오하고 혐오한다고요…!"

브르타뉴 여자는 이제껏 여러 번 그랬듯 베로니크의 손을 꼭 붙들고 중얼거렸다.

"아직 그 애가 범인이라고 확신하지 마세요…. 자기가 무슨 짓을 하는지도 몰랐을 거예요."

"무슨 말씀이세요! 그 애가 모르다니요! 그 애 눈을 봤다고요! 바로 보르스키의 눈이었어요…."

"그 애는 몰랐던 겁니다…. 제정신이 아니었다고요."

"제정신이 아니라니요? 무슨 말씀이세요?"

"그래요, 베로니크 부인. 그 애를 잘 알아요. 그렇게 착한 애가 없다고요. 만약 그런 짓을 했다면 그건 광기라고밖에 할 수 없어요…. 스테판 씨도 마찬가지고요. 프랑수아는 지금 절망에 빠져 울고 있을 게 틀림없어요."

"그럴 리가 없어요…. 믿을 수 없어요…."

"믿으실 수 없겠지요. 지금 벌어지는 일에 대해서 하나도 모르시니까요…. 그리고 앞으로 무슨 일이 벌어질지도…. 만약 알고 계신다면…. 아! 무슨 일이… 무슨 일…."

오노린의 말소리는 더 이상 알아들을 수 없었다. 이윽고 여자는 말을 멈췄으나 눈을 휘둥그레 뜨고 소리 없이 그저 입술만 달싹였다.

동이 틀 때까지 아무런 일도 벌어지지 않았다. 새벽 5시쯤 관에 못을 박는 소리가 들려왔고 이와 동시에 방문이 열리더니 아르시냐 자매가 허겁지겁 들어왔다. 두 사람 모두 크게 흥분해 있었다.

코레주가 용기를 내려고 과음한 나머지 함부로 입을 놀려 아르시냐 자매에게 진실을 말해버린 것이다.

"마그녹 영감이 죽었다고!" 자매가 소리소리 질렀다. "마그녹이 죽었는데 아무 말도 안 했어! 우린 갑니다! 빨리 돈 내놔요!"

아르시냐 자매는 돈을 받아 쏜살같이 떠났고 한 시간쯤 후에는 아르시냐 자매의 말을 들은 다른 여자들이 몰려와서 일하던 남편들 보수를 챙겨달라고 아우성쳤다. 다들 이구동성으로 말했다.

"떠나야 해요! 모두 채비를 차려야 한다고요…. 기다리면 늦고 말 거예요…. 배 두 대면 모두 함께 떠날 수 있을 겁니다."

오노린이 간신히 이들을 어르고 달래는 동안 베로니크는 돈을 나누어 주었다. 장례식은 황급히 진행됐다. 수도원 집에서 멀지 않은 곳에 오래된 성당이 있었다. 데르주몽이 생전에 정성껏 보수해놓았고, 한 달에 한 번 퐁 라베에서 온 사제가 그곳에서 미사를 집전하곤 했다. 그 옆에는 사레크 성직자들을 위한 옛 묘지가 있었다. 시신 두 구는 그곳에 매장되었으며 평소 성당 관리인으로 있던 늙은이가 축도 몇 마디를 얼버무렸다.

사람들은 전부 광기에 사로잡힌 듯 보였다. 말도 행동도 모두 허둥지둥했다. 떠나야 한다는 생각에만 사로잡힌 나머지, 한쪽에서 기도하며 울고 있는 베로니크에게는 신경도 쓰지 않았다.

아침 8시가 채 못 되어 모든 게 끝났다. 남자 여자 할 것 없이 모두 섬을 가로질러 뿔뿔이 흩어졌다. 베로니크는 서로 상관없는 사건들이 아무런 논리도 없이 연달아 일어나는 악몽을 꾸는 듯 느끼면서, 몸이 계속 좋지 않아 주인의 장례식에 참석하지 못한 오노린 곁으로 돌아갔다.

"이제야 마음이 좀 놓이는군요." 브르타뉴 아낙이 말했다. "오늘이나 내일 우리도 떠납시다. 프랑수아랑 떠날 겁니다."

베로니크가 반대하자 이렇게 대꾸했다.

"프랑수아도 같이 갑니다, 두말하지 마세요. 스테판 씨도 함께 가고요. 될 수 있으면 일찍 떠납시다. 저 역시 떠나고 싶어요…. 부인도 데려가고 프랑수아도 데려갈 겁니다…. 이 섬에는 죽음이 서려 있어요…. 죽음이 여기를 지배하고 있단 말이에요…. 사레크를 떠나야 합니다…. 우리 모두 떠날 거예요."

베로니크는 오노린의 심기를 거스르고 싶지 않았다. 그런데 9시쯤, 어디선가 다시금 황급한 발소리가 들려왔다. 코레주가 마을에서 돌아오는 길이었는데 현관으로 들어서자마자 소리쳤다.

"오노린 부인, 누가 부인 배를 훔쳐갔어요! 배가 사라졌다고요!"

"그럴 리가!" 오노린이 소리쳤다.

숨이 넘어갈 듯 선원이 말했다.

"없어졌어요. 오늘 아침에 얼핏 봤거든요…. 술을 많이 마셔서 잘못 봤나 해서…. 그 후론 다시 생각하지 않았어요. 그런데 다른 사람들도 똑같이 봤대요. 밧줄이 끊어져 있었어요…. 밤중에 그랬나 봐요. 누가 도망친 게 분명해요. 아무도 모르게 말이에요."

두 여자의 눈이 마주쳤고 같은 생각이 들어 가슴이 죄어들었다. 프랑수아와 스테판 마루가 도망친 거였다.

오노린이 잇새로 중얼거렸다.

"그래…. 그렇다는 거로군…. **놈**이 알아챈 거야."

아이가 떠나버렸으며 다시 그 애를 보지 않아도 된다는 생각에 베로니크는 일말의 안도감을 느꼈다. 하지만 오노린은 다시 겁에 질려 외쳤다.

"그럼… 그러면… 이제 어떻게 하지…?"

"당장 떠나야 해요, 오노린 부인. 배가 준비됐으니… 두 분 모두 서둘러 짐을 싸세요…. 11시면 모두 마을을 뜰 거예요."

베로니크가 끼어들었다.

"오노린은 지금 떠날 만한 몸 상태가 아니란 말이에요…."

"아니… 이제 괜찮아요…." 오노린이 힘주어 말했다.

"아니에요. 말도 안 돼요. 기다리지요, 하루나 이틀쯤…. 내일모레 돌아오세요, 코레주."

그러면서 베로니크는 선원을 문 쪽으로 밀어붙였다. 어차피 코레주도 떠날 생각만 가득했다.

"좋아요. 그럼 모레 다시 돌아올게요…. 그리고 어차피 짐을 다 가져갈 수 없어요…. 나중에 다시 찾으러 와야 할 거예요….
치료 잘하세요, 오노린 부인."

그리고 헐레벌떡 밖으로 뛰어갔다.

"코레주! 코레주!"

오노린이 침대에서 벌떡 일어나 있는 힘을 다해 외쳤다.

"안 돼, 안 돼, 가지 마, 코레주…. 날 기다려줘. 배에 태워 날
데려가라고!"

오노린은 가만히 귀를 기울이다가 코레주가 돌아오지 않자
자리에서 일어나려고 했다.

"무서워요…. 혼자 있기 싫어요…."

베로니크가 여인을 붙들었다.

"혼자 계시지 않아요, 오노린. 제가 부인 곁에 꼭 붙어 있을게
요."

두 여자 사이에 격렬하게 승강이가 벌어졌다. 결국 강제로
침대에 눕혀진 오노린은 기운이 쭉 빠져 신음했다.

"두려워요…. 너무 두려워…. 이 섬은 저주받았어…. 남아 있
으면 신이 저주를 내릴 거야…. 마그녹 영감이 죽은 게 경고였
다고…. 두려워요…!"

오노린은 흥분한 상태로 브르타뉴 여자 특유의 미신적 사고
가 드러나는 일관성 없는 소리를 늘어놓다가도 또렷한 정신이
일부 남아 있는지 이따금 분명하고 조리 있는 말을 던졌다.

오노린이 베로니크의 어깨를 움켜쥐고 말했다.

"제 말 잘 들어요…. 이 섬은 저주받았어요…. 언젠가 마그녹
영감이 내게 고백했어요. '사레크는 지옥으로 들어서는 입구

중 하나다. 지금은 문이 닫혀 있지만 그 문이 열리는 날엔 불행한 일이 폭풍처럼 몰아칠 거야'라고요."

베로니크가 달래고 달랜 끝에 오노린은 간신히 차분해져서 좀 더 부드러운 목소리로 말을 이어갔으나 목소리는 점점 작아졌다.

"그래도 마그녹 영감은 이 섬을 좋아했어요…. 우리 모두 그랬지요. 영감님은 언젠가 이런 아리송한 말도 했어요. '그런데 그 문은 이중으로 되어 있어, 오노린. 그래서 천국을 향해서도 열리거든.' 그래, 그래요. 섬은 정말로 살기 좋은 곳이었어요…. 우리 모두 이 섬을 사랑했어요…. 마그녹 영감이 꽃을 키웠어요…. 오! 그 꽃송이는… 얼마나 큰지…. 키는 세 배나 크고… 더없이 아름답지요."

그러고는 몇 분이 흘렀는데 분위기는 무겁기 그지없었다. 방은 저택 끝 불쑥 튀어나온 부분에 있었다. 방 창문을 통해 섬 좌우가 모두 내다보였으며 그 너머로는 바다를 면한 벼랑이었다.

베로니크는 가만히 앉아서 거세진 바람에 더욱 격렬하게 하얗게 부서지는 파도를 뚫어지게 바라보았다. 브르타뉴 지방 해안을 모조리 가리고 있는 짙은 안개 너머로 해가 떠오르고 있었다. 한편 서쪽으로 시선을 돌리면 시커먼 암초를 둘러싸고 부딪는 거품 너머로 대서양의 황량한 수평선이 끝없이 펼쳐졌다.

잠에 빠져들며 브르타뉴 아낙이 중얼거렸다.

"말하기를, 그 문은 돌이래요…. 그 돌은 아주 멀리서, 외국에서 왔다지요…. 그게 '신의 돌'이에요. 또 말하기를, 그게 아주 귀중한 보석이라나요…. 금과 은이 섞인 돌이래요. '신의 돌'…· 생명이나 죽음을 가져오는 돌…. 마그녹이 그걸 봤어요…. 영감님이 문을 열고 팔을 집어넣었는데…. 그런데 손이… 손이 잿더미가 됐지요.”

베로니크는 가슴이 죄어드는 것 같았다. 서서히 독물이 스며들 듯 베로니크의 마음도 점점 두려움에 사로잡혔다. 며칠 동안 주변에서 끔찍한 일들이 벌어졌고 이 일들은 다른 더 끔찍한 사건들을 불러오고 있는 것 같았는데, 어느덧 베로니크도 일이 터지기만을 기다리는 심정이었다. 마치 모두가 올 거라고 예견한 폭풍우가 모든 걸 휩쓸어갈 때를 기다리듯이 말이다.

베로니크는 그렇게 기다렸다. 자기를 모질게 쫓아다니며 몰아붙이는 무시무시한 운명의 힘 때문에 끔찍한 일들이 벌어지고야 말 거라는 사실을 믿어 의심치 않았다.

“배 두 척이 보이나요?” 오노린이 물었다.

베로니크가 대답했다.

“여기선 안 보여요.”

“보여요, 보일 거라고요. 배가 반드시 그 길로 지나갈 거예요. 배 무게가 꽤 나갈 텐데 그쪽 끝으로 넓은 통로가 나 있거든요.”

정말 잠시 후 곶이 돌아가는 곳에서 배 끄트머리가 보였다.

배는 상당히 무거웠는지 물속으로 폭 꺼져 있었다. 상자며 짐 꾸러미가 가득 실려 있었고 그 위에 여자와 아이들이 앉아 있었다. 남자 넷이 힘차게 노를 젓고 있었다.

“코레주의 배예요.” 속옷 바람으로 침대에서 뛰어내린 오노린이 말했다…. "다른 배도 보여요, 저기요."

두 번째 배 역시 묵직하게 미끄러져 들어오고 있었다. 남자 셋이 노를 젓고 있었고 여자 한 명이 타고 있었다.

베로니크와 오노린이 있는 곳과 배가 지나는 곳은 너무 멀어서(한 700~800미터쯤이다) 사람들 얼굴을 알아볼 수 없었다. 죽음을 피해 달아나는 처참함이 깃든 묵직한 두 척의 배에서는 아무런 말소리도 들려오지 않았다.

"세상에! 하느님!" 오노린이 신음했다. "제발 저 사람들이 지옥에서 벗어나기를!"

"무얼 두려워하시는 거예요, 오노린? 아무런 위험도 없잖아요."

"있지요. 섬을 떠나지 않는 한 있어요."

"하지만 벌써 떠났잖아요."

"섬 주변도 아직은 섬에 속해 있어요. 암초가 도사리고 있다고요."

"하지만 바다가 거칠지도 않은걸요."

"바다 말고 다른 게 있어요…. 적은 바다가 아니에요."

"그러면요?"

"모르겠어요. 저도 모르겠어요."

배 두 척은 섬 북단 끄트머리로 향하고 있었다. 좁은 수로 두 개가 그 앞에 도사리고 있었다. 암초 이름을 따서 '악마의 바위'와 '사레크의 이빨'이라고 부른다고 오노린이 가르쳐주었다.

동시에 코레주가 '악마' 협로 쪽으로 방향을 잡는 게 보였다.

"다가가고 있어요." 브르타뉴 아낙이 말했다. "다 왔어요….

100미터만 더 가면 이제 된 거예요….”

그러면서 거의 비웃듯 말했다.

“아! 악마의 술책을 모두 피해 갈 거예요, 베로니크 부인. 우리 모두 살아날 거예요. 부인이나 저나, 사레크 주민 전부 말이에요.”

베로니크는 말이 없었다. 계속 가슴이 죄어들었다. 도무지 쫓아버릴 수 없는 희미한 예감 때문이라고밖에 할 수 없었다. 베로니크는 마음속으로 바다에 금을 하나 그어놓고 그 선을 넘어가기 전까지는 아직 위험이 가시지 않았다고 생각했는데, 코레주는 아직 그 금에 도달하지 못했다.

오노린이 열에 들떠 바들바들 떨며 중얼거렸다.

“무서워… 무서워요….”

“그러지 마세요.” 베로니크가 힘주어 말했다. “그럴 이유가 있나요. 위험이 어디서 나타나겠어요?”

“아!” 오노린이 소리쳤다. “저게 무엇이지요? 저게 웬일이야?”

“뭐가요? 무슨 일이에요?”

두 사람은 이마를 유리창에 갖다 대고 미친 듯이 바라보았다. 저쪽 ‘사레크의 이빨’ 뒤에서 무언가가 말 그대로 솟아났다. 바로 전날 이들이 타고 왔으며 코레주가 사라졌다고 말한 오노린의 모터보트인 걸 금세 알아볼 수 있었다.

“프랑수아…! 프랑수아…!” 오노린이 아연실색하여 말했다. “프랑수아랑 스테판 씨예요…!”

정말로 아이가 있었다. 보트 앞쪽에 서서 배 두 척에 탄 사람

불쌍한 사레크 사람들 87

들에게 신호를 보내고 있었다.

남자들이 노를 흔들며 응답하고 여자들이 무어라 소리치고 있었다. 베로니크가 저지했으나 오노린이 창문을 활짝 열어젖혔다. 모터 소리 사이사이로 목소리가 들려왔으나 무슨 말인지 알아들을 수 없었다.

"저게 무슨 뜻이지요?" 브르타뉴 아낙이 다시 물었다…. "프랑수아와 스테판 씨는… 왜 육지로 가지 않은 거지요?"

"아마도." 베로니크가 설명해보았다. "뭍에 도착해서 눈에 띄면 조사를 받을까 두려웠을 테지요…."

"아니에요. 다들 두 사람을 잘 알아요. 특히 프랑수아는 저랑 자주 갔으니까요. 게다가 신분증이 배에 있어요. 아니, 아니야. 저들은 바위 뒤에 숨어서 기다리고 있었어요."

"오노린, 숨어 있었으면 왜 지금에야 나타났겠어요?"

"아, 그래요…. 그래…. 이해할 수가 없네… 정말 이상해요…. 지금 코레주랑 다른 사람들이 무슨 생각을 하고 있을까?"

두 번째 배가 첫 번째 배를 따라잡았고 두 척 모두 거의 멈춰 있었다. 배에 탄 사람들 모두 자기네 쪽으로 빠르게 다가오는 모터보트를 바라보고 있는 것 같았다. 모터보트가 두 번째 배 가까이 와서 속도를 줄이더니 15~20미터 간격을 유지한 채 같은 방향으로 전진했다.

"이해가 안 돼…. 이해할 수 없어…." 브르타뉴 아낙이 계속 중얼거렸다.

모터가 꺼졌고 모터보트는 아주 느린 속도로 배 두 척 중간쯤에 도달했다.

이때 불쑥 프랑수아가 상반신을 굽혔다 다시 곧추세웠다. 무언가를 던지려는 듯 오른팔을 뒤로 젖히고 있었다.

동시에 스테판 마루도 같은 동작을 취했다.

그러더니 일이 벌어졌다. 갑작스럽고 끔찍한 일이.

"아!" 베로니크가 비명을 질렀다.

한순간 눈을 가렸다가 이내 다시 고개를 들었다. 눈앞에 참혹한 광경이 펼쳐지고 있었다.

각 배에 하나씩 물체가 던져졌던 것이다. 하나는 뱃머리에서 프랑수아가, 다른 하나는 고물에서 스테판 마루가 던진 것이었다.

순식간에 두 척의 배 위에서 폭탄이 터지고 소용돌이 연기가 피어올랐다. 뒤이어 폭음이 들렸다. 한순간 시커먼 연기가 가득 차올라 무슨 일이 벌어지는지 볼 수 없었다. 그러다 연기 장막이 바람에 걷히자 베로니크와 오노린의 눈에 빠른 속도로 배들이 침몰하는 모습이 보였다. 사람들은 바다로 뛰어들고 있었다.

그 광경(이 얼마나 끔찍한 광경이었는지!)은 오래 지속되지 않았다. 더 이상 움직이지 않는 아이를 품에 안은 여자, 폭탄에 희생되었는지 꼼짝하지 않는 사람들, 미쳐버린 듯 서로 치고받으며 실랑이를 버리는 두 남자…. 이 모든 게 배와 함께 사라졌다.

몇 번 소용돌이가 일며 검은 점 몇 개가 물 위로 떠올랐다. 그리고 끝이었다.

오노린과 베로니크는 공포에 질려 단 한마디도 꺼내지 못했다. 다소 걱정하긴 했으나 이런 끔찍한 상황이 펼쳐지리라고는 상상조차 못 했다.

한참 만에 오노린이 손을 머리로 가져가더니 들릴락 말락 한 목소리로 말했는데, 베로니크는 그 목소리를 결코 잊을 수 없었다.

"머리가 터질 것 같아…. 아! 불쌍한 사레크 사람들…! 내 친구들이었는데…. 어릴 적 친구들을… 이제 다시는 못 본다니…. 바다는 죽은 사람들을 절대로 사레크에 되돌려주지 않아. 그저 데리고 있지…. 바닷속에는 관이 있거든…. 숨어 있는 관이 수백만 개라고…. 아! 머리가 터질 것 같아…. 미쳐가나봐…. 프랑수아처럼…. 불쌍한 우리 프랑수아!"

베로니크는 아무런 대꾸도 하지 않았다. 납빛이 된 채 손으로 발코니 난간을 움켜쥐고 마치 뛰어들기 직전의 심연을 바라보듯 그렇게 바라보고만 있었다. 아들이 이제 또 무슨 짓을 할까? 저들을 구하려 할까? 사람들이 도와달라고 소리를 지르고 있다. 사람들을 곧장 구해줄까? 광기를 부렸다곤 해도 충격적인 광경을 보면 발작이 가라앉기도 하지 않는가.

보트는 소용돌이에 빨려 들어가지 않으려고 뒤로 물러나 있었다. 프랑수아와 스테판의 빨갛고 흰 베레모가 계속 보였다. 이들은 허리에 손을 얹은 채 아까처럼 한 명은 배 앞쪽에, 다른 한 명은 뒤쪽에 서 있었다. 거리가 멀어서 두 사람이 손에 무얼 들고 있는지 제대로 볼 수 없었다. 길쭉한 막대기 같았다.

"사람들을 끌어낼 장대일 거야…." 베로니크가 중얼거렸다.

"아니면 총이거나…." 오노린이 대꾸했다.

검은 점들이 동동 떠내려가고 있었다. 전부 아홉 개였다. 생존자로 보이는 아홉 사람의 머리였으며 간혹 팔을 허우적대며 구조 요청을 하고 있었다.

어떤 이들은 모터보트에서 황급히 멀어져갔으나 네 사람은 그쪽으로 다가갔다. 이들이 배에 거의 도달했다.

갑자기 프랑수아와 스테판이 동시에 움직여 사수의 자세를 취했다.

불빛이 두 번 번쩍이며 총성이 울려 퍼졌다.

헤엄치던 두 사람의 머리가 사라졌다.

"아! 저, 저 괴물들." 베로니크가 힘없이 주저앉으며 더듬거렸다.

오노린은 옆에서 미친 듯 소리치기 시작했다.

"프랑수아…! 프랑수아…!"

하지만 목소리는 힘이 없었고 바람에 막혀 멀리 퍼지지 못했다. 그래도 오노린은 계속해서 소리쳤다.

"프랑수아…! 스테판…!"

그러더니 방을 가로질러 복도로 달려가 무언가를 찾느라 두리번거리더니 계속 외쳐대며 다시 창문으로 돌아왔다.

"프랑수아! 프랑수아…! 내 말 들어…."

마침내 소라고둥을 찾아냈다. 그걸 입에 대고 불었지만 불분명하고 둔탁한 소리만 날 뿐이었다.

"아! 저주야." 오노린이 소라를 집어던지며 내뱉었다. "힘이 하나도 없어…. 프랑수아! 프랑수아…!"

오노린은 머리가 엉망으로 헝클어지고 얼굴은 땀으로 범벅이 되어 차마 눈뜨고 보기 어려운 처참한 꼴이었다. 베로니크가 애원했다.

"오노린, 제발!"

"저들을 봐요! 저자들을 보라고요!"

바다에서는 보트가 전진하고 있었고 두 명의 사수는 자기 자리를 지키며 여전히 총을 쏠 태세였다.

달아나는 생존자들 뒤로 두 사람이 뒤처졌다.

생존자들은 과녁이 되었고 곧 물속으로 머리가 사라졌다.

"아니, 저자들을 보라고요." 브르타뉴 아낙은 쉰 목소리로 외쳤다. "저건 완전히 사냥이야! 짐승을 때려잡는 거라고…! 아! 불쌍한 사레크 사람들!"

총성이 다시 한 번 울려 퍼졌다. 점 하나가 가라앉았다.

베로니크는 절망에 빠져 어쩔 줄을 몰랐다. 우리에 갇힌 짐승처럼 발코니 창살을 붙들고 흔들어댔다.

"보르스키! 보르스키…!" 남편의 기억에 사로잡혀 베로니크가 신음했다…. "저건 보르스키 아들이야."

별안간 누군가 베로니크의 목덜미를 부여잡았다. 그러더니 알아볼 수 없게 변한 오노린의 얼굴이 코앞에 나타났다.

"저건 네 아들이야." 오노린이 으르렁거렸다…. "저주받을…. 네가 저 괴물의 어미다. 천벌을 받을 거야…."

그러더니 발을 구르며 경련을 일으키듯 웃어젖혔다.

"십자가! 그래, 십자가…. 넌 십자가에 매달릴 거야…. 손에 못이 박히겠지…! 제대로 된 벌이야…! 손에 못이 박힌다!"

완전히 미쳐버린 모양이었다.

베로니크는 그 손을 뿌리치고 오노린을 진정시키려고 했다.

하지만 베로니크를 매섭게 밀어 넘어뜨리더니 잽싸게 발코니 위로 기어 올라갔다.

그렇게 창문 위에서 두 팔을 들고 서서 큰 소리로 다시 외쳤다.

"프랑수아…! 프랑수아…!"

그 부분 지반이 상대적으로 높아서 창문은 그다지 높이 나 있지 않았다. 브르타뉴 아낙네는 아래 샛길로 훌쩍 뛰어내려 덤불을 가로지르더니 바다를 내려다보는 절벽 꼭대기로 달려갔다.

그러더니 잠시 멈춰 서서 자기가 기른 아이의 이름을 세 번 외치고는 머리를 내밀어 허공으로 몸을 던졌다.

멀리서는 인간 사냥이 끝나가고 있었다. 머리가 하나둘 가라앉고 있었다. 학살은 끝났다.

프랑수아와 스테판이 탄 배는 브르타뉴 해안 벡 멜과 콩카르노 쪽으로 멀어지고 있었다.

이제 베로니크는 '서른 개의 관'에 홀로 남았다.

5
십자가에 매달린 네 명의 여자

　베로니크는 '서른 개의 관'에 홀로 남았다. 바다 위에 살포시 내려앉은 듯한 구름 사이로 태양이 질 때까지, 베로니크는 창가에 주저앉아 창틀에 괸 두 팔에 머리를 파묻고 꼼짝도 하지 않았다.

　여인의 어두운 영혼 속에서, 마치 안 보려고 애쓰지만 순간순간 미세한 부분이 선명히 드러나는 그림처럼 현실이 떠올라, 그 끔찍한 순간을 다시 겪는 듯한 느낌이 들었다.

　베로니크는 이 모든 사실을 설명해보거나 이 사건을 밝혀줄 이런저런 이유를 가정해보려 하지 않았다. 프랑수아와 스테판 마루가 어떤 동기가 있어 이런 행동을 했다고 믿을 수 없었으므로 이들이 광기에 사로잡혔다는 사실을 받아들이고 있었다. 이들이 미쳐서 살인했다고 여기면, 그 행동 뒤에 어떤 계획이나 정해진 의도가 있다고 생각할 필요가 없었다.

　한편 오노린의 광기를 눈앞에서 직접 본 베로니크는 이 모든 사건이, 사레크 주민이 일종의 집단 정신이상 상태에 빠져서 일어난 일이라는 생각이 들었다. 자기마저도 한순간 정신이 이상해지면서 안갯속으로 생각이 빨려 들어가고 주변에 유령이 맴도는 듯한 기분을 느꼈으니까 말이다.

베로니크는 깜빡 잠이 들었는데 꿈에서 끔찍한 장면에 시달리다 불행하다는 느낌이 들어 서럽게 울어댔다. 그러다가 작은 소리를 듣고 둔한 상태에서도 퍼뜩 경계심이 들었다. 적이 다가오고 있는 것이다. 베로니크는 눈을 떴다.

바로 세 발짝쯤 떨어진 곳에 이상한 동물이 궁둥이를 바닥에 대고 뒷발로 앉아 있었다. 우유를 탄 커피 색깔의 긴 털이 나 있고 앞발을 사람처럼 십자로 꼬고 있었다.

개였다. 문득 오노린이 말해주었던 충직하고도 웃긴 녀석이라던 프랑수아의 개 이야기가 떠올랐다. 이름도 생각났다. 만사형통이라던가.

이름을 나직이 말해보던 베로니크는 불쑥 분노가 치솟아 이 모든 상황을 조롱하는 듯한 별명을 가진 동물을 쫓아버리고 싶었다. 만사형통이라니! 고통받으며 처참히 죽어간 모든 희생자, 즉 죽은 사레크 주민, 살해당한 아버지, 자살한 오노린, 미쳐버린 프랑수아를 생각했다. 그런데도 만사형통이라니!

하지만 개는 꿈쩍도 안 했다. 오노린이 말해준 대로 뒷발로 서서 머리를 살짝 갸우뚱거리며 한쪽 눈을 찡긋 감고 입은 귀에 걸릴 듯 헤벌린 채 앞발을 꼬고 있었는데, 정말로 사람이 미소 짓고 있는 것 같았다.

또 한 가지가 생각났다. 이것이 바로 만사형통이 고통받는 사람들을 나름대로 위로하는 방식이라던 게 말이다. 만사형통은 누군가 눈물 흘리는 꼴을 못 보는지라 우는 사람이 자기를 쓰다듬어줄 때까지 뒷발로 서 있는다고 했다.

베로니크는 미소 지을 순 없었으나 개를 끌어다 품에 안고 말했다.

"아니란다, 불쌍한 녀석. 다 잘되지 않아. 반대로 잘되는 일이라곤 하나도 없단다. 그래도 살아야겠지, 안 그러니? 남들처럼 미치지 않으려면…"

살려면 움직여야 했다. 베로니크는 부엌으로 내려가 먹을 것을 넉넉히 꺼내 개에게 주었다. 그리고 다시 올라왔다.

밤이 왔다. 2층에서 평소 오랫동안 사용하지 않은 듯한 어떤 방으로 들어갔다. 그날 하루 동안 겪은 감정적, 심리적 긴장 상태 때문인지 갑자기 엄청난 피로가 몰려왔다. 베로니크는 곧장 잠에 빠져들었다. 만사형통이 밤새도록 침대맡에서 망을 보았다.

다음 날 아침, 베로니크는 느지막이 일어났다. 놀라우리만치 차분하고 안전한 기분이 들었다. 지금 이 순간의 삶과 브장송에서 보낸 부드럽고 평온한 삶이 서로 맞닿아 있다는 생각마저 들었다. 며칠 동안 겪은 끔찍한 일들이 마치 오래된 일처럼 여겨졌고, 그런 위험이 다시 되돌아올지도 모른다는 걱정은 들지 않았다. 이 풍랑 속에서 사라진 사람들은 그저 단 한 번 마주쳐 지나간 이방인이었다는 생각이 들었다. 고통에 겨워 마음에서 흐르던 피도 멈추었다. 애도의 감정은 영혼 깊숙이까지 파고들지 않았다.

뜻밖에도 무한한 휴식, 위안이 주는 고독함이 찾아왔다. 그 느낌이 얼마나 좋았는지 증기선 한 대가 참화 현장에 닻을 내렸을 때조차 아무런 신호도 보내지 않았다. 전날 육지 해안에서 폭발음과 불꽃을 감지한 모양이었다. 베로니크는 꼼짝도 하지 않았다.

증기선에서 떨어져 나온 작은 보트가 보였다. 섬에 와서 마을을 둘러보리라는 생각이 들었다. 베로니크는 자기 아들이 연루된 사건을 조사하는 게 두려웠을 뿐만 아니라 사람들이 자신을 찾아내 신문하고 이름이며 성격, 과거를 들추어내 간신히 벗어났던 지옥 같은 굴레로 다시 들어가는 걸 원치 않았다. 1~2주 기다리다가 우연히 섬 근처를 지나가는 고깃배를 타는 게 나았다.

마을을 조사하러 왔을 게 분명한 사람들은 아무도 이곳 수도원 집까지 올라오지 않았다. 증기선은 떠나갔고 아무것도 혼자 있는 베로니크를 방해하지 않았다.

이렇게 사흘이 흘렀다. 운명도 베로니크를 더 이상 공격할 생각은 없는 모양이었다. 여인은 혼자였으며 온전히 자유로웠다. 그간 큰 위안이었던 만사형통은 어디론가 사라져버렸다.

작은 섬 끝자락 전체를 차지하는 수도원 집은 15세기 이후 버려져 차츰 폐허가 돼가던 옛 베네딕트 수도원 자리에 있었다.

저택은 브르타뉴 지방의 부유한 선주가 옛 수도원 숙소의 자재와 성당의 돌을 가져다 18세기에 지은 것으로, 건축 쪽이든 실내장식 쪽이든 이렇다 할 흥미로운 점이 없었다. 더구나 베로니크는 방에 함부로 들어가 볼 생각도 없었다. 아버지와 아들에 대한 기억으로 닫힌 문을 감히 열어보지 못하는 것이다.

하지만 이튿날, 봄 햇살이 따사롭게 내리쬐자 베로니크는 정원을 둘러보기로 했다. 정원은 섬 끝까지 펼쳐져 있었는데, 집 앞 잔디밭도 그렇듯 송악으로 뒤덮인 폐허가 군데군데 자리 잡고 있었다. 살펴보니 모든 샛길이 거대한 참나무 군락 위에 깎아지른 듯 솟아 있는 곳으로 이어져 있었다. 그곳에 가보니 참나무로 둘러싸인 한가운데에 바다 쪽으로 난 반달 모양의 빈터가 있었다.

빈터 중간에 고인돌이 하나 있었는데, 비교적 짤막한 타원형 상판이 거의 정육면체 모양의 두 돌로 받쳐져 있었다. 웅장하고도 놀랍도록 장엄한 공간이었다. 시선은 바다 쪽으로 무한히 뻗어 나갔다.

'오노린이 말했던 요정 고인돌이구나.' 베로니크가 생각했다. '그럼 십자가상 꽃밭과 마그녹 영감이 키우던 꽃이 멀지 않은 곳에 있겠어.'

베로니크는 이 거석 유적을 살펴보려고 주위를 한 바퀴 돌았다. 널판을 받치는 다리인 돌 두 개 안쪽 면에 알아볼 수 없는 기호가 새겨져 있었다. 하지만 다리 두 개가 이어져 하나의 석판처럼 보이는 바다 쪽 면에는 베로니크를 다시 불안감에 빠뜨리는 무언가가 새겨져 있었다.

오른쪽에는 서투르고 투박한 솜씨로 그려진 그림이 깊숙이 새겨져 있었는데, 여자 네 명이 십자가 위에서 몸을 비트는 그림이었다. 왼쪽에는 글자가 몇 줄 옅게 새겨져 있었다. 비바람에 쓸렸는지, 혹은 누군가 일부러 긁어서 지웠는지 몰라도 글자가 잘 보이지 않았다. 하지만 그래도 단어 몇 개를 알아볼 수 있었는데, 마그녹 시신 옆에서 베로니크가 찾아낸 그림에 적혀 있던 단어였다. '십자가에 매달린 네 명의 여자… 서른 개의 관… 죽음 아니면 생명을 주는 신의 돌.'

베로니크는 비틀거리며 물러났다. 이 섬 곳곳에서 그랬듯 다시 수수께끼에 맞닥뜨렸다. 여자는 사레크를 떠날 때까지 이런 식의 수수께끼는 피해 다니리라 마음먹었다.

빈터에서 시작해 오른쪽에 있는 마지막 참나무 옆으로 오솔길이 나 있었다. 이 참나무는 벼락을 맞았는지 밑동과 죽은 가지 몇 개만 남아 있었다.

오솔길을 따라 좀 더 가서 돌계단을 몇 개 내려간 뒤 작은 고인돌이 네 줄로 나란히 서 있는 작은 들판을 가로질렀다. 그러다 갑자기 너무도 놀라운 광경이 눈앞에 펼쳐져 나지막이 탄성을 지르며 우뚝 멈춰 섰다.

"마그녹 영감의 꽃." 베로니크가 중얼거렸다.

중앙 통로를 따라가니 마지막 고인돌 두 개가 마치 열린 문의 기둥처럼 서 있었고 그 뒤에는 세상에 둘도 없을 멋진 광경이 펼쳐져 있었다. 계단을 몇 개 내려가니 한 변의 길이가 길어봐야 50미터 정도 되는 사각형 모양의 광장이 펼쳐졌고, 일정한 높이의 선돌이 역시 일정한 간격을 두고 사원 기둥처럼 양쪽에 늘어서 있었다. 중앙 홀과 측랑 바닥에는 크기가 불규칙하며 더러 깨져 있는 큼직한 화강암 포석이 깔렸고, 그 사이사이로 풀이 나 있어서 스테인드글라스 채색 유리 조각을 이어붙인 납 테두리를 연상시켰다.

중간에는 좁은 정육면체 공간이 있었는데, 그 한가운데에 서 있는 오래된 예수 십자가 석상 주변으로 꽃이 만발했다. 그런데 이 얼마나 놀라운 꽃인지! 상상할 수 없을 만큼 환상적이고 보통의 꽃보다 엄청나게 큰, 꿈에서나 볼 수 있을 법한 기적의 꽃이었다.

베로니크가 다 아는 꽃이었으나 크기와 화려함을 보고 놀라지 않을 수 없었다. 각양각색의 꽃이 조금씩 다 있었다. 온갖 빛깔과 향기, 아름다움을 한자리에 모아놓은 꽃다발 같았다.

이상한 점은 보통 같은 시기에 피지 않고 달을 달리하여 순서대로 피어나는 꽃들이 동시에 피어 있다는 사실이었다! 꽃들이 피어 있는 기간은 제각각 2~3주에 불과할 터인데 하나같이 생생하고 찬란하게, 묵직하고도 황홀하게 튼실한 가지 위에서 자태를 뽐내고 있었다.

버지니아산 자주달개비, 미나리아재비, 왕원추리, 매발톱꽃, 핏빛처럼 붉은 양지꽃, 주교의 제의보다 더 밝은 보랏빛 붓꽃! 그밖에도 참제비고깔, 풀협죽도, 수령초, 바곳, 애기범부채도 보였다.

그리고 그 위로(이 젊은 여인이 이것을 보는 순간 얼마나 혼란스러웠는지!), 그러니까 이 울긋불긋 눈부신 꽃바구니 위에는 예수 십자가상 받침대를 둘러싼 좁다란 화단이 꾸며져 있었는데, 거기에는 푸른색, 흰색, 보라색 꽃들이 구세주의 몸에 가 닿으려는 듯 가지를 곤추세운 채 활짝 피어 있었다. 그 꽃은 바로 **베로니크**(봄까치꽃 또는 개불알꽃 - 옮긴이)였다….

여자는 감동이 북받쳐 몸을 가누지 못할 지경이었다. 다가가보니 조각상 받침대 위에 작은 푯말이 세워져 있었다. 거기에는 '엄마의 꽃'이라고 적혀 있었다.

베로니크는 기적을 믿지 않았다. 이 꽃들이 현지의 꽃들과 전혀 딴판으로 놀라운 형태를 띠고 있음은 인정할지라도 이러한 비정상적인 현상이, 초자연적인 이유나 마그녹 영감이 알고 있다던 신비한 비법 때문이라고는 믿을 수 없었다. 아니다, 분명히 다른 이유가 있을 것이다. 아주 간단하지만 현상을 분명히 밝혀줄 그 어떤 이유가.

하지만 이토록 아름다운 이교도적 분위기 속에서, 온갖 빛깔과 향기를 내뿜는 꽃송이에 둘러싸여 마치 자신이 기적을 불러일으켰다는 듯 우뚝 서 있는 예수 십자가상 앞에서 베로니크는 다소곳이 무릎을 꿇었다….

다음날, 또 그다음 날에도 베로니크는 십자가상 꽃밭에 왔다. 이번에는 이곳을 둘러싼 모든 수수께끼가 더없이 매혹적으로 느껴졌는데, 이는 아들이 꾸며놓은 베로니크 화단 앞에서 증오심이나 절망감 없이 아들을 떠올릴 수 있었기 때문이었다.

하지만 닷새째 되는 날 베로니크는 식량이 바닥나고 있음을 발견했고 오후에 마을로 내려가 보았다.

아래쪽 집 대부분은 문이 잠겨 있지 않았다. 다시 돌아와서 필요한 물건을 챙겨가리라 믿고 집주인들이 황급히 떠나갔단 이야기였다.

베로니크는 마음이 졸아들어 문턱을 넘어설 수 없었다. 창가에 제라늄 화분이 놓여 있었다. 구리 추가 달린 커다란 괘종시계의 종소리가 빈집에서 울려 퍼졌다. 베로니크는 발길을 돌려 그 자리를 떴다.

부두에서 멀지 않은 창고에서 오노린이 보트로 실어왔던 자루와 상자가 보였다.

'이제.' 베로니크가 생각했다. '굶어 죽지는 않겠구나. 몇 주는 버티겠지. 그리고 그때쯤이면…'

초콜릿과 비스킷, 통조림 몇 개, 쌀, 성냥을 바구니 하나에 챙겨 담았다. 그렇게 수도원 집으로 돌아가려다가 퍼뜩 섬 끝까지 한번 가보자는 생각이 들었다. 되돌아올 때 바구니를 찾아가면 될 것이다.

그늘진 오르막길이 고원으로 이어져 있었다. 주변 풍경은 내내 마찬가지였다. 경작지나 목초지도 없었고 작은 숲이나 오래된 참나무도 한 그루 없는 허허벌판이었다. 섬은 점점 좁아졌고 이내 아무런 장애물도 없이 양쪽으로 펼쳐진 바다가 보였다. 저 멀리 브르타뉴 해안도 보였다.

벼랑 사이를 잇는 울타리 하나가 영지가 있음을 표시하고 있었다. 영지는 초라하기 그지없었으며 길쭉하고 낡은 오두막 하나와 다 무너져가는 지붕이 얹힌 부속건물 몇 개가 전부였다. 마당에는 고철과 나뭇단이 정돈되지 않아 지저분하게 잔뜩 쌓여 있었다.

베로니크가 막 몸을 돌리려다 우뚝 멈춰 섰다. 어디선가 신음이 들린 것 같았다. 귀를 기울이자 좀 더 또렷하게 들렸다. 다른 소리도 섞여 있었다. 고통 어린 비명과 구조 요청이었는데 분명 여자들의 목소리였다. 그렇다면 모든 주민이 도망친 게 아니었던가? 자신이 사레크에 혼자가 아니라는 생각에 일말의 기쁨을 느꼈으나 한편으로는 고통도 되살아났다. 이 때문에 무슨 사건이 벌어져 또다시 죽음과 공포의 수렁으로 빨려 들어갈까 봐 두려웠던 것이다.

베로니크가 듣기에 신음은 집 쪽이 아니라 마당 우측에 있는 부속건물 쪽에서 들려왔다. 마당 주위로는 간단한 울타리만 쳐져 있을 뿐이어서 베로니크가 힘을 주어 밀자 나무가 서로 부딪는 소리를 내며 곧장 열렸다.

부속건물 안에서 외침이 더 요란해졌다. 자기 소리를 들은 것이리라. 베로니크가 서둘러 달려갔다.

부속건물 지붕은 군데군데 떨어져 나가 있었지만 벽만큼은 두툼하고 튼튼했다. 낡은 문짝들도 잘 짜여 있었고 쇠막대까지 두드려 박아 보강되어 있었다. 그중 어떤 문 안쪽에서 누군가 다급하게 두드리며 구조 요청을 하고 있었다.

"살려주세요…! 살려주세요…!"

그러다가 승강이가 벌어지는 모양인지 덜 날카로운 다른 목소리가 나직이 꾸짖었다.

"조용히 해, 클레망스. 어쩌면 그자들일지도 모른다고…."

"아니야, 아니라고. 게르트뤼드, 그들이 아니야. 놈들은 소리를 안 내…! 열어주세요, 제발요. 열쇠가 거기 있을…."

어떻게 문을 열지 고심하던 베로니크 눈에 정말 커다란 열쇠가 자물쇠에 꽂혀 있는 게 보였다. 돌리기만 하면 됐다. 문이 열렸다.

베로니크는 아르시냐 두 자매를 곧장 알아보았다. 속옷 바람에 비쩍 마른 모습이 못된 마귀할멈 같았다. 각종 도구로 가득한 세탁장이었는데 그 안쪽 짚더미 위로 세 번째 여자가 보였다. 꺼져가는 목소리로 한탄하는 저 여자가 세 번째 자매인 모양이었다.

이때 앞에 서 있던 두 자매 중 한 명이 기운이 빠졌는지 풀썩 쓰러졌다. 눈이 열에 들떠 있던 다른 자매가 베로니크의 팔을 붙들고 숨을 헐떡이며 말하기 시작했다.

"그자들을 보셨지요, 예…? 놈들이 거기 있었지요…? 어떻게 당신을 죽이지 않은 거지요…? 다른 사람들이 달아나고 나서는 그자들이 사레크의 주인이에요…. 이제 우리 차례에요…. 벌써 엿새 동안 여기 갇혀 있었어요…. 그래요, 섬을 출발하던 그날 아침이었어요…. 배를 타고 떠나려고 짐을 싸다가…. 우리 셋 모두 이 세탁장에서 말리던 옷을 챙기러 왔는데 그때 **그들**이 왔어요…. **그들**의 소리도 못 들었어요…. **그들**은 절대 소리 내지 않아요…. 그러더니 갑자기 문이 잠겼어요…. 열쇠를 한 차례 돌리자 달칵 소리가 나더니…. 열쇠가 거기 있었거든요…. 다행히도 여기에 사과와 빵, 특히 브랜디가 있었어요…. 크게 고통스럽진 않았지만…. 그들이 돌아와서 우릴 죽일까요? 이제 우리 차례인가요? 아! 부인, 얼마나 귀를 기울이고 있었는지! 얼마나 두려워 떨었는지! 맏언니는 미쳐버렸어요…. 들어보세요…. 헛소리를 하고 있잖아요…. 그리고 둘째 언니 클레망스도 한계에 달했고…. 나는… 나는 게르트뤼드인데…."

아직 힘이 빠지지 않은 모양인지 게르트뤼드는 다시 베로니크의 팔을 꽉 붙들었다.

"그런데 코레주는요? 되돌아왔지요, 아닌가요? 다시 떠났어요? 왜 우릴 찾으러 오지 않았지요…? 어려운 일도 아니었을 텐데…. 우리 있는 곳을 다들 잘 아니까요. 소리라도 들렸으면 우리가 불렀을 텐데…. 어째서…? 어째서인가요…?"

베로니크는 대답을 망설였다. 하지만 사실을 감출 이유가 무엇이겠는가?

베로니크가 말했다.

"그 배 두 척이 가라앉았어요."

"뭐라고요?"

"배가 사레크가 바라다보이는 곳에서 침몰했어요. 그 배에 탔던 사람은 전부 죽었고요…. 수도원 집 맞은편이었어요…. '악마'협로로 빠져나가는 중이었지요."

베로니크는 더 이상 말하지 않았다. 프랑수아와 가정교사의 이름을 말하거나 그들이 한 짓을 설명하고 싶지 않았기 때문이다. 클레망스가 일그러진 얼굴로 몸을 곤추세우더니 문을 붙들고 무릎을 꿇고 앉았다.

게르트뤼드가 중얼거렸다.

"그럼 오노린은요?"

"오노린은 죽었어요."

"죽었다고요!"

두 자매가 동시에 외쳤다. 그러고는 입을 다물고 서로를 바라보았다. 같은 생각을 하고 있었다. 두 자매는 모두 생각에 잠겨 있었다. 게르트뤼드가 무엇인가 계산하듯 손가락을 꼽아보았다. 그러더니 두 자매의 얼굴에 공포의 빛이 점점 강하게 떠올랐다.

두려움으로 목이 잠겨 아주 나직한 목소리로, 게르트뤼드가 베로니크의 눈을 똑바로 바라보며 말했다.

"보세요…. 보세요…. 계산이 맞아요…. 우리 자매들을 빼고 배에 몇 명이 탔는지 아세요? 아시느냐고요! 스무 명이에요…. 그러니까 계산해보세요…. 스무 명에 마그녹이 처음 죽었고… 앙투안 씨가 그다음에 죽었고… 사라진 꼬마 프랑수아랑 스테판 씨도 죽었을 테고요, 그리고 오노린과 마리 르 고프도 죽었고…. 그래, 계산해보세요…. 스물여섯… 스물여섯이에요…. 계산이 맞지요, 아닌가요? 서른에서 스물여섯을 빼면…. 아시겠지요, 그렇지요? 서른 개의 관, 그걸 채워야 할 거 아니겠어요…. 그러니까 서른에서 스물여섯을 빼면… 넷이 남아요…. 그렇지요?"

게르트뤼드는 더 이상 말을 잇지 못했다. 혀가 꼬이고 있었다. 하지만 무시무시한 말은 이미 입 밖으로 튀어나왔고, 베로니크는 여자가 더듬거리는 소리를 듣고 있었다.

"그, 그렇지요? 이해하시겠어요…? 넷이 남아요…. 우리 네 사람, 아르시냐 세 자매를 붙들어 가두고… 거기에 당신까지…. 그러니까 맞지요? 십자가 네 개… 잘 아시지요? **십자가에 매달린 네 명의 여자**…. 계산이 맞아요…. 우리 네 명이에요…. 섬에는 우리만 남았으니… 여자 네 명만…."

베로니크는 조용히 듣기만 했다…. 땀방울이 송골송골 피부를 적셨다.

그래도 어깨를 으쓱해 보였다.

"그래서 그다음은요? 섬에는 우리만 있는데 무얼 걱정하세요?"

"**그들**이 있잖아요! **그들**!"

베로니크가 초조하게 말했다.

"하지만 전부 떠났다고요!"

게르트뤼드가 질겁했다.

"소리를 낮춰요. 그들이 들으면 어쩌려고 이러세요!"

"누가요?"

"**그들**요… 그 옛날 사람들…."

"옛날 사람들?"

"예, 신의 마음에 들려고… 남자와 여자를 죽여서… 제물을 바치던 자들…."

"하지만 그런 건 다 끝났다고요! 드루이드 말씀이에요? 이봐요, 드루이드가 이제 어디 있다고 그러세요."

"제발 소리를 낮춰요! 낮추라고요! 또 있어요…. 악한 정령이에요."

"귀신 말인가요?" 미신 이야기에 심사가 뒤틀린 베로니크가 짜증스럽게 말했다.

"귀신, 그래요. 하지만 살과 뼈로 된 귀신이지요…. 문을 닫고 당신을 가두는 손을 지녔어요…. 배를 가라앉히고, 더구나, 그래요! 앙투안 씨며 마리 르 고프랑 다른 사람들도 죽였고…. 스물여섯 명을 죽인 이들…."

베로니크는 대답하지 않았다…. 대답할 수가 없었다. 데르주몽과 마리 르 고프, 다른 이들을 죽이고 배를 가라앉힌 사람이 누구인지 알고 있었기 때문이다.

대신 이렇게 물어보았다.

"몇 시에 갇히신 거예요?"

"10시 반이요…. 11시에 마을에서 코레주를 만나기로 했었거든요."

베로니크는 생각해보았다. 프랑수아와 스테판이 여기에 10시 반까지 있다가 바로 한 시간 후에 배를 공격하려고 암초 뒤에 숨어 있기란 시간상 불가능했다. 그렇다면 섬에 이들의 공범이 남아 있다는 말인가?

베로니크가 다시 말했다.

"어쨌든 결정을 내려야 합니다. 이 상태로 계실 순 없어요. 쉬고 식사도 하셔야 해요…."

둘째가 일어섰다. 동생과 마찬가지로 격렬한 어조로 나직이 말했다. "무엇보다 일단 숨어서 **그들**에 맞서 저항해야 해요."

"어떻게요?" 베로니크 역시 남아 있을지 모르는 적을 대비해 대피처가 필요하다고 느꼈다.

"어떻게요? 자, 이 문제는 특히 올해 섬에서 여러 번 제기되었어요. 마그녹 영감이 말하길 공격을 받자마자 전부 수도원 집으로 피신하라고 했어요."

"수도원 집으로요? 왜요?"

"방어할 수 있거든요. 절벽 낭떠러지가 있어 사방에서 보호받는 셈이니까요."

"다리는요?"

"마그녹하고 오노린이 전부 예견했어요. 다리 왼쪽으로 스무 걸음쯤 간 곳에 작은 움막이 하나 있어요. 거기다 휘발유를 숨겨놨어요. 휘발유 서너 통을 다리에 뿌리고 성냥을 그으면 끝

나는 거예요. 우리는 끄떡없어요. 외부와 통하지 않으니 공격
도 해올 수 없고요."

"그러면 어째서 수도원 집으로 오지 않고 배로 도망치려던
거예요?"

"배로 도망치는 게 좀 더 확실한 대책이었어요…. 하지만 지
금은 선택의 여지가 없군요."

"그럼 떠날 건가요?"

"당장이요. 날이 아직 밝으니 밤보다 지금 떠나는 게 나아
요."

"하지만 누워 계신 당신의 언니는 어쩌고요?"

"손수레가 있어요. 그걸로 싣고 갈게요. 마을을 통과하지 않
고 수도원 집까지 곧장 이어지는 길이 있어요."

이 자매들과 함께 붙어 지내야 한다는 생각에 솔직히 혐오감
이 드는 건 사실이었으나 주체할 수 없이 밀려드는 두려움 때
문에 일단 그 말에 따르기로 했다.

"좋아요." 베로니크가 말했다. "갑시다. 제가 수도원 집으로
함께 가지요. 하지만 식량을 찾으러 다시 마을로 돌아가야 해
요."

"오! 식량은 많이 필요 없어요." 자매 하나가 말했다. "다리가
끊어지면 요정 고인돌 언덕에 불을 피울 거예요. 그러면 육지
에서 연기를 보겠지요. 오늘은 안개가 껴 있지만 내일은…."

베로니크는 반대하지 않았다. 이제는 사레크를 떠난다는 생
각을 받아들이고 있었다. 수사를 받고 자기 이름이 밝혀지는
한이 있더라도 말이다.

두 자매는 브랜디를 한 잔씩 들이켜고 길에 나섰다. 손수레 안에 웅크리고 있던 미친 맏이는 조용히 웃으며 베로니크를 웃기려는 듯 짤막하게 말을 건넸다.

"아직은 **그들**을 만나지 않아…. **그들**은 준비하고…."

"입 좀 다물어요, 노망난 늙은이 같으니라고!" 게르트뤼드가 엄하게 일렀다. "재수 없게."

"그래, 그래, 재밌을 거야…. 얼마나 웃길까…. 나는 목에 금 십자가를 차고 있지…. 그리고 손바닥에도 하나 있는데 가위로 살갗에 새겨넣은 거야…. 여기를 보라고…. 사방이 십자가잖아…. 십자가에 매달리면 얼마나 좋을까…. 푹 잠이 들겠지."

"그만 좀 떠들라고요, 이 미친 할망구!" 다시 소리치더니 게르트뤼드가 언니의 따귀를 때렸다.

"알았어…. 알았다고…. 하지만 이제 **그들**이 널 때릴 거다. **그들**이 숨어 있는 게 보여…."

상당히 울퉁불퉁한 오솔길 초입을 지나 조금 더 올라가자 덜 거칠고 골도 적게 파인 서쪽 벼랑 위 고원에 도달했다. 나무는 점점 드문드문 나 있었고 참나무는 먼바다에서 불어오는 바람 때문에 구부러져 있었다.

"벌판이 나올 거예요. '검은 황무지'라고 부른답니다." 클레망스 아르시냐가 말했다. "**그들**이 거기 살아요."

베로니크는 다시 어깨를 으쓱해 보였다.

"그걸 어떻게 아세요?"

"우리는 남들보다 그런 걸 좀 더 잘 알아요." 게르트뤼드가 말했다. "다들 우리를 마녀라고 부르는 이유가 있지요…. 마그녹 영감께서도 그런 데 일가견이 있으셨지만 그래도 우리에게 조언을 구하곤 하셨어요. 치료법이나 행운을 가져오는 돌이라든가 망종화에 대해서나…."

"쑥이랑 마편초." 미친 말이가 이죽거렸다. "해 질 무렵에 고놈을 뜯어다…."

"또 전설에 대해서도 물어보셨지요." 게르트뤼드가 계속 말했다. "수백 년 동안 이 섬에 전해 내려오는 이야기를 우리가 잘 알고 있거든요. 그 이야기로는 태곳적에 도로까지 갖추고 살던 **그들**의 도시가 지금껏 섬 아래에 고스란히 남아 있다고 해요. 그리고 또… 이렇게 말하고 있는 저 역시 그 사람들을 직접 봤어요."

베로니크는 아무런 대꾸도 하지 않았다.

"그래요, 언니들과 함께 그중 한 명을 봤는데… 6월의 달이 차오르기 시작한 엿새 되는 날 두 번이나 봤어요. 흰옷을 입고 있었는데… '왕참나무'로 올라가 신성한 겨우살이를 채취하더군요…. 금으로 된 도끼를 가지고요…. 달을 받아 금이 번쩍였어요…. 제가 봤다니까요…. 언니들도 봤고요…. 근데 혼자가 아니에요. 보물을 지키려고 옛날부터 여럿이 남아 있답니다…. 그래요! 그래, 보물이라고요…. 기적을 낳는 돌이라고 해요. 만지면 죽을 수도 있지만 그 위에 드러누우면 생명을 얻는데요…. 이 모든 게 사실이에요. 마그녹 영감이 말했어요, 사실이라고…. 태곳적 **그들**이 돌을 지키고 있어요…. '신의 돌'… 그리고 **그들**이 올해 안으로 우리 전부를 제물로 바쳐야 한다고 했어요…. 예, 전부요…. 서른 개의 관에 서른 명의 시체…."

"십자가에 달린 여자 네 명." 미친 만이가 흥얼거렸다.

"그 일이 조만간 벌어질 거예요…. 달이 차기 시작한 엿새째 날이 다가오고 있어요. 이들이 겨우살이를 따러 왕참나무로 올라가기 전에 떠나야 해요. 자, 저기 왕참나무가 보여요. 다리에 닿기 전 숲 속에 있어요…. 다른 놈들보다 훨씬 크지요."

"**그들**이 뒤에 숨어 있어." 손수레 안에서 발랑 돌아눕더니 미친 만이가 끼어들었다. "**그들**이 우릴 기다리고 있어."

"그만 좀 해요, 언니. 움직이지 마세요…. 저기 제일 큰 나무 보이지요? 왕참나무 말이에요…. 저기… 황무지 너머에, 보여요? 그 나무가 좀 더… 더…."

게르트뤼드는 미처 말을 잇지 못했고 수레 손잡이를 떨어뜨렸다.

클레망스가 물었다.

"왜 그래? 무슨 일이야?"

"뭐, 뭐가 보였는데…." 게르트뤼드가 더듬거렸다…. "무언가 하얀 게 움직였어…."

"뭐가 있다고? 어떻게 그럴 수가 있어? **그들**이 대낮에 나타난다고? 네가 착각한 거겠지."

두 자매가 한참 그쪽을 바라보더니 다시 걷기 시작했다. 이내 왕참나무는 시야를 벗어났다.

이들이 가로질러 가는 황무지는 적막하고 거칠었다. 무덤처럼 생긴 돌들이 비죽비죽 솟아서는 모두 같은 방향으로 누워 있었다.

"이게 그들의 무덤이에요." 게르트뤼드가 속삭였다.

그러고는 아무런 말도 오가지 않았다. 게르트뤼드는 몇 번이나 쉬어야 했다. 클레망스는 수레를 밀 힘이 없었다. 두 자매는 다리를 후들거리며 걱정스러운 눈으로 사방을 두리번거렸다.

내리막길이 나오더니 다시 오르막길이었다. 일행은 베로니크가 첫날 오노린과 함께 지나갔던 오솔길을 거쳐 다리 직전에 난 숲으로 들어갔다.

한참 후 아르시냐 자매들이 점점 흥분하는 모습을 보고 베로니크는 왕참나무에 다가가고 있음을 느낄 수 있었다. 정말로 다른 나무들보다 훨씬 굵직한 참나무 하나가 뚝 떨어져 흙과 나무뿌리로 된 발판을 딛고 우뚝 솟아 있었다. 그토록 엄청나게 굵은 기둥 뒤라면 충분히 여러 사람이 숨어 있을 수 있으며 어쩌면 지금도 숨어 있을지 모른다는 생각이 들었다.

자매들은 두려움에 떨며 발걸음을 재촉했고 저 무서운 나무에는 눈길 한번 주지 않았다.

일행은 나무에서 멀어져갔다. 베로니크는 그제야 숨통이 좀 트이는 것 같았다. 이제 모든 위험이 지나갔으니 아르시냐 자매를 놀려줘야겠다고 생각하던 참에, 자매 중 한 명인 클레망스가 제자리에서 핑그르르 돌더니 신음하며 쓰러졌다.

동시에 그 등을 후려친 무언가가 바닥에 떨어졌다. 도끼, 돌도끼였다.

"아! 징벌의 돌! 징벌의 돌이다!" 게르트뤼드가 소리를 질렀다.

그러더니 여자는 오늘날도 생생히 살아 있는 민간 속설에 따라 도끼가 벼락과 함께 하늘에서 떨어졌다고 생각하며 한순간 고개를 들었다.

이때 손수레에서 내려서 있던 미친 맏이가 제자리에서 풀쩍 뛰어 오르더니 머리를 앞으로 박고 고꾸라졌다. 다른 무언가가 쉭 소리를 내며 날아왔던 것이다. 맏이가 고통으로 온몸을 뒤틀었다. 맏이 어깨에 박힌 화살이 게르트뤼드와 베로니크 눈앞에서 아직도 흔들리고 있었다.

게르트뤼드는 괴성을 지르며 달아나기 시작했다.

베로니크는 망설였다. 클레망스와 맏이가 바닥에 나뒹굴고 있었다. 미친 맏이가 히죽히죽 웃으며 말했다.

"참나무 뒤! **그들**이 숨어 있어⋯. **그들**이 보인다고."

클레망스가 헐떡였다.

"도와줘! 도와주세요⋯. 날 데려가요⋯. 무서워."

화살 하나가 또다시 날아와 어디론가 멀리 떨어졌다.

베로니크도 도망치기 시작했다. 참나무 숲을 빠져나가 다리로 가는 내리막길을 달렸다.

미친 듯이 달렸다. 어쩔 수 없이 덮쳐드는 공포 때문이기도 했지만 자신을 방어할 무기를 찾아야 한다는 강력한 의지도 있었다. 아버지 서재에 장총과 권총이 가득한 진열장이 생각났다. 분명 어린 프랑수아 때문에 '장전됨'이라는 표시를 붙여놓은 그 무기 중 하나를 집어들고 적에게 맞설 생각이었다. 뒤도 돌아보지 않고 뛰었다. 자기가 쫓기는지 알 필요도 없었다. 목적지를 향해 달리는 것, 지금은 오로지 그것만이 필요했다.

몸이 좀 더 가볍고 날렵한 베로니크는 금세 게르트뤼드를 따라잡았다.

게르트뤼드가 헐떡이며 말했다.

"다리를… 다리를 태워버려야 해…. 휘발유가 저기…."

베로니크는 대답하지 않았다. 다리를 부수는 건 다음 일인데다 장총으로 적을 공격하려는 목적에 오히려 방해될 뿐이었다.

그런데 다리에 도착하자 게르트뤼드가 갑자기 제자리에서 빙글 돌더니 거의 밑으로 떨어질 뻔했다. 화살이 허리로 날아와 꽂힌 것이다.

"나 좀! 나 좀 도와줘요!" 게르트뤼드가 소리 질렀다. "날 버리고 가지 마요…."

"다시 돌아올게요." 화살은 보지 못한 채 게르트뤼드가 단순히 발을 헛디뎠다고 생각한 베로니크가 대답했다. "다시 올게요. 총을 두 개 가져오려고요…. 제 쪽으로 따라오세요…."

일단 무기를 들고 두 사람이 숲까지 되돌아가 다른 자매들을 구할 생각이었다. 그래서 더욱 힘을 바짝 내 다리를 건넜다. 저택 영지로 들어가 잔디밭을 가로질러 아버지의 서재까지 올라간 베로니크는 숨이 차서 일단 멈췄다. 그러다 이내 총을 두 자루 집어들고 다시 출발했는데 숨이 너무 가빠서 왔을 때보다는 느린 걸음으로 갈 수밖에 없었다.

중간에 게르트뤼드가 보이지 않아 베로니크는 의아한 마음이 들었다. 불러보았지만 아무런 대답도 없었다. 그제야 어쩌면 자기 언니들처럼 다쳤을지도 모른다는 생각이 들었다.

그래서 달리기 시작했다. 다리가 보이는 곳에 이르자 숨이 가빠 귀가 윙윙거리는 가운데 날카로운 비명이 들렸다. 왕참나무 숲으로 이어지는 가파른 오르막길이 보이는 다리 맞은편에 이르자 눈앞에 펼쳐진 광경은….

베로니크는 다리 초입에서 못에 박힌 듯 멈춰 섰다. 다리 건너편에서 게르트뤼드가 흙바닥 나무뿌리에 매달려 손가락으로 흙이며 풀을 움켜쥐며 발버둥치고 있는 게 아닌가. 여자는 오르막길로 천천히 끌려가고 있었다.

그제야 베로니크 눈에 그 가련한 여자가 팔 아래쪽과 허리가 노끈으로 묶인 채 붙들린 사냥감처럼 무기력하게 저쪽 위, 보이지 않는 손길에 끌려가고 있음을 알아차렸다.

베로니크는 총을 겨누었다. 하지만 어떤 적을 조준한단 말인가? 어떤 적을 무찔러야 하는가? 나무 기둥과 돌이 성벽처럼 솟아 있는 언덕 뒤에 누가 숨어 있는 걸까?

돌멩이와 나무 기둥 사이로 게르트뤼드가 미끄러져 갔다. 지쳤거나 기절했는지 더 이상 소리를 지르지도 않았다. 그리고 사라졌다.

베로니크는 꼼짝도 하지 않았다. 어떤 노력이나 시도도 소용없을 것임을 깨달은 것이다. 이미 진 것이나 마찬가지인 싸움을 벌여봐야 아르시냐 자매들을 구할 수 없을뿐더러 적에게 새로운 피해자이자 마지막 희생자인 자신을 스스로 내어놓는 꼴밖에 되지 않았다.

더구나 베로니크는 두려웠다. 모든 일이 의미가 불분명한 가차 없는 논리에 따라 진행되고 있었으며 이 일들은 사슬 고리처럼 서로 연결된 것 같았다. 베로니크는 두려웠다. 그 존재들과 귀신들이 두려웠고 아르시냐 자매들이나 오노린, 이 끔찍한 재앙으로 희생된 모든 사람이 그랬듯 본능적이자 무의식적인 두려움을 느꼈다.

왕참나무 쪽에서 자기 모습을 보지 못하게 하려고 베로니크는 상반신을 완전히 수그렸다. 그리고 가시덤불 뒤에 숨어 왼쪽으로 이동해 아르시냐 자매가 말했던 작은 오두막까지 도달했다. 뾰족한 지붕과 채색 유리가 달린 일종의 작은 정자였다. 오두막 절반은 휘발유 통이 차지하고 있었다.

그곳에선 다리가 훤히 내려다보여서 들키지 않고 다리를 건너기란 불가능할 것 같았다. 숲에서는 아무도 내려오지 않았다.

밤이 왔다. 안개가 짙게 깔린 밤이었으나 은색 달빛이 환히 비추어 베로니크는 희미하게나마 다리 건너편을 분간할 수 있었다.

한 시간이 흘러 조금 마음이 놓이자 휘발유 두 통을 들고 처음으로 밖에 나가서 다리 외부를 받친 나무 대에 휘발유를 부었다.

몸통에 비스듬히 총을 메 만반의 방어 태세를 갖추고 귀를 잔뜩 기울이며 열 번을 왔다 갔다 했다. 베로니크는 다리를 더듬더듬 짚어보며 가급적 나무가 많이 썩은 듯한 곳을 골라 되는대로 휘발유를 뿌렸다.

저택을 뒤져 간신히 성냥 한 갑을 찾아낼 수 있었다. 성냥을 하나 꺼내면서도 불이 붙어 주변이 너무 환해질 게 두려운 나머지 잠시 망설였다.

'더구나….' 베로니크는 생각했다. '육지에서 누가 볼 수 있다

면 좋겠는데…. 하지만 안개가 자욱하니….'

그렇게 생각하며 성냥을 그었고 휘발유를 적신 종이로 미리 만들어놓은 홰에 불을 밝혔다.

불길이 확 타오르는 바람에 손가락을 덴 것 같았다. 베로니크는 휘발유가 충분히 고인 부분에 횃불을 던져놓고 재빨리 움막으로 달려갔다.

즉시 불이 붙었고 휘발유를 뿌려놓은 부위를 따라 단숨에 불길이 번졌다. 두 섬에 난 벼랑, 두 섬을 잇는 화강암 능선, 주변의 높다란 나무들, 언덕, 왕참나무 숲, 까마득한 아래에 입을 벌리고 있는 바다 등 이 모든 것이 환히 드러났다.

'**그들**은 내가 어디에 있는지 알고 있어…. 내가 숨어 있는 움막을 **그들**이 보고 있다….' 베로니크는 왕참나무를 뚫어지게 바라보며 생각했다.

하지만 숲에서는 그림자 하나 얼씬하지 않았다. 나직한 목소리 하나 들리지 않았다. 저 위에 숨어 있는 자들은 난공불락의 자기네 소굴에서 꿈쩍도 하지 않았다.

몇 분이 흐르자 불꽃이 튀며 우당탕 다리 절반이 무너졌다. 다리 나머지 반쪽은 끊임없이 타들어 가며 연신 불타는 나무 막대를 떨구어 아래의 컴컴한 심연을 밝혔다.

막대가 하나씩 떨어질 때마다 베로니크는 안심했다. 온통 곤두서 있던 신경이 조금씩 느슨해지는 것 같았다. 자신과 적들을 가르는 심연이 커질수록 안전하다는 느낌도 커졌다. 그래도 움막 안에 틀어박혀 새벽까지 기다렸다. 두 섬을 잇는 길이 완전히 끊기는 모습을 확인하기로 했다.

안개가 더욱 짙어졌다. 주변이 온통 어두워졌다. 한밤중에 낭떠러지 건너편 언덕 꼭대기쯤으로 생각되는 곳에서 소리가 들려왔다. 나무꾼이 나무를 찍을 때 나는 소리였다. 나무를 잘라내려고 일정한 간격을 두고 내리치는 도끼 소리였다.

어이없다는 건 알면서도 한 가지 생각이 들었다. 어쩌면 그들은 다리를 만들고 있는 것이리라. 베로니크는 더욱 힘껏 총을 움켜쥐었다.

한 시간쯤 지나 신음이나 억눌린 비명이 들리는 듯하더니 잎사귀가 바스락거리며 무언가 오가는 소리가 한참 들렸다. 그러다 어느 순간 소리가 멈췄다. 다시금 광대한 침묵이 찾아와 움직이고 걱정하고 벌벌 떨며 살아가는 존재들을 휘덮었다.

피곤하고 허기가 져 힘이 빠진 베로니크는 어떤 생각에도 집중할 수 없었다. 마을에서 식량을 하나도 가져오지 못해서 먹을 게 없다는 생각이 퍼뜩 들었다. 하지만 그것 때문에 괴롭지는 않았다. 안개가 걷히자마자(곧 걷힐 것이다) 석유로 불을 크게 밝히기로 했기 때문이다. 가장 좋은 장소는 고인돌이 서 있는 섬 끄트머리일 거라고 장소까지 생각해두었다.

불현듯 섬뜩한 생각이 떠올랐다. 성냥갑을 다리 위에 떨군 게 아닐까. 호주머니를 뒤졌으나 성냥갑이 없었다. 아무리 뒤져봐도 찾을 수 없었다.

하지만 당혹감도 잠시, 베로니크는 그다지 크게 걱정하지 않았다. 일단 적의 공격에서 벗어났다는 생각에 아주 기뻐서 다른 어려움은 저절로 풀릴 것만 같았다.

그렇게 몇 시간이 흘렀다. 구석구석 서려 있는 안개와 추위 때문에 아침을 기다리는 그 시간이 무한히 길게 느껴졌다.

마침내 하늘이 희미하게 밝아왔다. 사물이 어둠을 벗고 그 모습을 드러내고 있었다. 다리는 전부 무너져 있었다. 두 섬 사이에는 50미터 간격의 낭떠러지가 가르고 있었고, 칼같이 뾰족해서 사람이 지나다닐 수 없는 계곡 능선만이 두 섬을 이어주고 있었다.

이제 목숨은 구한 것이다.

하지만 시선을 들어 건너편 언덕 꼭대기를 바라본 베로니크는 공포에 질린 비명을 내질렀다. 가장 앞쪽에 서 있는 나무 세 그루가 아래쪽 가지들이 말끔히 제거된 채 우뚝 서 있었다. 그 벌거벗은 세 개의 기둥 위에는 두 팔을 활짝 펼쳐 뒤로 젖히고 넝마가 된 치마 아래로 다리가 꽁꽁 묶인 아르니샤 자매 세 사람이 매달려 있었다. 얼굴은 머리쓰개의 검정 리본으로 반쯤 가려져 창백했고 목에는 노끈이 친친 감겨 있었다. 이들은 십자가형에 처한 것이다.

6
만사형통

 이 끔찍한 광경을 더는 보지 않고 누군가에게 들켜 벌어질 일을 걱정하지도 않으면서 베로니크는 몸을 꼿꼿이 세워 기계적인 걸음걸이로 수도원 집으로 향했다.

 단 하나의 목적이자 희망만이 베로니크를 지탱하고 있었다. 바로 사레크 섬을 벗어나는 것. 베로니크는 공포에 질린 상태였다. 세 여자가 참수나 총살, 심지어 교수형을 당해 죽은 모습을 보았더라도 이렇게 전 존재가 뒤흔들리는 느낌을 받지는 않았을 것이다. 하지만 이 형벌은 도를 넘어섰다. 십자가형은 비열함의 극치이자 신성 모독이었으며 악의 한계를 뛰어넘는 저주가 담겨 있는 것이다.

 게다가 네 번째 희생자인 자기 자신에 대해 염려하지 않을 수 없었다. 처형대로 끌려가는 사형수처럼 자신도 결국 처참한 운명을 향해 떠밀리는 듯했다. 어찌 두려움에 떨지 않을 수 있겠는가? 아르시냐 세 자매를 굳이 왕참나무 언덕에서 처형한 것이 자신에 대한 경고가 아니고 무엇이겠는가?

 베로니크는 자신을 위로해보려고 이렇게 되뇌었다.

'모든 게 밝혀질 거야…. 이런 잔혹한 수수께끼 뒤에는 사실 아주 단순한 원인이 있을 테지. 겉보기에는 초자연적으로 보이지만 실제로는 나랑 똑같은 인간이 계획적으로 저지른 범죄일 뿐이라고. 모든 일은 분명 전쟁이 일어났기에 가능했던 거야. 전쟁은 이런 일이 벌어질 만한 독특한 환경을 만드니까 말이야. 그래 봤자 결국 일상의 법칙을 벗어난 것도, 신기할 것도 하나 없어.'

하지만 전부 쓸데없는 소리일 뿐! 이성적으로 따져보려는 베로니크의 노력은 힘겹기만 했다! 마음속 깊이 극심한 충격을 받은 베로니크는 자기 눈앞에서 죽어간 사레크 주민처럼 생각하고 느끼기에 이르렀다. 즉 언제고 의식 표면으로 표출될 수 있었던, 잠재되어 있던 태곳적 본능과 미신에 휩싸여 사레크 주민처럼 무기력한 상태에 빠져들었으며 마찬가지로 극도의 공포에 제정신을 잃고 끔찍한 악몽에 사로잡혔다.

자기를 괴롭히는 이 보이지 않는 존재들은 무엇인가? 대체 누가 사레크의 관 서른 개를 채우려고 기를 쓴단 말인가? 그리고 누가 이 가련한 섬 주민을 깡그리 죽이고 있단 말인가? 동굴 깊숙한 곳에 살면서 운명의 순간이 오면 신성한 겨우살이며 망종화를 채취하고 도끼와 화살을 사용해 여자들을 십자가에 매다는 그들이 대체 누구란 말인가? 무슨 끔찍한 일을 이루기 위해서인가? 그 뒤에 자리 잡은 극악무도한 목적은 무엇인가? 대체 어떤 상상할 수 없는 계획을 따르고 있는가? 어둠의 정령과 악령, 사라진 종교를 섬기는 사제들, 잔혹한 신들에게 남자고 여자고 아이고 할 것 없이 제물을 바치는….

"제발 그만! 그만! 내가 미쳐가나 보다!" 베로니크가 버럭 소리를 질렀다. "떠나는 거다…! 이 지옥에서 떠나는 생각만 하는 거다…!"

하지만 운명은 베로니크를 괴롭히려고 작정한 듯했다. 먹을 것을 찾느라 저택을 뒤지던 베로니크는 아버지의 서재 벽장 깊숙한 곳에서 벽에 꽂힌 종이 한 장을 발견했다. 버려진 오두막의 마그녹 영감 시체 옆에서 발견한 종이 두루마리에 그려진 것과 같은 그림이 그려져 있었다.

벽장 안 선반 위에서 그림을 넣어두는 상자가 하나 있기에 열어보았다. 마찬가지로 똑같은 장면을 적색으로 묘사한 밑그림이 여러 개 들어 있었다. 그림마다 맨 앞에 있는 여자의 머리 위에는 V. d'H.라고 적혀 있었다. 그림 중 하나에는 앙투안 데르주몽의 서명이 들어가 있었다.

다시 말해 마그녹 영감 옆에 있던 그림을 그린 사람은 바로 아버지였던 것이다! 아버지가 고통받는 여인의 모습을 자기 딸의 모습과 닮도록 거듭해 밑그림을 그려왔던 것이다!

"그만! 이제는 그만!" 베로니크가 또다시 소리쳤다. "생각하지 않을 거야…. 생각하기 싫어…."

기진맥진해진 베로니크는 먹을거리를 찾아보았다. 하지만 결국 아무것도 찾지 못했다.

섬 끄트머리에 불을 피울 만한 도구 또한 찾을 수 없었다. 안개는 이미 걷혀 있었으니 신호를 보내면 분명히 누군가 볼 수 있을 텐데 말이다!

부싯돌 두 개를 맞부딪쳐 보았다. 하지만 손길은 서툴기만 했고 불은 붙지 않았다.

사흘 동안 폐허를 돌아다니며 딴 산딸기와 물로 연명했다. 신열에 들뜨고 기운이 하나도 없어진 베로니크는 눈물을 울컥 쏟기도 했는데 이때마다 어김없이 만사형통이 나타났다. 지독한 육체적 고통에 시달리던 여인은 그렇게 터무니없는 이름을 지닌 애꿎은 짐승에 화풀이하며 번번이 쫓아버리기만 했다. 하지만 만사형통은 화들짝 놀라 저 멀리 떨어지면서도 그곳에서 궁둥이를 깔고 앉아 앞발을 든 특유의 자세를 취했다. 그러면 베로니크는 프랑수아의 개라는 점이 미워서 더욱 끈질기게 쫓아버렸다.

베로니크는 어디서 조금만 소리가 나도 전신을 부르르 떨며 식은땀을 흘렸다. 왕참나무의 존재들은 대체 무얼 하고 있을까? 어디로 숨어들어 공격하려는 걸까? 그 괴물들의 손에 붙들릴 생각을 하니 온몸이 오들오들 떨려서 베로니크는 자신의 몸을 두 팔로 감싸 안았다. 젊고 아름다운 여자를 탐하느라 자기를 쫓는다는 생각도 자꾸만 드는 것이다….

하지만 나흘째가 되자 희망이 불끈 솟아올랐다. 서랍에서 상당히 두툼한 돋보기를 찾아낸 것이다. 마침 따사롭게 쏟아지는 햇볕을 종이 위에 모아 불을 붙이는 데 성공했고 그걸로 촛불을 밝힐 수 있었다.

이제 구원받았다는 생각이 들었다. 집 안에 양초가 잔뜩 쌓인 곳을 발견했으니 밤까지 이 귀중한 불꽃을 보존할 수 있었다. 밤 11시가 되자 등불을 하나 들고 불을 피울 생각으로 다리 옆 움막으로 갔다. 하늘이 맑으니 육지 해안에서 신호를 볼 수 있을 것이다.

등불 때문에 위치가 들킬까 봐 염려스럽고, 또 밝은 달빛 아래로 십자가 언덕 위 아르시냐 자매의 참혹한 모습을 보는 것도 두려웠던 베로니크는 수도원 집을 나서서 왼쪽 덤불로 뒤덮인 다른 길로 접어들었다. 잎사귀 밟는 발소리를 죽여가며 나무뿌리에 발이 걸리지 않게 조심조심 걸었다. 움막 가까이 탁 트인 공간에 도착하자 진이 다 빠져버린 베로니크는 그 자리에 앉아 쉬었다. 머릿속이 윙윙거리고 심장이 금방이라도 멈출 것 같았다.

그곳에서는 형벌 장소가 잘 보이지 않았다. 하지만 자기도 모르게 십자가 언덕 위로 눈길을 돌린 베로니크는 사람 형체로 보이는 하얀 것이 움직이는 모습을 본 듯했다. 울창한 참나무 숲 한가운데, 나무들 사이에 난 오솔길의 가장자리쯤이었다.

그 형체는 다시금 움직였는데 이번에는 빛을 환히 받아 좀 더 자세히 보였다. 거리가 멀었음에도 치마를 두른 그것이 다른 나무들과 좀 떨어져 가장 높이 솟은 나무에 매달려 있음을 알아볼 수 있었다.

아르시냐 자매들이 했던 말이 떠올랐다.

"달이 차기 시작한 엿새째 날이 다가오고 있어요. **이들**이 겨우살이를 따러 왕참나무로 올라가기 전에 떠나야 해요."

문득 책에서 읽었거나 아버지에게 들었던 어떤 이야기가 떠올랐다. 어린 시절에 듣고 깊은 인상을 받았던 그 드루이드교 제의 중 하나가 눈앞에서 펼쳐지는 듯했다. 하지만 동시에 기력이 너무도 쇠해 있어 꿈을 꾸는 건 아닌지, 눈앞에 펼쳐지는 이 기이한 광경이 실제 벌어지는 일인지는 확신할 수 없었다. 흰옷을 걸친 네 개의 형체가 나무 밑동에 모여 있었고 위에서 떨어질 신성한 풀을 받으려고 팔을 높이 쳐들고 있었다. 나무

위에서 빛이 번쩍였다. 제사장이 금으로 된 낫을 휘둘러 겨우
살이를 베어낸 것이리라.

그런 뒤 제사장은 참나무에서 내려왔고 다섯 형체가 길을 따
라 미끄러져 숲을 에둘러 가더니 언덕 꼭대기로 올라갔다.

베로니크는 흐릿해진 시선을 차마 떼지 못하고 고개를 내밀
어 형벌의 나무 위에 매달린 시체 세 구를 바라보았다. 멀리서
보니 여자들의 머리쓰개에 달린 검정 리본이 마치 까마귀 같았
다. 흰 형체들은 이해할 수 없는 무슨 의식을 행하려는 것인지
희생자들 맞은편에서 멈춰 섰다. 마침내 제사장은 다른 이들에
게서 건네받은 겨우살이를 손에 들고 무리에서 떨어져 나왔다.
그러고는 다리의 첫 번째 교각이 아직 남아 있는 곳까지 언덕
을 내려오는 게 아닌가.

베로니크는 정신이 혼미해졌다. 시야가 떨려서 사물이 온통
뒤흔들리는 가운데 제사장이 기다란 흰 수염 밑, 가슴에 받쳐
든 낫을 이리저리 움직여 빛을 발하는 걸 바라보았다. 대체 무
슨 짓을 하려는 걸까? 다리는 이미 타버리고 없었으나 베로니
크는 불안해진 나머지 경련을 일으킬 지경이었다. 무릎이 후들
거려 더 이상 버티지 못하고 쓰러지면서도 이 두려운 광경에서
시선을 떼지 못했다.

심연을 마주 보고 선 제사장은 한순간 멈춰 섰다. 겨우살이
를 들고 있던 팔을 앞으로 뻗더니 이 신성한 식물을 부적 삼아
자연법칙을 바꾸려는 듯 한길 낭떠러지로 한 발을 내디뎠다!

그렇게 제사장은 허옇게 밝은 달빛을 밟으며 허공을 걸었다.

베로니크는 무슨 일이 벌어지고 있는지 도저히 이해할 수 없

었다. 환각에 사로잡혀 헛것을 본 것인지도 알 수 없었다. 어쩌면 정신이 심약해진 탓에 이 기묘한 의식의 어느 부분부터 환각이 시작된 것인지도 몰랐다.

베로니크는 눈을 꼭 감고 마냥 기다렸다. 벌어지지도 않았지만 예상하고 싶지도 않은 일을 기다리듯…. 그러다 좀 더 현실적인 걱정이 들기 시작했다. 등불 안에 넣어둔 양초가 꺼져가고 있었는데, 이 자리에서 움직여 수도원 집까지 되돌아가는 건 불가능했다. 햇빛이 강하게 비치지 않으면 다시 불을 밝힐 수 없을 테고 그렇게 며칠이 흐르면 끝장이라는 생각이 들었다.

이렇게 고군분투하는 데 지친 베로니크는 싸워봤자 이길 가망성이 없는 불공평한 싸움임을 깨닫고 체념했다. 그러나 붙들리는 것이야말로 가장 견딜 수 없는 결말일 것이다. 그러니 굶어 죽거나 기력이 쇠해 죽는 것에 저항할 이유가 무엇인가? 고통이 계속되면 어느 순간부터는 무감각해진 채 이 잔혹한 생을 벗어버리고 전적인 파괴 상태로 들어설 것이다.

"그래, 그거야. 그거라고." 베로니크가 중얼거렸다. "사레크를 떠나든 죽든 별 차이는 없어! 중요한 건 이 모든 것에서 벗어나는 거니까."

잎사귀가 바스락거리는 소리가 들려 베로니크는 눈을 떴다. 이때 촛불이 꺼져버렸다. 그런데 어둠 속을 가만 보니 만사형통이 두 앞발을 허공에 휘저으며 앉아 있는 것이 아닌가.

만사형통의 목에는 과자 상자 하나가 끈으로 묶여 있었다.

"대체 어떻게 된 건지 말해주렴, 우리 불쌍한 만사형통아."

다음 날 아침, 수도원 집 자기 방에서 푹 쉬고 일어난 베로니크가 말했다. "네가 일부러 나를 찾아와 음식을 주었을 리는 없잖아. 우연히 그런 거지? 그곳에서 어슬렁거리다가 내가 우는 소리를 듣고 온 거야. 그런데 누가 목에다가 과자 상자를 매달아 준 거니? 여기 사레크에 우리를 생각해주는 친구가 있단 말이야? 그럼 왜 나타나지 않는 거지? 말해주렴, 만사형통아."

여자는 착한 짐승을 꼭 끌어안으며 다시 말했다.

"그런데 그 과자는 누구한테 전하려던 거니? 네 주인 프랑수아한테? 아니면 오노린? 아니라면 누구야? 스테판 씨인가?"

개는 꼬리를 달랑달랑 흔들며 문 쪽으로 갔다. 베로니크의 말을 이해한 듯 보였다. 그 뒤를 따라가 보니 스테판 마루의 방이었다. 만사형통은 가정교사의 침대 밑으로 쑥 들어갔다.

거기에는 과자 상자 세 개와 초콜릿 상자 두 개, 깡통 통조림 두 개가 있었다. 상자는 모두 끈으로 묶여 있었고 개가 머리를 밀어 넣을 수 있게끔 그 끝이 큼직한 매듭을 이루고 있었다.

"이게 무슨 뜻이지?" 베로니크가 깜짝 놀라 말했다. "네가 그걸 다 저기에 가져다 놓은 거니? 누가 너한테 그걸 준 거야? 그러니까 정말 이 섬에 우리와 스테판 마루를 아는 친구가 있는 거야? 그 친구한테 날 데려다줄 수 있니? 섬 이쪽에 사는 게 분명해. 저쪽 섬으로 통하는 길이 없으니 네가 거기까지 갔을 리는 없잖아."

베로니크는 생각에 잠겼다. 침대 밑에는 만사형통이 놓아둔 음식 말고도 천으로 된 작은 가방이 놓여 있었다. 베로니크는 스테판 마루가 어째서 이 가방을 숨겨놓았는지 궁금했다. 이

교사의 역할이나 성품, 과거 행적, 데르주몽 씨나 프랑수아와 맺고 있던 관계를 알아보기 위해 이 가방을 열어볼 권리가 있다는 생각이 들었다.

"그래." 베로니크가 말했다. "권리가 있을 뿐만 아니라 마땅히 그래야 해."

베로니크는 망설이지 않고 커다란 가위로 빈약하기 그지없는 자물쇠를 부쉈다.

가방 안에는 고무로 겉을 입힌 공책이 하나 들어 있을 뿐이었다. 하지만 표지를 펼치자마자 베로니크는 혼란에 휩싸였다.

첫 장에는 자신의 어린 시절 사진이 있었는데, 이름자를 모두 적은 자필 서명이 있고 그 옆에는 이런 문구가 적혀 있었다.

내 친구 스테판에게

"이해할 수 없어…. 이해할 수 없다고…." 베로니크가 중얼거렸다. "이 사진은 또렷이 기억하는데…. 그래, 열여섯 살이었을 거야…. 하지만 내가 왜 이 사람한테 사진을 준 거지? 내가 아는 사람이란 말인가?"

궁금해진 베로니크는 황급히 다음 장을 펼쳤다. 서문이 쓰여 있었다.

베로니크, 당신이 지켜보는 가운데 살고 싶습니다. 당신 아드님, 다른 남자의 아들이기에 제가 미워해야 마땅할 그 아드님을 가르치기 시작한 것은 오래전부터 간직해온 제 은밀한 감정에 충실하기 위해서입니다. 언젠가는 당신이 어머니의 위치를 되찾으실 거라고 믿어 의심치 않습니다. 그날이 오면 프랑수아를 자랑스럽게 여기실 겁니다. 제가 그 아이 안에 있을 아버지의 흔적을 한 오라기도 남기지 않고 모두 지워 오직 당신에게서 이어받은 고귀한 품성만을 북돋아 키워두었을 테니까요. 이는 제가 온 힘을 기울여 이루고자 작정한 어려운 임무입니다. 하지만 이 일을 하며 얼마나 기쁜지요. 당신의 미소를 보는 것, 그것이 이 모든 일에 대한 보상이 되겠지요.

베로니크의 마음속에 묘한 감동이 밀려들었다. 삶이 온화한 빛을 발하는 것 같았다. 다른 모든 일과 마찬가지로 수수께끼 같은 일이었지만 적어도 마그녹 영감의 꽃처럼 부드러운 위안을 안겨주었다.

뒷장을 넘겨 보며 프랑수아가 하루하루 어떤 교육을 받아왔는지 알 수 있었다. 아이의 발달 양상이며 교사의 교육 방법이 상세히 적혀 있었다. 학생은 마음씨가 따뜻하고 똑똑하고 근면했을 뿐 아니라 매사 열심인 데다 성격이 부드럽고 감수성이 예민했다. 의욕이 넘치고 사려 깊은 아이였다. 교사는 애정과 참을성이 많았는데, 구절구절 읽을수록 무언가 심오한 의미를 내비쳤다.

매일매일 고백을 적어 내려가며 교사의 열정은 점차 커졌고 표현은 좀 더 자유로워졌다.

프랑수아, 내 사랑하는 아들(이제는 이렇게 부를 수 있지 않을까?) 프랑수아, 네 어미가 네 안에 살아 있다. 네 맑은 눈은 네 어미를 꼭 빼닮았다. 네 영혼은 네 어미의 영혼처럼 진지하고 천진하다. 너는 악을 모르고, 어쩌면 선도 모른다고 할 수 있다. 그만큼 네 천성이 선하니까…

아이가 과제물로 제출한 글이 그대로 옮겨 적혀 있기도 했는데 아이는 글에서 자기 어머니에 대해 따뜻하고 열정적으로 말하고 조만간 만나게 되리라는 끈질긴 희망을 표현했다. 스테판은 그 옆에 소견을 적어놓았다.

우리는 네 엄마를 되찾을 거란다, 프랑수아. 그러면 아름다움과 빛, 삶의 즐거움, 바라보며 찬미를 보내는 기쁨이 무언인지 너는 더 잘 이해할 수 있을 거란다.

그리고 베로니크와 관련된 이야기들, 자기도 기억하지 못하거나 자기만 알고 있다고 여기던 사소한 사실들이 적혀 있었다.

… 하루는 튈르리 공원에서(아마 네 어머니가 열여섯 살이었을 거야) 어머니를 둘러싸고 사람들이 모여들었어…. 어머니가 깜짝 놀랄 만큼 아름다워서 찬탄하기 위해서란다. 어머니 친구들은 사람들의 그런 모습을 보며 웃곤 했단다….
프랑수아, 네 어머니 오른손을 펼쳐보아라. 손바닥 한가운데에 하얀 흉터가 길게 나 있어. 아주 어렸을 때 철책 쇠창살에 찔린 상처란다….

공책의 끝 부분에는 아이 내용이 아닌, 또 아이가 봤을 리도 없는 내용이 적혀 있었다. 이제 사랑의 감정은 그럴듯한 찬미의 문장 뒤에 감춰져 있지 않았으며 여전히 존경이 담겨 있으나 고통스럽고도 뜨겁게, 사랑으로 떨리는 희망을 아낌없이 표현하고 있었다.

베로니크는 공책을 덮었다. 더 이상 읽을 수가 없었다.

"그래, 그래. 솔직히 말할게, 만사형통아." 베로니크가 중얼거렸다. 개는 벌써 앞발을 들고 앉아 있었다. "그래, 내 눈가가 젖었나 보구나. 아무한테도 안 한 말을 네게 해보자면, 내가 아무리 별 볼일 없는 여자지만 지금은 무척 감동했단다. 그래, 이렇게도 날 사랑하는 사람의 얼굴을 떠올리려 하는데 생각이 안 나…. 은밀히 나를 사랑했는데도 눈치채지 못한 어릴 적 친구일까. 기억에서 그 이름마저 지워진…."

여자는 개를 가까이 끌어당겼다.

"둘 다 착한 사람들 아니니, 만사형통아? 학생도 그렇고 선생 역시 내가 봤던 그 끔찍한 죄를 저지를 사람들이 아니야. 만약 적이 하는 일에 동조했다면 그건 자기들 의사와 상관없이 알지도 못한 채 그랬던 걸 거야. 나는 마법의 묘약이니 주술이니 이성을 잃게 하는 약초 따윈 믿지 않아. 하지만 어쨌든 무언가 있었을 거야. 안 그러니, 착한 우리 만사형통아? 십자가상 꽃밭에 베로니크 꽃을 키우고 거기에 '엄마의 꽃'이라고 적었던 아이가 어떻게 그런 죄를 저지른단 말이니, 그렇지 않아? 오노린이 광기 때문이라고 말했던 게 맞았을까? 그렇다면 나를 찾으러 돌아오겠지? 스테판과 아이가 함께 돌아올까…?"

마음이 차분해졌고 이렇게 몇 시간이 흘러갔다. 베로니크는 더 이상 혼자가 아니었다. 현재가 더 이상 두렵지 않았고 미래에 대한 신념도 가지게 됐다.

다음 날 아침, 베로니크는 도망치지 못하게 이제껏 자기 곁에 가두었던 만사형통에게 말했다.

"자, 이제 날 데려다주지 않겠니? 어디로냐고? 물론 스테판 마루에게 먹을 것을 보내준 미지의 친구 앞이지. 어디 한번 가보자꾸나."

만사형통은 베로니크 말이 떨어지기가 무섭게 고인돌 쪽으로 올라가는 잔디밭으로 달려갔다. 그러더니 중간쯤 멈춰 서서 기다렸다. 베로니크가 그 뒤를 따라잡았다. 개는 오른쪽으로 꺾어 오솔길을 따라가더니 벼랑 가까이 위치한 폐허 더미로 갔다.

그러더니 다시 멈춰 섰다.

"여기니?" 베로니크가 물었다.

개가 납죽 엎드렸다. 그 앞에는 송악으로 한데 뒤덮인 돌덩이 두 개가 서로 받치고 서 있었으며 나무딸기 덤불이 잔뜩 나 있는 아래로 토끼 굴 입구같이 생긴 작은 구멍이 있었다. 만사형통은 거기로 미끄러져 들어가 사라지더니 이내 베로니크를 찾으러 되돌아 나왔다. 베로니크는 수도원 집으로 돌아가 가시덤불을 잘라낼 도끼를 가지고 왔다.

반 시간쯤 덤불을 베어내고 나니 계단 윗부분이 보였다. 만사형통을 따라 더듬더듬 내려가자 암반을 뚫어 만든 긴 터널이 나왔고 오른쪽에 뚫린 작은 구멍으로 빛이 들어오고 있었다. 몸을 곧추세워 구멍 바깥을 내다보니 바다가 보였다.

베로니크는 10분 정도 길을 따라가 다시 계단을 내려갔다. 터널이 좁아지고 있었다. 사람들 눈에 띄지 않게 하느라 그랬는지 작은 구멍들은 이제 모두 하늘을 향해 나 있었는데, 그 구멍으로 오른쪽이며 왼쪽이며 빛이 비쳐들었다. 그제야 베로니크는 어떻게 개가 섬의 다른 쪽으로 건너갈 수 있었는지 알았다. 이 터널은 사레크 본섬과 수도원 집 부지를 이어주는 좁은 벼랑을 따라 나 있었던 것이다. 양쪽에서 암반으로 파도가 몰아치고 있었다.

그러다가 왕참나무 언덕 지하쯤에 등장한 계단을 걸어 올라갔다. 다 오르고 나니 분기점이 나왔다. 만사형통은 대서양 쪽으로 난 오른쪽 길로 접어들었다.

다시 왼쪽에 어두침침한 두 개의 길이 나타났다. 섬은 보이지 않는 통로로 사방팔방 연결되어 있는 게 틀림없었다. 베로니크는 아르시냐 자매가 적의 영토라 일러준 검은 황무지 아래쪽을 향해 가고 있음을 깨닫고 가슴이 죄어드는 것 같았다.

만사형통은 종종거리며 앞서 걸어가다가도 이따금 되돌아왔다.

베로니크가 나직이 말했다.

"그래, 그래. 착한 녀석, 내가 따라가고 있단다. 하나도 무섭지 않아. 네가 나를 친구한테 데려다주는 거잖아…. 그 친구가 저쪽에서 은신처를 찾아냈나 보지…. 그런데 어째서 안 나오는 걸까? 어쩌다가 네가 그 친구의 안내자 노릇을 하게 된 거니?"

조금씩 깎아 만든 듯한 통로는 어디나 비슷한 너비로 뻗어 있었으며 외부로 난 구멍으로 통풍이 잘되어서인지 둥근 천장이나 화강암 바닥 모두 건조했다. 벽에는 아무런 표시나 흔적이 없었다. 이따금 새까만 규석이 뾰족이 솟아 있을 뿐이었다.

"여기니?" 만사형통이 멈춰 선 것을 보고 베로니크가 물었다.

터널은 더 이상 이어지지 않았고 좀 더 비좁은 구멍으로 희미하게 빛이 새어드는 널찍한 공간이 나왔다.

만사형통은 머뭇거리는 듯 보였다. 터널을 막아선 내벽에 앞발을 대고 서서 귀를 쫑긋 세워 무언가 듣는 것 같았다.

베로니크가 살펴보니 그 지점의 내벽은 다른 곳처럼 화강암이 아니라 서로 다른 크기의 돌을 시멘트로 이어 붙여 쌓아놓은 것이었다. 터널이 만들어진 시기보다 훨씬 최근에 만들어진 게 틀림없었다. 섬의 다른 편으로 이어지는 지하 터널을 막기 위해 벽을 세워놓은 것 같았다.

베로니크가 다시 말했다.

"여기가 맞지?"

하지만 베로니크는 이내 입을 다물었다. 나직한 목소리가 들려왔던 것이다.

베로니크는 벽으로 다가갔다가 이내 몸서리쳤다. 목소리가 좀 더 크게 들려왔다. 소리가 좀 더 분명하게 들렸다. 어떤 아이가 노래를 부르고 있었다.

아이를 재우며
엄마가 말했지
울지 마라, 네가 울면
착하신 성모님도 우신단다

베로니크가 중얼거렸다.

"이 노래는… 이 노래는….'"

백 멜에서 오노린이 흥얼거리던 바로 그 노래였다. 대체 누가 이 노래를 부르고 있단 말인가? 섬에 갇힌 어린아이인가? 프랑수아의 친구일까?

목소리가 계속 흘러나왔다.

네가 노래하고 웃으면
성모 마리아께서 미소 지으시지
두 손을 모으고 기도하면
착하신 성모님도…

그러다 노래가 뚝 끊기더니 한참 아무 소리도 나지 않았다. 만사형통은 이제 자기가 잘 아는 일이 벌어질 거라는 듯 귀를 쫑긋 세운 채 집중하고 있었다.

아니나 다를까, 개가 서 있던 자리에서 조심스럽게 돌을 움직이는 소리가 들렸다. 개가 미친 듯이 꼬리를 흔들면서도 침묵을 깨면 위험이 닥칠 것을 본능적으로 느꼈는지 소리를 집어삼키듯 짖었다. 갑자기 만사형통의 머리 위로 돌덩이 하나가 뒤쪽으로 쑥 빠지고 개가 간신히 드나들 만한 구멍이 하나 생겼다.

개는 단숨에 뛰어올라 매달리더니 몸을 비틀어 구멍을 비집고 안으로 사라져버렸다.

"아! 그래, 만사형통 씨구나." 아이의 목소리가 들렸다. "어떻게 지내시나, 만사형통 씨. 왜 어제는 주인을 보러 오지 않았니? 무슨 중요한 일이라도 있었던 거야? 오노린이랑 산책이라도 했니? 아! 친구야, 네가 말을 할 수 있다면 내게 무슨 말을 할까! 우선, 자, 보자⋯."

베로니크는 온통 두근거리는 가슴으로 벽에 기대어 무릎을 꿇고 앉았다. 지금 들리는 게 아들 목소리일까? 프랑수아가 돌아와서 숨어 있는 걸까? 구멍으로 들여다보려 해봤으나 허사였다. 벽체가 두꺼웠을 뿐만 아니라 구멍 난 길이 안쪽에서 한번 구부러져 있었던 것이다. 하지만 한마디 한마디, 억양 하나하나가 얼마나 똑똑히 들려오는지!

"자." 아이가 다시 말을 이었다. "어째서 오노린이 날 풀어주러 오지 않는 거니? 왜 오노린을 여기로 데려오지 않는 거야? 너는 날 찾아냈잖아⋯. 내가 사라져서 할아버지가 얼마나 걱정하고 계실까⋯? 이 얼마나 대단한 사건이야! 근데 넌 계속 의견을 바꾸지 않는다 이거야? 만사형통, 그런 거야? 점점 더 잘되어 간다, 이 말이지?"

베로니크는 아무것도 이해할 수 없었다. 자기 아들이(프랑수아라는 것에 의심의 여지가 없었다) 무슨 일이 일어났는지 전혀 모르는 듯 말하고 있었다. 잊어버린 걸까? 광기에 빠져서 자신이 한 일이 기억에서 사라진 걸까?

'그래, 광기였던 거야.' 베로니크는 고집스럽게 생각했다. '그래, 그 애가 제정신이 아니었던 거야. 오노린 말이 맞았어⋯. 그 애는 제정신이 아니었어⋯. 이제 제정신이 돌아온 거야. 아! 프랑수아⋯ 프랑수아야⋯.'

아이의 말 한마디가 자기에게 크나큰 기쁨을 안겨주거나 아니면 커다란 절망감을 안겨줄 거라는 생각에 베로니크는 온 힘을 다해 귀를 기울였다.

앞으로 더 짙고 무거운 어둠에 휩싸이거나 아니면 지금껏 14년 동안 싸워온 이 끝없는 절망의 밤이 끝나고 드디어 여명이 밝아올 것이었다.

"아무렴, 그렇고말고." 아이가 계속 말했다. "나도 너랑 같은 생각이야. 다 잘되어 가고 있다고. 단지 네가 그 증거만 보여줄 수 있으면 얼마나 좋겠니. 아무리 내가 너를 통해 전갈을 보내도 할아버지한테서 아무런 소식도 없고 오노린한테서도 마찬가지잖아. 또 스테판 선생님한테서도 아무런 소식이 없으니 정말 걱정된단 말이야. 어디에 계시지? 선생님을 어디에 가둬놓은 걸까? 혹시 굶어 죽어 가는 건 아닐까? 그래, 만사형통아, 대답해봐. 그저께 비스킷을 어디로 가져갔니…? 아니, 왜, 왜 그래? 어디에 신경을 쓰는 거야? 구멍으로 무얼 보는 거니? 가려고? 아니라고? 그럼 뭐니?"

아이가 말을 멈추었다. 그러더니 잠시 후 훨씬 목소리를 낮추어서 말했다.

"혹시 누구랑 같이 왔어…? 벽 뒤에 누가 있니?"

개가 소리 죽여 짖었다. 그러더니 이번에는 프랑수아가 귀를 기울이는지 한참 침묵이 흘렀다.

베로니크는 너무도 가슴이 두근거려 프랑수아가 자기 심장 소리를 들을 것만 같았다.

프랑수아가 속삭였다.

"오노린 아줌마?"

다시 침묵이 흘렀고 아이가 말했다.

"맞지요, 아줌마예요. 틀림없어…. 숨소리가 들려요…. 왜 대답하지 않는 거예요?"

베로니크는 감정이 울컥 치밀어 올랐다. 스테판도 프랑수아처럼 갇혀 있는 피해자라는 사실을 알자 서광이 비치는 듯했고, 분명하진 않지만 상황이 조금씩 그려졌다. 더구나 어떻게 이 목소리에 대답하지 않을 수 있을까? 아들이 말을 걸고 있다…. 아들이!

베로니크가 더듬거렸다.

"프랑수아… 프랑수아야…."

"오!" 아이가 말했다. "누가 있어…. 그럴 줄 알았어요…. 오노린 아줌마예요?"

"아니란다, 프랑수아." 베로니크가 답했다.

"그럼요?"

"오노린 아줌마의 친구야."

"제가 모르는 분이세요?"

"응…. 하지만 난 네 친구야."

아이가 말이 없었다. 경계하는 걸까?

"왜 오노린 아줌마와 함께 안 오신 거예요?"

뜻밖의 질문이라 당황했음에도 베로니크는 설령 자신의 가정이 정확하더라도 아직은 아이에게 진실을 말할 때가 아니라고 판단했다.

그래서 이렇게 말했다.

"오노린 아줌마는 여행에서 돌아오셨다가 다시 떠나셨다."

"저를 찾으려고요?"

"그래, 그래." 베로니크가 황급히 말했다. "아줌마는 네가 선생님과 같이 사레크 섬에서 납치된 줄 알고 계셔."

"하지만 할아버지는요?"

"할아버지도 떠나셨고 그 뒤로 섬 주민도 전부 떠났어."

"아! 여전히 그 관하고 십자가 이야기 때문인가요?"

"그래. 네가 사라지자 재앙이 시작됐다고 생각하고 겁이 나서 전부 떠나버렸어."

"그럼 아주머니는요?"

"나는 오노린 아줌마를 오랫동안 알고 있던 친구란다. 파리에서 아줌마랑 함께 여기 사레크에 쉬러 왔어. 나는 떠날 이유가 없지. 그런 미신은 하나도 겁이 안 나거든."

아이는 아무런 말이 없었다. 대답이 불충분하고 그럴싸하지 않다고 느꼈는지 점점 더 경계하고 있는 게 틀림없었다. 아이가 그런 심중을 터놓고 말했다.

"저기요, 아주머니, 제 말씀 좀 들어보세요. 저는 이 방에서 벌써 열흘 동안 갇혀 있었어요. 처음에는 아무도 못 봤고 어떤 소리도 못 들었어요. 그런데 그저께부터 매일 아침에 이 방에 난 문 한가운데 작은 구멍이 열리고 어떤 여자가 그 구멍으로 손을 뻗어서 물을 넣어줘요. 여자 손이라고요…. 그러니까… 좀 그렇지 않나요!"

"그 여자가 내가 아닐까 하고 생각하는 거니?"

"예, 그런 생각이 들 수밖에 없어요."

"그 여자 손을 알아볼 수 있겠니?"

"오! 물론이에요. 비쩍 마른 손이에요. 팔은 노랗고요."

"자, 이게 내 손이다." 베로니크가 말했다. "만사형통이 지나간 구멍으로 내가 팔을 넣을게."

그리고 소매를 걷어 올리고 팔을 구부려 어렵지 않게 쑥 집어넣었다.

"오!" 곧장 프랑수아가 말했다. "제가 봤던 손이 아니에요."

그리고 나직이 덧붙였다.

"손이 아주 예뻐요!"

아이가 두 손으로 베로니크 손을 황급히 쥐어보는가 싶더니 소리쳤다.

"오! 이럴 수가! 이럴 수가!"

아이가 손을 뒤집고는 손바닥이 드러나게 손가락을 폈다. 그러더니 중얼거렸다.

"흉터다…! 새하얀… 흉터가 있어…."

베로니크는 크게 당황했다. 스테판 마루의 일지에 적혀 있고 프랑수아도 당연히 읽었을 몇 가지 내용이 생각났던 것이다. 그 중에는 과거 심한 상처를 입고 남은 이 흉터 이야기도 있었다.

아이 입술이 자기 손에 와 닿는 게 느껴졌다. 처음에 아이는 부드럽게, 하지만 이내 눈물을 펑펑 쏟으며 격렬히 입을 맞췄다. 그리고 더듬더듬 말했다.

"오! 엄마… 우리 엄마… 예쁜 우리 엄마."

7
프랑수아와 스테판

어머니와 아들은 무릎을 꿇고 주저앉은 채 오래도록 벽에 기대 있었다. 사이에 벽만 없었다면 서로를 뜨거운 시선으로 마주 보며 눈물을 뒤섞고 입을 맞출 수 있을 만큼 가까운 거리에 있었다.

모자는 누가 먼저랄 것 없이 마음 가는 대로 질문하고 대답했다. 기쁨에 흠뻑 젖은 상태였다. 한 사람의 생명력이 상대방에게로 넘쳐흘러 흡수되는 듯했다. 세상의 그 어떤 힘으로도 이들을 갈라놓을 수 없었으며 이들에게는 오로지 모자간의 다정함과 신뢰만이 흐르고 있었다.

"아! 그렇단다, 우리 만사형통아." 프랑수아가 말했다. "앞발을 들고 실컷 재주를 부리렴. 울고 있는 거 맞아. 하지만 네가 먼저 지쳐버릴 거야. 우리는 아무리 울어도 지치지 않을 테니까. 안 그래요, 엄마?"

베로니크의 마음에 들어차 있던 그 모든 끔찍한 모습은 이미 사라지고 없었다. 살인자 아들, 죽이고 학살하는 아들의 모습…. 아니, 그런 건 더 이상 인정할 수 없었다. 광기 때문이었다는 말도 받아들일 수 없었다. 다른 이유가 있었을 것이며 그런 이유 따위를 빨리 알아내야겠다는 생각도 들지 않았다. 오로지 아들 생각뿐이었다. 그 애가 여기 있다. 아들이 벽을 꿰뚫고 자기를 바라보고 있다. 아들의 심장이 자기 심장에 맞닿아 뛰고 있다. 그 애가 살아 있을 뿐 아니라 온순하고 다정다감하며 사랑스럽고 순수한, 어미가 상상한 모습 그대로의 아이였다.

"우리 아들, 우리 아들." 베로니크는 아무리 해도 질리지 않는 듯 이 기적과도 같은 말을 무수히 되뇌었다…. "네가 우리 아들이로구나! 죽은 줄 알았는데, 만 번이고 죽은 줄 알았는데, 꼼짝없이 죽은 줄 알았는데…. 살아 있었어! 네가 여기 있구나! 내가 너를 만지고 있다니! 아! 세상에! 이럴 수가! 나한테 아들이 있어…. 우리 아들이 살아 있어…."

그러면 아들은 아들대로 어미만큼이나 열정적인 어조로 화답했다.

"엄마, 엄마…. 얼마나 오래 기다렸는데요! 난 엄마가 죽지 않았다고 생각했어요. 하지만 엄마 없는 애라서 너무 슬펐어요…. 엄마를 기다렸지만 몇 년이 훌쩍 지나가 버렸어요."

모자는 무려 한 시간 동안이나 과거 현재 가릴 것 없이 생각이 닿는 대로 이것저것 이야기꽃을 피웠다. 서로 오만가지 질문을 퍼부어 상대방이 살아온 이야기며 마음 깊숙이 품은 생각을 조금이라도 더 들어보려고 애썼다.

마침내 화제를 좀 더 급한 쪽으로 돌린 건 프랑수아였다.

"엄마, 들어보세요. 할 이야기가 너무 많지만 그 이야기를 다하려면 오늘 하루가 아니라 며칠이라도 부족할 거예요. 일단 가장 중요한 이야기를 간단히 해야 해요. 어쩌면 시간이 없을지도 모르니까요."

"뭐라고?" 베로니크는 문득 걱정에 사로잡혔다. "네 곁은 못 떠난다!"

"엄마, 서로 떨어지지 않으려면 일단 서로 합쳐져야 해요. 그런데 아직 넘어야 할 장벽이 많아요. 이 벽부터가 그렇고요. 게다가 전 지금 심하게 감시당하고 있어요. 만사형통이랑도 매번 그러고 있는데요, 만일 누가 다가오는 소리가 조금이라도 들리면 당장 엄마랑 떨어져야 해요."

"누구한테 감시당하고 있는데?"

"스테판과 내가 검은 황무지 고원 아래 있는 이 동굴 입구를 발견한 날 우리를 공격한 사람들이에요."

"그자들을 봤니?"

"아니요. 어두워서 못 봤어요."

"그러면 그 사람들이 누구니? 그 못된 놈들이 누구야?"

"모르겠어요."

"무슨 짚이는 데라도⋯."

"드루이드가 아니냐고요?" 아이가 웃으며 말했다. "전설에 나오는 그 옛날 사람들이요? 절대 아니에요. 귀신? 더더욱 아니지요. 뼈와 살로 된 요즘 사람들인 게 확실해요."

"그런데 그자들이 그 안에서 산단 말이지?"

"아마도요."

"그러면 선생이랑 네가 그자들을 발견한 거니⋯?"

"아니요, 그 반대였어요. 우리를 기다리면서 지켜보고 있었다는 생각마저 들던걸요. 우리는 돌계단을 내려와서 아주 긴 복도를 걸어왔어요. 복도에는 여든 개쯤 되는 작은 동굴, 아니 작은 감방 같은 게 줄줄이 나 있었고 나무로 된 방 문들이 바다 쪽으로 열려 있었어요. 거기서 되돌아 나오느라 어두컴컴한 계단을 올라가는데, 옆에서 누가 튀어나와 꼼짝없이 붙들려 줄에 묶이고 안대와 재갈이 채워졌어요. 순식간에 일어난 일이에요. 사람들이 복도 끝으로 데려가는 것 같았어요. 묶인 끈이랑 눈가리개를 간신히 풀고 보니 감방에 갇혀 있더라고요. 아마 복도 끝에 있는 감방일 거예요. 그리고 열흘이 지났어요."

"불쌍한 우리 아가. 얼마나 괴로웠을까!"

"아니에요, 엄마. 굶진 않아요. 방 한구석에 먹을 게 잔뜩 있고 그 반대쪽에는 잠을 잘 수 있게 짚도 깔렸거든요. 그래서 차분히 기다리고 있었어요."

"누구를?"

"웃지 않으실 거지요, 엄마?"

"왜 그러니, 애야?"

"지금 말씀드릴 것 때문에요."

"왜 그렇게 생각하는 거니…?"

"음, 사레크 이야기를 전부 듣고 할아버지한테 꼭 오겠다고 약속한 어떤 사람을 기다리고 있었어요."

"그 사람이 누구니?"

아이가 망설였다.

"참, 정말… 엄마가 웃을 텐데. 나중에 말씀드릴게요. 아직은 안 왔으니까요…. 실은 방금도 혹시나 했는데…. 그럴 수밖에 없었어요. 벽에서 돌 두 개를 빼내는 데 성공했는데 이렇게 구멍을 낸 걸 감시하는 사람들은 아직 전혀 모르고 있거든요. 그런데 갑자기 소리가 들리더니… 누가 긁어대는 거예요."

"그게 만사형통이었구나?"

"만사형통이 반대편에서 온 거였어요. 여기서 얼마나 환영받는지 엄마도 보셨지요? 단지 제가 놀란 건 아무도 만사형통을 따라온 사람이 없다는 거였어요. 오노린도 그렇고 할아버지도요. 글을 쓰려 해도 연필이나 종이가 없어요. 그래도 그렇지, 만사형통만 따라오면 되는 거였는데."

"그럴 수가 없었어." 베로니크가 말했다. "네가 납치돼서 사레크에서 이미 멀리 떨어져 있다고 생각했거든. 그래서 네 할아버지가 떠나신 거고."

"제 말이 바로 그 말이에요. 왜 그렇게 생각하신 거예요? 최근에 발견하신 문서 덕분에 할아버지는 우리가 어디 있는지 알고 계셨단 말이에요. 할아버지께서 지하 통로에 이런 입구가 있을 거라고 알려주신 거였어요. 엄마한테는 그 말씀을 안 하셨어요?"

아들의 이야기를 듣던 베로니크는 기쁘기 그지없었다. 만약 아들을 납치해 가두었다면 데르주몽과 마리 르 고프, 오노린, 코레주와 배에 탔던 다른 사람들을 죽인 그 혐오스러운 괴물이 아들일 리가 없었으니까. 아직도 풀어야 할 비밀이 겹겹이 있었으나 이제껏 어렴풋이 느꼈던 진실이 일부분이나마 윤곽을 드러내며 점차 또렷해지고 있었다. 프랑수아는 범인이 아니다.

누군가 아이의 옷을 걸쳐 입고 프랑수아인 척했으며 마찬가지로 누군가 스테판으로 위장한 것이다! 아! 나머지는 무슨 상관이랴! 수수께끼 같거나 서로 모순되는 사건들에 대한 증거가 있느냐, 확신하느냐 마느냐 따위는 이제 아무래도 좋았다. 이미 베로니크의 관심사가 아니었다. 중요한 건 사랑하는 아들이 결백하다는 사실뿐이었다.

베로니크는 아이에게 공연한 사실을 알리면 기쁜 마음을 상하게 하고 침울하게 할까 봐 이렇게 말했다.

"아니야. 나는 아직 네 할아버지를 못 만났다. 나를 만나기 전에 오노린 아줌마가 말씀하시길, 할아버지께 마음의 준비를 할 시간을 주는 게 좋겠다고 했거든. 그런데 갑자기 사건이 터지는 바람에⋯."

"그러면 엄마 혼자 쓸쓸하게 섬에 남아 계셨던 거예요? 날 찾으리라 생각하신 거예요?"

"그렇단다." 약간 주저하다가 베로니크가 대답했다.

"혼자였지만 만사형통이 있었지요?"

"그래. 처음에는 그 녀석한테 별로 신경 쓰지 않았단다. 오늘 아침에야 따라올 생각을 했지 뭐니."

"그런데 여기까지 오신 길이 어디로 통해 있어요?"

"마그녹 영감님 정원에서 멀지 않은 곳에 입구가 있는데 돌덩이 두 개로 가려져 있었어."

"그렇다면 두 섬이 연결되어 있다는 거예요?"

"그래, 다리 아래쪽 벼랑으로 말이야."

"이상하네요! 스테판이나 저나, 나머지 사람들 그 누구도 상상하지 못했어요…. 물론 주인을 찾겠다고 나선 이 똑똑한 만사형통만 빼고요."

프랑수아가 문득 말을 끊더니 중얼거렸다.

"들어봐요…."

한참 후 다시 말했다.

"아니에요. 아직 아니었어요. 하지만 서둘러야 해요."

"내가 무얼 하면 되겠니?"

"간단해요, 엄마. 이 구멍을 파내면서 보니까, 주변 돌을 서너 개만 빼내면 구멍을 넓힐 수 있어요. 그런데 돌이 단단히 박혀 있어서 도구가 필요해요."

"그래, 그럼 내가 가서…."

"예, 엄마. 수도원 집에 가면 집 왼쪽의 지하실이 마그녹 영감님이 원예 도구를 놔둔 작업실이에요. 거기에 손잡이가 아주 짧은 자그만 곡괭이가 있을 거예요. 오후 끝날 무렵에 그걸 좀 가져다주세요. 오늘 밤부터 파기 시작해서 내일 아침이면 엄마를 안아드릴게요."

"오! 제발 그렇게만 된다면!"

"그렇게 될 거예요. 그러면 스테판 선생님만 구해내면 될 텐데."

"네 선생님 말이니? 어디에 갇혀 있는지 아니?"

"대충은 알아요. 할아버지가 우리에게 하신 말씀으로는 지하가 위아래 두 층으로 되어 있어요. 각 층의 마지막 방이 감옥으로 꾸며져 있고요. 제가 이 감옥에 갇혀 있으니 스테판 선생님은 여기 아래층의 다른 방에 갇혀 있겠지요. 다만 걱정되는 건…."

"걱정되는 건?"

"음, 역시 할아버지 말씀이었는데요, 이 두 감방은 옛날에 고문실이었대요…. '죽음의 방'이라고 그러셨어요."

"뭐라고? 그런 끔찍한 소리를!"

"왜 그리 무서워하세요, 엄마? 보시다시피 그 사람들은 절 고문할 생각이 없어 보이는걸요. 스테판 선생님이 어떤 상황에 놓였는지 모르니까 한번 시도해보는 셈 치고 만사형통을 통해 선생님께 먹을 걸 보냈어요. 그러니 분명 그 녀석이 길을 찾아냈을 텐데."

"아니야." 베로니크가 말했다. "그 녀석이 네 말을 잘못 이해했어."

"그걸 어떻게 알아요, 엄마?"

"스테판 마루의 방으로 가라는 줄 알고 선생 침대 밑에다 모조리 쌓아놨더구나."

"아!" 아이가 걱정에 차서 말했다. "그럼 선생님이 어떻게 됐을까요?"

그러더니 덧붙였다.

"그러면 엄마, 더욱 서둘러야 해요. 선생님을 찾아서 함께 탈출하려면요."

"무얼 걱정하는 거니?"

"아무것도 걱정하지 않아요. 행동만 빠르면 잘될 거예요."

"하지만 또…."

"아무것도 걱정할 게 없어요. 장담해요. 반드시 함께 장애물을 이겨낼 거예요."

"하지만 다른… 예상치 못한 위험이 닥치면…?"

"그러면." 프랑수아가 웃었다. "아까 말한, 오기로 한 그 사람이 와서 우리를 보호해줄 거예요."

"거봐라, 애야. 너도 누군가의 도움이 필요하다고 여기는 거잖니…."

"아니에요, 엄마. 제발 침착하세요. 아무 일도 없을 거라니까요. 엄마를 되찾은 아이가 다시 엄마를 잃으리라 생각하세요? 그게 가능한 일일까요? 실제 삶에서야 그런 일이 일어날 수 있겠지만, 지금 우리는 소설 같은 상황에 놓여 있는 거예요. 그리고 소설에서는 반드시 일이 잘 풀리게끔 되어 있지요. 만사형통한테 물어보세요. 만사형통아, 우리가 이겨서 모두 함께 행복해지겠니? 너도 동의하지, 만사형통아? 그러니까 얼른 가봐. 엄마를 모셔다 드려. 누가 올지 모르니 구멍을 다시 막을게. 구멍이 막혀 있으면 절대로 들어오려고 하지 마. 알았니, 만사형통? 그러면 위험해지니까. 엄마, 가세요. 그리고 돌아오실 때 소리 내지 마시고요."

돌아가는 시간은 오래 걸리지 않았고 베로니크는 금세 연장을 찾아냈다. 40분 후 연장을 감방으로 들여보낼 수 있었다.

"아직 아무도 안 왔어요." 프랑수아가 말했다. "하지만 언제고 들이닥칠 테니 엄마는 떠나시는 게 좋아요. 한 번씩 순찰할 때마다 일을 멈춰야 하니 저는 아마 밤새도록 파야 할 거예요. 그러니 내일 아침 7시쯤 엄마를 기다릴게요. 아! 스테판 선생님에 대해 생각해봤어요. 아까 들리는 소리로 봐서 얼추 이 감방 아래에 갇혀 있는 게 맞는 것 같아요. 여기 난 창문은 너무 좁아서 빠져나갈 수가 없어요. 엄마가 계신 곳에 혹시 빠져나갈 만큼 넓은 창문이 있나요?"

"아니. 하지만 창가의 돌멩이를 부수면 좀 더 넓혀볼 수 있을 거야."

"잘됐어요. 마그녹 영감님 작업실에 가면 끝에 쇠갈고리가 달린 대나무 사다리가 있을 텐데 내일 아침에 가지고 오세요. 또 먹을 것과 모포도 가져와서 지하 통로 입구의 덤불숲에 놔두세요."

"그건 뭐에 쓰려는 거니?"

"두고 보시면 아실 거예요. 계획이 있어요. 그럼 가보세요, 엄마. 푹 쉬고 기운 차리세요. 내일은 아마 힘든 하루가 될 테니까요."

베로니크는 아들의 충고를 따랐다. 다음 날 희망으로 한껏 부푼 베로니크는 다시 감방으로 나섰다. 평소의 독립적인 본능이 도졌는지 이번에는 만사형통이 따라오지 않았다.

"조심해요, 엄마." 프랑수아가 한껏 목소리를 죽인 채 거의 들리지 않을 정도로 말했다. "가까이에서 감시받고 있고 복도에서 누가 걸어 다니는 것 같아요. 게다가 하던 일이 이제 거의 다 끝나서 돌이 흔들거려요. 두 시간이면 끝날 거예요. 사다리는 가져오셨어요?"

"응."

"창가 돌멩이를 떼어주세요…. 그러면 시간이 절약될 거예요…. 스테판 선생님이 정말 걱정되거든요…. 절대 소리 내지 마시고요…."

베로니크가 벽에서 물러났다.

창문은 바닥에서 겨우 1미터 남짓 올라와 있었는데 베로니크 생각대로 돌멩이는 창가에 다닥다닥 얹혀 있을 뿐이었다. 그렇게 돌멩이를 떼어내고 보니 상당히 널찍해서 가져온 사다리를 손쉽게 밖으로 빼내 사다리에 달린 갈고리를 아래쪽 창턱에 걸쳐놓을 수 있었다.

30~40미터 아래로는 온통 하얀 거품투성이 바다가 펼쳐져 있었고 사레크 섬을 지키는 수천 개 암초가 보였다. 하지만 창문 아래로 불룩하게 튀어나온 화강암 때문에 아래에 펼쳐진 벼랑이 베로니크 눈에 보이지 않았을 뿐 아니라 사다리도 완벽히 수직으로 떨어지지 않았다.

'이렇게 해두었으니 프랑수아가 내려갈 수 있겠지.' 베로니크가 생각했다.

하지만 내려가는 건 퍽 위험해 보였고 아들 대신 자기가 나서야 한다는 생각이 들었다. 프랑수아가 잘못 생각해서 스테판의 감방이 거기 없거나 아래쪽에 비슷한 구멍이 없어 들어갈 수 없을지도 모르는 일 아닌가. 그렇다면 무슨 시간 낭비겠는가! 아들이 쓸데없이 위험을 감수하게 될 것이다!

베로니크는 당장 행동에 나섬으로써 아들에 대한 헌신과 사랑을 보여주고자 하는 열망에 사로잡혔고, 깊이 생각해보지도 않고 당연한 의무를 받아들이듯 그렇게 결정을 내렸다. 베로니크는 거침없었다. 사다리 갈고리가 아주 넓지는 않아서 창턱을 완전히 물고 있지 않은 것을 보고도, 또 저 아래로 빨려 들어갈 듯 아득히 펼쳐진 바다를 보면서도 아랑곳하지 않았다. 행동해야만 했다. 그래서 행동에 나섰다.

치마를 질끈 묶어 핀으로 고정하고 벽을 넘어갔다. 몸을 돌려 창턱에 손을 짚고 발로는 더듬더듬 사다리의 가로장을 짚었다. 온몸이 덜덜 떨렸다. 종에 달린 추처럼 심장이 튀어나올 듯 두근거렸다. 하지만 초인적인 용기로 사다리의 두 각목을 붙들고 내려가기 시작했다.

오래 걸리지 않았다. 가로장이 스무 개라는 걸 알고 있었다. 베로니크는 하나하나 세면서 내려갔다. 스무 개째 이르러 왼쪽을 바라보고는 더없이 기뻐 중얼거렸다.

"오! 프랑수아… 우리 아가…"

길어야 1미터쯤 떨어진 절벽 한가운데에 동굴로 들어가는 입구인 듯 쑥 들어간 부분이 보였던 것이다.

베로니크가 불러보았다.

"스테판… 스테판…" 하지만 목소리가 너무 작아서 설령 스테판 마루가 있다 하더라도 들을 수 없을 지경이었다.

베로니크는 잠시 망설였다. 하지만 더 이상 다시 기어 올라가거나 매달려 있을 힘이 없어 다리가 휘청거렸다. 사다리 갈고리가 창턱에서 빠질 위험이 있었지만 그래도 우둘투둘한 절벽 면을 이용해 사다리를 조금 왼쪽으로 움직여볼 수 있었다. 그리고 베로니크가 생각해도 정말 기적적으로, 화강암 벽면에 튀어나온 규석 덩어리 하나를 움켜쥐고 발 한쪽을 동굴 안으로 들이밀 수 있었다. 그리고 엄청난 힘을 주어 풀쩍 뛰어서는 간신히 중심을 잡아 안으로 들어갔다.

어떤 남자가 꽁꽁 묶인 채 짚더미 위에 누워 있었다.

동굴은 작았고 그다지 깊지 않았다. 특히 하늘을 향한, 아니 그보다는 바다를 향했다고 해야 할 동굴 윗부분은 아주 비좁아서 멀리서 보면 그저 절벽의 움푹한 부분으로만 보일 것이다. 아무런 경계석도 없이 툭 터진 그곳을 통해 거침없이 햇살이 들이쳤다.

베로니크가 다가가도 남자는 움직이지 않았다. 자고 있었다.

남자에게 몸을 기울여 보았다. 확실히 기억나지 않는 얼굴이었지만, 유년기의 모든 기억을 조금씩 지워가게 마련인 희미한 과거로부터 어떤 기억이 불쑥 튀어나오는 것 같았다. 분명 낯익은 얼굴은 아니었다. 단정한 이목구비의 온화한 얼굴에 금발을 모두 뒤로 넘겨 넓고 흰 이마가 드러나 있었다. 약간은 여성스러운 남자의 얼굴을 보니 전쟁 전에 죽은, 한 수도원 친구의 사랑스러운 얼굴이 떠올랐다.

능숙한 손놀림으로 남자의 손목을 묶고 있던 끈을 풀어주었다.

남자는 잠이 들어 있으면서도 익숙한 절차라도 치르듯 팔을 앞으로 내밀었다. 아마도 먹을 것을 주려고 밤중에 이따금 풀어주는 모양이었는지 남자는 이렇게 중얼거렸다.

"벌써… 배도 안 고픈데…. 아직 날도 안 저물었고…."

자신이 말해놓고도 깜짝 놀란 것 같았다. 눈을 게슴츠레 뜨더니 날이 밝을 때 사람이 온 건 처음인 듯 제대로 보려고 상반신을 반쯤 일으켰다.

현실을 곧장 깨닫지 못해서인지 아주 놀라지는 않는 것 같았다. 그저 꿈이거나 환각이겠거니 생각하는 듯 목소리를 죽여 속삭였다.

"베로니크… 베로니크…."

스테판의 시선에 당황한 베로니크는 일단 줄을 마저 풀어주었다. 스테판은 자기 손과 꽁꽁 묶인 다리 위에 여인의 손길을 느끼며 그제야 지금 일어나는 꿈 같은 현실을 알아채고 목멘 소리로 말했다.

"당신…! 당신이…! 어떻게 이럴 수가 있어요? 오! 말씀 좀 해보세요…. 단 한 마디만이라도…. 당신이 여기 있다니요…!"

거의 혼잣말처럼 중얼거렸다.

"그분이다…. 정말 그분이야…. 여기 이렇게…."

그러더니 곧장 걱정스러운 어조로 말을 이었다.

"당신이…. 밤에… 다른 날 밤에도… 오셨던 게 당신이었나요? 다른 여자지요, 그렇지요? 그 사람은 나쁜 사람이었지요? 아! 이런 질문을 해서 죄송합니다…. 하지만… 이해할 수가 없어서…. 대체 어디로 오셨나요?"

"저기로요." 바다를 가리키며 베로니크가 말했다.

"오! 이런 기적 같은 일이!"

스테판은 하늘에서 내려온 환영에 눈부셔 하듯 베로니크를 바라봤다. 상황이 너무도 기이한 나머지 자기 열정을 감출 생각도 없는 눈길이었다.

베로니크가 당황하며 말했다.

"예, 저기로요…. 프랑수아가 알려줬어요…."

"프랑수아 이야기를 했던 게 아니에요." 스테판이 말했다. "당신이 여기 오셨으니 프랑수아는 당연히 풀려났다고 생각했

지요."

"아직 아니에요." 베로니크가 답했다. "하지만 한 시간 있으면 풀려날 거예요."

그리고 기나긴 침묵이 흘렀는데 여자는 당황한 모습을 감추려고 이따금 입을 열었다.

"풀려날 거예요…. 그 애를 보실 겁니다… 하지만 애를 놀라게 하면 안 될 거예요…. 아직 그 애가 모르는 게 있거든요…."

베로니크는 남자가 내용을 듣는 게 아니라 목소리 그 자체를 듣고 있음을 눈치챘다. 말없이 미소 짓고 있는 것을 보니 베로니크의 목소리를 들으며 황홀경에 빠져 있던 것이다. 베로니크 역시 미소 띤 얼굴로 스테판이 대답하게끔 질문을 던졌다.

"저를 보시자마자 제 이름을 부르셨지요. 그렇다면 저를 알고 계시는 거예요, 그렇지요? 저 역시도 옛날에… 그래요, 선생님을 보니 지금은 세상을 뜬 친구 한 명이 생각나요…."

"마들렌 페랑을 말씀하시는 거지요?"

"예, 마들렌 페랑이에요."

"혹시 그분의 남동생은 생각나지 않나요. 내성적인 중학생인데 자주 면회실에 와서 멀리서 부인을 바라보곤 했지요…."

"그래요, 그래." 베로니크가 말했다. "정말이지, 기억나요…. 몇 번인가 이야기를 나누기도 했지요…. 그때마다 얼굴을 붉히곤 했는데…. 그래요, 그분이었군요…. 이름이 스테판이었는데… 마루라는 성은 어떻게 된 건가요…?"

"마들렌과 저는 아버지가 달랐어요."

"아!" 베로니크가 말했다. "그래서 알아채지 못한 거로군요."

베로니크가 스테판에게 손을 내밀었다.

"좋아요, 스테판. 오래 알고 지낸 친구고 이제 소개도 했으니 옛이야기는 나중에 하기로 해요. 일단 지금은 여기서 떠나는 게 급선무예요. 기운 있으세요?"

"기운은 있어요. 별로 고생은 안 했으니까요…. 그런데 여기서 어떻게 빠져나가지요?"

"제가 왔던 대로 가면 돼요…. 위층 감방이 있는 복도로 연결된 사다리가 하나 있어요…."

스테판은 이미 일어나 있었다.

"그럴 용기가 있었나요…? 그런 대담한 행동을…?" 그제야 베로니크가 어떤 위험을 무릅쓰고 왔는지 깨달은 스테판이 말했다.

"오! 크게 어렵진 않았어요." 베로니크가 말했다. "프랑수아가 어찌나 걱정하던지! 그 애는 두 사람이 옛날 고문실에 갇혀 있다면서… 죽음의 방이라고…."

이 말을 듣고 스테판은 느닷없이 꿈에서 깨어나, 이런 상황에서 한가로이 이야기를 나누는 게 터무니없다고 느꼈다.

"떠나십시오! 프랑수아 말이 맞아요…. 아! 얼마나 위험한 행동을 하셨는지 부인께서 아신다면! 제발요…. 제발…."

스테판은 곧 닥쳐올 위험에 대한 생각으로 제정신이 아니었다. 베로니크는 남자를 진정시키려 했으나 스테판은 계속해서 애걸할 따름이었다.

"1초만 지체해도 부인께 큰일이 닥칠 수 있어요. 여기 계시면 안 됩니다…. 저는 죽은 목숨이지요, 그것도 가장 끔찍하게 죽을 처지. 우리가 서 있는 이 바닥을 보세요…. 판자처럼 돼 있는 이 바닥을…. 아니, 아무 소용없습니다…. 아! 제발… 떠나세요…."

"당신하고 같이 갈 거예요." 베로니크가 말했다.

"그래요, 저랑 같이 가요. 하지만 부인께서 먼저 탈출하셔야…."

베로니크는 남자를 저지하며 강한 어조로 말했다.

"스테판 씨, 우리 모두 탈출하려면 일단 침착해야 합니다. 행동과 감정을 철저히 조절해야만 아까 제가 여기 왔던 그대로 다시 나갈 수 있어요…. 준비되셨나요…?"

"예." 여자가 당찬 태도를 보이자 스테판도 침착해졌다.

"그럼 저를 따라오세요."

베로니크는 절벽 가장자리로 다가가 아래를 내려다보았다.

"제 손을 잡아주세요." 베로니크가 부탁했다. "균형을 잃지 않게요."

그리고 몸을 돌려 바위에 몸을 딱 붙이고 자유로운 손으로 절벽을 더듬어 만져보았다.

사다리가 만져지지 않자 몸을 약간 틀어 찾아보았다.

사다리 위치가 바뀌어 있었다. 베로니크가 절벽으로 넘어오느라 너무 힘을 주었는지 사다리 오른쪽 갈고리가 창턱에서 빠져 있었다. 이제 사다리는 갈고리 하나로만 창턱에 매달려 시계추처럼 까딱까딱 흔들리고 있었다.

사다리의 하단 가로장은 도저히 손이 닿지 못할 거리에 있었다.

8
불안

이때 베로니크가 혼자 있었다면 굳건한 성품임에도 악착스러운 운명에서 벗어날 수 없다는 생각에 나약한 모습을 보였을 것이다. 하지만 잡혀 있느라 지쳐서 자기보다 더 약해 보이는 스테판 앞이었기에 베로니크는 감정을 자제하고 상황을 간단히 전해주었다.

"사다리가 움직였어요…. 더 이상 손에 닿지 않아요."

스테판이 깜짝 놀라 여자를 쳐다봤다.

"그렇다면… 그렇다면 이제 부인은 끝장이군요."

"왜 우리가 끝장이겠어요?" 베로니크가 미소 띤 얼굴로 답했다.

"이제 더 이상 탈출할 수 없지 않습니까?"

"왜요? 가능하지요. 프랑수아가 있잖아요?"

"프랑수아요?"

"그래요. 길면 한 시간쯤 후에 프랑수아가 탈출할 거예요. 사다리를 보고 제가 여기로 온 걸 알게 될 테고 우리를 부르겠지요. 쉽게 그 소리를 들을 수 있을 거예요. 그저 기다리기만 하면 됩니다."

"기다린다고요!" 스테판이 겁에 질려 말했다. "한 시간을 기다린다고요! 그 한 시간 안에 **누군가** 올 게 분명해요. 끊임없이 감시당하고 있다고요."

"그렇다면 조용히 해야겠군요."

스테판이 작은 쪽문이 달린 문짝을 가리키며 말했다.

"**그들**은 저 쪽문을 매번 열어봅니다. **그들**이 우리를 창살 너머로 볼 거라고요."

"덧문이 있는 것 같은데 그걸 닫아버립시다."

"그러면 **그들**이 들어올 겁니다."

"그렇다면 닫지 말고 기다려보지요. 희망을 잃지 마세요, 스테판."

"왜 두려운지 아십니까, 부인 때문이에요."

"나 때문이든 스테판 씨 자신 때문이든 두려워하시면 안 돼요…. 최악의 경우 스스로 방어하는 수밖에요." 베로니크는 아버지의 무기 수집품 중에서 꺼내 든 후 계속 지니고 다닌 권총을 빼 보였다.

"아!" 스테판이 말했다. "제가 두려운 이유는 방어할 기회도 없을까 봐 그래요. **그들**한테는 다른 방법이 있으니까요."

"어떤 방법이요?"

스테판은 답하지 않았다. 대신 바닥을 흘낏 내려다봤고 베로니크도 이상한 구조로 되어 있는 바닥을 잠시 살펴보았다.

동굴 내벽을 따라 원형을 이룬 화강암 바닥은 울퉁불퉁하고 거칠었다. 그런데 이 화강암 바닥에는 큼직한 사각형이 새겨져 있고, 사각형의 각 변을 따라 푹 파여 있어 바닥에서 분리되어 있다는 걸 알 수 있었다. 네 변을 이루는 기둥은 육중했으며 닳고 금이 잔뜩 가 있는 데다 긁힌 흔적이 가득했으나 매우 튼튼해 보였다. 한 변은 허공으로 나 있는 절벽 가장자리와 거의 평행으로 단 20센티미터 정도만 떨어져 있었다.

"뚜껑문일까요?"

"아, 아니에요. 그러기엔 너무 육중해요." 스테판이 단언했다.

"그럼요?"

"모르겠습니다. 아무것도 아닐 거예요. 더 이상 작동하지 않는 옛날 장치일 겁니다. 하지만…."

"하지만…?"

"간밤에… 아니 오늘 아침입니다. 바로 저 아래에서 삐걱거리는 소리가 났어요…. 금방 멈추긴 했지만 무언가 시험해보는 것 같았어요. 정말 오래된 장치일 테니까요…! 아니지, 더 이상 작동하지 못할 겁니다. 이걸 사용하진 못할 겁니다. **그들**이 말입니다."

"**그들**이 대체 누구예요?"

질문해놓고 베로니크는 대답을 기다리지도 않고 말을 이었다.

"들어보세요, 스테판 씨. 우리에게 시간이 좀 있으니까요. 아마 생각보다 짧을지도 모르지만요. 지금 당장 프랑수아가 자유의 몸이 돼서 우리를 구하러 올지도 몰라요. 그러니 이 짧은 시간을 이용해서 우리가 각자 알아둬야 할 것을 이야기해보지요. 차분하게 말이에요. 지금 당장은 아무런 위험도 없어요. 그러니 적어도 시간 낭비는 하지 맙시다."

베로니크는 아무런 확신도 없이 안전하다고 말하고 있었다. 프랑수아가 탈출할 것이라고 믿긴 했으나 창문으로 다가가 걸쇠며 매달린 사다리를 보리라고 어찌 확신할 수 있겠는가? 자기 어머니가 보이지 않으면 지하 통로를 따라가 수도원 집으로 갈 생각부터 하지 않겠는가?

하지만 베로니크는 설명해야 할 필요가 있음을 느끼고 잡생각을 쫓아버린 후 의자처럼 튀어나온 화강암 위에 걸터앉았다. 그런 뒤 마그녹 영감의 시체가 있던 버려진 오두막까지 가게 된 경위부터 시작해 지금까지 자기가 보고 겪은 일을 스테판에게 이야기해주었다.

스테판은 이 끔찍한 이야기를 들으면서 단 한 번도 베로니크의 말을 끊지 않았다. 하지만 항의하는 듯한 몸짓과 절망감이 깃든 표정을 통해 이 사람이 얼마나 고통스러워하는지 알 수 있었다. 특히 데르주몽과 오노린이 죽었다는 이야기를 듣자 크게 괴로워했다. 두 사람에게 깊은 우정을 느끼고 있었던 것이다.

"자, 스테판 씨." 아르시냐 자매가 처형된 후 목격한 광경이며 지하 통로를 발견한 것, 프랑수아를 만난 이야기까지 마치고 나서 베로니크가 말했다. "알아두셔야 할 일을 다 말씀드렸습니다. 함께 적에 맞서 싸우려면 제가 프랑수아에게 말하지 않은 것도 전부 알고 계셔야 합니다."

"무슨 적을 말씀하시는 건가요?" 베로니크의 말에 스테판이 고개를 가로저으며 물었다. "저 역시 부인의 설명을 들으면서 그 질문을 해보고 있습니다. 제가 느끼기에는 벌써 오래전, 수 세기 전부터 진행된 어떤 비극적인 사건이 끝나가는 시점에 어쩌다가 우리가 끼어든 것 같아요. 몇 세대에 걸쳐 준비된 어떤 대재앙이 일어나는 시점에 말입니다. 제 생각이 틀릴 수도 있을 겁니다. 어쩌면 그저 서로 아무런 관련도 없는 끔찍한 사건이 연속해서, 또 돌발적으로 일어나는 가운데 영문도 모르고 우왕좌왕하는 건지도 모르지요. 사실 저도 부인이 아시는 것 이상은 아는 게 없어요. 영문을 모르겠습니다. 이 모든 것이 광기이자 무질서한 혼돈, 기괴한 발작 현상, 야만적인 범죄 행위로서, 미개한 시대의 유물일지도 모릅니다."

베로니크가 동의했다.

"그래요. 미개한 시대의 광기지요. 바로 그 때문에 어이가 없고 놀라는 겁니다! 과거와 현재 사이에, 지금 우리를 괴롭히는 자들과 그 옛날 동굴에서 살던 사람들 사이에 대체 무슨 연관이 있을까요? 옛날 사람들의 행동이 이렇게 이해할 수 없는 방식으로 우리한테까지 영향을 미치는 이유가 무엇이냐고요? 저는 오노린이나 아르시냐 자매들이 제정신이 아닐 때 한 말을 얼핏 들어서 알게 됐을 뿐이지만, 그 모든 전설이 대체 어디에서 나온 건가요?"

두 사람은 주변에 귀를 한껏 기울이며 나지막한 목소리로 이야기하고 있었다. 스테판은 복도에서 나는 소리에 귀를 기울였고 베로니크는 프랑수아에게서 신호가 오리란 희망으로 절벽 쪽을 바라보고 있었다.

"아주 복잡한 전설이지요." 스테판이 말했다. "어디까지가 미신이고 어디까지가 진실인지 정확히 알 수 없는 모호한 이야기입니다. 게다가 사람들이 말을 더한 내용까지 뒤섞인 이 이야기들을 종합해보면 크게 두 가지로 나눌 수 있습니다. 하나는 서른 개의 관에 대한 예언과 관련된 거고, 다른 하나는 보물, 다시 말해 기적의 돌과 관련된 겁니다."

"그렇다면 그 예언이라는 것이…." 베로니크가 말했다. "마그녹 영감님의 그림에도 나오고 요정 고인돌에도 적힌 그 글귀인가요?"

"그래요. 그 예언은 벌써 수 세기 전의 정확히 알 수 없는 시기까지 거슬러 올라가는데 사레크 섬의 역사와 삶을 온통 지배하고 있어요. 전해 내려오는 이야기로는 서른 개의 관이라 불리는 섬 주변의 주요 암초 서른 개에 열두 달 안으로 서른 명의 희생자가 생길 것이며 이들은 모두 참혹한 방식으로 죽는다고 했어요. 특히 희생자 중 네 명의 여자는 십자가에 매달려 죽는다고 했지요. 세대를 거쳐 전해 내려온, 확실하고도 의심의 여지 없는 전설이라 이의를 제기하는 사람은 아무도 없었어요. 요정 고인돌에 새겨진 시구에서 이 전설을 다시 찾아볼 수 있고요. '서른 개의 관을 위해, 서른 명의 희생자…'와 '십자가에 매달린 네 명의 여자…'라고요."

"그렇군요. 하지만 이제껏 아무 일 없이 평화롭게 살아오지 않았나요? 왜 하필이면 올해에 갑자기 사람들이 두려워하게 된 건가요?"

"마그녹 영감님 영향이 컸어요. 독특하고 신비로운 면이 있는 분이었지요. 주술사이면서 접골사 일도 보고, 약초 효능도 잘 알아서 병을 치료하거나 약을 팔기도 했어요. 또 천체 운행에 대해서도 잘 알아서 사람들이 먼 과거나 미래의 일을 그분께 물어보고는 했지요. 그런데 마그녹 영감이 얼마 전부터 1917년이 운명의 해가 될 거라고 말한 겁니다."

"왜요?"

"아마 직관이었을 거예요. 예감이나 예언, 무의식에 가까운 거랄까요. 어떻게 생각하든 자유겠지요. 마그녹 영감님은 케케묵은 주술 같은 것도 서슴지 않아서 새가 날아가는 모양을 보거나 닭의 내장을 보고서도 답을 하는 사람이었습니다. 하지만 그분의 예언은 좀 더 믿을 만한 것에 근거를 두고 있기도 했어요. 자기 어린 시절에 사레크 노인들에게서 들은 증언으로는 요정 고인돌에 새겨진 시구가 아직 다 지워지지 않았던 지난 세기 초, '십자가에 매달린 네 명의 여자' 뒤에 새겨진 마지막 시구는 '사레크 섬에서, 14하고도 3년에…'라고 해요. '14하고도 3년'이면 17년이란 겁니다. 최근 들어 마그녹 영감과 그 주변 사람들의 주장이 더 놀랍게 여겨진 이유는 두 개로 나뉜 이 숫자대로 바로 1914년에 전쟁이 터졌기 때문이에요. 이때부터 사람들은 마그녹 영감의 말을 더욱 중요하게 받아들이기 시작했는데, 영감은 자기 예언을 더욱더 확신할 뿐 아니라 걱정했어요. 심지어 자기가 죽고 뒤이어 데르주몽 씨가 죽으면서 대재앙이 시작된다고 말했어요. 1917년이 왔고 사레크 사람들은 공포에 휩싸였지요. 재앙이 다가오고 있었으니까요."

"하지만… 하지만…." 베로니크가 지적했다. "이 모든 게 말도 안 돼요."

"말도 안 되지요. 하지만 마그녹이 고인돌에 새겨져 있던 단편적인 예언을 전체의 예언과 대조해보면서 이 모든 게 놀랍도록 중요해졌습니다!"

"그게 가능했나요?"

"예. 그분이 수도원 폐허 더미 밑에서 돌에 둘러싸여 보호된 오래된 미사경본을 발견했거든요. 낡아빠지고 좀먹어 헤져 있었는데 그중에 몇 장, 특히 한 장은 상태가 괜찮았어요. 버려진 오두막에서 부인이 그걸, 아니 그 사본을 보신 겁니다."

"제 아버지께서 베껴놓으셨던 거요?"

"서재 벽장에 있던 사본과 마찬가지로 아버님께서 베껴놓으셨던 거예요. 기억하시겠지만, 데르주몽 씨는 스케치와 수채화를 즐기셨어요. 채색되어 있던 그 장을 옮겨 그리긴 했지만 요정 고인돌에 새겨져 있기도 했던, 그림 옆에 시구로 된 예언은 적어넣지 않으셨어요."

"그런데 십자가에 매달린 여자가 저와 닮은 점에 대해서는 어떻게 설명하시겠어요?"

"마그녹 영감님이 데르주몽 씨께 전했던 원본을 직접 본 적은 없습니다. 데르주몽 씨가 자기 방에 꼭꼭 숨겨놓으셨거든요. 하지만 데르주몽 씨 말씀으론 정말 닮았다는 겁니다. 한편으로는 자신의 잘못으로 고통받는 부인을 떠올리며 스케치하다 보니 자기도 모르게 비슷한 점을 강조하게 되더라고 말씀하시더군요."

"어쩌면 그 옛날 보르스키에 내려진 예언을 떠올리셨는지도 모르지요. '너는 친구의 손에 죽을 것이며 네 아내는 십자가에 매달려 죽으리니.' 그렇지 않겠어요? 어쨌거나 그 이상한 우연에 깊은 인상을 받으셨을 거예요…. 그래서 제가 처녀 시절에 쓴 서명인 V. d'H.를 새겨넣으셨던 게 아닐까요…?" 베로니크가 중얼거렸다.

그리고 목소리를 낮추어 덧붙였다.

"결국 모든 일이 새겨진 시구 그대로 일어나고 말았어요…."

두 사람은 입을 다물었다. 수 세기 전부터 미사경본과 고인돌에 적혀 있던 그 문구를 어떻게 떠올리지 않을 수 있을까? 정해진 운명에 따라 사레크의 서른 개 관에 스물일곱 명의 희생자가 들어차 있으니, 희생 제의를 치르는 이들은 여기 나머지 세 명의 희생자로 대재앙의 마지막을 장식하기 위해 가둬놓은 게 아닌가? 왕참나무 근처 언덕 꼭대기에 세워진 세 개의 십자가 옆에 조만간 네 번째 희생자를 달고 십자가가 세워지지 않겠는가?

"프랑수아가 너무 늦네요." 한참 후 베로니크가 말했다.

베로니크는 낭떠러지 가까이 다가가 보았다. 사다리는 여전히 닿을 수 없는 곳에 그대로 있었다.

스테판이 말했다.

"다른 사람들이 이제 이 감방으로 올 겁니다…. 여태껏 안 온 게 놀랍군요."

하지만 두 사람 모두 불안하다는 말을 하고 싶지 않았다. 베로니크가 차분한 목소리로 말했다.

"그럼 그 보물은요? '신의 돌'이라고 했나요?"

"그것 역시 마찬가지로 오리무중입니다." 스테판이 말했다. "역시 마지막에 새겨진 이 시구에 근거하고 있을 뿐이에요. '죽음 아니면 생명을 주는 신의 돌.' 이 '신의 돌'이란 게 무얼까요?

전설에 따르면 기적의 돌이라고 하고 테르주몽 씨는 태곳적까지 거슬러 올라가는 신앙과 관련된 거라고 합니다. 사레크 섬에는 옛날부터 기적을 이루는 힘이 있는 돌이 있다고 전해져 내려왔어요. 중세에는 허약하거나 장애가 있는 아이들을 데리고 와서 며칠 밤낮을 이 돌 위에 눕혀놓으면 건강하고 튼튼해져서 일어났다고 해요. 아이를 못 낳는 여자들이나 노인, 다쳤거나 장애가 있는 사람들도 모두 같은 방법을 썼어요. 그런데 역시나 전설에 따르면 이 순례지에 지각 변동이 일어나 돌의 위치가 바뀌었다고 하고 어떤 이들은 심지어 돌이 사라져버렸다고 합니다. 18세기에는 요정 고인돌을 신성하게 여겼고 여전히 연주창에 걸린 아이들을 데려오기도 했다고 합니다."

그러자 베로니크가 말했다. "그 돌은 악한 힘도 가지지 않았나요? 생명을 주지만 죽음도 준다고 했으니까요."

"그래요. 돌을 수호하며 숭배하는 임무를 띤 사람들 몰래 돌을 만지는 경우에 해당하지요. 그런데 이 지점에서 또다시 이야기가 복잡해져요. 이 돌은 일종의 초자연적인 보석이라 불꽃을 내뿜고 돌을 소유한 사람을 불태워서 지옥의 형벌을 맛보게 한다는 거예요."

"오노린 이야기를 들으니 마그녹 영감이 그 일을 당했다더군요." 베로니크가 지적했다.

"예." 스테판이 대답했다. "현재에 일어난 일입니다. 지금까지는 전설적인 과거의 일과 예언, '신의 돌'에 대해 말씀드렸던 거고요. 마그녹 영감이 당한 일은 현재의 일이지만 고대의 신비만큼이나 수수께끼 같지요. 대체 마그녹 영감에게 무슨 일이 일어났을까요? 아마 결코 알 수 없을 겁니다. 그 당시 영감은 한 일주일 동안 사람들과 거리를 두고 일도 하지 않으며 우울하게 지냈는데, 어느 날 아침 갑자기 데르주몽 씨 서재로 뛰어 들어와 이렇게 소리를 질렀어요. '내가 그걸 만졌어…! 난 이제 죽었어…! 내가 그걸 만졌다고…! 손으로 쥐었는데… 불처럼 손을 태웠지만 그래도 쥐고 있었다고…. 아! 그랬더니 며칠 동안이나 그게 내 뼈를 깎아내고 있어. 이건 지옥이야! 지옥이라고!' 그러면서 우리한테 자기 손바닥을 보여줬는데 종양이 짓무른 듯 온통 화상을 입었더군요. 우리가 치료해주려고 하자 완전히 정신이 나간 사람처럼 중얼거렸어요. '내가 처음으로 희생될 거야…. 불이 심장까지 올라오겠지…. 그다음엔 다른 사람들이 당할 거고….' 바로 그날 밤, 영감님은 도끼로 찍어 자기 손을 잘라냈습니다. 그렇게 사레크 섬을 온통 공포에 빠뜨린 후 일주일이 지나 어디론가 사라져버렸습니다."

"어디로 갔나요?"

"파우에 성당에 순례를 간다고 했습니다. 부인께서 마그녹 영감의 시체를 발견한 곳과 가까운 곳이에요."

"누가 죽였다고 보세요?"

"길가에 적어넣은 신호로 서로 의사를 전달하고 이 감방 안에 숨어 지내면서 알 수 없는 목적을 수행하려는 자 중 하나였겠지요."

"결국 그들이 프랑수아와 스테판 씨를 공격한 자들이고요?"

"그렇지요. 공격 후 바로 우리 옷을 뺏어 걸치고 프랑수아와 제 역할을 한 겁니다."

"무슨 목적으로요?"

"더 쉽게 수도원 집으로 들어가기 위해서겠지요. 게다가 일이 잘 안 풀렸을 때 사람들의 의심을 돌리기도 쉬웠을 테고요."

"그런데 여기 갇힌 이후 그자들을 보지 못했나요?"

"여자만 한 명, 제대로도 아니고 살짝 봤어요. 밤에 오거든요. 먹고 마실 걸 가져다주고 손과 다리를 묶은 끈도 좀 느슨하게 해주지요. 그런 뒤 두 시간 후에 다시 와요."

"말을 걸던가요?"

"첫날 밤에 딱 한 번 말을 걸었어요. 아주 작은 목소리로 그러더군요. 내가 누굴 부르거나 소리를 지르거나 도망치려고 하면 프랑수아가 대가를 치를 거라고요…."

"하지만 공격당할 때도 그자들을 제대로 못 보신 거예요…?"

"그 점이라면 프랑수아만큼이나 저도 아는 게 없어요."

"공격당할 거라는 조짐도 못 느끼셨고요?"

"전혀요. 실은 그날 아침에 데르주몽 씨가 그간 진행해온 조사와 관련해 중요한 편지를 두 통 받으셨어요. 그중 하나는 브르타뉴 지방에 성을 소유했으며 왕당파에 호의적인 인물로 알려진 나이 든 귀족이 보낸 거였는데 자기 증조부의 문서에서 발견한 거라며 아주 흥미로운 문서를 보내왔더군요. 그 옛날 올빼미 당원(프랑스 대혁명 당시 왕정을 지지한 반혁명 세력을 부르던 이름 – 옮긴이)에게 사레크 섬이 점령됐을 때의 지하 감방 지도였지요. 전설로 전해오는 드루이드 사제들의 거처임이 분명했어요. 지도에는 검은 황무지 입구와 두 층으로 된 지하 구조가 표시되어 있었는데 각 층의 끝은 고문실이었어요. 프랑수아와 제가 이걸 찾아보러 왔다가 돌아가는 길에 붙들린 거예요."

"그러면 그 이후로 새로운 사실은 발견하지 못하셨나요?"

"못 했습니다."

"그런데 프랑수아는 누가 구하러 올 거라던데… 누군가 도와주겠다고 약속했다고요?"

"오! 그건 아이들 생각이에요. 프랑수아는 그날 데르주몽 씨가 받은 두 번째 편지를 읽고 집착하는 거예요."

"무슨 내용인데요…?"

스테판은 바로 대답하지 않았다. 감방 문 너머로 누군가 자기들을 감시한다는 느낌이 들었던 것이다. 스테판이 문에 난 구멍으로 내다보았으나 복도에는 아무도 보이지 않았다.

"아!" 스테판이 말했다. "구하러 올 사람이 있다면 빨리 와야겠어요! 금방이라도 **그들**이 닥칠 텐데."

"그렇다면 정말로 누군가 도우러 올 수 있다는 건가요?"

"오! 너무 기대해선 안 될 테지만 이상한 점이 있긴 해요. 잠수함 기지가 있을지도 모른다며 몇 번인가 장교와 경찰들이 사레크 섬 주변을 살펴보러 온 적이 있었습니다. 최근에는 파트리스 벨발 대위(《황금 삼각형》 참조─글쓴이)라는 상이용사가 특별 대리인 자격으로 파리에서 파견됐는데 데르주몽 씨와도 친교를 나눈 바 있지요. 데르주몽 씨는 그분께 사레크의 전설과 더불어 당시 고조되기 시작한 사람들의 근심과 관련된 이야기를 했어요. 그날은 마그녹 영감님이 떠나신 다음 날이었어요. 벨발 대위는 이 이야기에 크게 관심을 두더니 스페인 사람인지 포르투갈 사람인지, 아무튼 파리에 있는 자기 친구인 돈 루이스 페레나라는 신사에게 이야기해보겠다고 약속했어요. 그 사람은 아주 특별한 인물인데 복잡한 사안도 척척 풀어내고 대담한 일도 거뜬히 수행한다고 하더군요. 벨발 대위가 떠나고 며칠 후 데르주몽 씨는 돈 루이스 페레나라는 사람에게서 편지를 받았어요. 아까 말씀드렸던 그 편지인데, 아쉽게도 데르주몽 씨는 우리에게 처음 부분만 읽어주셨어요."

선생, 마그녹의 일은 상당히 심각하다고 생각되니 조금이라도 새로운 사안이 발생하면 파트리스 벨발 대위에게 전보를 보내주십시오. 몇 가지 징후를 보건대 아주 큰 위험을 당하실 수 있습니다. 하지만 늦지 않게만 내게 알려주면, 비록 선생께서 그 위험 한복판에 놓인들 하나도 두려워할 게 없습니다. 이 순간부터 무슨 일이 일어나든, 일이 전부 잘못된 듯 보이거나 심지어 잘못돼 가더라도 내가 나서서 처리하겠습니다.

'신의 돌'에 대한 수수께끼는 솔직히 초보적인 수준이라 벨발 대위한테 전해주신 정보만으로도 충분했는데 어째서 이를 풀지 못하셨는지 정말 놀라울 따름입니다. 몇 세대에 걸쳐 풀어내지 못한 그 수수께끼를 간추려 보면….

"그래서요?" 잔뜩 궁금해진 베로니크가 재촉했다.

"말씀드린 것처럼 데르주몽 씨는 우리에게 처음 부분만 읽어주셨어요. 나머지 내용을 속으로 읽으며 깜짝 놀라셨는지 이렇게 중얼거리더군요. '이럴 수가 있나…? 그럼 그렇지, 그랬군…. 정말 대단해!' 우리가 알려달라고 하자, '오늘 밤에 알려주마,

얘들아. 너희가 검은 황무지에서 돌아오면 말이야. 그저 이 말만 해두마. 정말 대단하게도 이 남자가 신의 돌에 대한 비밀과 그게 있는 정확한 위치를 알려줬어. 논리적으로 봤을 때 의심할 필요가 없구나'라고 하셨어요."

"그래서 저녁에는요?"

"그날 저녁, 프랑수아와 제가 납치되고 데르주몽 씨가 살해됐지요."

베로니크가 잠시 생각에 잠겼다가 입을 뗐다.

"누가 알겠습니까. 그토록 중요한 편지였다면 아버지에게서 뺏으려고 하지 않았을까요? 우리 모두 희생자로 끌려 들어간 이 모든 음모가 결국 '신의 돌'을 차지하겠다는 속셈 때문이 아니겠느냐고요."

"저도 같은 생각입니다. 하지만 데르주몽 씨는 돈 루이스 페레나가 부탁한 대로 편지를 우리 앞에서 찢어버리셨어요."

"그렇다면 돈 루이스 페레나 씨는 이런 상황에 대해 아무런 연락도 받지 못했겠군요."

"그렇지요."

"하지만 프랑수아는…."

"프랑수아는 할아버지가 돌아가신 걸 모르고 있어요. 그래서 프랑수아와 제가 사라졌으니 데르주몽 씨가 돈 루이스 페레나에게 연락했을 것이고, 그러니 그 사람이 금방 도착하리라고 확고히 믿는 겁니다. 덧붙여 프랑수아가 그를 기다리는 이유가 또 있지요."

"진지한 이유인가요?"

"아니요. 프랑수아는 아직도 어립니다. 모험 이야기를 많이 읽어서 상상력이 풍부해요. 벨발 대위가 프랑수아에게 친구인 페레나에 대해서 아주 기상천외하고 근사한 이야기를 많이 해주는 바람에, 프랑수아는 그만 돈 루이스 페레나가 아르센 뤼팽이라고 믿게 됐어요. 그렇게 철석같이 믿으니, 위험이 닥쳐 필요한 순간이 오면 기적처럼 자길 구하러 오리라고 확신하는 거예요."

베로니크는 미소 짓지 않을 수 없었다….

"애는 애로군요. 하지만 아이들의 직관도 무시할 수 없지요…. 게다가 그런 생각이라도 해야 용기를 내고 기운도 차릴 거예요. 그 나이에 아무 희망도 없으면 어떻게 이런 일을 감당하겠어요?"

순간 베로니크는 불안감에 사로잡혔다. 그리고 아주 낮은 목소리로 속삭였다.

"어디서 구원이 오든 상관없어요. 제발 늦지 않게 와서 우리 아들이 저 끔찍한 사람들한테 희생되지 않기를!"

이후로 두 사람은 참으로 오랫동안 말이 없었다. 보이지 않는 적이 참을 수 없이 육중한 무게로 이들을 짓누르고 있었다. 적은 어디에나 있었다. 섬의 지하 거처, 황무지와 숲, 섬 주변의 바다, 고인돌과 관들까지 모조리 장악하고 있다. 이 적은 과거의 무시무시한 시대를 끌어다 지금의 시대마저 무지막지한 시기로 변모시키고 말았다. 태곳적 제의를 지키며 전설을 이어가고, 그 전설 속에서 천만번 예고된 일을 지금 당장 행하고 있는 것이다.

"하지만 왜 그러는 걸까요? 대체 무슨 목적으로요? 이 모든 게 무슨 의미일까요?" 베로니크는 절망적으로 물었다. "지금 벌어지는 사건들과 옛날 일들이 무슨 관계가 있지요? 어떻게 이런 일이 과거와 똑같은 야만적인 방식으로 일어날 수 있단 말이에요?"

잠시 침묵이 흐른 후 베로니크는 다시 말했다. 이제껏 많은 이야기를 주고받고 대답 없는 질문들을 던졌지만, 마음속 깊숙이 한 가지 생각이 가득 떠올랐기 때문이다.

"아! 프랑수아가 여기 있었다면! 우리 셋이 함께 싸울 수 있다면! 그 애한테 무슨 일이 생겼을까요? 왜 이렇게 감방에서 못 나오는 걸까요? 미처 생각하지 못한 장애물이라도…?"

이번에는 스테판이 베로니크를 위로했다.

"장애물이라니요? 왜 그런 생각을 하십니까? 장애물은 없어요…. 단지 파는 데 시간이 걸릴 뿐이에요…."

"예, 맞아요…. 일이 힘들고 시간이 오래 걸리는 거겠지요…. 아! 그 애는 절대 희망을 잃지 않으리라고 확신해요! 얼마나 밝은 아이인지! 얼마나 자신감에 넘치던지! '서로를 되찾은 어머니와 아들은 다시는 헤어질 수 없다'고 하더군요. 그 말이 맞아요. 그렇지요, 스테판 씨? 그래요, 아들을 찾았는데 다시 잃을 리가 있겠어요…? 아니지요, 아닙니다. 그렇다면 너무 불공평하고 절대 받아들일 수 없…."

베로니크가 갑자기 말을 멈추자 스테판이 놀라서 바라보았다. 베로니크가 귀를 기울이고 있었다.

"무슨 일이에요?" 스테판이 물었다.

"소리가 나요…." 베로니크가 대답했다.

스테판도 여자처럼 귀를 기울였다.

"예…. 정말…."

"어쩌면 프랑수아가 우리 이야기를 듣는 건지도 몰라요." 베로니크가 말했다. "아마도 저 위에서…."

베로니크가 일어서려 하자 스테판이 저지했다.

"아니에요, 복도에서 나는 발소리예요…."

"그렇다면…?" 베로니크는 당황했다.

이들은 정신없이 귀를 기울였다. 결정을 내리지 못한 채 어찌할 바를 몰랐다….

소리가 가까워졌다. 적은 아무 의심도 하지 않는 게 틀림없었다. 발소리를 죽이는 기색이 전혀 없었던 것이다.

스테판이 느릿느릿 말했다.

"우리가 서 있는 걸 보면 안 돼요…. 저는 제자리로 돌아갈게요…. 끈으로 저를 대충 묶어주세요…."

하지만 두 사람은 위험이 스스로 물러갈 거라는 헛된 희망을 품고 잠시 머뭇거렸다. 문득 마비 상태에서 화들짝 깨어난 베로니크가 말했다.

"빨리… 저들이 와요…. 누워요…."

스테판은 시키는 대로 했다. 베로니크는 노끈을 처음 봤을 때와 비슷한 모양으로 순식간에 휘감은 뒤 매듭을 짓지 않고 놔두었다.

"암벽 쪽으로 돌아누우세요." 베로니크가 지시했다. "손은 가리고요…. 그걸 보면 알아챌 테니까요."

"그럼 부인은요?"

"걱정하지 마세요."

베로니크는 몸을 숙여 감방 문에 몸을 대고 드러누웠다. 창살 달린 문구멍이 감방 안으로 약간 튀어나와 있어서 이렇게 누워 있으면 베로니크의 모습을 볼 수 없었다.

이와 동시에 밖에서 적이 멈춰 섰다. 두꺼운 문이었으나 치마가 쓸리는 소리가 베로니크의 귓가로 흘러들었다.

베로니크 위로 **누군가** 안을 들여다보았다.

이 얼마나 끔찍한 순간인지! 조그만 단서도 의심을 불러일으킬 것이다.

'아!' 베로니크가 생각했다. '왜 **저 여자**가 가지 않는 걸까? 내가 있는 걸 눈치챈 걸까⋯? 내 옷이 보이는 걸까⋯?'

그러면서도 아마 스테판 때문이리라고 생각했다. 태도가 자연스럽지 않았고 끈이 묶인 모양도 평소와 달리 보였으리라.

문득 밖에서 움직임이 느껴지더니 가벼운 휘파람 소리가 두 번 울렸다.

그러자 엄숙하리만치 조용한 가운데 복도 먼 곳에서 다른 사람이 다가오는 발걸음 소리가 점점 크게 들렸고 이 사람은 먼저 온 사람처럼 문 뒤에 멈춰 섰다. 이들은 진지하게 무슨 말인가를 주고받았다.

베로니크는 살그머니 움직여 자기 주머니에 손을 넣었다. 총을 꺼내 손가락을 방아쇠에 걸었다. 만약 누군가 들어오면 일어나 두 발을 연이어 쏠 생각이었다. 주저하지 않을 것이다. 조금이라도 주저하면 프랑수아를 잃지 않겠는가?

9
죽음의 방

단, 이 계산이 먹히려면 문이 바깥으로 열려 놈들이 즉시 드러나야 했다. 그래서 베로니크는 문짝 모양을 살펴봤는데 육중하고 단단해 보이는 빗장이 보통 문과는 달리 문 아래쪽에 달려 있었다. 저걸 잠가 버릴까?

베로니크는 이 계획이 좋을지 나쁠지 생각해볼 겨를도 없었다. 열쇠가 딸깍거리는가 싶더니 자물통에 열쇠 끼우는 소리가 들렸다.

무슨 일이 벌어질지 눈앞에 또렷이 그려졌다. 놈들이 나타나면 당황해서 손을 가누지 못해 제대로 조준하지 못할 것이고 결국 총알은 빗나갈 것이다. 그러면 **그들**은 여길 떠나 당장 프랑수아의 감방으로 달려가겠지.

이렇게 생각하자 정신이 아득해진 베로니크는 순식간에, 거의 본능적으로 아래의 빗장을 단번에 밀어버렸다. 그리고 곧장 몸을 반쯤 일으켜 문구멍의 덧창문을 닫았다. 걸쇠가 풀렸다. 이젠 아무도 들어오거나 들여다볼 수 없었다.

하지만 베로니크는 이러한 행동으로 적의 위협을 피한다는 건 말도 안 된다는 사실을 그 즉시 깨달았다. 스테판이 벌떡 일어나 베로니크에게 뛰어와서 말했다.

"세상에, 무슨 짓을 하신 겁니까? 놈들이 내가 움직이지 않는 걸 똑똑히 봤으니 이젠 내가 혼자가 아니란 걸 알아버렸다고요."

"그래요." 변명하느라 베로니크가 말했다. "저들이 이 문을 부숴버리려고 할 거예요. 그러면 필요한 시간을 벌 수 있을 거예요."

"무엇에 필요한 시간 말입니까?"

"도망치는 데 필요한 시간이요."

"어떻게요?"

"프랑수아가 우리를 부를 거예요…. 프랑수아가…."

베로니크가 말을 마치기도 전에, 복도 저 멀리 떠나가는 발걸음 소리가 들렸다. 의심의 여지가 없었다. 탈출할 수 없다고 판단되는 스테판을 제쳐놓고 위층 감방으로 가는 것이다. 게다가 적은 두 포로가 서로 짜고서 아이가 스테판의 감방에 오는 데 성공했으며 그 애가 감방 문을 잠근 것이라고 여길 수 있지 않겠는가?

그러니 결국 베로니크는 여러 가지 이유로 자기가 가장 원치 않던 방향으로 상황을 몰아버린 꼴이 됐다. 프랑수아가 막 탈출하려는 순간에 적이 쳐들어가지 않겠는가.

베로니크는 아연실색한 채로 중얼거렸다.

"내가 대체 왜 여기에 온 거지? 프랑수아를 기다렸으면 훨씬 간단했을 텐데! 둘이 함께 당신을 확실히 구할 수 있었을 텐데…."

온통 정신이 혼미한 가운데 한 가지가 떠올랐다. 스테판을 구하려고 했던 건 바로 이 남자가 자기를 사랑하고 있음을 알았기 때문이 아닐까? 이 무모한 짓을 벌인 이유가 고작 알량한 호기심 때문이 아니었던가? 베로니크는 이토록 끔찍한 생각을 떨치려는 듯 이렇게 말했다.

"아니에요. 제가 와야 했어요. 이런 일이 벌어지는 건 오로지 가혹한 운명 때문이에요."

"그런 생각하지 마세요." 스테판이 말했다. "모든 게 다 잘 풀릴 겁니다."

"그때면 이미 늦었겠지요!" 고개를 흔들며 여자가 말했다.

"왜요? 프랑수아가 감방을 이미 떠났을지 어떻게 아십니까? 아까 직접 말씀하시기를…."

베로니크는 아무런 대꾸도 하지 않았다. 얼굴이 창백하게 굳어 있었다. 하도 고통을 받다 보니 자기를 위협하는 악을 감지하는 예지 능력이라도 생긴 듯했다. 그런데 악은 곳곳에 널려 있었다. 다시 시련이 시작되었다. 처음 받은 시련보다 훨씬 더 끔찍한 시련이.

"죽음이 우릴 둘러싸고 있어요." 베로니크가 말했다.

스테판은 애써 미소를 지으려 했다.

"말씀하시는 게 꼭 사레크 사람들 같네요. 두려워하는 모습이 똑같아요…."

"그 사람들의 두려움이 이해돼요. 스테판 씨도 이 모든 게 끔찍하다고 느끼시잖아요."

여자는 문 쪽으로 달려가 빗장을 풀고 문을 열어보려고 했다. 하지만 철판으로 강화된 육중한 문짝에 어찌 맞설 수 있겠는가?

스테판이 여자의 팔을 붙들었다.

"잠깐…. 들어봐요…. 이건 무슨…."

"그래요." 베로니크가 답했다. "저들이 위에서 치고 있어요…. 우리 위쪽에서… 프랑수아의 감방에서…."

"아니, 아니에요, 들어보세요…."

한참 아무 소리도 안 나더니 별안간 절벽 안쪽에서 쿵쿵 타격을 가하는 소리가 났다. 이들의 **아래쪽**에서 나는 소리였다.

"오늘 아침에 들었던 소리입니다." 스테판은 크게 당황했다. "제가 말씀드렸던 바로 그 작업이에요…. 아! 이제 이해되는군요…!"

"뭐가요! 무슨 말씀이세요…?"

타격 소리는 일정한 간격을 두고 반복되다가 멈추더니 이젠 좀 더 둔탁한 소리로 바뀌었다. 날카롭게 삐걱대는 소리와 갑자기 우지끈거리는 소리가 섞여 끊이지 않고 들려왔다. 기계가 작동하는 소리, 일테면 바닷가에서 선박을 끌어 올리는 데 사용하는 권양기 소리 같기도 했다.

베로니크는 무슨 일이 벌어질지 조마조마한 마음으로, 또 사소한 단서라도 찾겠다는 심정으로 스테판의 눈을 바라보며 귀를 기울였다. 스테판은 위험한 순간에 놓인 사랑하는 여인을 바라보듯 그렇게 베로니크를 바라보았다.

그러던 중 갑자기 베로니크가 비틀거리며 벽에 손을 짚었다.

동굴, 아니 절벽 전체가 움직이는 것 같았다.

"오!" 베로니크가 중얼거렸다. "제가 이렇게 떨고 있는 건가 요…? 무서워서 전신이 이렇게 후들거리나요?"

그러고는 거칠게 스테판의 두 손을 그러쥐며 말했다.

"대답해주세요…. 알고 싶어요…."

스테판은 대답하지 않았다. 스테판의 젖은 눈에는 한 치의 두려움도 없이 오로지 크나큰 사랑, 그리고 한없는 절망만이 담겨 있었다. 스테판은 베로니크 생각뿐이었다.

게다가 무슨 일이 일어나는지 굳이 설명할 필요가 있을까. 시시각각 현실이 명백해지고 있지 않은가? 매우 이상한 현실 이긴 했다. 일상의 법칙과 아무 상관도 없으며 악의 영역 안에 서 상상할 수 있는 모든 것을 뛰어넘는 현실이었다. 베로니크 가 어렴풋이 깨달았지만 받아들이길 거부하는 현실이었다.

이 장치는 뚜껑문이되 위쪽으로 열리는 뚜껑문이었다. 동굴 중앙에 자리 잡고 있던 커다란 사각판이 벼랑 끄트머리를 경 첩 달린 회전축 삼아 올라가고 있었다. 마치 거대한 뚜껑이 열 리는 모양새였고 거의 느껴지지 않을 만큼 서서히 움직였는데, 사각판은 벌써 도약대처럼 경사를 이루었다. 그 경사는 아직 매우 완만해서 균형을 잡고 서 있기가 어렵지 않았다….

처음에 베로니크는 인정사정없이 올라오는 바닥과 화강암 천장 사이에 자기들을 깔아뭉개려는 줄 알았다. 하지만 얼마 지나지 않아 도개교가 닫히듯 올라가는 그 혐오스러운 장치가 이들을 낭떠러지로 밀어낼 목적으로 만들어졌음을 깨달았다. 그 목적이 달성되는 건 시간문제였다. 피할 수 없는 운명이었다. 무슨 시도를 하든 아무리 매달리든, 도개교는 완벽히 수직으로 서서 깎아지른 절벽의 일부로 자리 잡는 순간이 올 수밖에 없었다.

"끔찍해…. 정말 끔찍해…." 베로니크가 중얼거렸다.

두 사람은 부여잡은 손을 놓지 않았다. 스테판은 소리 없이 울고 있었다.

여자는 신음했다.

"아무것도 해볼 수 없겠지요?"

"예, 아무것도요." 스테판이 말했다.

"그래도 사각판 주변으로 공간이 있어요. 동굴은 둥그니까. 우리가 거기에…."

"너무 좁아요. 사각판 변과 벽 사이에 서 있다가는 끼어 죽을 겁니다. 치밀하게 계산된 장치에요. 이미 여러 번 생각해봤어요."

"그러면요?"

"기다려야지요."

"무엇을요? 누구를요?"

"프랑수아를요."

"오! 프랑수아." 여자는 흐느끼며 말했다. "그 애도 역시 죽을 상황에 놓여 있진 않을까요…. 우리를 찾으러 나섰다가 함정에 빠지지는 않았을까요. 어쨌거나 다시는 못 보겠지요…. 그 애는 아무것도 모를 거예요. 죽기 전에 자기 엄마도 못 볼 거라고요…."

베로니크는 젊은이의 손을 힘껏 붙들고 말했다.

"스테판, 만약 우리 중 한 사람이 살아남는다면 저는 그게 당신이었으면 좋겠어요…."

"부인일 겁니다." 스테판이 확신에 찬 어조로 말했다. "제가 받을 형벌을 부인께 가하다니 놀랍군요. 틀림없이 부인께서 여기 있다는 사실을 놈이 모르는 거예요."

"저도 놀랐어요." 베로니크가 말했다…. "저한테는 다른 형벌이 예정돼 있었으니까…. 하지만 그게 무슨 상관입니까, 이제 프랑수아를 다시는 못 보게 됐는데요! 스테판 씨, 그 애를 선생님께 부탁해도 되겠지요? 이제껏 그 애를 위해 해주신 일도 다 알고…."

바닥은 불규칙하게 떨리고 불쑥 덜컹거리기도 하면서 천천히, 그러나 끊임없이 올라오고 있었다. 경사가 점점 급해지고 있었다. 몇 분만 지나면 더 이상 이야기를 나눌 여유도 없을 것이다.

스테판이 대답했다.

"만약 제가 살아남으면 그 애를 끝까지 책임지겠다고 맹세합니다. 그건 바로…."

"바로 저를 기억해서겠지요." 베로니크가 굳은 어조로 말했다. "당신이 알고 계셨던… 그리고 당신이 사랑하셨던 그 베로니크를 기억해서 말이지요."

스테판이 열정이 담긴 눈길로 여자를 바라봤다.

"알고 계셨습니까?"

"예, 솔직히 말씀드릴게요. 당신 일기를 읽었어요…. 당신 애정을 알고 있으며… 그리고 받아들이겠습니다…."

여자가 슬픈 미소를 지었다.

"이제껏 없던 여자에게 바치던 그 사랑을… 그리고 죽을 여인에게 앞으로 바치게 될 그 가련한 사랑을요…."

"아니, 아닙니다." 스테판은 간곡했다. "그런 생각하지 마십시오…. 어쩌면 곧 구원의 손길이 올지도 몰라요…. 전 느낍니다. 제 사랑은 과거가 아닌 미래의 일이라는 걸."

스테판이 여인의 손에 입을 맞추려 했으나 베로니크는 대신 이마를 내밀며 속삭였다.

"입맞춤해 주세요."

두 사람은 모두 한길 낭떠러지 벼랑 끝, 사각판의 변을 따라 좁게 난 화강암 턱에 한 발을 내딛고 있었다.

두 사람은 처절하게 부둥켜안았다.

"절 좀 붙들어 주세요." 베로니크가 말했다.

그리고 몸을 최대한 젖혀 고개를 들고 낮은 목소리로 불렀다.

"프랑수아… 프랑수아…."

하지만 위쪽 구멍에는 아무도 없었다. 사다리는 여전히 걸쇠 하나에만 매달려 손이 닿을 수 없는 곳에 있었다.

베로니크는 바다를 내려다보았다. 이쪽 절벽에는 튀어나와 있는 부분이 별로 없었다. 물거품에 둘러싸인 암초 사이에는 물결이 잔잔하고 바닥이 보이지 않을 정도로 깊은 작은 호수가 하나 있었다. 여자는 뾰족한 암초 위에 떨어지는 것보다 호수에 떨어져 죽는 게 덜 고통스러우리라고 생각했다. 이렇게 느릿느릿 다가오는 고통을 끝장내고 싶었던 베로니크는 스테판에게 말했다.

"무얼 기다리나요? 이런 고통을 견디느니 차라리 죽는 게 나아요…."

"안 돼요. 안 됩니다." 베로니크가 죽는다는 생각에 발끈한 스테판이 외쳤다.

"아직도 희망을 버리지 못하신 거예요?"

"마지막 순간까지도 버리지 않을 겁니다. 당신이 걸려 있는 일이니까요."

"제겐 아무 희망도 없어요." 여자가 말했다.

스테판 역시 마찬가지였다. 하지만 남자는 여자의 괴로움을 잠재우고 대신 극한의 고통을 짊어지고 싶었다!

바닥은 계속 올라오고 있었다. 진동이 멈추었고 경사는 점점 가팔라져서 감방 중간쯤 나 있는 문구멍 바로 아래까지 바닥이 올라와 있었다. 별안간 무슨 장치가 풀렸는지 판이 심하게 요동치더니 문구멍이 순식간에 가려졌다. 더 이상 서 있는 건 불가능했다.

두 사람은 좁은 화강암 끄트머리에 있는 힘껏 발을 디디고 사각판 경사면에 몸을 바짝 붙여 엎드렸다.

두 차례 큰 충격이 있었는데 그럴 때마다 위쪽으로 판이 크게 치솟았다. 이제 사각판은 감방 벽 위쪽까지 닿아 둥근 천장을 따라 서서히 열린 구멍을 향해 다가왔다. 사각판이 정확히 들어맞아 도개교처럼 완전히 구멍을 막으리라는 사실을 또렷이 확인할 수 있었다. 이 음산한 장치를 만들기 위해 한 치의 오차도 없이 암석을 깎아놓은 것이다.

두 사람은 아무 말도 하지 않았다. 손을 부여잡고 체념했다. 이제 이들의 죽음은 운명이 정한 일이라고 생각되었다. 태곳적에 만들어진 이 장치는 수 세기를 거치며 개조되고 복구되어 더욱 정교해졌고, 결국 보이지 않는 사형 집행인으로 거듭나 옛 브르타뉴 사람들, 골족, 프랑스인, 외국인 등 죄인이나 범죄자를 비롯해 결백한 이들마저도 모두 죽음으로 몰아넣었을 것이다. 전쟁 포로, 신성모독죄를 범한 수도자, 박해받던 농민이며 반혁명 올빼미 당원들, 공화주의자들, 혁명 군사들을 하나하나 낭떠러지로 밀어냈을 것이다.

오늘은 이들 차례였다.

두 사람은 증오와 분노 속에서 으레 맛보는 쓸쓸한 안도감조차 느끼지 못했다. 대체 누구를 증오한단 말인가? 냉혹한 어둠 속에서 적이라고는 한 명도 보지 못한 채 영문도 모르고 죽게 되었으니 말이다. 이들의 죽음은 알 수 없는 목적을 달성하기 위해, 소위 단순히 머릿수를 채우기 위한 것이다. 광신도 사제들이 야만적인 신들의 명령을 기록한 것에 불과한 터무니없는 예언과 어리석기 그지없는 어떤 의도를 이루기 위한 것이다. 두 사람은 어이없게도 자신들과 하등 상관없는 어느 잔혹한 종교의 신에게 바쳐진 속죄의 희생물이었다!

벽은 이제 곧추서려 하고 있었다. 몇 분만 지나면 완벽한 수직을 이룰 것이다. 마지막 순간이 다가오고 있었다.

스테판이 몇 번이나 베로니크를 붙들어 주어야 했다. 젊은 여인은 점차 공포에 깊이 사로잡혀 흔들리고 있었다. 그저 마지막 순간으로 뛰어들려고만 했다….

"제발요." 여자가 더듬거렸다. "날 내버려 두세요…. 너무 괴로워요…."

만약 자기 아들을 떠올리지 않았더라면 베로니크는 끝까지 포기하지 않았을 것이다. 하지만 프랑수아의 모습이 떠오르자 베로니크는 더 이상 견딜 수 없었다. 아이도 역시 붙들렸을 게 틀림없다…. 아이 역시 어머니와 마찬가지로 고문을 당하며 저 끔찍한 신들의 제단 위에 제물로 바쳐질 것이다.

"아닙니다, 아니에요. 그 애가 올 거예요." 스테판이 확신하며 말했다…. "부인은 살아남으실 겁니다…. 그러길 원해요…. 그럴 거라고 확신합니다…."

베로니크는 제정신을 잃고 있었다.

"그 애는 우리처럼 갇혀 있어요…. 그 애를 횃불로 지지고… 그 몸에 화살을 쏘고… 살점을 찢고 있다고요…. 아! 우리 불쌍한 아가…!"

"그 애가 올 겁니다, 부인…. 프랑수아가 말했다고 하셨지요. 서로를 되찾은 어머니와 아들은 무슨 일이 있어도 헤어질 수 없다고요…."

"우리는 죽음을 통해 서로를 되찾았고… 죽어서 다시 만나게 되겠지요. 당장 그렇게 되기를…! 그 애가 고통받는 걸 원치 않아요…."

베로니크는 극심한 고통을 느꼈다. 스테판의 손을 뿌리치고 뛰어내리려던 찰나, 여자는 놀라 비명을 지르며 도개교 판에 몸을 젖혀 기댔다. 스테판도 마찬가지였다.

무언가 이들 눈앞을 휙 지나가 사라졌던 것이다. 왼쪽에서 온 것이었다.

"사다리… 사다리예요…. 아닌가요?" 스테판이 중얼거렸다.

"맞아요, 프랑수아예요…." 기쁨과 희망이 솟아오른 베로니크가 숨 가쁘게 말했다. "그 애가 살아났어요…. 우릴 구하러 왔다고요…."

바로 이 순간 처형의 벽은 거의 수직으로 섰다. 두 사람의 어깨 뒤에서 벽은 무자비하게 움직이고 있었다. 동굴은 이미 사라져 있었다. 오로지 좁은 난간 같은 부분을 딛고 서 있을 뿐 주변은 한길 낭떠러지였다.

베로니크가 다시 몸을 기울여 보았다. 사다리가 되돌아왔는데 쇠갈고리 두 개로 고정되었는지 우뚝 멈췄다.

위쪽 구멍에 아이 얼굴이 빠끔히 보였다. 아이는 미소 띤 얼굴로 외쳤다.

"엄마, 엄마… 빨리요…."

다급하고 열정에 찬 목소리였다. 아이가 이들을 향해 두 팔을 뻗었다. 베로니크가 신음했다.

"아! 너로구나…. 너야, 우리 아가…."

"빨리요, 엄마. 제가 사다리를 잡고 있어요…. 빨리 움직이세요…. 걱정할 건 하나도 없어요…."

"내가 간다, 애야…. 자, 여기…."

베로니크는 가까운 쪽에 있는 사다리 기둥을 붙들었다. 스테판이 도와주어서 사다리 마지막 가로장에 어렵지 않게 발을 디딜 수 있었다. 베로니크가 스테판에게 말했다.

"당신은요, 스테판? 따라오실 거지요?"

"전 시간이 있어요." 스테판이 말했다. "서두르세요…."

"아니, 약속하세요…."

"맹세합니다, 그러니 서두르세요…."

베로니크는 가로장 네 개를 짚고 올라가다 멈추더니 아래를 내려다보며 물었다.

"오고 계시지요, 스테판 씨?"

스테판은 벼랑 쪽으로 몸을 돌려 도개교 판과 암벽 사이로 난 좁은 틈에 왼손을 밀어넣어 버티고 있었다. 오른손이 사다리에 닿았고 맨 아래 가로장에 발을 디딜 수 있었다. 스테판도 살아난 것이다.

얼마나 가뿐하게 베로니크가 올라갔는지! 아래로 한길 허공이 펼쳐져 있든 그게 무슨 상관이랴. 아들이 이렇게 기다리고 있는데. 이제 곧 자기 품에 아들을 안게 됐는데!

"내가 간다…. 내가 가…." 베로니크가 되뇌었다. "내가 간단다, 우리 아가."

베로니크는 재빨리 머리와 어깨를 창문으로 디밀었다. 아이가 어머니를 끌어당겼다. 여자는 창턱에 발을 디뎠다. 드디어 아들 곁에 온 것이다! 두 사람은 서로의 품으로 달려들었다.

"아…! 엄마…! 이런 일이 가능하다니! 엄마…!"

하지만 베로니크는 아들을 팔로 보듬자마자 약간 뒷걸음질 쳤다. 왜일까? 자기도 모를 일이었다. 형언할 수 없지만 불편한 생각이 들어 주춤했다.

"이리 와봐, 이리로." 베로니크는 아이를 빛 밝은 창가로 끌고 갔다. "이리 와, 좀 보게."

아이는 끄는 대로 따라갔다. 베로니크는 아이를 2~3초간 바라보더니 갑자기 질겁하며 외쳤다.

"너란 말이야? 살인자 녀석?"

악몽이었다! 아버지와 오노린을 죽인 바로 그 괴물이 자기 눈앞에 서 있는 것이다.

"그래, 날 알아본 거야?" 아이가 비웃었다.

아이의 목소리만 듣고도 베로니크는 자기가 실수했다는 사실을 깨달았다. 이 애는 프랑수아가 아니라 프랑수아의 옷을 입고 악랄한 연기를 했던 바로 그 아이였다.

소년은 또다시 비웃듯 말했다.

"아! 이제 좀 돌아가는 상황을 알아차리나 보군, 부인! 날 알아봤어, 안 그래?"

그 혐오스러운 얼굴이 굳으면서 악랄하고 잔인한, 더없이 비열한 표정이 떠올랐다.

"보르스키…! 보르스키…!" 베로니크가 더듬거렸다. "보르스키와 닮았어…."

아이가 커다랗게 웃어젖혔다.

"왜 아니겠어…? 내가 아줌마처럼 아빠를 부정할 것 같아?"

"보르스키 아들이라고…? 그 사람 아들…!" 베로니크가 말했다.

"세상에! 그래, 아들이라고…! 무얼 원한 거야? 아들이 둘 있을 수도 있는 거 아닌가, 그 대단하신 분이! 내가 먼저였고 그 말랑한 프랑수아가 다음이지."

"보르스키 아들이라고!" 베로니크는 또다시 외쳤다.

"아주 씩씩한 소년이라고요, 부인. 맹세할 수 있어요. 아버지를 쏙 빼닮은 데다 교육도 잘 받았으니 말이야. 아니, 벌써 보지 않았어? 하지만 그게 끝이 아니야… 이제 시작일 뿐이니까…. 자, 증거를 하나 더 보여줄까? 저 얼간이 같은 가정교사를 한번 봐…. 안 되지, 이 몸이 납시면 어떻게 되는지 똑똑히 봐둬…!"

그러더니 소년은 단숨에 창문으로 달려갔다. 스테판의 머리가 창문으로 올라오고 있었다. 아이는 돌멩이를 집어들더니 있는 힘껏 내리치며 스테판을 밀어뜨렸다.

한순간 멍하게 있던 베로니크는 상황을 깨닫고 달려가 아이의 팔을 붙들었다. 하지만 너무 늦고 말았다. 스테판은 보이지 않았다. 사다리 갈고리는 창턱에서 빠져 있었다. 무슨 요란한 소리가 들리더니 이내 저 아래에서 무언가 물에 빠지는 소리가 들렸다.

베로니크는 황급히 창문으로 달려갔다. 암초에 둘러싸인 작은 호수 일부분에 둥둥 떠 있는 사다리가 보였다. 스테판이 어디로 떨어졌는지는 알 도리가 없었다. 소용돌이 하나, 잔물결 하나 없었다.

베로니크가 소리 높여 불렀다.

"스테판…! 스테판…!"

아무런 대답도 들리지 않았다. 바람도, 물결도 온통 고요할 뿐이었다.

"아! 이 비열한 놈, 무슨 짓을 한 거냐?" 베로니크가 비통하게 말했다.

"울지 마, 아줌마." 아이가 말했다. "스테판 씨는 아줌마 아들을 허약한 계집애로 키웠을 뿐이거든. 자, 웃어야지요. 한번 얼싸안아 볼까요? 이런, 뭐야. 표정이 왜 그래! 내가 싫다는 건 가?"

아이가 팔을 내민 채 다가오고 있었다. 베로니크는 아이에게 잽싸게 총을 겨누었다.

"저리 가…. 가버리라고. 안 그러면 미친 짐승을 잡듯 널 쏴죽일 거야. 그러니 가버려…."

소년의 얼굴은 더욱 잔혹해졌다. 이를 갈며 한 걸음씩 물러선 아이가 말했다.

"아! 단단히 갚아줄게요, 예쁜 아줌마! 어떻게 이럴 수가! 안 아주려고 했는데… 기분이 아주 좋았거든…. 그런데 총을 쏘려고 했어? 피로 갚아주겠어…. 멋지게 흐르는 붉은 피… 그 피로…."

아이는 피라는 단어를 말하는 게 기분이 좋은 모양이었다. 몇 번이나 반복하더니 기분 나쁜 목소리로 깔깔 웃어젖혔다. 그런 뒤 수도원 집으로 가는 통로로 도망치며 외쳤다.

"네 아들의 피로 말이야, 베로니크 아줌마…. 당신이 사랑하는 프랑수아의 피…."

10
탈출

베로니크는 바들바들 떨며 마음을 결정하지 못한 채 발소리
가 멀어져 들리지 않을 때까지 귀를 기울이고 있었다. 무얼 해
야 하나? 스테판의 죽음으로 프랑수아를 잠시 잊고 있었는데,
다시금 불안감에 휩싸이기 시작했다. 아들은 어떻게 됐을까?
당장 수도원 집으로 달려가 위험에 처한 아들을 구해내야 할
까?

"자, 침착하자." 베로니크가 말했다. "내가 미쳐가는구나….
보자! 생각해보잔 말이다…. 프랑수아가 감방 벽을 통해 나와
이야기를 나눈 게 불과 몇 시간 전이야…. 그때는 그 애가 맞았
어…. 전날 내 손을 붙들고 부드럽게 입맞춤한 그 프랑수아….
어미가 착각할 리 없지. 한없이 부드럽고 애정에 넘쳤어…. 그
렇다면… 아침 이후로 그 애가 감방에서 나오지 않은 건가?"

베로니크는 계속 생각에 잠겨 있다가 이윽고 느릿느릿하게
말했다.

"그거야…. 그래, 이렇게 된 거야…. 아래층에서 스테판과 내
가 들키자 곧장 비상이 걸린 거야. 그 괴물, 보르스키의 아들이

프랑수아를 감시하러 올라왔어. 그런데 감방이 비어 있고 벽에 구멍이 나 있는 걸 본 그 애가 여기까지 온 거야. 그래, 그거야… 아니라면 어떻게 여기에 왔겠어…? 와보니 바다 쪽으로 난 창문이 보였고 프랑수아가 그쪽으로 탈출했으리라는 생각이 들어 창문으로 가볼 생각이 든 거지…. 그러고는 곧장 사다리 갈고리를 본 거야. 몸을 기울이자 내가 보였고 나를 알아본 그 애가 부른 거야…. 그리고 이젠… 이젠 수도원 집을 향해 가고 있을 테고 프랑수아와 맞닥뜨릴 수밖에 없겠지….”

하지만 베로니크는 꼼짝하지 않았다. 프랑수아가 위험에 처한 곳은 수도원 집이 아니라 바로 이곳, 이 감방 근처이리라는 직감 때문이었다. 프랑수아가 정말 도망칠 수 있었는지, 그리고 벽을 뚫는 일을 마치기 전에 **다른 아이**가 도착해서 프랑수아를 친 것은 아닌지 의문이 들었다.

끔찍한 의구심이었다! 베로니크는 구멍이 넓어진 것을 보고 황급히 몸을 굽혀 들어가 보려고 했다. 어린아이가 통과하기엔 충분했으나 베로니크에게는 너무 좁아서 어깨가 걸렸다. 그래도 비집고 들어가기 위해 기를 썼다. 블라우스가 찢어지고 돌출된 바위에 피부가 찢겼으나 결국 참을성 있게 시도하여 안으로 들어가는 데 성공했다.

감방은 비어 있었다. 감방 문이 반대편 복도 쪽으로 열려 있었는데 베로니크가 느끼기에(창문을 통해 빛이 희미하게 비쳐들었을 뿐이니 그저 단순한 느낌이었다) 누군가 열린 문으로 감방에서 막 빠져나가는 것을 본 것 같았다. 봤다기보다는 그저 느낌이라고 할 만큼 애매했으나 갑작스럽게 자신이 등장하는 바람에 놀란 어떤 여자가 복도에 숨어 있다는 확신이 들었다.

'공범이다.' 베로니크가 생각했다. '스테판을 죽인 아이와 함께 온 여자다. 저 여자가 프랑수아를 데려간 게 틀림없어…. 아니, 어쩌면 프랑수아가 아직 여기 있을지도 몰라. 바로 여기 가까운 어딘가에. 저 여자는 나를 감시하고 있는 거고….'

그러는 사이에 베로니크의 눈이 어둠에 익숙해졌고, 안쪽으로 열린 감방 문을 살그머니 닫는 여자의 손이 또렷이 보였다.

'왜 한번에 닫지 않는 걸까?' 베로니크는 궁금했다. '저 여자가 나를 가로막으려는 게 분명한데 어째서 지체하는 거지?'

베로니크는 문 밑에서 돌멩이가 걸리는 소리를 듣고 그 이유를 알았다. 돌멩이가 치워지면 문이 닫힐 것이다. 베로니크는 곧바로 달려가 큼직한 문 손잡이를 획 잡아당겼다. 여자의 손은 잽싸게 사라졌으나 뒤에서도 여전히 문을 잡아당기고 있었다. 반대편에도 손잡이가 있는 게 분명했다.

별안간 휘파람 소리가 한 차례 들렸다. 여자가 구조 요청을 하는 것이었다. 그런데 거의 동시에, 여자가 있는 복도 근처에서 외침이 들렸다.

"엄마! 엄마!"

아! 이 소리, 베로니크의 마음을 온통 뒤흔든 이 소리는! 아들, 진짜 아들이 자기를 부르는 소리였다. 아직 붙들려 있으나 여전히 살아 있는 아들이! 인간으로서 이렇게 기쁠 수 있을까!

"나는 여기 있어, 우리 아가."

"서두르세요, 엄마. 저들이 나를 묶어놨어요. 휘파람은 신호예요…. 이제 곧 누군가 올 거예요.”

“알았다…. 그전에 구해줄게…!”

베로니크는 한 치도 의심하지 않았다. 힘이 무한정 솟아나는 것 같았고, 그 어떤 것도 온 힘을 다하는 자신에게 대항할 수 없었다. 그렇게 상대방은 서서히 밀려나기 시작했다.

문이 좀 더 열리더니 별안간 싸움이 끝나며 베로니크가 문밖으로 튕겼다.

여자는 이미 복도를 내달려 도망치고 있었는데 아이를 묶어 놓은 끈을 잡아당기고 있어서 아이가 끌려가고 있었다. 하지만 부질없는 일이었다! 여자는 금세 포기할 수밖에 없었다. 베로니크가 가까이 다가가 여자에게 총을 겨누었던 것이다.

여자는 아이를 놔주고 몸을 일으켜 세웠는데 마침 그 자리는 열린 감방을 통해 빛이 들어와 꽤 환했다. 여자는 띠로 허리를 질끈 동여맨 흰 모직 옷을 입었으며 팔이 반쯤 드러나 있었다. 아직 젊어 보였으나 생기 없이 메마르고 주름진 얼굴이었다. 금발 머리카락 군데군데에는 흰머리가 나 있고 눈에는 증오와 분노가 가득했다.

두 여자는 언젠가 만난 적이 있는 두 맞수가 결투를 앞두고 상대를 가늠하듯이 한마디 말도 없이 서로를 노려보았다. 승리자 베로니크는 미소를, 도전적인 미소를 살짝 띠고 있었다. 마침내 베로니크가 입을 열었다.

“내 아들한테 손가락 하나라도 까딱했다가는 당신을 죽이겠어. 그러니 떠나요.”

여자는 두려워하지 않는 기색이었다. 잠자코 생각해보며 누가 도와주러 오지 않는지 귀를 기울이는 것이다. 하지만 아무도 오지 않았다. 그러더니 프랑수아 쪽을 내려다보며 다시 먹이를 가로채려는 듯한 몸짓을 보였다.

"손대지 마!" 베로니크가 거칠게 외쳤다. "손대지 마, 안 그러면 쏜다!"

여자는 어깨를 으쓱하더니 툭툭 말을 내뱉었다.

"협박은 집어치워. 네 아이를 죽일 생각이었으면 벌써 죽였을 거야. 하지만 아직은 때가 아니야. 내 손에 죽을 것도 아니고."

베로니크는 전율하며 자기도 모르게 중얼거렸다.

"그럼 누구한테 죽는다는 거지?"

"내 아들한테. 알고 있을 테지…. 네가 아까 본 애 말이야."

"살인자… 괴물…. 그 애가 네 아들이라고!"

"그 애 아비는…."

"그 입 다물어! 닥치라고!" 여자가 보르스키의 정부라는 사실을 안 이상 프랑수아 앞에서 사실을 말할까 봐 두려웠던 베로니크가 외쳤다. "입 다물어요. 그 이름을 말하면 안 돼."

"필요한 때가 오면 말하게 되겠지." 여자가 말했다 "아! 너 때문에 얼마나 고통받았는지 몰라, 베로니크. 이제 네 차례야, 이건 시작에 불과하다고…!"

"꺼져!" 베로니크가 권총을 겨눈 채 소리 질렀다.

"협박은 관둬, 다시 한 번 말하지만."

"꺼져, 안 그러면 쏜다. 내 아들을 두고 맹세해."

여자는 다소 걱정되었는지 뒤로 물러섰다. 그러다 별안간 다시 분노가 치솟는 듯했다. 하지만 어쩔 수 없었기에 두 주먹을 내밀며 쉰 소리로 말했다.

"복수하고 말겠어…. 두고 봐, 베로니크…. 십자가라고…. 알 겠어…? 십자가가 세워질 거야…. 네가 네 번째 희생자야…. 대단한 복수 아니냐!"

그러더니 비쩍 말라 앙상한 주먹을 휘두르며 덧붙였다.

"아! 너를 증오해! 15년 동안 증오해왔어! 하지만 십자가가 내 복수를 대신해줄 거야…. 바로 내가, 내가 널 그 위에 묶어 놓겠어…. 십자가가 세워질 거야…. 두고 봐…. 십자가가 세워져…."

그러면서 여자는 권총이 두려웠는지 서서히 멀어져갔다.

"엄마, 저 여자를 죽이지 마세요. 그럴 거지요?" 어머니의 마음에서 일어난 갈등을 눈치챈 프랑수아가 속삭였다.

베로니크는 화들짝 잠에서 깨어난 듯 대답했다.

"아니, 아니야, 걱정하지 마라…. 하지만 어쩌면 그러는 편이…."

"오! 제발요, 저 여자는 내버려 두세요, 엄마. 어서 가요."

베로니크는 여자가 완전히 사라지기도 전에 아이를 두 팔로 일으켜 세워 품에 꼭 끌어안더니 마치 갓난아기처럼 가뿐히 들어 감방으로 데려갔다.

"엄마… 엄마…." 프랑수아가 불렀다.

"오냐, 우리 아가, 네 엄마다. 이제 아무도 내게서 널 데려가지 못해. 내가 장담하마."

베로니크는 돌에 쓸려 상처가 나는 것도 아랑곳하지 않고 단숨에 프랑수아가 뚫어놓은 구멍으로 빠져나간 후 아이를 끌어냈다. 그제야 베로니크는 아이를 묶은 줄을 풀어주었다.

"여기선 안심할 수 있어." 베로니크가 말했다. "적어도 지금만큼은 말이야. 누군가 오면 저 감방에서 공격할 수밖에 없는데, 일단 이 출구는 내가 지켜낼 수 있을 거야."

아! 두 사람이 얼마나 힘껏 서로를 끌어안았는지! 이제는 서로 얼굴을 비비고 두 팔로 부둥켜안는 것을 가로막을 장애물이 아무것도 없었다. 모자는 서로의 눈을 들여다보았다.

"세상에! 정말 잘생긴 아이로구나, 우리 프랑수아." 베로니크가 말했다.

아까 그 살인자 아이와는 닮은 곳이 하나도 없어서 오노린이 두 아이를 혼동했다는 게 놀라웠다. 어미는 지칠 줄 모르고 아들 얼굴에서 내비치는 고귀함과 솔직함, 부드러움을 찬양했다.

"엄마." 프랑수아가 대꾸했다. "내게 이렇게 예쁜 엄마가 있으리라고 상상이나 한 줄 아세요? 아니요, 꿈속에서 엄마가 요정의 모습으로 나타났을 때조차 이렇게 아름답지는 않았어요. 스테판 선생님이 자주 이야기해주긴 했지만 그래도⋯."

베로니크가 아이의 말을 끊었다.

"서두르자, 애야. 그자들이 쫓아오기 전에 숨어야 해. 가야 한다."

"그래요." 아이가 말했다. "특히 사레크를 떠나야 해요. 성공할 수밖에 없는 도주 계획을 짜봤어요. 하지만 그보다 스테판 선생님⋯ 선생님은 어떻게 됐어요? 감방 아래쪽에서 지난번에 내가 말했던 그 소리가 나서 걱정돼요⋯."

아이의 질문에는 답하지 않고 베로니크는 아들의 손을 잡아 끌었다.

"네게 해줄 이야기가 많단다, 얘야. 네가 이젠 꼭 알아야 할 아주 고통스러운 이야기야. 하지만 그건 조금 있다가 하자꾸나… 일단 수도원 집으로 가서 숨어야 해. 그 여자가 사람들을 끌고 우릴 쫓아올 테니."

"그런데 여자는 혼자가 아니었어요, 엄마. 내가 벽을 파고 있는데 여자가 갑자기 감방으로 들어와 날 붙들었어요. 그런데 그때 누군가와 같이 있었어요…."

"어떤 아이였지, 아니니? 네 키만 한 사내아이가 아니었어?"

"제대로 못 봤어요. 그 사람들이 내게 달려들었거든요. 여자 한 명, 남자 한 명이었어요. 나를 묶어서 복도로 데리고 간 뒤 여자는 잠시 어딘가로 갔고 남자는 다시 감방으로 돌아갔어요. 그러니까 그 남자는 이제 이 통로를 알고 수도원 집으로 통하는 출구도 알고 있을 거예요."

"그래, 알고 있다. 하지만 우리가 쉽게 그자를 이겨낼 수 있을 거야. 출구를 막아버리자."

"하지만 다리도 있어요. 두 섬을 잇는 다리 말이에요." 프랑수아가 항의했다.

"아니." 베로니크가 답했다. "내가 불태웠단다. 수도원 집은 이제 완전히 고립돼 있어."

두 사람은 빠른 속도로 걸었다. 베로니크가 재촉하듯 서둘렀으나 프랑수아는 어머니에게 들은 말이 마음에 걸렸다.

"그래요, 그래요…." 프랑수아가 되뇌었다. "내가 모르는 사실이 많이 있다는 걸 알겠어요. 날 걱정시키지 않으려고 숨긴 거지요. 엄마가 불태운 다리며…. 준비된 휘발유를 가지고 그렇게 한 거지요? 마그녹 영감님이 위험이 닥쳤을 때 하라고 한 대로 말이에요…. 그러니까 엄마도 위험에 처해 있고 공격을 받은 거예요. 그렇지요, 엄마? 그리고 아까 그 여자가 어찌나 증오에 가득 찬 말을 내뱉던지…! 그리고 또… 또 스테판 선생님은 어떻게 됐어요? 아까 내가 있던 감방에서 그자들이 작은 소리로 선생님 이야기를 했어요…. 이 모든 게 걱정스러워요…. 엄마가 가져온 사다리도 안 보이고….”

“제발, 아가야, 시간 낭비하지 말자꾸나. 그 여자가 사람들을 데리고 올 거야…. 우릴 쫓고 있다고.”

아이가 문득 멈춰 섰다.

“왜 그래? 무슨 소리가 들려?”

“누가 걷는 소리가 나요.”

“확실해?”

“우리 쪽으로 오고 있어요….”

“아!” 베로니크가 나직이 말했다. “‘살인자’가 수도원 집에서 오는 거야….”

여자는 그 어떤 짓도 서슴지 않으리라 다짐하며 총을 쥐었다. 그러더니 불쑥 그림자가 드리워진 오른쪽 구석으로 프랑수아를 밀었다. 막힌 지하도 입구처럼 보였는데 아까 오는 길에 봐둔 곳이었다.

“저기… 저기로….” 베로니크가 말했다. “우릴 못 볼 거다.”

소리가 가까워지고 있었다.

"얼른 들어가." 베로니크가 재촉했다. "절대 움직이면 안 된다, 얘야…."

아이가 중얼거렸다.

"손에 든 게 뭐예요? 권총이잖아요…. 아! 엄마, 설마 쏠 거예요…?"

"그래야 해…. 그래야 한단다." 베로니크가 말했다. "그 애는 괴물이야…! 자기 엄마처럼 말이야…. 쐈어야 해…. 나중에 후회하더라도…."

그러더니 프랑수아를 향해 말했다.

"그 애가 네 할아버지를 죽였단다."

"아! 엄마… 엄마…."

베로니크는 프랑수아가 쓰러지지 않게 붙들었는데 아이는 품에서 소리 없이 서럽게 울며 중얼거렸다.

"그래도 상관없어요…. 쏘지 마세요…. 엄마…."

"이제 온다…. 아가야, 쉿…. 저기 와…. 보렴…."

다른 아이가 지나갔다. 느릿느릿하고 약간 구부정한 자세로 귀를 기울이며 걷고 있었다. 자기 아들과 얼핏 키가 비슷해 보였는데 베로니크는 이 기회에 좀 더 세심하게 소년을 관찰하면서 오노린이나 데르주몽 씨가 착각할 만도 하다는 생각이 들었다. 확실히 닮은 점이 있었으며 프랑수아에게 빼앗은 빨간 베레모를 씀으로써 닮은 점이 더 강조됐을 게 분명했다.

소년이 멀어졌다.

"저 애를 아니?" 베로니크가 물었다.

"아니요, 엄마."

"한 번도 본 적이 없는 게 확실해?"

"확실해요."

"그럼 그 여자랑 같이 감방에서 너한테 달려든 게 저 애 맞니?"

"맞는 것 같아요, 엄마. 내가 미워 죽겠다는 것처럼 아무 이유도 없이 내 얼굴을 치던걸요."

"아!" 베로니크가 중얼거렸다. "이 모든 걸 도무지 이해할 수 없어. 언제쯤 이 악몽에서 벗어나게 될까!"

"서두르세요, 엄마. 아무도 없어요. 얼른 가요."

밝은 곳에서 보니 아이는 백지장같이 창백했고 베로니크가 잡은 손은 얼음장 같았다. 하지만 아이는 행복하게 미소 짓고 있었다.

두 사람은 터널을 따라갔고 금방 두 섬을 잇는 벽을 지나 계단을 올라가서 마그녹 영감의 꽃밭 오른쪽의 탁 트인 공간으로 나왔다. 날이 저물기 시작했다.

"이제 살았어." 베로니크가 말했다.

"예. 단, 우리가 온 길로 누군가 따라오지 말아야 해요. 그러려면 막아버려야 하고요."

"어떻게 말이니?"

"기다려주세요. 수도원 집으로 가서 연장을 가지고 올게요."

"오! 안 돼, 이제 우린 헤어지면 안 돼, 프랑수아야."

"그럼 같이 가요, 엄마."

"그 사이에 적이 오면 어쩌고? 이 출구를 지켜야 해."

"그렇다면 절 좀 도와주세요, 엄마…."

재빨리 살펴보니 지하 통로 입구 위쪽을 떠받들던 돌덩이가 땅에 그리 깊숙이 박혀 있지 않았다. 두 사람이 흔들어대자 박힌 부분이 쉽사리 드러났다. 돌덩이는 계단을 가로막고 쓰러졌고 그 위로 흙과 자갈 더미가 우르르 쏟아졌다. 통로가 아예 막힌 건 아니었지만 적어도 쉽사리 지나다닐 수는 없게 되었다.

"여기 머물러 있는 게 좋겠어요." 프랑수아가 말했다. "제 계획을 실행에 옮길 때까지 말이에요. 안심하세요, 엄마. 아주 좋은 생각이 있거든요. 조금만 있으면 목적을 달성할 거예요."

게다가 무엇보다 이들에게는 휴식이 필요했다. 두 사람 모두 지쳐 있었다.

"좀 누워요, 엄마…. 자, 여기요…. 이끼가 푹신하게 나 있어요. 튀어나온 바위 밑이 무슨 움막 같아요. 냉기도 피할 수 있으니 엄마, 왕비마마처럼 쉴 수 있겠는걸요."

"아! 우리 아가, 우리 아가." 행복에 겨워 베로니크가 중얼거렸다….

한편으로 못다 한 설명을 해야 할 시간이 왔다. 베로니크는 서슴없이 털어놓을 작정이었다. 알고 지내며 사랑했던 모든 이들이 죽었다는 사실에 아이가 얼마나 슬퍼할지 알았으나 어미를 되찾은 기쁨으로 슬픔이 조금은 누그러지리라. 그래서 베로니크는 숨김없이 털어놓았다. 품에 보듬고 눈물을 닦아주며 아이가 잃어버린 모든 이들에 대한 사랑과 우정을 자신이 채워주리라고 다짐하면서 말이다. 프랑수아는 특히 스테판이 죽었다는 이야기를 듣고 큰 충격을 받았다.

"하지만 확실한 건가요?" 아이가 말했다. "왜냐면 선생님이 물에 빠져 죽었다는 증거가 하나도 없는걸요. 스테판 선생님은 수영을 굉장히 잘해요…. 그러니… 그래요, 엄마, 희망을 잃으면 안 돼요…. 그 반대라고요…. 자, 보세요. 힘든 시기가 올 때마다 모든 게 끝난 게 아니라고 말해주는 우리의 친구가 오고 있어요."

어디선가 나타난 만사형통이 종종거리며 다가왔다. 주인을 보고도 조금도 놀라는 것 같지 않았다. 만사형통은 그 어떤 일에도 지나치게 놀라는 법이 없다. 모든 일이 자연스러운 흐름에 따르는 듯 보였고, 그러니 무슨 일이 생겼다고 자기 습관을 흐트러뜨리거나 평소 하던 일을 멈추는 법이 없다. 단지 누가 눈물만 흘렸다 하면 특별히 관심을 쏟을 뿐이다. 그런데 지금 베로니크와 프랑수아는 울고 있지 않았다.

"보세요, 엄마. 만사형통도 저와 의견이 같아요. 모든 게 끝난 건 아니라고요…. 하지만 사실 이 녀석이 눈치가 보통이 아니거든요. 안 그러니! 널 빼놓고 섬을 떠났으면 네가 뭐라고 했겠어?"

베로니크가 아들을 바라보았다.

"섬을 떠난다고?"

"물론이에요. 그것도 가능한 한 서둘러서요. 그게 제 계획이에요. 어때요?"

"그런데 어떻게 떠난다는 말이니?"

"배를 타고요."

"그래, 여기 배가 있어?"

"제 배가 있어요."

"어디에?"

"여기서 아주 가까운 곳, 사레크 섬 끄트머리에요."

"거기로 내려갈 수 있다는 거니? 절벽이 아주 가파르잖아."

"그중에서도 제일 가파른 곳에 '비밀 문'이라고 부르는 곳이 있어요. 스테판 선생님과 전 처음에 그 이름이 참 이상하다고 생각했어요. 어쨌든 문이라면 입구나 출구를 가리키는 거잖아요. 알고 보니 수도승들이 살던 중세에는 수도원 집 쪽 섬이 성벽으로 둘러싸여 있었대요. 그러니까 바다 쪽으로 통하는 비밀 통로가 있었다는 말이 아니겠어요? 그래서 마그녹 영감님과 몇 차례 찾아보러 나섰다가 절벽 위쪽 평평한 곳에서 갈라진 틈 같은 걸 발견했어요. 움푹 들어가서 모래가 가득 차 있고 군데군데 커다란 돌덩이가 벽처럼 받치고 있는 곳이었어요. 그 가운데에 오솔길이 있었는데, 계단도 있고 바다 쪽 벽에 창구멍까지 있는 그 오솔길이 작은 만까지 이어져 있더란 말이지요. 그게 바로 비밀 문이었어요. 우리가 그곳을 깔끔하게 치워놨는데, 제 배가 그곳 벼랑 아래에 묶여 있어요."

베로니크의 표정이 확 변했다.

"그렇다면 이번엔 정말로 우리가 살아난 거로구나!"

"물론이에요."

"놈이 그쪽으로 쳐들어올 순 없겠지?"

"어떻게 말이에요?"

"그놈한테 모터보트가 있거든."

"하지만 바다 쪽에서는 그 만이나 내리막 오솔길이 보이지 않고, 또 무수한 암초로 둘러싸여 있어서 다가오기 어려워요."

"그렇다면 지금 당장 못 떠날 이유가 뭐가 있니?"

"지금은 밤이에요, 엄마. 제가 배를 잘 몰고 사레크 섬을 떠나는 통로를 모조리 알고 있지만 암초에 부딪히지 않는다고 장담할 순 없어요. 안 돼요. 날이 밝길 기다려야 해요."

"그렇게 오랫동안!"

"몇 시간만 기다리면 돼요, 엄마. 함께 있는데 무서울 게 뭐가 있어요! 날이 밝자마자 배를 타고 절벽을 따라 감방 아래쪽까지 갈 거예요. 그 해안에서 스테판 선생님이 우릴 기다리고 있을 게 틀림없으니까 스테판 선생님을 태우고 넷이 함께 떠나는 거예요. 안 그래, 만사형통? 정오쯤이면 퐁 라베에 닿을 거예요. 제 계획이 어때요?"

베로니크는 기쁨과 감탄으로 가슴이 터질 것 같았다. 어린 나이에도 이렇게 명민한 모습을 보고 놀라지 않을 수 없었다.

"완벽한 계획이구나, 얘야. 네 말이 전부 맞다. 이제 우리 쪽으로 운이 기우나 보다."

저녁나절은 특별한 사건 없이 지나갔다. 딱 한 번, 지하 통로 입구를 막은 돌무더기 아래에서 어떤 소리가 나고 그 틈새로 빛줄기가 새어 나오는 바람에 모자는 떠나는 순간까지 긴장을 놓지 말아야 했지만 말이다. 그래도 이들은 여전히 흐뭇했다.

"그럼요, 아무렴요. 전 조금도 걱정되지 않는걸요." 프랑수아가 말했다. "엄마를 만난 순간, 이제 영원히 떨어지지 않을 거라고 느꼈어요. 게다가 정 상황이 안 좋아진대도 최후의 희망이 있지 않아요? 스테판 선생님이 말했지요? 엄마는 웃을지 모르지만요. 한 번도 본 적 없는 구원자를 철석같이 믿는다고요….

하지만 엄마, 심지어 누가 내 앞에서 칼을 겨누고 있대도 말이에요, 누군가 손을 뻗어 그 손을 막아줄 거라고 저는 확신하고 있어요."

"저런!" 베로니크가 응수했다. "그 구세주께서 지금 내가 이야기해준 그 모든 불행을 막아주진 못했잖아."

"그래도 그 사람이 우리 엄마를 위협하는 사람들을 물리칠 거예요."

"어떻게 말이냐? 그 미지의 친구는 아직 연락도 받지 못했다고 하지 않았니."

"그래도 올 거예요. 연락받지 않아도 큰 위험이 닥쳤다는 걸 알 사람이니까요. 그리고 엄마도 약속해주세요. 무슨 일이 일어나도 믿음을 잃지 않을 거라고요."

"믿음을 잃지 않을게, 얘야. 약속하마."

"제 말을 잘 들으셔야 해요." 아이가 까르륵 웃었다. "이제는 제가 대장이니까요. 게다가 얼마나 똑똑한 대장인 줄 아세요, 엄마? 이 일을 잘 성사시키기 위해 또 우리 엄마가 춥거나 배고프지 않도록 오늘 오후에 배를 타고 나갈 경우를 대비해서 식량과 모포가 필요할 거라고 어제저녁부터 예측하고 있었다고요! 그걸 오늘 밤에 사용할 수 있게 됐어요. 오늘 밤엔 신중하게 이 자리를 지켜야 하니 수도원 집에서 잘 수 없잖아요. 그 꾸러미 어디에 두셨어요, 엄마?"

두 사람은 기분 좋고 맛나게 음식을 먹었다. 그런 후 프랑수아는 베로니크를 옷가지로 잘 감쌌고 두 사람은 꼭 달라붙어 걱정 없이 흐뭇한 마음으로 잠이 들었다.

차가운 아침 바람에 베로니크는 문득 눈을 떴다. 어렴풋이 분홍이 감도는 빛줄기가 하늘을 가로지르고 있었다.

프랑수아는 잠들어 있었다. 보호받는다고 느끼는 아이는 악몽 없는 편안한 잠에 빠져 있었다. 베로니크는 지치지도 않고 하염없이 아이를 바라보았다. 해가 수평선 위로 한참 떠오를 때까지, 그렇게 아이를 바라보았다.

"이제 일을 시작해야지요, 엄마." 아이는 눈을 뜨자마자 엄마에게 입을 맞추고 말했다. "지하 통로 쪽에서는 아무도 안 왔지요? 그러면 이제 배를 타고 가면 되겠어요."

두 사람은 모포와 식량을 주섬주섬 주워들고 가벼운 발걸음으로 섬 끄트머리의 비밀 문으로 통하는 내리막길로 향했다. 이 섬 끄트머리 너머로 암석이 어지럽게 쌓여 있었고, 바다가 잠잠한 편이었는데도 파도가 큰 소리를 내며 거세게 부딪고 있었다.

"네 배가 아직 거기 있어야 할 텐데." 베로니크가 말했다.

"앞으로 좀 숙여보세요, 엄마. 저기 튀어나온 곳에 묶여 있는 게 보이세요? 도르래를 움직여서 배를 물에 띄우기만 하면 돼요. 아! 이렇게 착착 맞아떨어지다니…. 엄마, 걱정할 거라곤 하나도 없는… 아, 그런데…."

프랑수아가 갑자기 입을 다물고 생각에 잠겼다.

"왜 그러니…? 무슨 일이니?" 베로니크가 물었다.

"오! 아무것도 아니에요. 좀 늦어지게 생겼어요…."

"아니, 왜…."

애가 멋쩍게 웃기 시작했다.

"탐험 대장으로서 좀 창피한 일인데요. 제가 노를 깜빡했어요. 수도원 집에 있거든요."

"이제 어떡하니!" 베로니크가 소리쳤다.

"왜요? 수도원 집으로 얼른 달려가면 돼요. 10분 후면 돌아올 테고요."

베로니크는 다시 걱정에 휩싸였다.

"그동안 그자들이 터널 입구를 뚫고 나오면 어쩌려고?"

"아이, 참, 엄마." 아이는 또 웃었다. "믿으라고 했잖아요. 그 입구를 뚫으려면 한 시간은 걸릴 텐데 그 소리가 우리에게 들리지 않겠어요? 더 이상 말할 것도 없어요, 엄마. 그럼 얼른 다녀올게요."

아이가 훌쩍 떠났다.

"프랑수아? 프랑수아?"

대답이 없었다.

'아!' 베로니크는 다시금 안 좋은 예감에 휩싸였다. '그 애 곁을 이젠 한시도 떠나지 않겠다고 맹세했는데.'

그러면서 아이가 멀어져가는 모습을 눈으로 좇다가 요정 고인돌과 십자가상 꽃밭 사이에 있는 작은 언덕에 시선을 고정했다. 터널 입구가 보였고 아들이 잔디밭 쪽으로 미끄러지듯 뛰어 내려가는 모습도 보였다.

아이는 먼저 수도원 집 지하로 들어갔다. 하지만 노가 없었던 모양인지 곧바로 나와 저택으로 들어가는 대문을 열고 그 안으로 사라졌다.

'1분이면 충분해.' 베로니크가 생각했다. '노는 현관에 있을

테니까…. 아니, 적어도 1층에 있겠지. 그래, 길어야 2분이다.'

베로니크는 터널 입구를 살피며 시간을 쟀다.

그런데 3분이 지나고 4분이 지나도 대문은 열리지 않았다.

믿음은 눈 녹듯 사라지고 아들을 따라가지 않은 게 미친 짓이었다고, 아이 말을 곧이곧대로 듣는 게 아니었다고 후회했다. 그래서 터널이며 그쪽에서 솟아날 위험 따위는 아랑곳하지 않고 수도원 집으로 걷기 시작했다. 마비된 다리로 제자리걸음을 하는 와중에 적이 다가와 공격하는, 그런 끔찍한 꿈을 꾸는 듯했다.

'고인돌'에 도착하자 별안간 이상한 광경이 눈앞에 펼쳐졌는데 처음에는 제대로 알아채지 못했다. 오른쪽으로 불룩한 반원 모양을 그리며 공터를 둘러싼 떡갈나무들이 서 있는 바닥에 잘린 지 얼마 되지 않은 듯 싱싱한 잎사귀가 달린 가지들이 널려 있었다.

무심코 위를 본 베로니크는 두려움에 휩싸여 머리가 멍해졌다.

참나무 한 그루가 가지가 잘린 채 서 있었다. 그 어마어마한 둥치에서 4~5미터 정도 올라간 지점에 화살에 꽂힌 푯말이 있었는데, 거기에는 V. d'H.라고 적혀 있었다.

"네 번째 십자가…." 베로니크가 더듬거렸다. "내 이름이 달린 십자가…!"

아버지가 죽고 없었으므로 이 처녀 시절 서명은 적 중에서도 주모자가 적어넣은 게 틀림없다는 생각이 들었다. 베로니크는 자신을 괴롭히던 여자와 여자의 아이를 떠올리며 자기도 모르게 주모자의 얼굴을 구체적으로 그려보았다.

무의식적으로 떠올린 인상은 말도 안 되는 가정에 불과했다. 사실 지금은 그런 것보다 극도로 끔찍한 무언가 때문에 마음이 온통 뒤숭숭했다. 황무지와 감방의 그 괴물들, 즉 여자와 아이의 공범들이 여기까지 와서 십자가를 세워놓았다는 사실을 불현듯 깨달은 것이다. 분명 불태운 다리 대신에 다른 가교를 걸쳐놓은 게 틀림없다. 그자들이 이제 수도원 집을 점령한 것이다. 그렇다면 프랑수아가 다시 그자들 손아귀에 들어 있다는 것!

베로니크는 힘을 불끈 내어 달리기 시작했다. 아끼는 아들이었으나 이제는 자신이 폐허가 널린 잔디밭을 구르듯 달려 저택 정문 방향으로 내달렸다.

"프랑수아…! 프랑수아…! 프랑수아…."

베로니크는 귀청이 찢어질 듯 소리쳐 불렀다. 큰 소리로 엄마가 다가가고 있음을 알리려는 것이었다. 마침내 수도원 집에 도착했다.

대문 한 짝이 살짝 열려 있었다. 대문을 밀어젖힌 후 여전히 아들의 이름을 소리쳐 부르며 헐레벌떡 현관으로 들어갔다.

"프랑수아! 프랑수아!"

천장부터 바닥까지 온 저택이 쩌렁쩌렁 울렸다. 하지만 아무런 대답도 없었다.

"프랑수아! 프랑수아!"

베로니크는 계단을 올라가 닥치는 대로 문을 열어보며 아들 방, 스테판이나 오노린 방 등으로 뛰어다녔다. 하지만 아무도 없었다.

"프랑수아! 프랑수아…! 내 소리 들리니? 너한테 몹쓸 짓을 하는 거구나…! 오! 프랑수아, 제발…."

그리고 다시 복도로 나왔다.

눈앞에 아버지의 서재가 보였다.

그 방문을 밀고 뛰어 들어갔다가 그만 지옥 같은 광경을 맞닥뜨리고 흠칫 물러섰다.

한 남자가 서 있었다. 팔짱을 낀 채 기다리고 있던 모양이었다. 아까 그 여자와 아이를 생각하며 한순간 떠올렸던 남자의 모습, 바로 세 번째 괴물이었다!

베로니크는 형언할 수 없는 두려움에 질려 간신히 이렇게 내뱉었다.

"보르스키…! 보르스키…!"

제2부

기적의 돌

Arsène
Lupin

1
신의 재앙

보르스키! 보르스키! 떠올리기만 해도 공포와 수치심 때문에 욕지기가 솟는 비열한 인간, 그 악랄한 보르스키가 죽지 않았다니! 동료에게 살해당한 첩자 이야기며 퐁텐블로 묘지에 매장됐다는 이야기가 모두 허튼소리이자 착오였단 말인가! 유일한 진실은 보르스키가 살아 있다는 것!

베로니크를 괴롭히는 그 어떤 악몽 같은 모습도 이처럼 혐오스러울 수는 없었다. 두 다리로 멀쩡히 서서 팔짱을 낀 채 고개를 어깨 위로 똑바로 치켜세우고 살아 있는, 살아 숨 쉬는 보르스키의 모습이라니!

베로니크는 씩씩한 천성으로 그 무엇이라도 견뎌낼 수 있었다. 하지만 이것만큼은 그럴 수 없었다. 그 어떤 적이라도 맞서싸울 힘이 있다고 느꼈다. 하지만 이 적에게만큼은 대항할 수 없었다. 보르스키는 비열함과 만족을 모르는 사악함으로 똘똘 뭉쳐 있으며 야만성은 끝이 없을뿐더러 그 자신이 곧 범죄의 수단이자 광기 그 자체였다.

그리고 베로니크를 사랑했다.

베로니크의 얼굴이 확 달아올랐다. 블라우스의 찢어진 틈으로 드러난 어깨와 팔의 맨살에 보르스키의 시선이 와 닿았던 것이다. 뺏길 수 없는 먹잇감을 바라보는 눈길이었다. 하지만 베로니크는 꿈쩍도 하지 않았다. 주변에 몸을 가릴 만한 베일이 있는 것도 아니었다. 남자의 욕망에 모욕감이 치솟아 그저 이를 악물고 남자를 노려보았다. 여자의 눈길을 견디지 못한 듯 남자는 잠시 시선을 돌렸다.

이때를 놓칠세라 베로니크가 소리쳤다.

"내 아들! 프랑수아는 어디 있어? 당장 보여줘요."

보르스키가 응수했다.

"**우리** 아들은 나한테도 중요합니다, 부인. 자기 아버지를 두려워할 게 뭐가 있겠습니까."

"보고 싶어요."

남자는 맹세라도 하듯 손을 들어 올렸다.

"보실 겁니다. 맹세합니다."

"아마도 죽어서겠지!" 베로니크가 낮은 목소리로 말했다.

"당신이나 나처럼 살아서 볼 거예요, 부인."

잠시 침묵이 흘렀다. 보르스키는 처절한 설전을 앞두고 이리 저리 말을 굴려보며 무슨 이야기로 시작할지 궁리하는 게 틀림 없었다.

보르스키는 운동선수처럼 덩치가 좋고 근육질 상반신에 다리가 약간 밖으로 구부정하게 휘어 있었다. 마찬가지로 근육질의 두꺼운 목에는 힘줄이 울근불근했고 이에 비해 지나치게 작은 머리에는 금발이 양 갈래로 가지런히 빗어 넘겨져 있었다.

옛날에는 동물적인 힘 이외에도 일종의 기품이 느껴졌으나 나이가 들면서 무지막지하고 천박한 태도만 남아 마치 시장바닥 연단에서 으스대는 직업 격투사 같은 느낌이었다. 한때 여자들을 사로잡기도 했던 아슬아슬한 매력이 사라지고 이제는 그저 냉혹하고 잔인한 인상만 남은 남자는 억지웃음으로 이런 드센 느낌을 지워보려는 듯했다.

보르스키는 팔짱을 풀고 안락의자로 다가가 베로니크에게 몸을 숙이며 말했다.

"부인, 우리가 나눌 대화는 제법 길고 가끔은 고통스러울 수도 있습니다. 앉으시겠습니까?"

조금 기다렸으나 대꾸가 없자 별로 당황하지 않고 말을 이었다.

"더구나 이 탁자 위엔 먹을 것도 좀 있군요. 과자나 오래된 포도주, 샴페인 한잔이 당신에게 그리 나쁘진 않을 듯한데…."

남자는 지나치게 예의를 차렸다. 세련된 문명을 모를 바 아님을 증명하려는, 반쯤 야만인인 게르만 민족 특유의 예의였다. 이미 자기 지배 아래 들어왔기에 좀 더 거칠게 대할 법한 여자에게도 세심히 예의범절을 지킬 줄 안다고 과시하는 듯했다. 바로 그런 사소한 점에서 과거 베로니크는 남편의 진짜 태생이 어딘지 생생히 느끼곤 했다.

베로니크는 어깨를 으쓱해 보이고 아무 말도 하지 않았다.

"좋습니다." 남자는 말했다. "그렇다면 예의범절을 아는 신사로서 내가 서 있도록 부인께서 부디 허락해주십시오. 그리고 부인 앞에서 이토록 옷차림을 소홀히 한 점도 용서해주길 바랍니다. 수용소나 사레크의 동굴에서 의상을 새로 장만하는 게 쉬운 일은 아니었으니 말입니다."

과연 남자는 닳아 해진 낡은 바지와 찢어진 붉은 모직 조끼 차림이었다. 그 위로 허리를 끈으로 동여맨 낙낙하고 긴 흰색 리넨 겉옷을 걸치고 있었다. 결국 나름대로 신경을 쓴 차림새였는데 그 극적인 태도며 자기도취에 빠진 무심한 태도 때문에 옷차림이 더욱 이상하게 보였다.

자신이 꺼내놓은 서두가 만족스러운 듯 남자는 심각한 순간에 심사숙고하는 사람처럼 여유로운 태도로 뒷짐을 지고 이리 저리 거닐었다. 그러더니 멈춰 서서 느릿느릿 말했다.

"내 생각에는 부인, 여기서 간단히 우리가 함께했던 시절을 요약해보면 시간을 벌 수 있지 않을까 합니다. 부인 의견은 어 떠신지요?"

베로니크는 대답하지 않았다. 그러자 보르스키는 여전히 차 분한 목소리로 시작했다.

"부인께서 나를 사랑했을 때….."

여자가 발끈하는 태도를 보이자 보르스키가 물고 늘어졌다.

"하지만 베로니크….."

"아!" 여자의 목소리에는 혐오감이 배어 있었다. "그런 말은 제발…. 그 이름이 당신 입에 오르는 건…! 제발 그만…."

남자가 빙글거리며 상냥하지만 거만한 어조로 말했다.

"날 원망하지 마십시오, 부인. 표현이야 어떻든 이 몸은 부인 을 존경하고 있으니까요. 그럼 다시 시작하겠습니다. 부인이 나를 사랑했을 때, 솔직히 말해 이 몸은 허우대는 멀쩡했을지 몰라도 피도 눈물도 없는 방탕아이자 난봉꾼이었습니다. 상황을 다소 지나치게 밀고 나가는 경향이 있었거든요. 그런데 결혼에 대해서는 영 소질이 없었단 말입니다. 부인과 함께했다면 그 소질이란 것을 쉽게 습득할 수 있었을 텐데 말입니다. 내가 부인을 미치도록 사랑하고 있었으니까요. 부인은 내 넋을 빼놓을 만큼 순수했으며 그때까지 어떤 여자한테서도 보지 못한 매력과 순진함이 있었단 말입니다. 그저 부인께서 조금만 인내하고 부드럽게 대하려고 노력했다면 날 바꿀 수 있었을 텐데요. 불행히도 결혼 초반부터, 그러니까 퍽 우울했던 약혼식을 하자마자 부인은 부친이 슬퍼하고 원통해하는 것만 생각했습니다. 그러니 우리는 사사건건 의견이 틀어지고 더 이상 돌이킬 수 없을 정도로 골이 깊어졌지요. 부인은 어쩔 수 없이 배우자를 받아들였다고 생각했습니다. 남편에게 증오와 혐오감만 내비쳤지요. 그런데 이 보르스키 같은 사람은 바로 그런 점이야말로 용서할 수 없었습니다. 수두룩한 여자들이, 그것도 콧대 높은 여자들이 내 세심함에 완벽히 넘어갔기에 나 자신을 탓해본 적이라곤 한 번도 없었습니다. 그런데 당신 같은 한갓 소시민 여자가 기분이 상하셨다니, 그걸 나보고 어쩌란 말입니까. 보르스키는 자기 본능과 열정에 따라 움직이는 사내입니다. 그 본능과 열정이 당신 마음에 안 드신다? 마음대로 생각하십시오, 부인. 나는 더없이 자유로웠고 내 삶을 찾아가면 됐으니까. 단지…"

남자는 몇 초간 이야기를 멈추더니 다시 말을 이었다.

"단지 내가 당신을 사랑했었다는 겁니다. 1년이 지나 그 사건이 갑자기 벌어져 당신이 아들을 잃고 수도원에 들어갔을 때, 나는 아직도 충족되지 못한 절절하면서도 고통스러운 사랑을 품고 있었단 말입니다. 그러니 내 인생이 어땠을지 충분히 짐작할 수 있겠지요. 부인을 잊으려고 방탕한 생활과 거친 행실로 나날을 보내면서 누구라도 부인이 있는 곳을 안다고 하면 희망이 불끈 솟아 미친 듯이 달려갔다가 번번이 실망하며 다시 외로워졌습니다. 그러다가 당신 아버지와 아들을 찾았습니다. 두 사람이 이곳에 은둔해 있는 걸 알게 됐고, 나 자신이 직접 혹은 믿을 만한 충복을 시켜 그들을 감시하고 염탐해왔습니다. 이런 식으로 당신까지 찾아낼 생각이었고 그게 이 모든 노력의 유일한 목적이자 삶의 궁극적인 이유였습니다. 그러던 와중에 전쟁이 터졌습니다. 일주일 후 국경을 넘지 못해 수용소에 갇히게 됐고…"

보르스키는 말을 멈췄다. 냉혹한 표정이 더욱 굳어지더니 으르렁거리듯 말했다.

"오! 그곳에서의 삶은 지옥이었습니다! 보르스키! 보르스키! 왕의 아들인 이 몸이 카페 종업원이며 게르만족 건달들 틈에 섞이다니! 포로가 된 보르스키, 오만 사람에게 멸시받고 미움받는 존재라니! 더럽고 이가 들끓는 보르스키! 얼마나 고통스러웠는지! 하지만 그 부분은 지나가도록 합시다. 죽음을 면하려고 내가 한 짓은 다 그럴 만한 이유가 있었습니다. 나 대신 다른 누군가 칼에 찔렸다는 것과 그자가 내 이름을 달고 프랑스 한구석에 묻혔다는 사실에 대해 전혀 유감스럽게 생각하지 않습니다. 그자가 아니었으면 나였으니까. 나는 그저 선택했을 뿐입니다. 물론 그러한 선택은 삶에 대한 끈덕진 애착 때문만은 아니었습니다. 그 어두운 삶 가운데 위대하고 찬란히 빛나는 뜻밖의 희망이 하나 있었거든요. 하지만 그건 나만의 비밀입니다. 나중에 어쩔 수 없이 이야기해야 한다면 그때 하도록하지요. 일단 지금은…."

자신의 말에 도취되어 자화자찬을 늘어놓는 배우처럼 과장법을 섞어 쏟아내는 이야기를 베로니크는 싸늘한 태도로 듣고 있었다. 이토록 허황된 말이 와 닿을 리가 없었다. 여자는 마치 이 자리에 없는 것 같았다.

보르스키는 여자가 자신에게 주의를 돌릴 수밖에 없도록 좀더 가까이 다가가 공격적인 어조로 다시 말을 시작했다.

"내가 지금 하는 말이 아주 심각하단 사실을 인식하지 못하는 것 같군요, 부인. 하지만 아주 심각하고 앞으로 점점 더 심각해질 겁니다. 일단 가장 두려워할 만한 이야기를 꺼내기 전에, 아예 그 이야기를 꺼내지 않게 되기를 바라면서 내가 기대하는 바를 말해주겠습니다. 당신에게 타협 정신 따위를 기대하는 게 아니고(우리 사이에 타협 같은 게 가능하겠습니까) 바로 당신의 이성, 즉 현실 감각을 가지길 바란다는 말입니다…. 지금 당신이나 당신 아들이 처한 상황을 모르는 바는 아닐 테니…."

보르스키가 보기에 베로니크는 분명 자신의 이야기를 전혀듣고 있지 않았다. 아들 생각에 정신이 팔려 들려오는 이야기는 아무런 의미도 없었다. 보르스키는 기분이 언짢아져서 점점참을성을 잃어가고 있었지만 그래도 계속 말했다.

"내 제안은 간단합니다. 당신이 거부하지 않으리라고 믿고 싶군요. 프랑수아의 이름으로, 그리고 내 마음에서 우러나온 인간애나 연민의 이름으로, 방금 내가 큰 줄기만 짚어 내려간 우리의 과거를 현재에 이어붙이길 제안합니다. 사회적 관점에서 보면 우리 관계는 여태껏 깨진 적이 없습니다. 당신은 이름으로 보나 법적으로 보나 언제까지나…."

보르스키는 입을 다물고 베로니크를 잠시 바라보았다. 그러다 여자의 어깨를 손으로 짚고 거칠게 소리 질렀다.

"내 말 들어, 이년아! 보르스키가 말하고 있다고."

베로니크는 넘어질 뻔했으나 안락의자 등받이를 짚고 균형을 잡아 몸을 일으켜 세웠다. 그런 뒤 팔짱을 낀 채 경멸이 가득 담긴 시선으로 상대를 마주 보았다.

보르스키는 감정을 자제했다. 자기 의지와 상관없이 충동적으로 나온 행동이었다. 하지만 목소리에는 독살스러운 명령조가 그대로 남아 있었다.

"다시 말하지만 과거는 어디까지나 그대로 존재해. 원하든 원치 않든 말이야. 부인, 당신은 보르스키의 아내라고. 바로 그 부정할 수 없는 이유 때문에 내가 지금 당신에게 제발 자신의 위치를 인정하라고 요구하는 거야. 이렇게 하지. 당신한테서 사랑이나 우정을 받으리란 욕심은 없어. 하지만 그렇다고 과거처럼 적대적인 관계로 되돌아가는 것도 용납할 수 없어. 옛날처럼 시건방지고 차갑기만 한 그런 아내는 원치 않아. 내가 원하는 건… 내가 원하는 여자는… 순종할 줄 아는 여자라고…. 헌신적이고 세심하며 충실한 동반자…."

"노예 말이지." 베로니크가 중얼거렸다.

"하! 그렇지." 남자가 외쳤다. "노예, 거 말 한번 잘하셨군. 실제가 중요하지 표현이 뭐가 중요해. 노예! 그래, 그게 뭐 어떻단 말이야? 팔다리가 꽁꽁 묶인 **시체처럼** 맹목적으로 순종하는 자신의 의무를 노예가 잘 알고만 있다면 말이야. 이 역할이 맘에 드시나? 육신이며 영혼을 모두 내게 맡기고 싶나? 아니, 당신의 영혼은 관심도 없어. 내가 원하는 건… 원하는 건… 당신도 잘 알지…. 아닌가? 내가 원하는 건, 내가 이제껏 한 번도 소유하지 못했던 그거라고. 당신 남편? 웃기시네! 내가 당신 남편이었던 적이 한순간이라도 있나? 내가 살아온 과거를 깊숙이 들여다보면 말이지, 즐거움을 비롯해 내 온갖 감정을 통틀어도 우리 사이엔 두 맞수의 처절한 싸움, 그 이외의 다른 것은 하나도 기억나지 않는단 말이야. 당신은 완전히 모르는 사람처럼 서 있지. 과거나 지금이나 낯선 사람일 뿐이야. 하지만 운수가 이렇게 돌아서서 당신을 손아귀에 움켜쥐었으니 앞으로는 그렇지 않을 거야. 내일, 아니 당장 오늘 밤부터 내 말대로 될 거라고, 베로니크. 내가 네 주인이야. 피할 수 없는 이 사실을 받아들여야 해. 받아들이겠나?"

보르스키는 대답도 기다리지 않고 더 소리 높이 외쳤다.

"받아들이겠나? 핑계나 거짓 약속은 집어치워. 받아들이겠느냐고! 만약 그렇다면 무릎을 꿇고 성호를 긋고 나서 똑똑히 들리게 이렇게 말해. '받아들이겠습니다. 순종하는 아내가 되겠습니다. 당신의 명령과 변덕에 복종하겠습니다. 내 삶은 더 이상 중요하지 않아요. 당신이 제 주인입니다'라고 말이야."

베로니크는 어깨를 으쓱하고는 아무런 대답도 하지 않았다.

보르스키가 부르르 떨었다. 이마 혈관이 불룩 튀어나왔다. 하지만 남자는 다시 한 번 자제했다.

"좋아. 사실은 뭐, 그럴 줄 알았어. 하지만 거절의 여파가 상당히 심각할 테니 다시 한 번 기회를 주지. 당신이 거절한 이유는 도망자 신세인 내가 이토록 가련한 꼴을 하고 있어서 그럴지도 모르지. 진실을 알려주면 당신이 생각을 바꿀 수도 있어. 찬란하고 근사하게 빛나는 진실을 말이야. 이미 말했듯이 내 어둡던 삶 가운데 뜻밖의 희망이 하나 생겼거든. 왕의 아들 보르스키가 찬란히 빛을 받고…."

보르스키는 자신을 삼인칭으로 지칭하는 습관이 있었다. 베로니크는 이 습관을 잘 알고 있었는데 이는 남자의 역겨운 허영심의 증거였다. 베로니크는 보르스키를 살펴보다가 이 남자가 흥분한 순간에만 나타내는 독특한 눈빛도 감지했다. 보르스키가 술을 마셨을 때 보이는 눈빛이었는데, 일시적인 정신 착란의 징후도 엿보이는 것 같았다. 결국 보르스키는 애초에 미친 사람이었고 세월이 흐르면서 점점 더 광기가 심해진 건 아닐까?

보르스키가 다시 말을 이었고 베로니크는 이번엔 귀를 기울였다.

"전쟁 중에 나는 여기에 측근 한 사람을 심어놓고 그때까지 내가 감시해온 당신 아버지를 감시하게 시켰지. 그런데 우연히 황무지 아래에 사람이 만들어놓은 동굴이 있다는 사실을 알게 됐고 그 동굴로 이어지는 입구도 발견했어. 내가 마지막으로 탈출해서 숨어 있던 곳이 바로 그 확실한 은신처였고, 거기 있으면서 당신 아버지 서신을 슬쩍한 덕분에 그분이 하던 연구 내용이나 사레크의 비밀, 발견 사실 따위를 알게 된 거라고. 그러니 내가 감시의 정도를 높였을 건 당신도 짐작할 수 있겠지. 더구나 이야기의 윤곽이 또렷해져 갈수록 이 이야기 전체가 내 삶의 어떤 부분과 묘하게 일치하고 연관되어 있음을 알겠더란 말이지. 의심의 여지가 없었어. 나를 여기로 이끈 건 운명이었어. 오직 나만이 이룰 수 있는 일을 수행하기 위해서…. 아니, 오로지 이 몸만이 참여할 권리가 있는 위업을 수행하기 위해서 말이지. 그걸 이해하겠나? 수 세기 전부터 보르스키라고 정해져 있었던 거야. 보르스키는 운명이 택한 사람이라고. 보르스키라고 시간의 책에 적혀 있어. 보르스키야말로 필요한 자질과 필요한 수단을 동원할 수 있고 요구되는 자격을 갖춘 사람이라고. 난 준비되어 있었지. 지체하지 않고 운명이 지시한 대로 행동에 나섰어. 어디로 가야 할지 망설일 필요도 없이 목적지에 등대가 환히 켜져 있더군. 그래서 미리 정해진 길을 따라가고 있을 뿐이란 말이야. 이제 보르스키 앞에는 지금까지의 노력에 대한 보상만이 있을 뿐, 그저 손만 내밀면 돼. 재물과 영광과 무한한 권력이 코앞에 있어. 몇 시간 후면 왕의 아들 보르스키는 세상의 제왕이 될 거야. 바로 이 왕으로서 당신한테 제의하는 거야."

보르스키는 점점 더 거들먹거리며 과장된 연기에 취한 배우처럼 떠들어댔다.

그러다 베로니크에게 몸을 기울여 말했다.

"보르스키가 다른 남자 위에 군림하는 것만큼, 왕비이자 황후가 되어 다른 여인들의 숭배를 받고 싶지 않습니까? 부인의 아름다움이 이미 왕비나 마찬가지라면, 이제 금은보화나 권력으로도 왕비가 되는 겁니다, 어떻습니까? 보르스키의 노예이지만 보르스키가 지배하는 모든 것을 지배하는 여주인, 그걸 원하지 않습니까? 하지만 명심해야 합니다. 당신은 둘 중 하나를 선택해야 해요. 즉 거절을 선택하면 그 대가를 치러야 합니다. 내가 제안하는 왕비의 자리를 받아들이거나 아니면⋯."

보르스키는 잠시 멈추더니 단호한 어조로 말을 마쳤다.

"아니면 십자가형이지."

베로니크는 전율했다. 그 끔찍한 말이 다시 등장한 것이다. 이제 베로니크는 지금까지 베일에 가려 있던 사형 집행인의 이름을 알게 됐다!

"십자가형." 만족스러운 듯 잔혹한 미소를 지으며 보르스키가 되풀이했다. "당신 선택에 달렸습니다. 한편에는 삶, 그리고 누릴 수 있는 온갖 즐거움과 명예가 있습니다. 다른 한편에는 가장 야만스러운 형벌을 통한 죽음이 있습니다. 선택하십시오. 이 두 선택 사이에는 다른 여지가 없습니다. 이것 아니면 저것이지요. 하지만 오해하지 마십시오. 내가 쓸데없이 잔혹한 선택을 강요한다거나 괜스레 권한을 과시하려는 건 아니니까. 당연히 아니지요. 나는 오로지 도구일 뿐입니다. 이 명령은 나보다 더 위에 군림하는 운명, 바로 운명에서 나오는 거란 말입니다. **신의 의지가 실현되려면 베로니크 데르주몽이 죽어야 하며** '그것도 십자가에 매달려 죽어야 한다.' 선택의 여지가 없단 말이지요. 운명에 어찌 맞서겠습니까. 보르스키가 아닌 이상, 보르스키처럼 담대하고 책략에 뛰어나지 않는 이상 어쩔 수 없다는 말입니다. 퐁텐블로 숲에서 가짜 보르스키를 진짜 보르스키로 바꿔치기했고, 친구의 칼에 맞아 죽는다는 운명을 벗어날 수 있었던 보르스키니 이제 신의 의지도 실현하면서 자신이 사랑하는 사람도 살릴 방책을 찾아낼 수 있지 않겠습니까. 하지만 일단 그 여자가 복종해야지요. 나는 내 아내에게 평화를, 적에게는 죽음을 선사하는 자입니다. 당신은 누구입니까? 내 아내인가요, 아니면 적인가요? 무얼 택하겠습니까? 온갖 즐거움과 명예를 누리면서 내 곁에서 사는 삶인가요, 아니면 죽음인가요?"

"죽음." 베로니크가 짧게 대답했다.

남자가 위협하는 몸짓을 보였다.

"단순한 죽음이 아니야! 끔찍한 고문이지. 자, 무얼 택하겠나?"

"고문."

남자는 악랄하게 물고 늘어졌다.

"하지만 당신은 혼자가 아니야! 생각해봐, 당신에겐 아들이 있어. 부인이 죽으면 그 애가 남을 테지. 당신이 죽으면 그 애를 고아로 남기는 거야. 아니, 그보다 더하지! 당신이 죽으면 그 애를 내게 맡기는 거라고. 내가 아비니까. 내게는 그럴 권리가 있어. 무얼 택하겠나?"

"죽음." 여자가 다시 한 번 말했다.

남자가 짜증스럽게 말했다.

"당신이 죽는다고 쳐봐. 하지만 아이도 죽는다면? 내가 프랑수아를 당신 앞에 데려다 놓고 목에 칼을 들이대면서 마지막으로 묻는다면 뭐라고 답하겠어?"

베로니크는 눈을 감았다. 이렇게 고통스러웠던 적이 있을까. 보르스키가 제대로 약점을 찌른 것이다.

하지만 여자는 나직이 말했다.

"차라리 죽겠어."

드디어 보르스키가 분통을 터트렸다. 예의고 나발이고 이제는 주먹을 휘두르고 욕설을 퍼부으며 지껄였다.

"아! 뻔뻔스러운 년. 그래, 기어이 날 증오하시겠다! 양보하느니 차라리 전부 다, 그리도 사랑하는 자기 아들의 죽음까지 감수하겠다는 말이로군. 자기 아들을 죽이는 어미라! 그래, 그거야, 내게 오지 않으려고 당신이 아들을 죽이는 거라고. 자기 목숨 하나 지키겠다고 아들 목숨을 빼앗는 어미라니. 아! 그 지긋지긋한 증오! 아니, 아니지. 그건 말도 안 돼. 그럴 순 없어. 증오엔 한계가 있는 법이야. 당신 같은 어미가! 아니, 아니야. 다른 게 있다고… 누군가를 사랑하나 보지? 아니지, 베로니크는 사랑 따위 하지 않아. 그렇다면? 그렇다면 내 동정을 바라는 건가? 내 마음이 약해지기를 기다리나? 아! 정말 몰라도 한참 모르는군. 보르스키가 약해진다니! 보르스키가 동정한다고! 내가 무슨 일을 했는지 봤을 텐데. 내가 이 끔찍한 일을 해내면서 한 번이라도 주저하는 거 봤나? 내가 정한 대로 사레크 섬이 동강나지 않았어? 배가 침몰하고 사람들이 빠져 죽었잖아? 아르시냐 자매도 참나무 고목에 매달렸지. 그런 내가, 내가 약해진다고! 잘 들어, 어렸을 때 바로 이 두 손으로 개나 새나 가릴 것

없이 목을 비틀어 죽이는가 하면 살아 있는 새끼 염소의 가죽을 벗겼지. 사육장에 있는 날짐승도 산 채로 깃털을 뽑아버렸다고. 아! 동정이라고? 우리 어머니가 날 무어라 불렀는지 아나? '아틸라(4세기 훈족의 마지막 왕. 대규모 유럽 진출을 이루어냈으며 이후 서구 유럽에서 아틸라라는 이름은 공포의 대명사로 자리 잡음 – 옮긴이)'라고 불렀지. 어머니가 신비한 영에 사로잡힐 때면 손바닥이나 타로로 미래를 점치면서 영험한 예언자로서 예언하시곤 했어. '아틸라 보르스키, 신의 재앙. 너는 장차 신의 도구가 될 것이다. 칼의 칼날이자 단검의 그 뾰족한 끝, 총이면 총알, 밧줄에선 매듭이 될 것이다. 신의 재앙! 신의 재앙이야! 네 이름이 시간의 책에 똑똑히 적혀 있다. 네 탄생을 지배한 별자리 가운데 네 이름이 빛난다. 신의 재앙, 신의 재앙이리니…!' 그래도 당신은 내가 눈물이나 찔끔찔끔 흘릴 거라 기대하는 건가? 허, 참! 사형 집행인이 우는 거 봤나? 나약한 이들, 벌을 두려워하는 이들, 훗날 자신의 죄가 되돌아올 걸 두려워하는 이들이나 우는 법이지. 하지만 나는, 나는 눈물을 흘릴 리가 없지! 당신 선조는 세상에서 딱 한 가지만 두려워했지, 바로 하늘이 머리 위로 떨어져 내리는 것. 하지만 이 몸이 두려워할 게 뭐 있어? 내가 바로 신의 협조자인데! 신이 모든 이들 가운데 날 택했다고. 내게 영감을 준 게 바로 신이야. 게르만족의 신이자 독일인의 태곳적 신이지. 이 신에게는 자신의 위대한 아들들에 관한 일이라면 선악 따위 중요하지 않아. 내 안에는 악의 영혼이 깃들어 있고 난 악을 사랑하고 악을 원해. 그러니 넌 죽어, 베로니크. 형벌을 당하는 기둥 아래에서 실컷 웃어주마…."

보르스키는 벌써 낄낄거렸다. 성큼성큼 바닥을 큰 소리로 구르며 걸음을 뗐다. 그러면서 두 팔을 천장으로 치켜들었는데 베로니크는 불안에 떨며 붉게 충혈된 남자의 눈을 바라보았다. 그건 광기였다.

보르스키는 몇 발짝 더 떼더니 여자에게 다가와 잔뜩 가라앉은 목소리로 협박했다.

"무릎 꿇어, 베로니크. 내 사랑을 구걸해봐. 그래야만 살아날 수 있을 테니까. 보르스키는 연민도 두려움도 없는 사람이야. 하지만 당신을 사랑하고 그 사랑은 무슨 일이 있어도 변치 않을 거야. 이 기회를 잡으라고, 베로니크. 과거를 떠올려봐. 예전의 그 소녀가 되란 말이야. 그러면 나도 언젠가 당신 앞에서 무너지는 날이 올지도 모르지. 베로니크, 날 밀어내지 마…. 나 같은 남자는 밀어내는 법이 아니야…. 자신을 사랑하는 사람에게 저항해선 안 돼…. 내가 얼마나 널 사랑하는데, 베로니크. 얼마나 널 사랑하는데…."

베로니크가 터져 나오는 비명을 꾹 삼켰다. 드러난 팔의 맨살 위로 혐오스러운 손길이 느껴졌기 때문이다. 손아귀에서 벗어나려 했으나 여자보다 억센 남자는 붙든 손을 놓지 않고, 헐떡이는 목소리로 말을 이어갔다.

"날 밀어내지 마…. 어리석고… 미친 짓이야…. 내가 그 어떤 짓이라도 할 수 있다는 걸 알잖아…. 그렇지 않아…? 십자가, 엄청나게 끔찍하다고…. 네 눈앞에서 아들이 죽는 거… 그래, 그걸 원하는 거야…? 피하지 못할 일은 받아들여…. 그럼 보르스키가 널 구해줄게…. 보르스키가 널 행복하게 해줄게…. 아!

날 그렇게 증오하다니! 하지만 좋아. 네 증오를 받아들이지…. 맘에 들어, 네 증오가…. 그 경멸하는 입을 사랑한다…. 알아서 바치는 입보다 그 입을 더 사랑한다고…."

보르스키가 입을 다물었다. 두 사람 사이에 처절한 승강이가 벌어졌다. 베로니크는 점점 조여오는 손길에서 빠져나오려 안간힘을 썼으나 소용없었다. 힘이 점점 빠져가고 이제 그 앞에 무릎을 꿇을 수밖에 없을 만큼 기운이 없었다. 무릎이 후들거렸다. 여자의 눈앞, 바로 가까이에 보르스키의 벌건 눈이 다가왔고 여자는 괴물의 입김을 느꼈다.

이때 공포에 사로잡힌 베로니크가 보르스키를 있는 힘껏 물었다. 그리고 남자가 당황한 틈을 타 간신히 그 손길을 빠져나와 뒤로 성큼 물러서더니 권총을 꺼내 연이어 발사했다.

두 발이 보르스키의 귀를 스쳐 뒤쪽 벽을 산산조각 냈다. 너무 빨리 다짜고짜 쐈던 것이다.

"아! 이 몹쓸!" 보르스키가 괴성을 질렀다. "하마터면 맞을 뻔했잖아."

남자는 이미 여자의 허리를 붙들고 무지막지하게 밀어 소파 위로 넘어뜨렸다. 그리고 주머니에서 노끈을 꺼내 사정없이 꽁꽁 묶었다. 상황이 진정되고 잠시 고요해졌다. 보르스키는 땀투성이가 된 이마를 훔치더니 포도주가 가득 담긴 잔을 단숨에 비웠다.

"좀 낫군." 포로의 몸 위에 발을 하나 얹으며 말했다. "이제 좀 상황이 정상적으로 돌아가는군. 너도 그렇게 생각하지? 각자 자기 위치에 있는 거야. 아름다운 너는 꽁꽁 묶여 있고 나는 이렇게 마음대로 짓밟으며 서 있고. 어! 이젠 안 웃네. 일이 심각하다는 걸 이제야 인식했나 보군. 오! 두려워할 건 없어, 이년아. 보르스키는 여자를 겁탈하는 사람이 아니거든. 아니, 아니지. 불장난을 하다 욕망에 사로잡혀 되레 당하는 꼴일 테니. 내가 그렇게 멍청한 놈은 아니야! 그다음에 널 어떻게 잊으라고? 널 잊고 평화를 되찾는 길은 딱 하나, 네가 죽는 거야. 우리가 그 점만 합의하면 끝나는 거야. 우리가 어떻게 하기로 했더라, 네가 죽고 싶다고 했던가?"

"그래." 아까와 마찬가지로 단호한 대답이었다.

"그리고 네 아들이 죽는 것도 바란다고?"

"그래." 여자가 대답했다.

보르스키가 두 손을 마주 비볐다.

"좋았어. 합의했으니 이제 쓸데없는 말은 그만 지껄이자고. 진정한 이야기를 할 시간이 왔군. 진짜 중요한 이야기 말이야. 지금까지 내가 떠벌인 건 다 군소리에 불과했어, 안 그래? 그리고 네가 사레크에 와서 본 모든 사건의 서막도 애들 장난에 불과하지. 네 심신이 모두 연루됐으니 이제 진짜 비극이 시작되는 거야. 그것도 가장 끔찍한 비극 말이야, 우리 예쁜이. 그 예쁜 눈으로 눈물을 꽤 쏟았겠지만 이제 피눈물을 쏟게 될 거야, 불쌍한 여자야. 하지만 어쩌겠어? 다시 말하지만 보르스키가 잔인한 게 아니야. 보르스키는 순종할 뿐이고, 네게 가혹하게 구는 건 운명이라고. 네 눈물? 까짓것! 다른 사람보다 수천 번은 더 울어도 싸지. 네 죽음? 쳇! 콱 죽어버리기 전에 수천 번은 더 죽어 마땅해. 세상에서 제일 가련한 여자, 어느 어미보다도 네 가슴은 더욱 갈가리 찢어질 거야. 사람의 말이 얼마나 잔혹해질 수 있는지 극한을 느낄 테지. 아! 정말 운명이 네 사정을 봐주지 않는구나, 우리 예쁜이…."

포도주를 두 잔째, 첫 잔과 마찬가지로 게걸스럽게 들이키더니 보르스키는 베로니크 곁에 바짝 다가앉아 몸을 숙여 거의 귓속말로 속삭였다.

"잘 들어, 고백할 게 하나 있거든. 널 만나기 전에 나는 결혼한 몸이었어…. 오! 화내지 말라고! 결혼한 여자에겐 더한 일도 많고 남자 역시 중혼보다 더 큰 죄가 많거든. 그런데 그 첫 번째 결혼에서 아들을 하나 두었어…. 너도 지하 감방에서 정겨운 대화를 나누면서 그 애를 봤을 거야…. 우리끼리 말이지만 레이놀드 그 자식이 아주 몹쓸 놈이란 말이지. 최악질 깡패 녀석인데, 내게서 가장 훌륭한 직관이며 자질 몇 가지를 제대로 물려받아 그놈에게서 극도로 발달했으니 가슴이 뿌듯해지기도 한다니까. 제2의 나라고 해야 할 텐데, 벌써 내 수준을 넘어서서 가끔은 나까지도 그놈한테 겁을 먹는다고. 빌어먹을, 그런 악마도 따로 없지! 그 애에 비하면 그 나이의(그러니까 열다섯 살이 좀 넘었을 거야) 나는 천사였다고. 그런데 그 애가 내 다른 아들놈, 우리 귀하신 프랑수아하고 결투를 벌여야 한단 말이지. 그래, 운명이 그렇게 얄궂은 거야. 다시 한 번 말하지만 이 일도 모두 운명에 따른 것이고 나는 여기서 선견지명이 있는 예민한 대변인에 불과해. 물론 이 결투는 질질 끌며 매일 벌어지는 그런 싸움이 아니야. 반대로… 짧고 격렬한 최후의 싸움, 가령 일대일 결투 같은 걸 말하는 거라고. 그래, 결투야. 이제 이해하는군. 진정한 결투라고…. 치고받고 하다가 살짝 긁히고 끝나는 그런 게 아니라…. 아무렴 그럴 순 없지, 소위 한쪽이 죽을 때까지 싸우는 결투가 벌어질 거야. 승자와 패자, 산 자와 죽은 자가 나올 것이고 둘 중 하나만 결투장에 남아 있겠지."

베로니크가 살짝 고개를 돌려 바라보니 보르스키 얼굴에 미소가 떠올라 있었다. 다른 사람도 아니고 자기 아들 둘이 서로 죽을 때까지 결투를 벌인다는 생각을 하며 웃는 저 남자가 미쳐도 단단히 미쳤다는 생각이 들었다. 이 모든 일이 너무도 엄청난 나머지 베로니크는 고통도 느끼지 못했다. 고통의 한계를 넘어서는 일이었던 것이다.

"더 좋은 게 있어, 베로니크." 남자는 한 음절 한 음절 경쾌히 끊으며 말했다…. "더 좋은 게 있다고…. 그래, 운명이란 놈이 얼마나 교묘하게 일을 꾸며대는지 혐오스러울 정도지만, 그래도 운명의 충실한 시종인 이 몸이 그대로 실행해야지 어쩌겠어. 운명은 네가 그 결투를 참관하길 원해…. 그래, 프랑수아의 어미인 네가 아들이 싸우는 걸 봐야지. 그리고 정말이지, 겉으로는 악랄해 보여도 그게 네게 베푸는 자비일지도 몰라…. 내가 중간에 나서서 얻어낸 자비라 할 수 있는데, 당연히 너도 그걸 원하지? 그렇다면 네게 이 예기치 못한 호의를 허락하노라. 사실 부당한 호의라고 생각되긴 해. 레이놀드는 프랑수아보다 더 건장하고 싸움에 능숙하니 결국 프랑수아가 밀릴 텐데, 자기 엄마가 보는 앞에서 싸운다는 걸 알면 얼마나 더 용맹해지고 기운이 솟겠어! 이기기 위해 온 자존심을 거는 기사 꼴이지. 승리함으로써 어머니의 목숨을 구해낼 아들이란 말이야…. 적어도 저 애는 그렇게 믿고 있어! 그러니 사실 프랑수아한테 꽤 유리한 싸움이지. 내게 고마워해도 좋아, 베로니크. 이 결투 때문에 가슴이 조마조마할 일은 없을 테니까…. 하지만… 하지만 그건 내가 이 악랄한 계획을 끝까지 밀고 나가지 않을 때 이야기인데…. 아! 그러니, 우리 불쌍한 예쁜이….”

보르스키는 베로니크를 다시 붙들어 자기 앞에 일으켜 세웠다. 그러고는 얼굴을 들이대고 벌컥 화를 내며 물었다.

“그래도 양보하지 않을 건가?”

“그래, 안 해.” 베로니크가 소리를 질렀다.

“절대로 양보하지 않겠다는 말이야?”

“절대! 절대! 절대로 안 해!” 여자는 점점 목소리를 높였다.

“그 무엇보다 날 증오하나?”

“내 아들을 사랑하는 것보다 널 더 증오해.”

“거짓말! 거짓말이야!” 보르스키가 으르렁거렸다…. “넌 거짓말하고 있어! 네 아들보다 더 우선하는 건 없잖아….”

“있지, 당신에 대한 증오!”

이제껏 참아오던 여자의 반감과 분노가 한꺼번에 터져 나왔다. 뒷일 따위는 생각도 하지 않고 보르스키의 얼굴에 대고 쏟아부었다.

“당신을 증오해! 증오한다고! 당신을 보며 매일 함께 있느니 차라리 내 아들이 눈앞에서 죽어가는 게 나아. 그 애가 고통받는 걸 보는 게 낫다고. 그만큼 당신을 증오해! 당신이 내 아버지를 죽였어! 천박한 살인자이자… 어리석고 야만스러운 미치광이에 정신병자 같은 범죄자…. 그런 당신을 증오해….”

보르스키는 베로니크를 번쩍 들어 창가 바닥에 팽개치고는 더듬거리며 말했다.

"무, 무릎 꿇어! 꿇으라고! 이제 벌을 받을 시간이다. 날 우습게 봤겠다, 이년? 좋아, 한번 두고 봐!"

그리고 베로니크를 억지로 무릎 꿇린 다음 벽 아래쪽 창문으로 밀어 베로니크의 머리를 발코니 창살에 갖다 대고 목과 팔 아래쪽을 끈으로 묶어 고정했다. 입에는 재갈을 물렸다.

"자, 이제 보라고!" 보르스키가 소리쳤다… "커튼이 열릴 거야! 꼬마 프랑수아가 연습 중이지! 아! 나를 증오하는군…! 보르스키의 입맞춤을 받느니 차라리 지옥을 택하신다고! 좋아, 부인. 그렇다면 지옥 맛을 보게 될 거야. 이제 곧 작은 여흥이 시작되는데 전부 내가 꾸며놓았으니 아주 독특할 거야. 게다가 이젠 어쩔 수 없어. 돌이킬 수 없다고. 내게 애원하고 큰 소리로 용서를 빌어도 소용없어…. 너무 늦었거든! 결투와 십자가형이 우리의 계획이야. 기도나 해, 베로니크. 하늘에 간청해보라고. 뭐, 그러고 싶으면 도움이라도 요청해보던가. 그래, 네 아들이 구원자랍시고 사건 뒤집기의 대가라는 돈키호테 모험가 놈을 기다린다고 하더군. 한번 와보라고 해! 보르스키가 응당 걸맞은 환영 인사를 해주지. 오기만 해보라고! 잘됐지! 한번 신나게 놀아보겠군. 심지어 신들이 직접 와서 네 편을 들어준다 해도 무서울 게 없어! 가소로울 뿐이지. 신들과 상관없는 내 일이 되어버렸거든. 사레크나 보물, 대단한 비밀, '신의 돌'인가 뭔가 하는 그 일과는 아무런 상관도 없어! 이건 내 일이야! 네가 보르스키 얼굴에 침을 뱉었으니 보르스키는 복수할 뿐이야.

복수한단 말이야! 멋진 순간이 왔어. 이 얼마나 감미로운 순간이야! 남들이 착한 일을 할 때 악한 일을 하는 것, 그것도 마음껏 말이지! 악을 행한다! 죽이고 고문하고 부수고 없애고 파괴한다고…! 아! 보르스키라는 인간으로 살아가는 이 잔인한 기쁨…!"

보르스키는 온 방을 돌아다니며 발을 구르고 가구를 뒤흔들었다. 흐리멍덩한 눈길은 주변을 두리번거렸다. 지금 당장 파괴적으로 누군가의 목을 졸라 피에 주린 손가락을 놀림으로써 광기 어린 상상력에서 마구잡이로 떠오른 일을 실행에 옮기고 싶은 모양이었다.

별안간 보르스키는 권총을 꺼내 들고 무턱대고 쏘아대 거울이며 그림을 작살내고 유리창을 산산조각 냈다.

그러더니 불길하고 을씨년스럽게 온 몸짓을 해대며 경중경중 뛰어다닌 후 문을 열고 나가 멀어져가며 고함쳤다.

"보르스키는 복수한다! 보르스키는 복수할 거라고!"

2
골고다 언덕길

20~30분쯤 흘렀을까. 베로니크는 홀로 남겨져 있었다. 노끈이 살로 파고들고 발코니 창살 때문에 이마가 얼얼했다. 재갈로 숨통이 막히기도 했다. 꿇린 무릎이 온 체중을 떠받치고 있었다. 견디기 어려운 자세와 끊임없는 고통…. 하지만 고통을 겪으면서도 그다지 선명하게 느끼지 못했다. 정신적 고통이 극에 달한 나머지 육체적 고통은 의식을 넘어섰기에 이러한 시련에도 좀처럼 감각이 깨어나지 않았다.

머릿속엔 아무런 생각도 없었다. 그저 가끔 '난 곧 죽겠지'라고 되뇌면서, 광풍이 몰아치는 배 안에서 잠잠한 항구를 미리 떠올려보듯 그렇게 죽음으로 맛볼 휴식을 미리 느끼고 있었다. 지금 이 순간부터 해방되는 마지막 순간까지 끔찍한 일들이 연이어 벌어질 게 분명했으나 베로니크는 일부러 그런 생각을 피했다. 특히 아들의 운명에 대해서는 단편적인 생각만 떠올랐다가 금세 사라지곤 했다.

몽롱한 정신 상태라 명확히 의식하지 못했으나 베로니크는 마음속 깊이 기적을 기대하고 있었다. 보르스키의 마음속에서 이 기적이 일어날까? 관대함이라고는 베풀 줄 모르는 괴물이긴 하지만 그래도 아무런 득도 없는 이런 중죄를 저지를까? 아버지가 자기 아들을 죽일 수는 없다. 아니, 적어도 그런 일을 저지르려면 중대한 이유가 있어야 한다. 그런데 자기가 제대로 알지도 못하는 아들에 대해 그런 이유가 있을 턱이 없으니 결국 자신이 꾸며낸 거짓 증오밖에 없지 않은가.

베로니크는 기적을 기대하며 몽롱한 상태에 빠져 있었다. 집에서 들려오는 온갖 소리, 두런두런 나누는 이야기 소리, 바쁘게 걸어 다니는 발소리 등 이 모든 것이 예고된 행사 준비가 아니라 보르스키의 계획을 무산시킬 움직임이라는 생각이 들었다. 사랑하는 프랑수아가 그 무엇도 이들을 갈라놓을 수 없다고 말하지 않았던가, 모든 게 실패한 것처럼 보이는 순간에도 믿음을 가져야 한다고 말하지 않았던가?

"나의 프랑수아." 베로니크가 되뇌었다. "나의 프랑수아, 너는 죽지 않을 거야… 우리는 다시 만날 거야… 네가 나한테 약속했잖아."

바깥에는 높이 솟은 참나무 위로 두툼한 구름 몇 자락이 불길하게 떠돌았다. 베로니크 앞쪽, 아버지가 자기 앞에 나타났던 바로 그 창문 너머로 처음 도착한 날 오노린과 함께 가로질러 왔던 잔디밭이 보였다. 그 한가운데에 최근 풀을 깎고 모래를 덮어 경기장처럼 만들어놓은 곳이 있었다. 아들이 저곳에서 싸우는 건가? 문득 이런 생각이 들자 가슴이 죄어왔다.

"오! 미안하다, 프랑수아야." 여자가 중얼거렸다. "미안해…. 이 모든 게 벌이다. 내가… 옛날에 지었던 죄에 대한 벌. 속죄하는 거야⋯. 아들이 어미를 위해 속죄하는 거야⋯. 미안하다⋯. 미안해⋯."

그 순간 1층에서 문이 하나 열리더니 현관 층계에서 목소리가 들려왔다. 보르스키 목소리였다.

"알겠지? 우린 각자 맡은 쪽으로 가는 거야. 너희 둘은 왼쪽, 나는 오른쪽. 자네들이 이 애를 데리고 가고 나는 다른 애를 데리고 가서 경기장에서 만난다. 그러니까 자네들이 첫 번째 애의 증인이 되고 나는 두 번째 애의 증인이 되는 거지. 그러면 규정은 전부 지킨 셈이지."

베로니크는 눈을 감았다. 가혹하게 다뤄질 게 분명해서 노예처럼 싸움터로 끌려 나올 아들을 보고 싶지 않았기 때문이다. 원형으로 잔디밭을 에둘러 난 두 갈래 길을 따라 저벅거리며 걸어가는 발걸음 소리가 들려왔다. 보르스키는 천박하게 지껄이며 웃고 있었다.

방향을 튼 두 일행은 서로 반대 방향에서 마주 보고 다가서고 있었다.

"그만, 더 다가가지 마." 보르스키가 명령했다. "두 선수는 자리를 잡도록. 두 사람 모두 거기에 서. 좋아. 한마디도 하지 않는다, 알겠나? 말하는 사람은 내가 직접 가차 없이 죽이겠어. 준비됐나? 자, 앞으로!"

이리하여 끔찍한 일이 시작되고야 말았다. 보르스키의 의지에 따라 어머니의 눈앞에서 결투가 벌어질 판이었다. 아들이 자기 눈앞에서 싸우게 될 것이다. 어떻게 보지 않을 수 있겠는가? 베로니크는 눈을 떴다.

두 아이가 뒤엉켜 서로를 밀어내고 있었다. 그런데 눈에 들어오는 광경이 선뜻 이해되지 않았다. 아니, 첫눈에 그 정확한 의미가 와 닿지 않았다. 두 아이가 보이는데 어느 아이가 프랑수아고 어느 아이가 레이놀드란 말인가?

"아!" 베로니크가 더듬거렸다. "너, 너무 잔인해…. 아니, 내가 잘못 봤나…. 말도 안 돼…."

하지만 베로니크는 잘못 본 게 아니었다. 두 아이가 똑같은 벨벳 반바지에 똑같은 가죽벨트와 흰색 리넨 셔츠를 입고 있었다. 게다가 머리에는 복면처럼 눈구멍을 뚫은 붉은 실크 스카프가 씌워져 있었다.

누가 프랑수아란 말인가? 누가 레이놀드지?

그제야 베로니크는 보르스키의 수수께끼 같은 위협을 떠올렸다. 자신이 고안한 계획을 철저히 수행하겠다는 말이 이런 뜻이었다. 자신이 꾸민 여흥이 이걸 두고 한 말이었다. 아들이 어머니의 눈앞에서 싸울 뿐만 아니라 어머니는 누가 아들인지 모른다는 것이다.

악랄한 기교였다. 보르스키 자신도 그렇게 말하지 않았던가. 그 어떤 고통이 더해진다 해도 지금 베로니크가 겪는 고통보다 더 심할 수는 없을 것이다.

사실 베로니크가 기대하던 기적은 바로 자기 자신에게서 나오는 것, 아들에 대한 사랑으로 이룰 기적이었다. 자기 앞에서 아들이 싸운다. 그러니 아들은 절대로 죽을 수 없을 것이다. 이 어미가 적의 공격과 교활함으로부터 아이를 보호해줄 테니까. 칼을 비껴가게 하고 사랑하는 아들한테서 죽음을 밀쳐내리라.

베로니크를 보면 아이는 불굴의 기력과 공격할 용기, 지치지 않는 힘을 얻어 빼어난 지혜로 좋은 기회를 잡아내리라. 그런데 두 아이가 똑같이 복면을 쓰고 있으니 어떤 아이에게 좋은 기운을 보낸단 말인가? 누구를 위해 기도한단 말인가? 누구에게 맞선단 말인가?

베로니크로서는 도무지 알 수 없었다. 아무런 단서도 잡아낼 수 없었다. 한 아이가 조금 더 크고 날씬했으며 유연해 보였다. 저 애가 프랑수아인가? 다른 아이는 좀 더 작달막하고 다부지고 묵직해 보였다. 저 애가 레이놀드? 하지만 확신할 수 없었다. 얼굴이 조금만 보였더라도, 표정만 살짝 관찰할 수 있더라도 알아낼 수 있었을 것이다. 어떻게 복면으로 가린 얼굴을 꿰뚫어볼까?

결투가 계속되었다. 아들의 얼굴만 드러났어도 베로니크에게 이토록 끔찍하게 느껴지진 않았을 것이다.

"잘한다!" 한 아이의 공격을 보고 보르스키가 환호를 보냈다.

보르스키는 짐짓 공평한 태도로 공격 기술을 평하며 마치 결투를 관람하는 애호가의 태도를 보였다. 하지만 자신의 두 아들 중 하나가 죽도록 꾸며놓지 않았는가.

맞은편에는 보르스키의 두 공범이 서 있었다. 야수 같은 얼굴에 둘 다 머리통이 뾰족이 솟았고 커다란 코에 안경을 걸치고 있었다. 한 명은 뼈가 앙상했고 다른 한 명도 말랐으나 이상하리만치 둥글게 배가 부풀어 있었다. 이들은 환호하기는커녕 오히려 무관심해 보였으며 지금 이 광경을 보고 있는 걸 못마땅하게 여기는 것 같기도 했다.

"완벽해!" 보르스키가 외쳤다. "반격이 좋아! 아! 정말이지 만만치 않은 녀석들인걸. 누가 이길지 가늠을 못 하겠어."

결투장 주변을 맴돌며 쉰 목소리로 두 맞수를 응원한답시고 날뛰는 보르스키의 모습은 술을 마시고 날뛰던 옛 기억을 떠올리게 했다. 여자는 불쌍하게도 그런 보르스키에게 묶인 손을 뻗으며 재갈 물린 입으로 신음했다.

"자비를! 제발 자비를 베풀어요! 더 이상 못 견뎌…. 나를 불쌍히 여긴다면 제발!"

더 이상 이 형벌을 견딜 수 없었다. 심장이 너무도 격렬히 뛰어서 정신을 잃고 막 기절하려는 찰나, 베로니크는 정신이 번쩍 들었다. 두 아이 중 하나가 힘겨운 몸싸움을 한 차례 벌인 후 뒤로 풀쩍 뛰어 피가 몇 방울 흘러내리는 손목을 천으로 감싸쥐었는데, 베로니크가 보기에 얼핏 자기 아들이 쓰는 푸른 줄무늬 손수건 같았다.

베로니크는 곧바로 확신하지 않을 수 없었다. 그 아이(좀 더 날씬하고 날렵한)가 다른 아이보다 더 우아했으며 품위 있고 균형 잡힌 몸가짐을 보여준 것이다.

"프랑수아다…." 베로니크가 중얼거렸다…. "그래, 맞아. 저 애야…. 너로구나. 맞지, 우리 아가…? 널 알아보겠다…. 다른 녀석은 천박하고 무거워…. 너로구나, 우리 아가…. 아! 나의 프랑수아… 사랑하는 프랑수아…!"

두 아이가 똑같이 집요하게 싸웠지만 이 아이는 이기겠다고 무지막지하게 덤벼들지 않았다. 상대를 죽이려는 게 아니라 상처만 입히려는 듯 보였고 공격을 받을 때도 그저 죽지 않고 살아남기 위해 안간힘을 쓰는 듯했다. 베로니크는 정신이 번쩍 들어서 아이가 자기 말을 들을 수 있기라도 하듯 외쳤다.

"그 애를 봐주지 마, 아가! 그 아이는 괴물이야, 그 애도…. 아! 세상에, 네가 봐주면 지고 말 거야. 프랑수아, 프랑수아, 조심해!"

베로니크가 아들이라 여긴 아이의 머리 위로 단검이 번뜩였고, 베로니크는 경고하려고 재갈 물린 입으로 소릴 질렀다. 프랑수아가 칼날을 피했다. 베로니크는 아들이 자신의 외침을 들었다고 확신하고는 직관에 따라 계속해서 경고와 충고의 말을 내뱉었다.

"잠깐 쉬어…. 한숨 돌리고…. 특히 시선을 떼지 마라…. 저 놈이 무언가 꾸미고 있어…. 그 애가 달려들 거다…. 달려든다! 아! 얘야, 조금만 더 왔다간 놈이 네 목에 상처를 냈을 거야. 조심해, 아가야. 그 아이는 야비해…. 무슨 수를 쓸지 모른다고…."

하지만 불쌍하게도, 베로니크는 인정할 수 없었으나, 아들이라 생각한 아이가 지치기 시작했다. 이 아이는 제대로 저항하지 못했으나 다른 아이는 반대로 더 집요하고 기운차게 덤볐다. 프랑수아가 밀리고 있었다. 급기야 싸움장 경계선까지 다가섰다.

"아! 거기, 너." 보르스키가 외쳤다. "혹시 내빼려는 건 아니겠지? 힘내라고! 기운 차려…. 정해놓은 규칙을 잊지 마."

아이는 다시 기운을 차리고 덤벼들어 이제는 상대방이 밀리기 시작했다. 보르스키는 손뼉을 치며 흥에 겨워했고 베로니크는 그저 중얼거릴 뿐이었다.

"저 애가 나 때문에 목숨을 거는구나. 저 괴물이 이렇게 말했겠지. '네 어머니의 운명은 네게 달렸다. 만약 네가 이기면 어머니를 살려주마.' 그 애는 이기겠다고 다짐했겠지. 내가 보고 있는 것도 알고 있는 거야. 내가 있는 걸 느끼고 있어. 내 소리를 듣고 있는 거야. 사랑하는 아가야, 축복이 있기를."

이제 결투는 막바지에 접어들었다. 격한 감정, 희망과 불안이 교차하는 가운데 베로니크는 기진맥진하여 온몸을 떨었다. 기세가 밀리던 아들이 다시 기운을 내어 반격을 시작했다. 하지만 이내 상대방이 온 힘을 다해 공격해오는 바람에 균형을 잃고 뒤로 넘어져서 오른팔이 몸 아래에 깔렸다.

상대방은 이 기회를 놓칠세라 달려들더니 무릎으로 가슴을 깔아뭉개며 팔을 들어 올렸다. 단검이 번뜩였다.

"안 돼! 안 돼!" 베로니크는 재갈 때문에 숨이 막혔음에도 소리쳤다.

끈이 죄어들어 아픈 것도 아랑곳없이 벽에 대고 온몸에 힘을 줬다. 창살 모서리에 베여 이마에서 흐르는 피를 느끼며 아들이 죽으면 자신도 죽겠다고 생각했다! 보르스키는 아이들 곁으로 다가가서 냉혹한 표정으로 꼼짝도 않고 서 있었다.

20초가 흐르고 30초가 흘렀다. 프랑수아는 왼손으로 적의 팔을 막았다. 하지만 적의 팔은 점점 묵직하게 힘을 가해왔고 칼날은 서서히 내려왔다. 칼끝은 프랑수아의 목과 불과 몇 센티미터만 떨어져 있었다.

보르스키가 몸을 수그렸다. 레이놀드 뒤에 있었기 때문에 레이놀드와 프랑수아가 보르스키의 모습은 볼 수 없었다. 보르스키는 마치 어느 순간이 오면 자기가 끼어들겠다는 듯 극도로 집중해서 싸우는 모습을 바라보고 있었다. 하지만 누구의 편을 들겠다는 걸까? 프랑수아를 구해주겠다는 걸까?

베로니크는 생사의 갈림길에 선 아들을 휘둥그런 눈으로 숨이 넘어갈 듯 바라보았다.

칼끝이 아이의 목에 닿았으나 프랑수아가 막고 있어서 아직 살을 파고들지는 않았다.

보르스키가 더욱 몸을 수그렸다. 싸우는 이들을 내려다보며 칼끝에서 눈을 떼지 않고 있었다. 그러더니 갑자기 자기 호주머니에서 주머니칼을 꺼내 펼치더니 기다리는 게 아닌가. 다시 몇 초가 흘렀다. 아이의 단검이 계속 내려갔다. 별안간 보르스키는 주머니칼을 휘둘러 레이놀드의 어깨에 생채기를 냈다.

아이가 고통에 찬 비명을 질렀다. 그러느라 힘을 늦춘 사이 프랑수아는 오른손을 빼내어 몸을 반쯤 일으켜 죽음에서 벗어나 다시 공격 태세에 들어갔는데, 프랑수아는 보르스키의 모습을 보지 못해서 무슨 일이 일어났는지도 모른 채 본능에 따라 상대방에게 반격을 가했고 그 얼굴에 정통으로 한 방 먹였다. 이번에는 레이놀드의 육중한 몸이 쓰러졌다.

이 일이 일어나는 데는 10초도 걸리지 않았다. 예상치 못한 반전에 베로니크는 너무도 놀라서 좋아해야 할지 어찌해야 할지 몰라 어리둥절했다. 하지만 가련하게도 여자는 자기가 착각했던 것이고 실은 진짜 프랑수아가 보르스키 때문에 죽어버렸다고 믿고는 그만 그 자리에서 쓰러져 의식을 잃었다.

시간이 흐르고 흘렀다. 베로니크에게 서서히 감각이 돌아왔다. 괘종시계가 4시를 알리는 종소리를 들으며 베로니크가 중얼거렸다.

"프랑수아가 죽은 지 두 시간이 지났구나. 그래, 죽은 게 그 애가 맞으니까….."

베로니크는 결투가 그렇게 결판이 났다고 철석같이 믿었다. 프랑수아가 이기고 자기 아들이 지도록 보르스키가 놔뒀을 리 없으니까. 자신은 그 불쌍한 아들에게 저주를 퍼붓고 오히려 괴물을 위해 기도했던 것이다!

"프랑수아가 죽었어." 베로니크가 다시 말했다. "보르스키가 그 아이를 죽였다고….."

이때 문이 열리더니 보르스키의 목소리가 울려 퍼졌다.

보르스키가 비틀거리며 들어왔다.

"죄송합니다, 친애하는 부인. 보르스키가 깜빡 잠이 들고 말았군. 그게 당신 아버지 탓이라고, 베로니크! 지하 창고에 끝내주는 소뮈르산 포도주를 숨겨두었더군. 콘라트와 오토가 그걸 발견해서는, 내가 그만 완전히 취해버렸지 뭐야! 하지만 서운해하진 말라고, 허비한 시간은 금세 따라잡을 수 있을 테니….. 게다가 일이 마무리 되려면 자정까지 기다려야 하지. 그러니까….."

보르스키가 가까이 다가오더니 큰 소리로 말했다.

"뭐라고! 이 발칙한 보르스키가 당신을 계속 묶어놨어? 보르스키, 그놈 참 교양 없는 놈이군! 얼마나 불편하셨겠습니까! 빌어먹을, 창백하잖아! 어! 혹시 죽어버린 거야? 그런 농담을 하시면 안 되지!"

보르스키는 베로니크의 손을 붙들고 황급히 끈을 풀었다.

"다행이군! 아직도 망나니 보르스키를 미워하고 있어. 그렇다면 아직 힘이 있다는 뜻이니 다 잘되어 가는 거라고. 당신은 끝까지 견딜 거야, 베로니크."

보르스키는 귀를 기울였다.

"뭐야? 누가 날 부르나? 너냐, 오토? 올라와. 그래, 오토, 무슨일이야? 보다시피 내가 잠이 좀 들었어. 그 소뮈르산 포도주 때문에…."

두 공범 중 한 사람인 오토가 뛰어 올라왔다. 이상할 만큼 배가 불룩 튀어나온 남자였다.

"무슨 일이냐고요?" 남자가 외쳤다. "섬에서 누군가를 봤습니다."

보르스키가 웃음을 터뜨렸다.

"자네가 취한 모양이군, 오토…. 소뮈르산 포도주가 대단하긴 하지…."

"취한 게 아니고… 똑똑히 봤으며… 콘라트도 봤답니다."

"오호!" 이제야 좀 더 심각한 표정으로 보르스키가 말했다. "콘라트도 함께 봤다면! 무얼 봤나?"

"허연 사람 형체였는데 우리가 다가가니 사라지더군요."

"어디였는데?"

"마을과 황무지 사이에 있는 밤나무 숲에서요."

"즉 섬의 다른 쪽에서?"

"예."

"좋아. 신중을 기해야겠군."

"뭐라고요? 여러 명일지도 몰라요⋯."

"열 놈이래도 바뀌는 건 없어. 콘라트는 어딨어?"

"불탄 다리 대신 세워놓은 가교 근처에 있어요. 그쪽에서 지키고 있습니다."

"콘라트는 똘똘한 놈이야. 다리가 불타는 바람에 우리가 다른 쪽에 묶여 있었지. 가교를 태우면 마찬가지 효과를 보는 거라고. 베로니크, 누군가 널 구하러 오나 보군⋯. 그토록 기다리던 기적⋯ 바라던 도움이란 말이야⋯. 하지만 너무 늦어버렸군, 우리 예쁜이."

보르스키는 베로니크를 발코니에 묶어놓았던 끈을 푼 뒤 소파로 옮겨놓고 약간 느슨하게 재갈을 풀어주었다.

"한숨 자라고, 예쁜이. 될 수 있으면 푹 쉬어. 골고다 언덕을 아직 절반밖에 오르지 못했으니 앞으로는 더욱 힘들어질 거야."

그러더니 농담을 지껄이며 멀어져갔다. 베로니크는 두 남자가 주고받는 말을 들으며 오토와 콘라트가 이 사건의 전모를 모르는 하수인일 뿐이라는 사실을 알 수 있었다.

"이토록 괴롭히는 저 불쌍한 여자가 누구입니까?" 오토가 물었다.

"네가 상관할 일이 아니야."

"하지만 콘라트와 저도 좀 더 알았으면 해요."

"대체 왜?"

"그냥 궁금해요."

"콘라트와 너는 둘 다 멍청해." 보르스키가 응수했다. "내가 너희를 내 계획에 끌어들여 나와 같이 탈출시킬 때 너희가 알 만한 건 모두 이야기해줬어. 내 조건을 받아들였잖아. 이젠 나와 끝까지 함께 가야 해…."

"만약 그러지 않는다면?"

"결과를 두고 보라고! 포기하는 놈들은 질색이니까…."

그리고 또 몇 시간이 흘렀다. 이제 베로니크가 그토록 바라마지않는 최후의 순간에서 벗어날 길은 없어 보였다. 오토가 말했던 누군가의 개입도 생기지 않기를 원했다. 사실 그런 일은 꿈에도 생각하지 않았다. 아들이 죽은 마당에, 당해야 할 형벌이 아무리 가혹하다 하더라도 더 이상 질질 끌지 않고 아들의 뒤를 따르겠다는 마음뿐이었다. 더구나 형벌이 무슨 문제란 말인가? 고문을 당하는 사람이 견디는 데도 한계가 있는 법, 이제 자신은 거의 최고 한계에 도달한 것이나 마찬가지니 고통은 그리 길게 이어지지 않을 것이다.

베로니크는 기도하기 시작했다. 다시 한 번 과거를 떠올리자 연달아 몰아친 불행도 결국 자신의 죄에서 비롯한 거라는 생각이 들었다.

이렇게 기도하느라 녹초가 된 베로니크는 그 어떤 것에도 무감각한 신경쇠약 상태에 빠져 잠이 들었다.

보르스키가 돌아오는데도 베로니크는 잠에서 깨지 않았다. 남자는 베로니크를 흔들어 깨웠다.

"시간이 다 됐어, 예쁜이. 기도나 하라고."

보르스키는 자기 수하들이 듣지 못하게 낮은 목소리로 베로니크 귀에다 옛날 일이며 시답잖은 소리를 끈적하게 쏟아냈다. 그러더니 큰 소리로 말했다.

"아직 날이 너무 밝다. 오토, 찬장에 가서 먹을 것 좀 찾아봐. 배가 고프군."

그리고 남자들은 자리에 앉아 식사를 시작했는데, 보르스키는 금세 일어나서 말했다.

"그렇게 쳐다보지 마, 예쁜이. 신경 쓰이잖아. 무얼 바라는 거야? 혼자 있을 땐 양심이 까딱없지만, 그렇게 예쁜 눈이 쳐다보면 심장 속 양심이란 놈이 근질근질해진다고. 눈 감아, 내 사랑."

그러더니 베로니크의 눈에 손수건을 대고 머리 뒤로 매듭을 지어 묶었다. 하지만 그것만으로는 부족했는지 창문에 쳐져 있던 망사 커튼을 떼어 베로니크의 머리를 모조리 감싸 그 끝을 목 주변에 둘둘 말아놓았다. 그래놓고 다시 자리로 돌아가 먹고 마셨다.

세 남자는 거의 말이 없었다. 섬에서 있었던 일이나 그날 오후에 벌어진 결투에 대해서도 아무 말이 없었다. 더구나 베로니크한테는 이제 그런 세세한 일들이 아무 의미 없이 느껴졌고 만에 하나 관심을 둔다 해도 분명 아무런 감정도 느끼지 못했을 것이다. 모든 게 낯설기만 했다. 단어가 귀에 들려왔으나 정확한 의미는 와 닿지 않았다. 그저 죽고 싶은 마음뿐이었다.

밤이 왔고 보르스키가 출발 신호를 보냈다.

"그럼 아직도 결심을 안 바꾸셨습니까?" 오토 목소리에는 적개심이 서려 있었다.

"물론이지. 왜 그런 질문을 하나?"

"그냥… 그래도…."

"그래도, 뭐?"

"이 일이 별로 우리 맘에 들지 않는단 말이에요."

"뭐라고! 이제 와 그걸 말이라고 하나, 이 친구야. 아르시냐 자매들은 낄낄대며 매달더니!"

"그날은 술에 취해 그런 거고요. 당신이 잔뜩 술을 먹이지 않았습니까."

"그러면 술이나 마시게, 자네. 자, 저기 코냑 병이 있잖아. 그걸로 물통이나 채우고 잠자코 있어… 콘라트, 들것은 준비됐나…?"

보르스키는 베로니크에게 돌아섰다.

"널 위해 특별히 준비한 거야, 예쁜이…. 네 아들 녀석이 쓰던 낡은 죽마 막대기 두 개를 천으로 이어 만든 건데… 실용적이고 편하군…."

8시 반쯤, 음산한 행렬이 시작됐다. 보르스키가 등불을 들고 앞장섰다. 부하들은 들것을 들고 뒤를 따랐다.

오후부터 불어나던 구름이 이제는 시커멓고 무겁게 섬 위로 내려앉았다. 빠른 속도로 어둠이 깔렸다. 등불이 강풍을 받아 펄럭였다.

"으으으…." 보르스키가 나직이 말했다. "음산하군…. 영락없는 골고다 언덕의 밤이야."

그런데 작고 시커먼 형체가 자기 옆으로 쪼르륵 다가오는 것을 보고 깜짝 놀라 한 걸음 물러섰다.

"이건 또 뭐야? 저걸 봐…. 개 같은데….""

"그 꼬마 녀석의 개인가 본데요." 오토가 말했다.

"아! 그래, 이름도 거창한 만사형통…? 정말 제때 나타나는군. 만사가 무지 형통하니 말이야, 안 그래…! 좀 기다려, 이놈의 개새끼."

보르스키가 발길질을 했으나 만사형통은 살짝 피해 약간 떨어져서 행렬을 계속 따라가며 나직이 몇 번 짖어댔다.

언덕길은 상당히 고됐다. 저택 앞 잔디밭을 에두른 오솔길을 지나 요정 고인돌 갈림길로 가는 길에서 세 남자는 걸핏하면 가시덤불이나 송악 가지에 걸려들었다.

"정지!" 보르스키가 명령했다. "숨 좀 돌리자고. 오토, 물통 좀 줘. 속이 뒤집힐 것 같군."

보르스키가 코냑을 벌컥벌컥 들이켰다.

"네 차례다, 오토…. 뭐, 안 마신다고? 왜 그러나?"

"섬에 사람들이 있는 것 같습니다. 분명 우릴 찾고 있어요."

"그렇다면 계속 찾으라고 해!"

"만약 그자들이 배로 와서 우리가 발견했던 절벽의 그 길, 그러니까 여자와 애가 오늘 아침에 도망치려던 길을 통해 올라오면 어떻게 합니까?"

"육지로 공격해오는 게 걱정이지 바다로 공격해오는 건 문제가 아니야. 그런데 가교를 불태웠으니 더 이상 넘어올 수 없지."

"하지만 검은 황무지에서 지하 통로로 통하는 입구를 발견한다면 이야기가 달라집니다. 그 터널로 여기까지 오면요?"

"입구를 그자들이 발견했나?"

"그거야 모르지요."

"놈들이 그걸 발견했다고 치지. 그런데 오늘 오후에 섬 이쪽으로 난 입구를 막아버렸잖아. 안을 발칵 뒤집고 계단도 부숴놓지 않았나? 그걸 뚫으려면 반나절은 족히 걸릴 거야. 그런데 자정이면 이 일이 모두 끝날 거란 말이지. 새벽이면 우린 이미 사레크를 멀리 떠나 있을 거고."

"끝날 거라…. 그 말은 범죄를 하나 더 저지를 거란 말이겠고요. 그런데…."

"그런데 또 뭐가 문제야?"

"보물은요?"

"아! 그 보물. 그래, 그러니까 그 이야기였군. 보물이 신경 쓰였던 거야. 안 그래, 이 도둑놈아? 그렇다면 안심하라고. 네 몫은 이미 네 호주머니에 든 거나 마찬가지니."

"확실합니까?"

"확실하냐고! 그러면 네놈은 내가 좋아서 여기 남아 이런 더러운 짓거리를 하는 줄 알았어?"

일행은 다시 걷기 시작했다. 15분쯤 지나 비가 한두 방울씩 떨어지기 시작했다. 천둥이 한 차례 울려 퍼졌다. 폭풍우는 아직 멀리 있는 것 같았다.

일행은 어렵사리 가파른 오르막길을 오르는 데 성공했다. 보르스키가 동료를 도와줘야만 했다.

보르스키가 말했다. "드디어 도착했군. 물통 좀 줘보게…. 좋아…. 고맙네…."

이들은 아랫부분 가지가 몽땅 잘려나간 참나무 밑동 옆에 희생자를 내려놓았다. 한 줄기 빛이 들어 V. d'H.라고 쓰인 푯말을 비추고 있었다. 보르스키는 미리 준비해온 노끈을 주워들고 사다리를 나무에 걸쳐 세웠다.

"아르시냐 자매들과 똑같이 한다." 보르스키가 말했다. "베지 않고 남겨둔 제일 큰 가지에 이 끈을 매어놓을 거야. 그게 도르래 역할을 하는 거지."

그 순간 보르스키는 말을 멈추고 옆으로 화들짝 발걸음을 뗐다. 무언가 이상한 일이 벌어진 것이다. 보르스키가 중얼거렸다.

"뭐야? 무슨 일이지? 자네들 지금 쉭 하는 소리 들었나?"

"예." 콘라트가 말했다. "무언가 내 귀를 스친 것 같은데, 총알 같았습니다."

"정신 나갔군."

"저도요." 오토가 말했다. "나도 들었는데 저 나무에 맞은 것 같은데요."

"무슨 나무?"

"참나무요. 우릴 향해 쏜 것 같아요."

"총성이 없었다고."

"그렇다면 돌멩이입니다. 돌이 참나무에 맞은 거예요."

"확인해보는 건 어렵지 않지." 보르스키가 말했다.

그리고 등불을 돌려 보더니 욕설을 내뱉었다.

"빌어먹을! 저길 봐…. 글자 아래…."

돌아보니 보르스키가 가리킨 곳에 화살이 꽂혀 아직도 깃털이 파르르 떨리고 있었다.

"화살!" 콘라트가 말했다. "이럴 수가 있습니까? 화살이라니요?"

오토가 더듬거렸다.

"우, 우린 끝났어. 우릴 겨눈 거라고."

"우릴 겨눈 놈이 멀리 있지 않아." 보르스키가 말했다. "눈 똑바로 뜨고… 찾아낸다…."

보르스키는 등불로 어두컴컴한 주변을 휘둘러 비추어보았다.

"멈춰요." 콘라트가 황급히 말했다…. "좀 더 오른쪽으로…. 보여요?"

"그래…. 그래, 보여…."

이들에게서 마흔 걸음쯤 떨어진 곳, 십자가상 꽃밭 방향에 벼락 맞은 참나무 너머로 무언가 하얀 형체가 보였는데 얼핏 보니 덤불숲 뒤로 숨으려 하는 것 같았다.

"쉿. 움직이지 마." 보르스키가 명령했다…. "우리가 발견했다는 티를 내면 안 돼. 콘라트, 넌 나를 따라와. 오토, 너는 여기 남아 있어. 권총을 들고 잘 지키고 있게. 누가 다가와서 여자를 풀어주려 하면 총을 두 발 쏴. 우리가 당장 달려오겠다. 알겠나?"

"예."

보르스키는 베로니크에게 몸을 수그려 머리를 감싼 베일을 살짝 느슨하게 해주었다. 하지만 눈과 입은 여전히 띠로 묶여 가려진 채로 두었다. 베로니크는 숨을 제대로 못 쉬었으며 맥박은 얕고 느리게 뛰고 있었다.

"아직 시간이 있군." 보르스키가 말했다. "하지만 이 여자를 우리 계획대로 죽이려면 서둘러야 해. 어쨌든 고통스러워 보이진 않는군…. 무슨 일이 벌어지는지 의식도 못 하고 있으니…."

보르스키는 등불을 내려놓고 콘라트와 함께 그늘이 가장 어둡게 깔린 부분을 골라 흰 형체 쪽으로 살그머니 발길을 옮겼다.

그러나 가만히 있는 것처럼 보였던 형체가 보르스키 일행과 동시에 움직이고 있어서 이들과의 간격은 항상 일정하기만 했다. 한편 그 흰 형체 옆에 작고 검은 무언가가 총총 뛰어가고 있었다.

"그 개새끼다!" 보르스키가 내뱉었다.

보르스키는 걸음을 서둘렀으나 거리는 줄어들지 않았다. 보르스키가 뛰면 형체도 함께 뛰었다. 더구나 가장 이상한 점은 저 기묘한 인물이 달려갈 때 잎사귀 소리 하나, 발소리 하나도 나지 않는 것이었다.

"제기랄!" 보르스키가 욕을 내뱉었다. "우릴 놀리고 있나. 총을 쏴볼까, 콘라트?"

"너무 멀어요. 총알이 안 닿을 거예요."

"제길! 그렇다고 계속 이렇게…."

미지의 인물을 쫓아 이들은 섬 끄트머리 쪽을 향해 가다가 터널 입구로 내려갔고 수도원 집 옆을 지나 서쪽 절벽을 따라 가교까지 도달했다. 아직도 나무판자 몇 개에서 연기가 피어오르고 있었다. 형체는 이제 방향을 틀어 아까 지나온 저택의 반대쪽 면을 따라 잔디밭을 타고 올라갔다.

이따금 흥에 겨운 듯 개가 짖어댔다.

보르스키는 화가 치밀었다. 아무리 기를 써도 간격은 한 치도 좁혀지지 않은 채 15분가량이나 뒤쫓은 것이다. 보르스키는 급기야 적에게 욕설을 퍼부어댔다.

"거기에 서, 겁쟁이가 아니라면…! 무얼 바라나? 우릴 함정에 빠뜨리려고? 무엇 때문에…? 저 여자를 구하려는 건가? 지금 그 상태로는 구해봐야 소용없어. 아! 빌어먹을 놈, 널 잡기만 하면!"

갑자기 콘라트가 보르스키의 옷자락을 붙들었다.

"무슨 일이야, 콘라트?"

"보세요. 더 이상 안 움직이나 봅니다."

정말로 뒤쫓기 시작한 후 처음으로 하얀 형체가 똑똑히 보였고 어둠 속에서 점점 더 분명히 드러났다. 잡목림 잎사귀 사이로, 팔을 약간 벌리고 둥글게 등을 구부렸으며 두 다리를 교차한 채 바닥에 엎어져 있었다.

"넘어진 게 틀림없어요." 콘라트가 말했다.

보르스키는 앞으로 나가며 외쳤다.

"너절한 놈, 총을 쏴줄까? 내 총이 네놈을 겨누고 있어. 손들어, 안 그러면 쏜다."

하지만 상대는 움직이지 않았다.

"안 됐군. 반항하면 죽는다. 셋을 세고 쏜다."

보르스키는 형체로부터 20미터쯤 떨어진 곳까지 다가가 상대를 조준하고 숫자를 세기 시작했다.

"하나… 둘…. 준비됐나, 콘라트? 자, 쏜다."

총 두 발이 동시에 발사됐다.

저쪽에서 고통에 찬 신음이 들렸다.

흰 형체가 쓰러진 것 같았다. 두 남자는 앞으로 뛰어나갔다.

"아! 잡혔군, 이놈. 이 보르스키가 어떤 사람인지 알게 될 거다! 아! 빌어먹을, 네놈 때문에 얼마나 뛰었는지! 맛 좀 봐라."

형체에 거의 다다르자 보르스키는 예기치 못한 상황이 벌어질 게 두려워 발걸음을 늦췄다. 하지만 미지의 인물은 움직이지 않았고, 가까이 다가가 보니 마치 시체처럼 뒤틀린 채 쓰러져 있었다. 이제 달려들기만 하면 됐다. 보르스키는 농을 지껄이며 덤벼들었다.

"사냥 한번 잘했군, 콘라트. 이제 사냥감을 접수해야지."

하지만 사냥감을 붙들었음에도 손에 아무것도 잡히지 않자 보르스키는 아연실색했다. 그 자리에는 겉옷 한 벌이 놓여 있을 뿐 그 아래 있어야 할 옷 주인은 잡목 가지에 옷을 걸쳐놓고 이미 달아난 후였다. 개도 역시 사라지고 없었다.

"제기랄, 제기랄!" 보르스키가 욕설을 퍼부었다. "놈이 우릴 가지고 놀았군, 이런 썩을! 그런데 대체 왜 그런 거지?"

평소 습관대로 우둔한 방식으로 분노를 쏟아붓느라 옷을 마구 짓밟아 뭉개던 브로스키는 문득 한 가지 생각이 뇌리를 스쳤다.

"뭐지? 빌어먹을, 내가 아까 그랬지…. 함정이라고… 놈들이 오토를 공격하려고 우릴 여자에게서 떼어놓은 거야. 아! 내가 이렇게 멍청하다니!"

보르스키 일행은 다시 어둠을 가르고 달리기 시작해서 고인돌이 보이자 소리치기 시작했다.

"오토! 오토!"

"정지! 거기 누구야?" 오토가 겁먹은 목소리로 대꾸했다.

"나야…. 제기랄, 쏘지 말라고!"

"누구야? 두목?"

"그래! 나라고, 이 멍청한 놈아."

"총 두 발은 무슨 소리였습니까?"

"실수였어…. 그건 차차 이야기하고…."

보르스키는 참나무 근처에 이르자마자 등불을 집어들고 희생자를 비추어보았다. 여자는 머리가 베일에 휘감긴 채 나무 밑동에 널브러진 자세 그대로였다.

"아!" 보르스키가 말했다. "살았군. 빌어먹을, 깜짝 놀랐잖아!"

"왜 그러세요?"

"뭐겠어, 놈이 여자를 데려갔을까 봐 그랬지!"

"아니, 제가 줄곧 여기에 있지 않았습니까?"

"너? 너 말이냐! 다른 놈이나 너나 허술하잖아…. 그리고 누군가 널 공격했을 수도 있으니…."

"총을 쐈겠지요…. 그러면 신호를 들었을 테고요."

"그걸 어떻게 알아! 어쨌든 아무 일도 없었나?"

"아무 일도 없었어요."

"여자가 많이 움직이지 않던가?"

"처음에는 움직였습니다. 두건 밑에서 너무 신음하는 바람에 못 견딜 지경이었습니다."

"그다음에는?"

"오! 그러더니… 별로 오래가진 않았습니다…. 주먹을 한 대 먹여서 기절시켰으니까."

"아! 짐승 같은 놈!" 보르스키가 외쳤다. "만약 여자를 죽였으면 너야말로 죽은 목숨이다."

그러더니 몸을 수그려 가련한 여자의 가슴에 귀를 댔다.

"아니." 보르스키가 한참 만에 말했다. "아직 심장이 뛰는 군…. 하지만 오래가진 않겠어. 자, 작업 들어가세, 친구들. 10분 후면 모든 게 끝나야 하니."

3
엘리, 엘리, 레마 사박타니!

준비는 오래 걸리지 않았다. 이번에는 보르스키가 직접 팔을 걷어붙이고 나섰다. 사다리를 나무 밑동에 걸치고 노끈 한쪽에 희생자를 묶고 다른 쪽 끝을 위쪽 가지에 동여매더니 사다리 꼭대기로 올라가 부하들에게 지시했다.

"자, 이제 잡아당기기만 하면 돼. 여자를 먼저 일으켜 세우고 너희 중 한 명이 여자를 안 쓰러지게 붙들고 있어."

그런 뒤 잠시 기다리는데 오토와 콘라트가 숙덕거리는 것이다. 보르스키가 버럭 외쳤다.

"뭐하는 거야, 서두르라고…! 지금 누가 총이나 화살이라도 쏠라치면 내가 얼마나 쉬운 표적인지 알기나 해?"

부하들에게서는 대답이 없었다.

"그래, 그 여자가 좀 뻣뻣하긴 하지! 그거 말곤 대체 무슨 일이야? 오토… 콘라트…."

급기야 보르스키는 바닥으로 뛰어내려 호통쳤다.

"자네 두 사람, 도무지 어쩔 수가 없군. 이런 식으로 하면 내일 아침까지 해도 안 끝나겠어…. 그럼 끝장이야! 대답해봐, 오토."

그러면서 등불을 얼굴에 들이밀었다.

"아니, 뭐야? 거절하는 거야? 말해봐! 콘라트, 너는? 파업이라도 하는 건가?"

오토가 고개를 끄덕였다.

"파업… 뭐, 그 정도까진 아닙니다. 하지만 콘라트와 제게 설명 좀 해주셨으면 합니다."

"설명? 무슨 설명을 원하는 거야, 이 멍청한 자식이? 지금 죽이는 여자에 대해서? 그 사내 녀석 두 놈에 대해서? 그렇게 물고 늘어져도 소용없어, 이 사람들아. 일을 제안하면서 말하지 않았나? '눈 딱 감고 따라와라. 일이 고되고 피를 많이 볼 거다. 하지만 결국 보수가 두둑할 거다'라고 말이야."

"바로 그게 문제입니다." 오토가 말했다.

"설명해봐." 보르스키는 어리둥절한 모양이었다.

"우리가 합의한 보수에 대해 다시 좀 자세히 설명해주셔야겠습니다. 보수가 정확히 얼마입니까?"

"네가 나보다 더 잘 알지 않나."

"그야 그렇지요. 하지만 당신이 똑똑히 기억하란 뜻으로 다시 말해보라는 겁니다."

"제대로 기억해두고 있다고. 보물은 내 몫이고 거기서 20만 프랑을 너희 둘이 나눠 갖는 거지."

"그렇기도 하고, 아니기도 해요. 이건 나중에 이야기하겠습니다. 일단 그 보물 이야기부터 해봅시다. 벌써 몇 주째 똥줄 빠지게 일하면서 수없이 피를 보고 온갖 악랄한 범죄는 다 저질렀는데… 보이는 건 하나도 없지 않습니까!"

보르스키가 어깨를 으쓱해 보였다.

"어찌 된 게 점점 더 멍청해지나 보군, 불쌍한 오토. 일단 먼저 해야 할 일이 있는 법 아닌가. 지금으로서는 하나만 빼고 다 끝난 거라고. 몇 분 후면 이 일도 처리될 거고 그럼 보물이 우리 손에 들어온단 말이야."

"우리가 그걸 어떻게 아나요?"

"그러면 내가 결과를 확신하지도 못하면서 이 모든 일을 했으리라고 생각하나…? 나는 불 보듯 훤히 결과를 내다보고 있어. 이 모든 일이 미리 결정되었으며 바꿀 수 없는 순서에 따라 진행되고 있다고. 마지막 일이 정해진 시각에 벌어질 거고 그러면 내 앞에 문이 열릴 거야."

"지옥문이겠지요." 오토가 빈정거렸다. "마그녹 영감이 그렇게 부르는 걸 들었어요."

"그렇게 부르든 뭐라 부르든, 보물이 있는 곳 문이 열리면 내가 차지한단 말이야."

"좋습니다." 보르스키가 확신하는 모습에 다소 안심이 된 오토가 말했다. "좋아요. 그 말이 맞았으면 좋겠습니다. 그런데 우리 몫은 확실히 받을 수 있는 겁니까?"

"자네들 몫은 분명 돌아가네. 일단 그 보물을 손에 얻으면 나는 엄청난 부자가 되는 셈이니 자네들과 20만 프랑을 두고 승강이를 벌일 필요가 없어지지."

"맹세하십니까?"

"물론이지."

"우리가 합의한 내용이 전부 지켜질 거라고 맹세합니까?"

"물론이라고. 대체 무슨 말이 하고 싶은 건가?"

"바로 이 말입니다. 우리의 합의 중 한 가지를 지키지 않음으로써 당신이 우릴 비열한 방식으로 속여 먹기 시작했다, 그 말을 하고 싶은 겁니다."

"뭐라고! 무슨 말을 하는 거야? 자네 지금 누구한테 감히 그런 말을 지껄이는지 알기나 해?"

"바로 너, 보르스키한테 하고 있지."

보르스키가 오토의 멱살을 붙들었다.

"네놈이 감히! 날 모욕해! 나를 너라고 부르다니, 나를, 이 몸을!"

"안 될 건 뭔가. 네가 내 몫을 훔쳤잖아, 안 그래?"

보르스키가 감정을 자제하며 떨리는 목소리로 말했다.

"무슨 말인지 말해보게. 하지만 조심해. 지금 아주 위험한 짓을 하는 거니까. 자, 말해봐."

"이렇게 된 거지." 오토가 말했다. "보물과 20만 프랑을 빼고 우리가 합의하기를(네가 서약하는 뜻으로 손까지 올렸어) 우리 중 한 사람이 일을 진행하다 현금을 발견하면 반으로 나누기로 했지. 반은 네 몫이고 나머지는 콘라트와 내 몫이지. 안 그래?"

"그랬지."

"그러니까 내놓으라고." 오토가 손을 내밀었다.

"무얼 말이야? 아무것도 찾은 게 없는데."

"거짓말이잖아. 우리가 아르시냐 자매를 죽이는 동안, 집을 뒤질 때는 못 찾았던 돈 꾸러미를 자매 한 명의 블라우스 안에서 찾아냈잖아."

"흠. 그게 무슨 헛소리인가!" 보르스키의 목소리에서 살짝 당황한 기색이 느껴졌다.

"내 말이 틀림없어."

"증명해보시지."

"네 셔츠 안쪽에 끈으로 묶인 뭉치가 핀으로 꽂혀 있지. 그거 내놔."

오토는 보르스키의 가슴 부분을 손가락으로 더듬으며 덧붙였다.

"그 작은 꾸러미, 얼른 내놔. 1000프랑 자리 지폐 쉰 장을 늘어놓아 보라고."

보르스키는 아무런 대답도 하지 않았다. 대체 무슨 일이 벌어졌는지 이해하지 못했고, 상대방이 어떻게 자신의 무기를 빼어 도로 자신에게 들이대는지 몰라서 어리둥절했다.

"자백하나?" 오토가 물었다.

"안될 건 또 없지." 보르스키가 말했다. "조금 있다가 한꺼번에 계산하려고 했네."

"당장 계산해. 그게 더 나아."

"만약 내가 거절한다면?"

"거절하지 못할걸."

"아니, 하기 싫다!"

"그렇다면 보르스키… 조심해야 할 거야!"

"내가 무서울 게 뭐가 있겠어, 너흰 둘뿐인걸."

"적어도 셋이지."

"세 번째는 어디에 있나?"

"콘라트가 말한 만만치 않아 보이는 그 남자…. 다시 말해 화살을 쏘고 흰옷을 입고 널 물 먹인 그놈 말이야."

"그놈을 부르겠다?"

"물론이지!"

보르스키는 상황이 자기에게 불리하다는 걸 깨달았다. 두 사람이 자기를 에워싸고 조여오고 있었다. 양보할 수밖에 없었다.

"옜다, 이 도둑놈! 이 날강도 같으니라고!" 보르스키는 돈뭉치를 꺼내 지폐를 펼쳐놓았다.

"셀 필요 없어." 오토가 말하며 불쑥 뭉치를 뺏어 들었다.

"하지만…."

"그렇게 해. 절반은 콘라트 것이고 절반은 내 것이야."

"아! 못된 놈! 강도 중에 날강도! 네놈이 이 대가를 치를 거다. 돈은 문제도 아니야. 하지만 숲 속 날강도처럼 날 털었겠다! 아! 내가 너라면 두고두고 조심할 거다, 이놈아."

보르스키는 욕설을 한참 퍼붓더니 별안간 웃음을 터뜨렸다. 악랄한 억지웃음이었다.

"세상에, 결국 제대로 당했군. 오토! 하지만 어떻게 그걸 알았지? 이야기해보게, 응? 하지만 지금은 1분도 허비할 수 없지. 모든 조건에 합의한 거다, 알겠나? 자네들, 이 일을 할 건가?"

"흔쾌히 하겠습니다. 보르스키, 당신이 이렇게 처리해주었으니까요." 오토가 말했다.

그리고 아첨하는 어조로 이렇게까지 덧붙였다.

"보르스키, 당신은 제법 그럴듯해 보입니다…. 영락없이 지체 높은 귀족 같아요!"

"그러는 너는 남 밑에서 돈 받고 일하는 하인이지. 돈을 받았으니 얼른 움직여. 일이 급해."

그 끔찍한 인간의 표현대로 '일'은 신속하게 진행됐다. 보르스키는 사다리를 타고 올라가 다시 명령을 내렸고 콘라트와 오토는 군소리 없이 따랐다.

일단 희생자를 세운 후 균형을 잡아 붙들어 매고 끈을 잡아당겼다. 보르스키가 그 가련한 여인을 위에서 받았는데, 여자의 무릎이 굳어서 굽혀 있는 걸 보더니 거칠게 잡아당겨 폈다. 이렇게 나무 기둥에 여자를 바짝 붙여놓은 뒤 치마로 다리를 휘감고 팔을 몸에서 약간 들어 양옆으로 펼쳐놓은 후 끈으로 묶었다.

이러는 와중에도 여자는 기절 상태에서 깨어나지 않는 것 같았고 아무런 신음도 내지 않았다. 보르스키는 여자에게 무슨 말을 하려 했으나 알아들을 수 없는 말을 몇 마디 더듬거렸을 뿐이다. 그러더니 여자의 머리를 곧추세우려다가 이제 곧 죽을 사람의 머리를 만질 용기가 없어서인지 그만 포기했다. 여자의 고개는 가슴 위로 더욱 푹 수그러졌다.

보르스키는 일을 마치자마자 내려와 더듬거리며 말했다.

"브랜디 좀 줘, 오토…. 물통 있나? 아! 제기랄, 이 끔찍한 짓거리!"

"아직 늦지 않았어요." 콘라트가 말했다.

보르스키가 몇 모금을 들이키더니 소리쳤다.

"아직 늦지 않았다니… 무얼 하라고? 여자를 풀어주라고? 잘 들어, 콘라트. 여자를 풀어주느니 차라리…. 그래, 차라리 내가 여자 대신 매달리겠네. 이 일을 관두라고? 아! 네가 이 일이 무슨 일인지, 내 목적이 무엇인지 몰라서 그렇지! 그걸 안다면…."

그리고 다시 한 모금 술을 들이켰다.

"좋군, 이 브랜디. 그런데 기운을 회복하려면 럼주가 낫겠어. 럼주 좀 있나, 콘라트?"

"병에 조금 남은 게…."

"줘봐."

이들은 누군가에게 들킬까 봐 등불을 덮어 가린 채 나무에 기대앉아 침묵을 지키기로 했다. 하지만 술기운이 확 올라왔다. 보르스키는 흥분해서 말을 늘어놓기 시작했다.

"설명해달라고 했지만, 너희는 알 필요가 없어. 여기에서 죽어가는 여자의 이름을 자네들이 알 필요는 없다고. 그저 네 번째 여자가 십자가에 매달려야 했고 운명이 특별히 저 여자를 지목했다는 것만 알면 돼. 하지만 이제 자네들 눈앞에서 보르스키가 찬란히 빛날 승리의 순간이 왔으니 내가 해줄 수 있는 이야기가 하나 있지. 이제껏 벌어진 일들은 모두 내가 꾸몄지만 앞으로 일어날 일은 보르스키를 위해 일하는 저 막강한 권력자들한테 달린 거라고!"

보르스키는 자신의 이름을 소리 내어 말하는 게 기분 좋은 듯 몇 번이고 되풀이했다.

"보르스키를 위해…! 보르스키를 위해…!"

자리에서 일어난 보르스키는 자기과시욕에 불타 이리저리
걸어 다녔다.

"보르스키, 왕의 아들, 운명이 점지한 보르스키, 준비하라. 여
기 너의 시간이 왔다. 너는 마지막 모험가이며 모든 범죄자 중
에서 가장 악랄한 범죄자로 다른 이들의 피를 뒤집어쓴 사람이
거나 아니면 신들이 영광스럽게 지목하여 계시를 받은 진정한
예언자다. 초인 아니면 불한당, 바로 이것이 너의 운명이지. 신
들에게 바쳐지는 신성한 제물의 심장박동 소리가 최고의 순간
을 말해준다. 여기 있는 자네 둘도 잘 들어보게."

그러더니 보르스키는 사다리를 타고 올라가 희생자의 심약
한 심장박동 소리를 들어보려 했다. 하지만 왼쪽으로 수그러진
머리 때문에 가슴에 귀를 댈 수 없었고 보르스키는 차마 머리
에 손을 대지 못했다. 사방이 고요한 가운데 불규칙적이고 거
친 숨소리만 들렸다.

보르스키가 나직이 말했다.

"베로니크, 내 말 들려? 베로니크… 베로니크…."

한참 망설이다 다시 말을 이었다.

"네가 알아둘 게 있어…. 그래, 내가 하는 일은 내가 생각해도
끔찍해. 하지만 그게 운명인걸…. 예언 기억나? '네 아내는 십
자가에 매달려 죽으리니.' 게다가 네 이름도 이 일을 예견하고
있다고…! 생각해봐, 베로니크 성녀가 예수의 얼굴을 천으로
닦아주자 그 천에 구세주의 신성한 모습이 찍혔잖아…. 베로니
크, 내 말 들려, 베로니크…?"

보르스키는 서둘러 내려와 콘라트의 손에서 럼주 병을 잡아

채더니 단숨에 들이켜 병을 비웠다.

그러고 나서 일종의 착란 상태에 빠져 두 부하는 알아들을 수 없는 언어로 얼마 동안 횡설수설했다. 보이지 않는 적을 향해 욕과 저주를 퍼붓는가 하면 신을 모독하는 말을 한껏 늘어놓았다.

"보르스키가 제일 강해, 보르스키가 운명을 지배한다고. 신비한 것들과 신비한 힘은 모두 보르스키에게 복종해야 해. 그가 결정한 대로 모든 일이 일어날 것이고 강신술의 원칙에 따라 최고의 비밀이 신비한 형태로 보르스키에게 전해질 것이다. 예언자인 보르스키를 기다릴 것이다. 보르스키를 맞이하는 동안 기쁨과 황홀경에 빠진 비명이 터질 것이며 내가 알지 못하며 어렴풋이 느끼기만 하던 어떤 이가 나타나 종려나무 잎으로 축복을 내릴 것이다. 그 인물은 준비하라! 어둠 속에서, 지옥에서 솟아나기를! 여기 보르스키가 왔다! 종이 울리고 할렐루야 노랫소리가 울려 퍼지면 하늘 아래 운명의 신호가 떨어질 것이며 땅이 갈라지고 불꽃 소용돌이가 솟아날 것이다."

보르스키는 자기가 예언하고 있던 신호가 떨어지기라도 할 듯 주변을 두리번거리며 침묵을 지켰다. 위에서 죽어가는 여인의 절망적인 신음이 들려왔다. 멀리서는 폭풍우가 그르렁거렸고 검은 구름 사이로 번개가 쳤다. 이 악당의 부름에 온 자연이 응답하는 듯했다.

과장된 연설과 뜨내기 배우 같은 몸짓에 부하들은 심히 놀랐다.

오토가 중얼거렸다.

"저놈이 하는 말은 좀 겁나는데."

"럼주 때문이지." 콘라트가 말했다. "하여간 끔찍한 일들을 예고하는군."

"우리 주위를 배회하는 것들." 조그만 소리 하나 놓치지 않고 듣고 있던 보르스키가 목청껏 말했다. "지금 이 순간에 속하는 것들, 그리고 수 세기에 걸쳐 전해 내려온 것들은 모두 기적적인 잉태와 같은 거야. 그리고 너희 둘에게 말하지만 자네들은 이 일을 목격하고 매우 당황하겠지. 오토, 콘라트, 자네들도 준비하게. 땅이 흔들리고 보르스키가 '신의 돌'을 차지하는 바로 그곳에서 불기둥이 하늘로 치솟으리라."

"지금 자기가 무슨 말을 하는지도 모르고 있어." 콘라트가 속삭였다.

"어, 사다리 위로 또 올라간다." 오토가 숨죽여 말했다. "쳇, 화살을 맞든가 말든가!"

보르스키의 흥분 상태는 좀처럼 가라앉을 줄 몰랐다. 이제 마지막 순간이 다가오고 있었다. 희생자는 고통으로 힘이 다해 죽어가고 있었다.

보르스키는 아주 낮은 목소리로 오직 여자에게만 들리게 속삭이다가 급기야 점점 목소리를 높여 말했다.

"베로니크… 베로니크… 네가 임무를 완수하는구나… 드디어 언덕 꼭대기에 이른 거야… 너에게 영광이 있기를! 내 승리에 따른 영광 중 일부분은 네 몫이야… 너에게 영광을! 들어봐! 벌써 들리지, 안 그래? 천둥소리가 다가온다. 내 적들은 패배했고 너는 더 이상 구원받을 희망이 없어! 자, 네 마지막 심장박동 소리로구나…. 자, 여기 네 마지막 탄식이다…. **엘리, 엘리, 레마 사박타니…!** '나의 신이여, 나의 신이여, 어찌하여 나를 버리셨나이까?'"

보르스키는 미친 사람처럼 더없이 유쾌하게 웃었다. 그러더니 일순간 고요해졌다. 천둥소리도 멈췄다. 보르스키가 몸을 수그리더니 사다리 위에서 별안간 괴성을 질렀다.

"엘리, 엘리, 레마 사박타니! 신들이 이 여자를 버렸다…. 드디어 죽음이 내렸다. 네 명의 여인 중 마지막 여자가 죽었다. 베로니크가 죽었다!"

그리고 다시 침묵하더니 이어 두 번 외쳤다.

"베로니크가 죽었다! 베로니크가 죽었다!"

다시금 깊은 침묵이 흘렀다.

그러다 일순 땅이 흔들렸는데 천둥으로 일어난 충격이 아니라 지하 깊숙한 곳에서 올라온 충격으로, 숲과 언덕으로 퍼져나가는 메아리처럼 몇 차례나 충격이 반복됐다.

이와 거의 동시에 이들 일행 바로 가까이, 참나무가 반원 모양을 그리고 있는 반대편에서 붉고 노랗고 자줏빛인 불길이 소용돌이치며 하늘로 치솟았다.

보르스키는 아무 말도 하지 않았다. 부하들은 당황하여 멍하니 있었다. 마침내 한 명이 더듬거렸다.

"저, 저건 썩은 참나무 쪽이야. 번개 맞은 나무."

불길은 금세 꺼져버렸으나 여전히 세 사람 눈에는 늙은 참나무가 투명해져 활활 타오르며 오색 불길과 연기를 내뿜는 광경이 보이는 것 같았다.

"바로 거기가 '신의 돌'로 이르는 입구다." 보르스키가 심각한 어조로 말했다. "내가 자네들한테 말한 대로 운명이 내게 계시를 내린 거야. 운명의 하수인이자 주인인 내 명령에 따라 입을 연 거라고."

보르스키는 손에 등불을 들고 앞으로 걸어갔다. 놀랍게도 나무에는 불에 탄 흔적이 하나도 없었고, 밑둥치에 난 가지들이 커다란 통 모양으로 벌어진 곳에 걸쳐 있던 마른 잎사귀들도 타지 않은 채 그대로였다.

"또 다른 기적이로군." 보르스키가 말했다. "모든 기적이란 이해할 수 없는 거지."

"어떻게 할 겁니까?" 콘라트가 물었다.

"우리한테 계시가 된 입구로 들어가야지. 사다리를 가져오게, 콘라트. 손으로 잎사귀 더미를 좀 헤쳐보라고. 나무속이 비어 있을 테니 알 수 있을 거야…."

오토가 말했다. "나무속이 아무리 비어 있대도 뿌리가 있지 않겠습니까. 뿌리를 뚫고 통로가 나 있을 리가 없잖아요."

"다시 한 번 말하지만 두고 보자고. 잎사귀를 헤쳐봐, 콘라트…. 들춰보라고…."

"싫어요." 콘라트가 똑 부러지게 답했다.

"뭐라고, 싫다니? 아니, 왜?"

"마그녹이 떠오르지 않으십니까! '신의 돌'을 만지려다가 자기 손을 잘라내야 했던 걸 기억해보라고요."

"신의 돌이 여기 있는 게 아니라니까!" 보르스키가 비웃었다.

"그걸 어찌 압니까? 마그녹이 항상 지옥 입구 이야기를 했는데요. 이게 바로 그 입구 아닙니까?"

보르스키가 어깨를 으쓱했다.

"그럼 자넨 어떤가. 자네도 겁나나, 오토?"

오토는 아무런 대꾸도 하지 않았다. 보르스키 역시 위험스러운 일을 서둘러 하고 싶지는 않았는지 마침내 이렇게 말했다.

"아무렴, 급할 건 없지. 새벽까지 기다리자고. 도끼로 나무를 찍어버리면 어떻게 생겼는지, 어떻게 해야 할지 알게 되겠지."

이렇게 하기로 결정됐다. 하지만 다른 사람들도 자기들처럼 이 신호를 보았을지 모르므로 그자들이 먼저 입구로 들어가지 못하도록 요정 고인돌의 널찍한 돌 밑에 자리를 잡고 나무 앞에 아예 진을 치고 밤을 새우기로 했다.

"오토." 보르스키가 명령했다. "수도원 집으로 가서 마실 걸 좀 찾아와. 그리고 도끼랑 노끈같이 필요한 걸 좀 챙겨오게."

비가 격렬하게 퍼붓기 시작했다. 이들은 고인돌 아래에 자리를 잡고, 교대로 한 사람씩 망을 보고 나머지는 잠을 잤다.

밤중에는 아무런 일도 벌어지지 않았다. 폭풍우는 난폭하기 그지없었다. 성난 파도 소리가 들려왔다. 그러다가 서서히 폭풍우가 잠잠해졌다. 일행은 새벽이 밝자마자 참나무를 베어 노끈으로 묶고 잡아당겨 나무를 넘어뜨렸다.

나무 안쪽에는 각종 퇴적물과 썩은 나뭇잎 사이로 통로 같은 것이 뚫려 있었고, 이 통로는 모래와 돌맹이가 엉겨 붙어 있는 뿌리 주위로 계속 이어져 있었다.

우선 곡괭이를 이용해 땅을 깨끗이 치웠다. 이내 계단이 나타났다. 일부가 무너져 있었는데, 그 뒤로 세로로 선 내벽을 따라 컴컴한 안쪽으로 계단이 이어졌다. 등불을 비추었더니 동굴이 모습을 드러냈다.

보르스키가 첫 번째로 내려갔다. 다른 이들도 조심스럽게 그 뒤를 따랐다.

초반에는 자갈로 버무려진 흙 계단이었는데 조금 지나서는 암석을 직접 파 들어간 계단이 나왔다. 특별한 점이라곤 그다지 없는 동굴로 다른 곳으로 진입하는 통로 같았다. 실제로 이 통로를 따라가다 보니 봉안당 같은 곳이 나왔는데, 둥근 천장과 마른 돌로 거칠게 쌓아 올린 벽으로 이루어져 있었다.

주변으로 빙 둘러선 열두 개의 작은 선돌은 마치 미완성의 조각상처럼 서 있었고, 각 선돌 위에는 말의 머리뼈가 얹혀 있었다. 보르스키가 이 머리뼈 중 하나를 만져보았더니 가루가 되어 아스러졌다.

"이 봉안당에는 아무도 들어온 일이 없나 보군." 보르스키가 말했다. "최소한 20세기 동안 이 바닥을 밟은 사람은 우리가 처음이야. 이곳에 있는 과거의 유물을 보는 사람이 우리가 처음이란 말이야."

점점 흥분을 감추지 못하며 보르스키가 덧붙였다.

"위대한 족장의 시체 안치실이로군. 자기가 가장 좋아하던 말들과 무기를 함께 묻은 거지⋯. 자, 여기 도끼가 있잖아, 규석으로 만든 칼도 보이고⋯. 과거 장례 관습의 흔적도 엿볼 수 있어. 가령 이 석탄 조각과 불에 탄 유골이 그 증거지⋯."

감동에 젖은 목소리로 보르스키가 중얼거렸다.

"내가 이곳에 들어온 첫 사람이다⋯. 날 기다리고 있었던 거야. 내가 오자 잠든 세계가 눈을 뜬 거지."

콘라트가 끼어들었다.

"여기 다른 출구가 있어요. 저쪽 멀리, 밝은 곳으로 이어져 있어요."

좁은 통로를 따라가 보니 정말로 다른 방이 나왔고 그 방은 다시 세 번째 방으로 이어져 있었다.

세 개의 봉안당은 모두 똑같은 구조였다. 벽 구조도 그렇고 선돌과 말 머리뼈가 있는 것도 똑같았다.

"위대한 족장의 무덤이 세 개 있어." 보르스키가 말했다. "이 방들이 왕의 무덤으로 이어지는 게 틀림없어. 살아서 왕 곁을 지킨 자들이 죽어서도 왕을 수호하는 거야. 그렇다면 다음 봉안당은 분명…."

보르스키는 감히 앞으로 나아가지 못했다. 두려워서가 아니라 극도로 혼란스럽고 감정이 고조된 와중에도 기쁨을 음미하고 있었던 것이다.

"이제 알게 될 거다." 보르스키가 선언했다. "보르스키가 목적을 달성한다. 손만 뻗으면 이제까지 해왔던 모든 노력과 투쟁을 근사하게 보상받는 거야. 신의 돌이 여기 있다. 수 세기에 걸쳐 사람들이 섬의 비밀을 알아내려 했지만 아무도 성공하지 못했어. 여기 보르스키가 와 있고 신의 돌이 보르스키 것이 된다. 신의 돌이 내 앞에 나타나 약속한 힘을 주기를. 그 돌과 보르스키 사이를 가로막는 것은 아무것도 없어…. 오로지 내 의지만 있으면 된다. 그리고 난 그걸 원해! 예언자가 암흑 속에서 솟아났다. 자, 예언자가 여기 왔다. 죽은 이들의 왕국에서 나를 신성한 돌로 이끌어 내 머리에 금관을 씌워줄 혼령이 있다면 지금 나타나기를! 자, 여기 보르스키가 왔다."

이렇게 말하고 방으로 들어섰다.

네 번째 방은 다른 방보다 훨씬 컸으며 천장이 약간 평평한 반구 형태였다. 이 반구 한가운데에는 둥그런 구멍이 나 있었는데, 아주 가느다란 도관만 한 크기였고 이 구멍을 통해 부드러운 빛줄기가 선명하고 둥글게 바닥을 비추었다.

둥근 빛 한가운데에 돌을 쌓아 올려 만든 작은 받침대가 서 있었다. 그리고 그 받침대 위에는 전시품이라도 되듯 금속 막대기가 얹혀 있었다.

이것만 제외하면 봉안당은 처음에 본 봉안당들과 다를 바 없이 선돌과 말 머리뼈, 희생제의 유품들이 놓여 있었다.

보르스키는 금속 막대기에서 눈을 떼지 않았다. 이상하게도 금속은 마치 아무런 먼지도 끼지 않은 듯 번쩍였다. 보르스키가 손을 뻗었다.

"아니, 안 돼요." 콘라트가 재빨리 말했다.

"왜?"

"마그녹 영감이 만졌다가 손을 덴 물건일지도 몰라요."

"자네 미쳤군."

"하지만….."

"어이! 난 하나도 두렵지 않아." 보르스키가 이렇게 말하며 막대기를 집어들었다.

그것은 납으로 된 왕홀 같았는데 다소 거칠게 만들어지긴 했지만 예술적인 솜씨가 엿보였다. 자루 부분에는 음각과 양각

기법을 번갈아 사용하여 뱀이 휘감는 듯한 형상을 조각해놓았다. 비정상적으로 큰 뱀 머리는 둥근 손잡이를 이루고 있었고 은으로 된 못과 에메랄드로 보이는 투명한 초록빛의 작은 돌조각이 촘촘히 박혀 있었다.

"이게 신의 돌인가?" 보르스키가 중얼거렸다.

브로스키는 경외감을 가지고 물건을 만지작거리며 여기저기 살펴보았다. 그러다가 손잡이 부분이 살짝 흔들린다는 사실을 발견했다. 손잡이를 흔들며 좌우로 돌려보았더니 마침내 딸각 소리가 들리며 뱀 머리가 빠져나왔다.

안쪽의 공간에는 아주 자그마한 돌이 하나… 불그스름한 빛깔에 금광맥처럼 보이는 노란 결이 있는 돌조각이 있었다.

"이거다! 오! 이거야!" 보르스키가 아주 놀라 외쳤다.

"만지지 마세요!" 콘라트가 겁을 먹고 다시 말했다.

"마그녹 영감을 태웠지만 보르스키를 태울 리는 없어." 보르스키가 심각한 어조로 말했다.

그리고 자만심과 기쁨이 가득한 허세를 부리며 신비한 돌을 손바닥에 얹어 있는 힘껏 꼭 쥐었다.

"돌이 날 태운대도 상관없어! 내 살을 파고들기를 바란다고. 더없이 행복할 테니 말이야."

콘라트가 손으로 신호를 보내더니 입에 손가락 하나를 갖다 댔다.

"무슨 일인가?" 보르스키가 물었다. "소리가 들렸나?"

"예." 콘라트가 말했다.

"나도 들었어요." 오토가 말했다.

일정하게 박자를 맞춘 소리가 들려오고 있었는데, 높낮이가 제멋대로인 소리라서 불협화음에 가까웠다.

"여기서 아주 가까운 곳인데." 보르스키가 중얼거렸다…. "이 방 안인 것 같기도 하고."

이들은 즉시 방 안에서 나는 소리라고 확신했다. 게다가 의심할 여지 없이 코 고는 소리처럼 들리는 게 아닌가.

콘라트가 이런 말을 해놓고 멋쩍게 웃어젖혔는데, 보르스키가 말했다.

"정말이지, 자네 말이 맞는 것 같아…. 코 고는 소리잖아…. 여기 누가 있다는 말인가?"

"이 옆에서 납니다." 오토가 말했다. "그늘진 저 구석 말이에요."

빛은 선돌 너머로는 비쳐들지 않았다. 그 뒤에는 어두침침한 작은 제실이 선돌 개수만큼 만들어져 있었다. 보르스키가 제실 하나에 등불을 비춰보더니 놀라서 소리를 질렀다.

"누가… 그래, 누가 있어…. 보게…."

두 사람은 앞으로 걸어갔다. 내벽 한구석에 쌓여 있던 돌 더미 위에서 한 남자가 자고 있었다. 흰 수염과 긴 백발의 늙은이였다. 얼굴과 손은 수천 가닥의 주름으로 뒤덮여 있었다. 감긴 눈두덩은 푸르스름했다. 적어도 100세는 돼 보였다.

온통 헤지고 누덕누덕 기워 만든 아마포로 된 긴 옷이 발끝까지 내려왔다. 옛 골족이 '뱀알'이라고 부르던 신성한 알갱이인 성게를 엮어 만든 목걸이가 목에 걸려 가슴 아래쪽까지 길게 늘어져 있었다. 노인의 손이 닿는 곳에는 알 수 없는 기호가 잔뜩 새겨진 아름다운 경옥으로 만든 도끼 하나가 놓여 있었다. 바닥에는 날카로운 규석, 커다랗고 납작한 고리, 초록빛 벽옥 귀걸이 두 개, 줄무늬가 새겨진 푸른 법랑 목걸이 두 개가 놓여 있었다.

늙은이는 계속 코를 골았다.

보르스키가 나직이 말했다.

"기적이 계속되고 있어…. 저 사람은 사제야…. 옛날 그대로의 모습을 한 사제… 드루이드교 시절의 사제 말이야."

"그래서요?" 오토가 물었다.

"나를 기다리던 거라고!"

콘라트가 성급히 말했다.

"저는 저놈 대가리를 도끼로 콱 찍어버렸으면 합니다."

보르스키가 화를 냈다.

"만약 저 노인의 머리카락 한 올이라도 손대면 자넬 죽이겠네."

"하지만…."

"하지만 뭐?"

"적일지도 모르잖아요…. 어젯밤에 우리가 뒤쫓은 그놈일지도 모르고…. 기억 안 나시나요…? 기다란 흰옷을 입은 사람."

"정말 멍청하기 짝이 없군! 저 나이에, 저 노인이 그렇게 잘 달려 애먹였을 것 같나?"

보르스키는 몸을 수그려 노인의 팔을 부드럽게 붙들고 말했다.

"일어나십시오…. 접니다…."

묵묵부답. 노인은 일어나지 않았다.

보르스키가 계속 깨웠다.

노인은 자갈을 깔아 만든 침대 위에서 몸을 조금 뒤척이더니 몇 마디를 중얼거리곤 다시 잠이 들었다.

마음이 조급해진 보르스키는 목소리를 높여 다시 깨웠다.

"거참, 우리가 언제까지나 여기에서 이러고 있을 순 없지. 이보시오!"

그러더니 좀 더 힘을 주어 노인을 흔들었다. 노인은 짜증이 난다는 듯 손을 휘젓더니 자기의 단잠을 방해하는 사람을 밀쳤다. 잠깐 더 잠을 청하려다가 더 이상은 못 참겠다는 듯 휙 뒤돌아보며 화난 목소리로 내뱉었다.

"거참! 지겹게들 하네!"

4
늙은 드루이드 사제

세 남자는 프랑스어의 온갖 미세한 어감을 완벽히 알고 있었으며 특히 은어라면 모르는 것이 없었기에 노인이 불쑥 내뱉은 말의 진짜 의미를 곧장 알아들었다. 그래서 이들은 어안이 벙벙했다(노인이 내뱉은 말 '지겹게들 하네!'의 원문은 'la barbe!'인데 이는 '수염'이란 단어지만 '지겨우니 그만두라'는 뜻의 속어이기도 함 – 옮긴이).

보르스키가 콘라트와 오토에게 물었다.

"뭐? 저 사람이 뭐라고 한 거야?"

"맞아요. 제대로 들으신 거예요…. 그 뜻이에요…." 오토가 대답했다.

보르스키가 이 수수께끼 같은 인물의 어깨를 다시 흔들자 노인은 돌아누워 기지개를 켜며 하품을 하더니, 다시 잠을 청하려다 포기했다는 듯 벌떡 상반신을 일으켜 이렇게 내뱉었다.

"아니, 뭐야! 이놈의 집구석에선 마음 편히 잠도 못 자나?"

그러더니 난데없이 자기에게 쏟아지는 빛줄기에 기겁하며 중얼거렸다.

"뭐, 뭐야? 뭘 원하는 게야?"

보르스키가 불쑥 튀어나온 내벽 어딘가에 등불을 내려놓자 불빛을 받은 노인의 얼굴이 훤히 드러났다. 노인은 두서없이 주절주절 불평을 늘어놓았으나 마침내 상대를 바라보며 서서히 진정하는 것 같더니 급기야 다정한 미소를 띤 얼굴로 손을 내밀며 소리쳤다.

"아, 뭐야! 자넨가, 보르스키? 이 친구, 어떻게 지냈나?"

보르스키는 움찔했다. 노인이 자기를 알고 있다는 사실이나 자기를 이름으로 부른 것에는 그리 놀라지 않았다. 예언자인 자신을 기다리고 있었을 것이라는 일종의 신비주의적 신념에 사로잡혀 있었기 때문이다. 하지만 영광스럽고 찬란히 빛나는 예언자로서, 나이로 보나 사제 직급으로 보나 위엄을 갖추었다고 해야 할 미지의 인물에게 첫 만남부터 '이 친구' 따위로 허술하게 취급당하는 게 견디기 어려웠다.

이 인물이 어떤 사람인지 몰라 걱정 반 주저 반인 마음으로 보르스키가 물었다.

"누구십니까? 왜 여기 계시나요? 어떻게 오셨습니까?"

하지만 놀란 얼굴로 노인이 바라보고만 있자 좀 더 소리를 높여 다시 물었다.

"말씀해주십시오, 노인장께선 누구십니까?"

"내가 누구냐고?" 노인이 갈라지고 떨리는 목소리로 말했다. "내가 누구냐니? 골족의 전쟁 신 투타티스의 이름을 걸고 묻건대 네가 내게 그런 질문을 하는 게야? 아니, 날 못 알아본다고? 기억을 더듬어보게…. 이 선량한 세즈낙스를…. 어! 기억나지?

벨레다(게르만족의 전설적인 여자 예언자 - 옮긴이)의 아버지를 모르나? 레동인(브르타뉴 지방 토착 켈트족 - 옮긴이)에게 존경받던 판관 이 세즈낙스를 말이지. 샤토브리앙(프랑스 낭만주의 문학의 선구자 - 옮긴이)도 자신의 저서《순교자들》1권에서 내 이야기를 하고 있지 않나? 아! 이제 자네 기억이 돌아오는 것 같구먼."

"지금 무슨 헛소리를 하는 겁니까!"보르스키가 호통을 쳤다.

"헛소리라니! 지금 내가 왜 여기 있는지, 무슨 연고로 여기 오게 됐는지 그 슬픈 사연을 설명하는 게지. 음흉한 외도르 놈하고 '붙어먹고서' 벨레다가 파렴치한 짓거리를 저지른 데 정나미가 떨어진 나는(샤토브리앙의 저서에 등장하는 이야기 - 옮긴이) 소위 트라피스트 교단이라는 곳에 들어갔네. 거기서 드루이드 사제 자격시험을 훌륭한 성적으로 통과했지. 그런데 말썽을 일으킨 바람에(오! 뭐 별것도 아닌데… 마빌 무도회장과 좀 더 나중에는 물랭루주를 들락거리느라 서너 번 수도로 유람 갔을 뿐인데) 지금의 이 작은 직책을 받아들일 수밖에 없는 신세가 됐지. 자네도 보다시피 한직 아닌가…. 신의 돌 수호자라니…. 이를테면 후방 부대 근무라네!"

이야기를 들으며 보르스키의 놀라움과 걱정은 더욱 커졌다. 급기야 동료에게 의견을 구하듯 눈길을 보냈다.

"머리통을 깨버리라고요."콘라트가 다시 말했다."제 생각은 절대 변함이 없습니다."

"오토, 자네는?"

"경계해야 한다고 생각합니다."

"물론이지, 경계해야지."

그 말을 들은 늙은 사제가 지팡이를 짚고 일어나 호통쳤다.

"그게 무슨 말이야? 날 경계한다니! 너무들 하는구먼! 날 사기꾼으로 취급한다는 건가! 내 도끼를 봐, 그 손잡이에 만자(卍) 표시도 못 봤어? 그래, 만자 표시가 신비주의의 가장 대표적인 태양 상징이란 걸 모르나. 아니, 그리고 이건 대체 뭔가(노인은 자신의 성계 목걸이를 내보였다)! 이게 대체 무엇이냐고! 토끼 똥이라고? 자네들 뻔뻔하기도 하네! 뱀 알을 토끼 똥이라 부르질 않나. '뱀들이 서로 몸을 뒤섞어 점액과 거품으로 만들어낸 후 허공으로 쉭 하고 내뿜어 만든 알.' 플리니우스(고대 로마의 정치가이자 학자로 대백과사전《박물지》를 썼음 – 옮긴이)도 그렇게 말했다니까! 플리니우스마저 사기꾼으로 취급하진 않겠지? 거참, 맹랑한 놈일세! 노사제 학위며 면허증, 특허, 증명서까지 갖췄고 그 모든 것에 플리니우스와 샤토브리앙의 친필 서명을 받았는데 그런 나를 경계한다니. 뻔뻔한 놈! 이놈아, 눈을 씻고 찾아봐라. 나같이 100년 동안 기른 고풍스러운 수염과 고색창연한 풍모를 간직한 진짜배기 사제가 어디 있나! 나더러 사기꾼이라고! 모든 전통을 속속들이 알고 옛날 풍습도 줄줄이 꿰는 이 몸이! 율리우스 카이사르 앞에서 추었던 노사제 스텝이라도 밟아줘야 하나? 그걸 원하는 게야?"

노인은 대답도 기다리지 않고 지팡이를 집어던지더니 놀랍도록 유연하게 몸을 놀려 허공으로 풀쩍 뛰어올라 근사한 앙트르샤(발레에서 공중으로 뛰어올라 두 발을 교차하는 춤 동작 – 옮긴이)를 몇 차례 선보이더니 아주 복잡하고도 빠른 박자의 지그

춤도 선보였다. 등은 구부정하고 팔은 건들건들한 노인이 허공으로 솟구쳐 빙글빙글 돌면서 긴 옷 아래의 두 다리를 좌우로 뻗어대고 수염은 또 격렬한 몸동작에 따라 덩달아 요동치는데, 그 와중에도 떨리는 목소리로 연이어 춤 동작을 설명하는 모습이 더없이 우스꽝스러웠다.

"이게 바로 노사제 스텝, 또는 '율리우스 카이사르의 희열'이라 부르는 스텝이지. 어이…! 이건 신성한 겨우살이 춤인데 통속적으로 무도병 춤이라고도 부르지…! 이건 뱀 알 왈츠인데 플리니우스의 음악에 맞춰 추는 거고…. 어이! 좀 더 우울한 춤을 보실까…! 이게 '보르스카' 또는 서른 개의 관 탱고지…! 붉은 예언자의 찬가를 부르자고! 할렐루야! 할렐루야! 예언자에게 영광을!"

노인은 한동안 미친 듯이 뛰어다니더니 보르스키 앞에 별안간 멈춰 서서 심각한 목소리로 말했다.

"이만하면 수다는 실컷 떨었네! 심각한 이야길 하지. 내 임무는 자네에게 신의 돌을 전하는 것일세. 이제 상황을 이해했을 테니, 물건을 받을 준비가 됐나?"

세 사내는 완전히 얼이 빠져 있었다. 보르스키는 이 고약한 인물의 정체를 알 수 없어 어떻게 행동해야 할지 갈피를 잡지 못했다.

"아! 날 좀 내버려 두라고!" 급기야 보르스키는 분통을 터뜨렸다. "무얼 원하는 겁니까? 당신 목적이 뭐예요?"

"내 목적이 뭐라니? 방금 말하지 않았나. 자네에게 신의 돌을 넘기는 거라고 말이야."

"하지만 당신이 무슨 권리로? 무슨 자격으로 말입니까?"

늙은 사제가 고개를 끄덕였다.

"그래, 이제 알겠군…. 네가 기대했던 대로 일이 진행되지 않는다 이거로군. 당연하지, 안 그렇겠어? 이만큼이나 일을 이뤄낸 게 기쁘고 자랑스러워서 잔뜩 들뜬 채 이곳으로 왔겠지. 관서른 개를 채울 요량으로 네가 한 일들을 좀 생각해보게…. 네명의 여자를 십자가에 매달고 배를 난파시키는 동안 손은 피범벅이 됐고 저지른 범죄는 한두 개가 아니지. 꽤 대단한 일을 한거야. 그러니 너로서는 웅장한 환영식이라도 바랐겠지. 엄숙한의식이 진행되고 고대의 합창이 울려 퍼지는 공식 행사를 열고켈트족 사제며 음유시인이 행렬하고 가톨릭의 성체현시대도좀 꾸며놓고 희생 공물로 사람도 좀 바치는 등 한마디로 말해서 골족식으로 크게 한판 벌여주길 바랐겠지…! 그런데 그러기는커녕 드루이드 사제랍시고 시시껄렁한 놈이 한구석에서 자빠져 자고 있다가 덥석 물건을 전해준다 이거야. 그러니 신사님들 꼴이 말이 아닌 거지! 그래도 어쩌겠나, 보르스키? 아쉬운대로 할 수 있는 만큼 해야지 별수 있나. 내가 돈방석 위에 앉아있는 것도 아니고 말이야. 벌써 자네 때문에 쓴 돈도 있단 말이네. 옷 세탁비를 빼고도 폭죽이랑 불꽃 비용 하며 야간 지진을일으키는 데 든 돈만 해도 13프랑 40상팀이거든."

보르스키가 갑자기 깨닫는 바가 있어 화들짝 놀랐다.

"뭐라고요? 그러면 그게…."

"그래, 바로 나였지. 아니면 누군 줄 알았나? 성 아우구스티누스? 설마 신들이 직접 내려오거나, 혹은 어젯밤처럼 속이 빈

참나무로 자네를 데려오려고 흰옷 걸친 대천사라도 보냈다고 생각하는 건 아니겠지…! 그렇게 생각했다면 자네도 좀 도가 지나치구먼."

보르스키가 주먹을 불끈 쥐었다. 전날 자기가 뒤쫓아갔던 흰옷 입은 남자가 바로 이 사기꾼 놈이었던 것이다!

"아!" 보르스키가 내뱉었다. "날 놀리는 놈은 가만 못 둬!"

"누가 놀린다고 그러나!" 노인이 외쳤다. "무슨 그런 말을 하나, 이 친구. 아니, 날짐승이라도 되듯 나를 몰아세운 게 누군데! 하마터면 숨넘어갈 뻔하지 않았나? 내가 가지고 있던 것들 중 제일 좋은 옷에다가 총구멍을 두 개나 뚫어놓은 건 또 누구고? 정말 뻔뻔한 놈일세! 가만 앉아 있다가는 괴짜로 취급받겠구먼!"

"됐어요, 됐어." 보르스키가 짜증이 나서 말했다. "이제 됐습니다! 마지막으로 묻는데 내게 바라는 게 뭐예요?"

"이젠 말하기도 지치는군. 내 임무는 신의돌을 전하는 거라니까."

"누가 맡긴 임무입니까?"

"아! 그런 거야 모르지! 언젠가 사레크 섬에 게르만 왕자 보르스키라는 사람이 나타날 텐데 이 사람이 서른 명을 희생시킬 것이고, 서른 번째 희생자가 마지막 숨을 넘기는 순간에 내가 정해진 신호를 보내야 한다는 사실만 평생 머릿속에 박혀 있었다네. 나는 명령에 죽고 사는 노예 아닌가. 그래서 짐을 꾸렸지. 브레스트에 있는 한 철물점에 가서 3프랑 75상팀을 주고 폭죽 두 개를 샀고 폭약도 몇 개 골라 완벽히 준비했네. 그런 뒤 예견

된 시각에 손에 그 심지들을 모두 모아쥐고 관측소에 쭈그리고 앉아 있었네. 자네가 나무 꼭대기에서 '베로니크가 죽었다! 베로니크가 죽었다!' 하고 고래고래 소리 지르기에 때가 왔다고 생각해 폭죽과 폭약에 불을 붙였고 땅덩어리도 좀 흔들어준 걸세. 그랬더니 자네가 나타난 게 아닌가."

보르스키는 주먹을 쳐들고 앞으로 나섰다. 청산유수로 쏟아지는 말이나 흔들림 없이 침착한 태도, 차분하지만 빈정대는 듯한 목소리에 비위가 한참 뒤틀렸던 것이다.

"한마디만 더 하면 때려죽인다." 보르스키가 소리쳤다. "집어치워!"

"자네 이름이 보르스키 맞지?"

"그렇다, 왜?"

"게르만족 왕자고?"

"그래, 그렇다. 그게 뭐?"

"서른 명의 희생자를 해치웠지?"

"그래, 그렇다고!"

"그렇다면! 자네가 바로 내가 기다리던 사람이 맞네. 자네한테 전해줘야 할 신의 돌을 내가 갖고 있으니 무슨 일이 있어도 자네한테 그걸 넘기겠네. 그게 내 임무거든. 그 기적의 돌인가 뭔가 하는 걸 자네가 가져야 하네."

"아니, 신의 돌이라니 웃기시네!" 보르스키가 발을 구르며 괴성을 질렀다. "네놈은 어디서 굴러먹다 온 놈이야? 난 누구의 도움도 필요치 않아. 신의 돌이라면 그건 이미 내게 있어. 내가 가지고 있단 말이야."

"보여주게."

"자, 이거야, 이게 무엇인 것 같아?" 보르스키는 아까 지팡이 손잡이 속에서 발견한 작은 돌덩어리를 호주머니에서 꺼냈다.

"어라?" 노인이 놀라서 물었다. "그건 또 어디서 난 건가?"

"왕홀 손잡이 속에서 발견했지. 손잡이를 열어볼 생각을 했거든."

"그게 뭔가?"

"신의 돌 조각이지."

"자네, 미쳐도 단단히 미쳤구먼."

"그럼 당신은 이게 뭐라고 생각해?"

"그거야, 반바지 단추지."

"뭐라고?"

"반바지 단추라고."

"증거는 있나?"

"사하라 흑인들이 쓰는 반바지 단추인데, 그 길쭉한 부분이 깨진 거야. 나한테도 한가득 있다고."

"빌어먹을, 증거를 대봐!"

"단추 조각을 거기에 넣어놓은 사람이 바로 나네."

"도대체 무슨 이유로?"

"마그녹이 손댔다가 제 손까지 잘라내게 한 보석 대신 넣어놓았지."

보르스키는 입을 다물었다. 도저히 갈피를 잡을 수 없었던 것이다. 이 기이한 인물에게 어떤 태도와 행동을 보여야 할지 알 수 없었다.

늙은 사제는 보르스키에게 다가와 부드럽고 다정한 아버지 같은 어조로 말했다.

"보게나, 친구. 나 없이는 안 될 걸세. 자물쇠 열쇠와 금고 암호는 내게 있거든. 대체 왜 망설이는 건가?"

"나는 당신이 누군지 몰라."

"유치하긴! 네 직분에 안 맞는 품위 없는 걸 권한다면 이렇게나 조심스러워하는 것도 이해하겠어. 그런데 내 제안은 도무지 양심에 티끌만큼도 거리낄 게 없는 제안이거든. 뭐라고? 됐어? 아니야? 이걸로도 안 된다고? 그렇다면 투타티스의 이름을 걸고 묻겠네. 이 의심 많은 보르스키야, 대체 뭐가 필요한가? 혹시 기적을 원하나? 세상에, 그렇다면 더 일찍 이야기하지 그랬나? 기적이라면 얼마든지 보여줄 수 있네. 매일 아침 커피를 마실 때마다 한 가지씩 떠올리거든. 생각해봐, 나는 드루이드라니까! 기적? 쳇, 까짓것 얼마든지 있지. 무얼 골라야 할지 모를 지경이군. 뭐가 좋겠나? 부활 코너를 한번 볼까? 머리카락이 마구 자라나게 해볼까? 미래를 내다볼까? 골라잡게. 그래, 자네의 서른 번째 희생자가 몇 시에 마지막 숨을 내쉬었나?"

"내가 어찌 알아?"

"11시 52분일세. 자네 감정이 너무 치솟는 바람에 회중시계가 멈췄어. 보라고."

말도 안 됐다. 제아무리 강렬한 감정적 충격을 받았다고 해도 회중시계에 어떤 영향을 미치겠는가. 하지만 보르스키는 자기도 모르게 회중시계를 꺼내보았다. 시계는 11시 52분을 가리키고 있었다. 시계를 다시 맞춰보려 했으나 고장 나 있었다.

노사제는 보르스키가 숨을 고를 겨를도 주지 않고 계속 말했다.

"놀랐지? 하지만 이건 말이야, 어느 정도 수준에 오른 드루이드한테는 식은 죽 먹기나 마찬가지네. 드루이드는 보이지 않는 걸 보는 사람이거든. 게다가 원하는 사람한테는 안 보이는 걸 보이게 할 수도 있지. 보르스키, 존재하지 않는 걸 보고 싶나? 자네 이름이 뭔가? 보르스키란 이름 말고 진짜 성, 즉 아버지의 성이 뭐야?"

"그건 알 필요 없어." 보르스키가 딱 잘라 말했다. "아무한테도 말한 적 없는 비밀이야."

"그렇다면 그걸 왜 적어두었나?"

"절대로 적어둔 적 없어."

"보르스키, 네가 지금 몸에 지니고 있는 작은 수첩 14쪽에 붉은 색연필로 적혀 있어. 찾아보게."

보르스키는 타인의 의지에 따라 움직이는 로봇처럼 기계적인 동작으로 조끼 안주머니에서 지갑을 꺼내 그 안에 들어 있던 수첩을 빼들었다. 14쪽까지 넘겨 본 후 이루 말할 수 없이 놀라며 혼잣말처럼 중얼거렸다.

"이럴 수가! 누가 이걸 적어놨지? 여기 적힌 내용을 알고 계신 겁니까…?"

"그걸 증명해주랴?"

"입 다무세요! 절대 안 됩니다…."

"자네 원하는 대로 하지, 친구. 내가 기적을 보여주는 건 모두 진실을 알리려고 하는 일이라네. 내게는 조금도 힘든 일이 아니니까! 일단 기적을 보여주기 시작하면 멈출 수가 없어. 그저 재미 삼아 하나만 더 해볼까. 자네, 셔츠 안쪽으로 메달이 달린 가느다란 은사슬 목걸이를 달고 있지?"

"그래요." 보르스키의 눈이 벌겋게 타오르는 것 같았다.

"그 메달은 액자로 되어 있는데 옛날에 그 안에 들어 있던 사진이 지금은 없지?"

"그래, 그래요···. 초상이었는데 그건···."

"어머니 사진이었지. 그래, 알아. 그리고 그걸 잃어버렸지."

"작년에 잃어버렸습니다."

"잃어버렸다고 **네가 믿었다**고 하는 편이 맞겠지."

"뭐라고요! 메달은 비어 있다니까요."

"비어 있다고 **네가 믿는** 거라니까. 비어 있지 않으니 확인해 보게."

보르스키는 두 눈을 휘둥그레 뜬 채 역시나 기계적인 동작으로 셔츠 단추를 풀고 은사슬 목걸이를 끄집어냈다. 메달이 같이 끌려나왔다. 동그란 황금 테 안에 어떤 여인의 초상이 들어 있었다.

"어머니··· 어머니야···." 아연실색하여 보르스키가 중얼거렸다.

"틀림없나?"

"틀림없습니다."

"그러면 이 모든 걸 어떻게 생각하나, 웅? 속임수도 아니고··· 광고도 아닐세. 이 늙은 드루이드가 이래 뵈도 원기 왕성하단 뜻이지. 이제 내 말을 듣겠나?"

"듣겠습니다."

보르스키는 고분고분해져 있었다. 노인 앞에 무릎을 꿇은 것이다. 보르스키의 미신적인 본능, 대대로 신비한 힘을 믿어요 신앙의 영향, 불안정하고 예민한 성격 따위가 한데 뒤섞여 사제 앞에 완벽히 복종할 수밖에 없었다. 여전히 경계하는 마음도 있긴 했으나 복종하지 못할 정도는 아니었다. 보르스키가 물었다.

"그게 멀리 있나요?"

"바로 옆에 있네. 큰 방에 있지."

옆에 있던 오토와 콘라트는 어리둥절한 태도로 이 대화를 듣고 있었다. 콘라트가 항의하려고 했으나 보르스키가 선수를 쳤다.

"겁이 나면 자네는 가게. (그러더니 다소 어색하게 다음 말을 덧붙였다) 정 뭐하면 총을 한시도 놓지 말게. 낌새가 이상하다 싶으면 발사해버리지."

"나를 쏜다고?" 노사제가 빈정댔다.

"적이라면 누구라도 쏘겠습니다."

"그렇다면 먼저 가보시지, 고 보르스키 씨('총 쏘기, 발사'의 뜻으로 쓰인 프랑스어 'feu'가 '고故'를 뜻하기도 한다는 점을 이용한 말장난 – 옮긴이)."

상대가 발끈하자 노인은 너털웃음을 터뜨렸다.

"고 보르스키라…. 재미없나 보지? 오! 사실 나 역시 별로라네…. 그저 한번 웃자고 해본 소리야…. 그런데 저쪽으로 안 가나?"

노인은 보르스키 일행을 봉안당 끝쪽으로 데리고 갔는데, 전체적으로 어두컴컴했고 등불을 비춰보니 내벽 아래쪽에 길쭉한 구멍이 나 있어 그 안으로 쑥 내려가게끔 되어 있었다.

잠시 망설이다가 보르스키가 구멍으로 들어갔다. 무릎을 꿇고 두 손을 짚은 채 비좁고 구불구불한 복도를 한참 기어가야 했는데, 잠시 후 커다란 방문턱에 다다를 수 있었다.

다른 이들이 뒤이어 도착했다.

노사제가 엄숙하게 선포했다.

"신의 돌이 모셔진 방일세."

방은 안으로 깊숙이 뻗어 있고 웅장했다. 크기나 형태로 보건대 위치상 바로 위의 지상에 펼쳐져 있는 광장과 비슷해 보였다. 거대한 신전 기둥같이 보이는 돌이 서 있고 그 개수와 위치가 지상 광장의 고인돌 위치와 같았다. 좌우 균형을 맞추는 등의 예술적인 면은 전혀 고려하지 않고 무지막지하게 도끼를 휘둘러 돌을 깎은 방식도 아주 비슷했다. 바닥은 육중하고 불규칙한 크기의 포석으로 이루어져 있었는데 중간중간 수로가 가로질러 나 있었으며 띄엄띄엄 저 위에서 비쳐 들어오는 밝은 빛이 만들어낸 원들이 있었다.

이 방의 중앙, 즉 마그녹 영감의 꽃밭 아래에 해당하는 부분에는 4~5미터 높이의 마른 석재로 된 단상이 마련되어 있었다. 그 위로 고인돌이 하나 서 있었는데 가로로 놓인 타원형 화강암 판석을 튼실한 두 기둥이 받치고 있었다.

"이게 **그 돌**입니까?" 보르스키가 목멘 소리로 물었다.

노사제는 질문에 직접적인 대답을 내놓는 대신 이렇게 말했다.

"어떻게 생각하나? 우리의 선조 말이네. 건축 기술이 대단하지 않나! 이 얼마나 기발한가! 세간의 눈을 피해 절대로 찾아낼 수 없도록 얼마나 신중을 기했느냐는 말이야! 이 빛이 어디서 들어오는지 아는가? 지금 우리는 섬의 지하 한복판에 있는 것이니 허공으로 창문을 낸 게 아니란 말일세. 이 빛은 위에 있는 선돌을 통해 들어오는 걸세. 선돌에 위아래를 관통하는 관을 뚫어놨는데 그 관은 아래로 갈수록 넓어져서 이토록 한껏 빛을 비추는 것이지. 정오 때 햇살은 정말로 환상적이라네. 자네는 예술가니까 그 경관을 보면 아마 탄복하고 말 거야."

"이게 **그 돌이** 맞습니까?" 보르스키가 다시 물었다.

"이 역시 신성한 돌인 건 맞네." 노사제가 태연하게 말했다. "지하 공희 장소를 지키고 있으며 그중에서 가장 중요한 돌이니까. 하지만 다른 돌 하나가 아래쪽에 더 있네. 이 고인돌이 지키는 돌인데 여기서는 안 보이지. 선택된 희생자들은 바로 그 돌 위에서 제물로 바쳐졌네. 연단 위로 흐른 피가 이 수로를 타고 벼랑까지 흘러 바다로 떨어졌지."

보르스키가 점점 더 흥분하며 물어보았다.

"그렇다면 이게 그 돌입니까? 다가가 보지요."

"움직일 필요 없네." 노인은 짜증 날 정도로 침착했다. "이 돌이 아니거든. 세 번째 돌이 있는데, 이 세 번째 돌을 보려면 고개를 약간 들기만 하면 돼."

"어디예요? 확실한 겁니까?"

"물론이지! 잘 쳐다보게…. 위쪽 판석 위로, 그래. 저 반원으로 된 천장에 큰 포석으로 된 모자이크처럼 보이는 곳⋯. 안 보이나? 여기서는 보이지? 따로 떨어져서 길쭉하게 난 포석⋯. 아래에 있는 판석처럼 길쭉하고 아주 비슷하게 깎인⋯. 마치 두 자매 같지 않은가⋯. 하지만 표식이 달린 진품은 하나뿐이지⋯."

보르스키는 실망했다. 좀 더 복잡다단하고 신비로운 곳에 숨겨져 있으리라 기대한 것이다.

"저게 신의 돌이라고요?" 보르스키가 물었다. "하지만 별로 특별해 보이지 않습니다."

"멀리서 보면 그렇지만 가까이서 보면 알 거야⋯. 가느다란 색 줄이 나 있고 특별한 입자가 번쩍거리는 광맥이지⋯. 한마디로 신의 돌이라는 말이야. 이 돌은 구성 입자도 그렇지만 기적 같은 힘을 가지고 있기에 아주 대단한 가치를 지녔네."

"무슨 기적 말입니까?" 보르스키가 물었다.

"자네도 알다시피 죽음이나 생명을 주고 다른 일들도 이루어주지."

"무슨 일이요?"

"제기랄! 왜 이리 질문이 많은가. 내가 그걸 어떻게 알아."

"아니! 모르신다고요⋯."

노사제가 몸을 기울이며 비밀을 털어놓듯 말했다.

"이보게, 보르스키. 털어놓을 게 있는데 실은 내가 허풍을 좀 떨었네. 내 역할이 매우 중요한 건 사실이지만(신의 돌 수호자는 제1선 직위일세) 상급자의 권위로 제한을 받고 있거든."

"어떤 권위 말입니까?"

"벨레다의 권위지."

보르스키가 다시 걱정스러운 기색으로 노사제를 바라보았다.

"벨레다?"

"음, 적어도 나는 그렇게 부르네. 최후의 여성 드루이드 벨레다 말이네. 진짜 이름은 나도 모르네."

"그 여자가 어디 있습니까?"

"여기에 있네."

"여기요?"

"그래, 희생 제물을 바치는 돌 위에 말일세. 지금은 자고 있지."

"뭐라고요! 자고 있다고요?"

"태곳적부터 수 세기나 자고 있다네. 나도 그 여자가 평온하고 순결하게 잠들어 있는 모습밖에 못 봤네. '숲 속의 잠자는 미녀'처럼 벨레다는 자기를 깨우도록 신들이 점지한 인물을 기다리고 있어. 그 인물은…."

"그 인물은?"

"그게 바로 보르스키, 자넬세."

보르스키가 눈살을 찌푸렸다. 말도 안 되는 이 이야기는 또 뭐란 말인가? 이 괴상망측한 인물한테 대체 무슨 꿍꿍이가 있는 걸까?

노사제는 계속 말을 이어갔다.

"어째 좀 난처해하는 것 같구먼? 보게, 자네가 서른 개의 관을 채워넣느라 손에 피가 묻었고 해서 동화 속 왕자님이 되지

말란 법은 없네. 자네, 너무 겸손하구먼. 내가 한마디 할까? 벨
레다는 인간의 정도를 뛰어넘을 만큼 빼어나게 아름답네. 아!
이 친구, 이제 좀 구미가 당기나? 아니라고? 아직도 안 내키
나?"

보르스키는 망설였다. 주변의 파도가 점점 불어나 금세 자신
에게 몰아칠 듯 위험이 점점 가까워지는 게 느껴졌다. 하지만
늙은이는 끈질겼다.

"한마디만 더 하지, 보르스키. (자네 동료들이 못 듣게 작게 말
함세.) 자네가 모친을 수의로 감싸면서 유언에 따라 모친께서
평소 절대 빼지 않던 반지를 검지에 끼우지 않았나. 굵직한 터
키옥이 중간에 박혀 있고 그 주위를 금테 두른 작은 터키옥이
한 줄로 에워싼 마술 반지 말일세. 내가 잘못 알고 있나?"

"아니요." 보르스키는 깜짝 놀라 속삭이듯 말했다. "아니에
요. 하지만 나는 그때 혼자였고 아무도 모르는 비밀인데…."

"보르스키, 만약 그 반지가 벨레다의 검지에 끼워져 있다면
날 믿겠나? 자네 어머니가 무덤에서, 자넬 맞아들여 손수 기적
의 돌을 전할 임무를 벨레다에게 맡겼다는 사실을 말이야."

보르스키는 이미 판석을 향해 걸어가고 있었다. 날렵하게 계
단을 올라가 판석 위까지 머리가 올라갔다.

"아!" 보르스키가 휘청거렸다. "반지… 반지가 손가락에 있
어."

고인돌 기둥 두 개 사이, 희생 의식을 위한 판석 위에 드루이
드 여사제가 발끝까지 내려오는 순백색의 드레스를 입고 누워
있었다. 상반신과 얼굴이 반대쪽으로 틀어져 있었고 이마에서

부터 드리워진 베일이 머리카락을 가리고 있었다. 맨살이 드러난 아름다운 팔이 판석 가장자리를 따라 드리워져 있었다. 검지에는 터키옥 반지가 끼워져 있었다.

"모친 반지가 맞나?" 노사제가 물었다.

"예, 틀림없습니다."

보르스키는 서둘러 바짝 다가가 거의 무릎을 꿇다시피 몸을 구부리고 터키옥을 살펴보았다.

"숫자가 맞아요…. 하나는 금이 가 있고… 접힌 금 잎사귀 테 아래로 터키옥 하나가 반쯤 가려져 있고."

"그렇게 조심할 필요 없네." 늙은이가 말했다. "여사제는 아무것도 못 듣기 때문에 자네 목소리를 듣는다고 깨지 않아. 일어나게, 그리고 벨레다 이마에 가볍게 손을 대보게. 손이 스칠 때의 자기력으로 깨어나는 걸세."

보르스키는 몸을 일으켰다. 하지만 여자에게 손을 대기가 꺼려졌다. 일종의 두려움과 함부로 하지 못할 경외심이 들었기 때문이다.

"자네 둘은 다가가지 말게." 노사제가 오토와 콘라트에게 말했다. "벨레다가 눈을 뜰 때 보르스키만 봐야 하네. 다른 어떤 것도 봐서는 안 돼…. 그래, 보르스키, 두려운가?"

"아닙니다."

"그저 별로 편치 않은 게로군. 살리는 것보단 죽이는 게 더 쉽지, 안 그래? 자, 용 좀 써 보라고! 여사제 베일을 들추고 이마에 살짝 손을 대보라니까. '신의 돌'이 눈앞에 있네. 앞으로 한 발만 내딛으면 세상이 자네 것이네!"

보르스키는 앞으로 나아갔다. 희생 제단과 마주 선 채로 여사제를 내려다보았다. 꼼짝하지 않는 여자의 상반신을 바라보았다. 기다란 흰옷은 호흡에 따라 규칙적으로 오르내렸다. 주저하는 손길로 보르스키는 베일을 젖히고 다른 손으로 드러난 이마를 만지기 위해 몸을 더욱 기울였다.

순간 보르스키는 손을 뻗으려다 말고 그대로 얼어붙었다. 마치 이해하지 못할 일을 이해해보려고 용을 쓰는 사람 같았다.

"아니, 왜 그러나, 이 친구." 사제가 외쳤다. "뭐에 홀린 듯한 표정이로군. 또 무얼 가지고 그러나? 도대체 뭐가 문제야? 내가 도와줘야 하나?"

보르스키는 아무 대답도 하지 않았다. 놀라움과 두려움이 한데 뒤엉킨 표정으로 얼이 빠진 듯 여사제를 바라보는데, 점점 더 극심한 공포에 빠져들고 있었다. 땀방울이 머리통에서 줄줄 흘러내렸다. 휘둥그렇게 뜬 눈으로 세상에서 가장 끔찍한 광경을 보는 사람 같았다.

늙은이가 껄껄 웃음을 터뜨렸다.

"세상에나, 자네 정말 못생겼구먼! 여사제가 신성한 눈꺼풀을 뜨고 그 끔찍한 상판대기를 안 봤으면 좋겠어. 주무시오, 벨레다. 꿈도 없는 깊은 잠을 주무시오."

보르스키는 우물거리며 무언가 몇 마디를 중얼거렸는데 점차 분노가 치미는 듯했다. 머릿속이 밝아지며 무언가를 깨닫고 있었던 것이다. 단어 하나가 입에서 맴돌았으나 차마 그 말을 꺼내지 못했다. 그 말을 꺼냄으로써 더 이상 이 세상에는 없는 존재(죽은 게 틀림없는 그 여자가 지금은 멀쩡하게 숨 쉬고 있지만),

자기가 죽여버렸으니 죽었을 수밖에 없는 그 여자가 다시 살아날 것 같은 생각에 두려웠던 것이다. 하지만 마침내 자기도 모르게 말을 토해냈고, 한 음절씩 내뱉을 때마다 견딜 수 없을 만큼 마음이 아려왔다.

"베로니크… 베로니크…."

"여사제가 그 여자를 닮은 것 같나?" 노사제가 이죽거렸다. "세상에, 그러고 보니 자네 말이 맞는 것 같네…. 얼핏 비슷하게 보이기도 해…. 안 그런가! 만일 자네가 그 여자를 직접 십자가에 매달지 않았고 여자가 숨을 거두는 순간에 바로 옆에 있지 않았다면, 자네는 두 여자가 동일 인물이라고 맹세했을 걸세…. 베로니크 데르주몽이 상처 하나 없이 살아 있다고 말이지. 그래, 흉터 하나 없고 손목에도 노끈으로 묶인 자국이 없군…. 하지만 잘 살펴보게, 보르스키. 이 얼마나 고요한 얼굴인가! 보는 사람에게도 위안을 주는 평온함 아닌가! 세상에, 자꾸 보다 보니 자네가 실수로 다른 여자를 십자가에 매단 것은 아닌지 의심이 드는걸! 생각해봐…. 그렇다니까! 옳거니, 이제 화살이 내게 돌아오기 시작하는군! 아이고, 투타티스 신이시여, 날 구해주소서. 예언자가 날 죽이려고 하옵니다."

보르스키가 몸을 일으켜 세워 노사제를 마주 보았다. 살면서 이토록 큰 증오와 분노를 담은 표정을 지은 적이 있었을까…. 이 노사제가 한 시간 전부터 아이를 골탕먹이듯 자신을 가지고 논 것이다. 더없이 훌륭한 위업을 달성한 보르스키에게 불현듯 이 인물은 매우 위험하고 무자비한 적으로 생각되었다. 그러니 기회가 생겼을 때 지체 없이 처단해야 한다.

"나는 이제 죽었구먼." 노인이 말했다. "나를 어떻게 할 텐가? 제기랄, 괴물 같은 놈…! 살려줘…! 살인자! 오! 그 강철 같은 손가락으로 내 목을 조르시겠다! 아니, 단검을 쓰려나? 아니면 노끈? 아니, 권총이겠군. 그게 낫지, 훨씬 깔끔해. 해보게, 알렉시스. 일곱 발 중에 벌써 두 발이 내 최고급 옷에 구멍을 내놨으니. 그럼 다섯 발이 남았겠군. 쏴보라고, 알렉시스."

한마디 한마디를 들을 때마다 보르스키는 점점 화가 치밀어 올랐다. 끝장을 내버리겠다고 마음을 굳힌 후 당장 명령을 내렸다.

"오토… 콘라트…. 준비됐나…?"

보르스키가 팔을 뻗어 총을 겨누었다. 부하 두 사람도 이를 따라 했다. 그 앞에서 네 발짝쯤 떨어져 있던 노인은 왠지 낄낄 웃어가며 애원했다.

"제발, 선량한 신사분들, 이 늙은이를 불쌍히 여겨서…. 다시는 이런 짓을 하지 않겠다니까…. 그저 죽은 듯이… 얌전히 지낼게…. 선량한 신사분들…."

보르스키가 다시 내뱉었다.

"오토… 콘라트… 준비하라고! 자… 센다…. 하나… 둘… 셋… 발사!"

총성 세 발이 동시에 울려 퍼졌다. 사제는 제자리에서 핑그르르 돌다가 똑바로 서서 적들을 정면으로 마주 보더니 비극적인 목소리로 소리쳤다.

"맞혔어! 제대로 관통했군! 입 뺑긋할 시간도 없이 즉사했구먼…! 노사제가 죽었다…! 이런 비참한 결말이라니! 아! 수다

떠는 걸 그리 좋아하던 늙은 사제가 말이지!"

"발사!" 보르스키가 미친 듯이 소리쳤다. "발사하란 말이야, 이 멍청한 놈들아! 발사!"

"발사! 발사!" 사제가 따라 했다. "팡! 팡! 팡! 팡! 심장에 벌레가 따끔…! 두 마리가 동시에! 아니… 세 마리인가! 자네, 콘라트, 팡! 팡…! 오토, 자네도!"

거대한 제실에 요란스럽게 총성이 울려 퍼졌다. 보르스키 일행은 황당할뿐더러 잔뜩 화가 나서 목표물을 향해 사정없이 총을 쏘아댔는데 늙은이는 천하태평으로 사지를 흔들며 춤을 추는가 하면, 쪼그려 앉았다가 놀라우리만치 날렵하게 풀쩍 뛰어오르는 것이었다.

"젠장, 동굴 구석에서 이렇게 웃게 될 줄 누가 알았나! 자네도 참 멍청하네, 보르스키! 그래도 꼴에 예언자라고! 어리석은 놈! 아니, 그 이야기를 다 믿은 게야? 폭죽이며 불꽃, 반바지 단추며! 네 늙은 어미의 반지 이야기까지! 얼빠진 놈! 저렇게 멍청해서야!"

보르스키가 멈춰 섰다. 총 세 자루에 총알이 다 떨어진 것이다. 하지만 어떻게 이럴 수 있단 말인가? 무슨 놀라운 기적이 일어난 걸까? 이 비현실적인 상황 뒤에 무엇이 자리 잡고 있단 말인가? 자기 앞에 서 있는 이 악마 같은 놈은 대체 누구인가?

보르스키는 쓸모없어진 무기를 집어던지고 노인을 노려봤다. 이놈을 붙들어 목을 졸라버릴까? 그러다 막 달려들 기세로 여자 쪽을 노려보았다. 하지만 현실 세계에서 벗어나 있는 듯한 이 기묘한 두 인물을 상대할 힘이 없다는 생각이 들었다.

보르스키는 잽싸게 몸을 돌려 부하들을 불러모아 달아나기 시작했다. 노사제는 뒤통수에 대고 실컷 비웃었다.

"그래, 옳다구나! 도망가신다 이거지! 그럼 신의 돌은 나더러 어쩌란 거야? 거참, 잽싸기도 하구먼! 불이라도 났나? 휘이! 휘이! 그래 꺼져라, 꺼져! 예언자 놈아⋯."

5
지하 제실

　보르스키는 이제껏 두려움을 느낀 적이 없었다. 하지만 방금 도망쳐 나온 것은 아마도 진정으로 두려웠기 때문이 아니었을까. 자신이 무슨 행동을 하는지도 깨닫지 못하는 상태였다. 겁먹은 머릿속에는 모순되고 상충하는 생각들만 좌충우돌했고 돌이킬 수 없을 만큼 실패했다는 느낌만 가득했는데, 그러한 패배감에는 일종의 초자연적인 색깔이 녹아 있었다.

　마술이나 기적을 믿는 보르스키는 운명이 점지한 인물인 자신이 임무에 실패하는 바람에 다른 인물이 그 자리를 대신 꿰찼다는 생각이 들었다. 신비한 두 힘이 서로 마주 보는 셈이었다. 하나는 보르스키 자신에게서 뿜어져 나온 힘이고 다른 하나는 노사제에게서 뿜어져 나온 힘이었는데, 후자의 힘이 전자를 삼켜버린 것이다. 베로니크의 부활과 노사제라는 인물의 온갖 말과 농담, 빙글빙글 도는 따위의 행동들은 괴상하기 짝이 없고 도무지 당해낼 수 없을 듯한 그자의 위력을 느끼게 했다. 이 모든 것이 보르스키에게는 마법처럼 신기하게 느껴졌고 더구나 태곳적 동굴 안의 독특한 분위기에 주눅까지 들었다.

보르스키는 빨리 지상으로 올라가고 싶었다. 다시 숨을 내쉬고 확인하고 싶었다. 그 무엇보다도 가장 먼저 보고 싶었던 건 자신이 직접 베로니크를 매달아 숨을 거두게 했던 그 벌거숭이 나무였다.

"여자는 확실히 죽었어." 보르스키는 가장 큰 봉안당과 세 번째 봉안당을 잇는 좁은 통로를 기어가며 그르렁댔다…. "그 여자가 죽은 건 확실해…. 죽은 게 어떤 건지는 내가 잘 알고 있지…. 내가 죽음에 얼마나 익숙한데, 절대로 착각했을 리 없어. 그렇다면 어떻게 그 괴물 놈이 여자를 되살린 거지?"

보르스키는 아까 왕홀 같은 막대를 집어들었던 받침대 근처에서 우뚝 멈춰 선 채 입을 뗐다.

"그런데 말이지…."

뒤를 따라오던 콘라트가 소리쳤다.

"말만 하지 말고 서두르자고요."

보르스키는 떠밀리면서도 계속 입을 놀렸다.

"내 생각을 말해볼까, 콘라트? 우리에게 보여줬던 잠자는 여자 말이야, 분명 **그 여자**가 아닐 거야. 아니, 살아 있기나 했을까? 아! 늙은 마귀 놈이 제법이야. 분명 가짜로 꾸며냈던 거야…. 밀랍 인형으로 여자와 비슷하게 만들어놓은 거라고."

"제정신이 아니군요. 걷기나 하자고요!"

"내가 미친 게 아니야. 그 여자는 살아 있지 않았어. 나무 위에서 죽은 여자는 확실히 죽었거든. 저 위에 가보면 죽은 채로 그대로 있을 거야, 장담할 수 있어. 기적이라 쳐도 그런 식의 기적은 아니란 거지…!"

이번에는 등불이 없었기 때문에 세 사내는 벽이며 선돌에 마구 부딪히며 나아가고 있었다. 이들의 발걸음 소리가 둥근 천장에 반향을 일으키며 울려 퍼졌다. 콘라트는 쉴 새 없이 구시렁댔다.

"제가 뭐라고 했습니까…. 놈 대갈통을 박살 내야 했다고요."

한편 오토는 걷느라 숨이 찼는지 잠잠했다.

이들은 이렇게 더듬더듬 첫 봉안당 전에 지나왔던 입구 통로에 도착했다. 통로 윗부분, 즉 죽은 참나무 뿌리 아래에 이들이 파놓은 곳으로 빛이 비칠 만했지만 지하 통로의 처음 방은 상당히 어두웠다.

"이상한데요." 콘라트가 말했다.

"쳇!" 오토가 대꾸했다. "벽으로 난 계단만 찾으면 되는걸. 자, 여기 찾았다. 첫 계단… 다음 계단….'"

오토가 계단을 타고 올라가다가 문득 걸음을 멈췄다.

"더 이상 갈 수가 없어요…. 무너져 내린 것 같아요."

"그럴 리가!" 보르스키가 말했다. "기다려봐…. 깜빡 잊고 있었군…. 내게 라이터가 있었는데."

보르스키가 라이터를 켬과 동시에 세 사람의 입에서 분노에 찬 외침이 비어져 나왔다. 계단 맨 위쪽과 방의 절반가량이 돌과 흙더미 아래 파묻혀 있었고, 그 한가운데에 죽은 참나무 기둥이 미끄러져 내려와 있었다. 그쪽으로 빠져나갈 도리는 없었다.

보르스키는 현기증을 주체하지 못하고 계단에 주저앉았다.

"우린 망했어…. 그 망할 늙은이가 다 꾸며놓은 짓이야…. 그 말은 놈이 혼자가 아니라는 거지."

그러면서 당치도 않은 말로 신세 한탄을 시작했다. 불리한 싸움을 계속할 힘이 없었던 것이다. 콘라트가 분통을 터뜨렸다.

"원, 세상에. 사람이 왜 이렇게 변했습니까, 보르스키."

"그 사람을 당해낼 도리가 없어."

"도리가 없다고요? 벌써 내가 스무 번은 말했는데, 일단 그놈 목을 비틀어버리자고요. 아! 날 막지만 않았어도…!"

"놈한테 손도 못 댔을 거다. 총알 하나도 맞힐 수 없었잖아?"

"우리 총알… 우리 총알…." 콘라트가 중얼거렸다…. "그 모든 것이 정말 이상하단 말이에요. 라이터 좀 줘보세요…. 수도 원 집에서 접수한 다른 총이 하나 있는데 어제 아침에 내가 직접 총알을 넣어뒀어요. 그걸 좀 확인해야겠습니다."

콘라트는 권총을 살펴보더니 탄창에 들어 있던 실탄 일곱 발을 누군가 탄피뿐인 공포탄으로 모두 바꾸어놓았다는 사실을 발견했다.

"이제야 이해되는군요." 콘라트가 말했다. "그 노사제는 마법과는 아무런 상관도 없는 놈이에요. 만약 총이 제대로 장전되어 있었으면 놈은 개처럼 죽었을 겁니다."

하지만 이런 설명을 듣자 보르스키는 더욱 아연실색했다.

"그렇다면 어떻게 실탄을 공포탄으로 바꿔놓았을까? 놈이 어느 순간에 우리 주머니에 들어 있던 총을 꺼내 무용지물로 만들고는 다시 넣어놨단 말이지? 한시도 총을 따로 둔 적이 없었단 말이야."

"나도 마찬가지예요." 콘라트가 인정했다.

"손을 댔다면 내가 몰랐을 리 없다고. 그렇다면 뭐야…? 그거야말로 그 악마가 특별한 힘을 지녔다는 증거 아닌가? 사실을 그대로 직시해야 해. 그자는 무언가 자신만의 비법이 있는 사람이야… 자기만의 수단… 수단이 있어…."

콘라트가 어깨를 으쓱했다.

"보르스키, 이 일 때문에 정말 망가지셨습니다… 목적을 거의 다 이뤄놓고 처음으로 나타난 장애물로 모든 걸 놔버리려고 하다니, 별 볼일 없는 겁쟁이 아닙니까? 난 말입니다, 당신처럼 포기하지 않습니다. 망했다고요? 아니, 왜요? 놈이 우릴 쫓아온다고 해도 우린 셋이지 않습니까."

"놈은 안 올 거야. 여기에 우릴 내버려 둔 채 출구 없는 땅굴에 꼼짝없이 가둬놓겠지."

"놈이 안 온다면 내가 그쪽으로 가면 됩니다! 칼이 있으니 그거면 됩니다."

"잘못된 생각이야, 콘라트."

"뭐가 잘못됐습니까? 한 놈은 거뜬히 처치할 수 있어요. 특히 그 늙은이 정도는 말입니다. 놈을 도울 사람이라곤 잠든 여자뿐이니."

"콘라트, 놈은 보통 남자가 아닐세. 그 여자도 보통 여자가 아니고. 조심해야 해."

"조심하지요, 하지만 가볼 겁니다."

"가본다… 가본다라…. 대체 계획이 무언가?"

"계획 같은 건 없어요. 아니, 딱 하나 있지요. 놈을 죽이는 겁니다."

"어쨌든 조심하게…. 정면으로 공격하지 말고 기습해야 하
네."

"물론입니다!" 걸어가며 콘라트가 말했다. "그자 손에 덥석
걸려들 만큼 내가 바보인 줄 아십니까? 걱정하지 마시지요. 놈
은 이미 죽은 목숨입니다!"

콘라트가 대담하게 나오자 안심이 됐다.

콘라트가 멀어지자 보르스키가 말했다. "결국 저 녀석 말이
맞아. 그 늙은 사제가 우릴 쫓아오지 않았다는 건 다른 꿍꿍이
가 있다는 소리 아니겠어. 다시 돌아와서 자길 치리라곤 상상
도 못 하고 있을 게 틀림없으니 콘라트가 놈을 기습할 수 있을
거야. 어떻게 생각하나, 오토?"

오토도 같은 생각인 모양이었다.

"조금만 참고 기다리면 되겠지요."

15분이 흘렀다. 보르스키는 점차 평정을 되찾았다. 지나치게
큰 희망을 품었다가 크게 실망한 탓인지 아니면 간밤의 도취로
심신이 피로하고 쇠약해져서 그랬는지, 어쨌든 지나치게 쉽게
굴복한 감이 없지 않았다. 다시금 맞싸우려는 욕망이 불끈불끈
솟아오르며 상대방을 끝장내고 말겠다는 생각이 들었다.

"누가 아나." 보르스키가 말했다. "콘라트가 벌써 해치웠을
지…?"

보르스키는 이제 지나치게 자신만만해져서 당장 길을 되짚
어 달려가려는 중이었다. 불안정한 성격을 보여주는 것이다.

"가보자고, 오토. 이제 목적을 거의 다 달성했어. 그 늙은 놈

하나만 해치우면 돼. 칼 있나? 아니, 그것도 필요 없지. 이 두 손이면 충분해."

"하지만 드루이드한테 동료가 있으면 어쩌실 겁니까?"

"두고 보면 알겠지."

그러면서 다시 봉안당으로 통하는 길로 되돌아가 통로가 서로 교차하는 입구를 조심스럽게 살피며 나아갔다. 아무 소리도 들리지 않았다. 이들은 세 번째 봉안당에서 흘러나오는 희미한 불빛을 바라보며 나아갔다.

"콘라트가 성공한 게 틀림없어." 보르스키가 확언했다. "그렇지 않았다면 우리 쪽으로 도망쳐 왔을 테니까."

오토가 동의했다.

"물론이지요. 되돌아오지 않은 건 좋은 신호예요. 15분 동안 그 사제 놈이 혼쭐이 났을 겁니다. 콘라트는 절대로 만만한 놈이 아니니까."

두 사내는 세 번째 봉안당으로 들어갔다. 모든 것이 그대로였다. 왕홀은 받침대 위에 있고 보르스키가 풀어놨던 손잡이는 조금 멀리 땅바닥에 떨어져 있었다. 보르스키는 이들이 처음 도착했을 때 늙은 사제가 잠들어 있던 그늘진 구석으로 눈을 돌렸다가 그 늙은이의 모습을 다시 발견하고는 그만 깜짝 놀랐다. 노인은 원래 있던 자리가 아닌 그늘진 구석과 복도 출구 사이에 있었다.

"빌어먹을! 놈이 무얼 하는 거지?" 예기치 못한 노인의 출현에 당황한 보르스키가 더듬거렸다. "아니, 자고 있나!"

아니나 다를까, 늙은 사제는 잠이 든 것 같았다. 그런데 왜 바

닥에 배를 깔고 두 팔은 십자 모양으로 엇갈리게 뻗은 채 땅바
닥에 코를 처박고 자는 걸까?

조금이라도 경계한다면, 아니 적어도 위험이 닥치리라는 사
실을 아는 사람이라면 이런 식으로 순순히 적에게 자신을 내주
겠는가? 대체 어째서(보르스키의 눈이 점차 어둠에 익숙해지자 뒤
쪽 제실의 암흑을 꿰뚫어볼 수 있었다) 노인의 흰옷에 붉은색으로
보이는 얼룩이 있는 걸까? 얼룩은 분명 붉은색이었다. 의심의
여지가 없었다. 그런데 왜 그런 거지…?

오토가 나직이 말했다.

"놈의 자세가 이상해요."

보르스키도 같은 생각을 하던 차라 이렇게 말했다.

"그래, 시체나 할 법한 자세지."

"시체 자세라." 오토도 동의했다. "그 말이 딱 맞아요."

잠시 후 보르스키가 한 발 뒤로 물러서며 외마디 비명을 내
질렀다.

"오! 이럴 수가!"

"뭐가요?" 오토가 물었다.

"두 어깨 사이에… 보게…."

"뭐가요?"

"칼이…."

"무슨 칼이요? 콘라트 칼?"

"콘라트 칼이 맞아." 보르스키가 대꾸했다…. "콘라트 칼…
어떻게 생겼는지 내가 알지…. 그게 어깨 사이에 꽂혀 있어."

"붉은 얼룩이 저기에서 나오는 거야…. 피라고… 상처에서

<u>흐르는 피.</u>"

"그렇다면 놈이 죽은 겁니까?" 오토가 말했다.

"죽었다…. 그렇지, 늙은 드루이드가 죽었다…. 콘라트가 기습에 성공해서 죽인 거야…. 노사제가 죽었다!"

보르스키는 꼼짝도 않는 시체 위로 달려들어 자기도 한 대 갈길 태세로 한참 주위를 어슬렁댔다. 하지만 노인이 살아 있을 때와 마찬가지로 죽어서도 감히 만질 엄두가 나지 않았다. 마침내 용기를 내서 한 일이라고는 상처에서 칼을 잡아빼는 것뿐이었다.

"아! 나쁜 놈." <u>보르스키가</u> 소리쳤다. "꼴 좋군. 콘라트 그 친구가 아주 거칠거든. 콘라트, 내 이 일을 결코 잊지 않겠네."

"그런데 콘라트는 어디에 있는 거예요?"

"신의 돌 제실에 있겠지. 아! 오토, 노사제가 저 방에 놔둔 여자를 빨리 다시 가서 봐야겠어. 그 여자도 혼쭐을 내줘야지!"

"오호라, 그게 살아 있는 여자였다고 믿으시는 거군요?" 오토가 빈정댔다.

"아무렴, 팔팔하게 살아 있지…! 그 늙은 사제처럼 말이야. 마법사란 놈은 자기만 아는 술수를 쓰는 사기꾼에 불과해서 진짜 능력이라곤 하나도 없었던 거야…. 이게 그 증거라고…!"

"사기꾼이라고 칩시다." 오토가 항의했다. "그자는 신호를 보내서 이 동굴이 있는 위치를 우리한테 알렸단 말입니다! 그런데 대체 무슨 목적으로 그런 걸까요? 여기서 그자가 무얼 하고 있던 걸까요? 신의 돌에 대한 비밀이며 그 돌을 손에 넣어 사용하는 정확한 방법을 그자가 알고 있을까요?"

"오토, 네 말대로 수수께끼가 허다하지." 너무 자세히 이 문제를 생각해보고 싶지 않았던 보르스키가 말했다. "하지만 수수께끼들은 저절로 풀릴 테고 지금으로선 걱정할 필요가 없네. 문제를 일으킨 건 이 괴상한 인물이었으니 말이야."

그리하여 두 사람은 큰 봉안당으로 이어지는 좁은 복도를 세 번째로 기어갔다. 보르스키는 의기양양한 승리자처럼 고개를 쳐들고 자신만만한 눈빛으로 봉안당에 들어섰다. 더 이상 장애물이나 적은 없었다. '신의 돌'이 포석 사이에 있든 다른 곳에 있든, 자신이 찾아내리라는 건 분명한 사실이었다. 그렇다면 그 신비한 여자에 대한 일만 남았는데, 베로니크의 모습을 한 여자가 절대로 베로니크일 수가 없으니 그 정체를 밝힐 참이었다.

"만약 여자가 아직도 있다면 말이지." 보르스키가 중얼거렸다. "그런데 왠지 없을 것 같단 말이야. 노사제가 꾸민 이 아리송한 작전에서 그저 배우일 뿐인 여자는 노사제가 날 쫓아냈다고 믿고⋯."

보르스키는 그렇게 중얼거리며 앞으로 나아가 단상으로 이어지는 계단을 올라갔다.

여자는 그대로 있었다.

고인돌 아래 판석 위에 누워 처음처럼 베일로 둘러싸여 있었다. 팔은 더 이상 바닥으로 늘어져 있지 않았다. 오로지 손 하나만 베일 밖으로 나와 있었다. 물론 손가락에는 터키옥 반지가 있었다.

오토가 말했다.

"여자가 움직이지 않아요. 계속 자고 있어요."

"아마 정말로 자는 거겠지." 보르스키가 말했다. "좀 더 지켜보고 싶군. 내가 하는 대로 두고 봐."

보르스키가 다가갔다. 무심코 시선이 내려가 그제야 아직 콘라트의 단검을 손에 들고 있으며 이 무기를 사용할 수 있음을 깨달은 것 같았다. 여자를 죽일 생각이 든 것이다.

여자에게서 기껏 세 발짝 정도 떨어진 곳까지 다가가서야 드러난 여자의 두 손목이 타박상에 의한 검정 반점으로 온통 뒤덮여 있는 게 눈에 띄었다. 노끈으로 묶어둔 자국임이 틀림없다. 그런데 한 시간 전에는, 노사제도 지적했듯 손목에는 아무런 흔적도 없지 않았던가!

보르스키는 이내 불안해졌다. 일단 십자가에 매달렸던 여자가 확실한데, 그렇다면 누군가 자기 눈앞으로 여자를 옮겨놨다는 소리였기 때문이다. 두 번째로 불안했던 이유는 다시금 기적의 영역으로 불쑥 들어섰기 때문이다. 베로니크의 팔이 두가지 서로 다른 모습으로 눈앞에서 오락가락하는 것 같았다. 살아 있는 여자의 깨끗한 팔과 고통받으며 죽은 희생자의 팔이….

보르스키가 떨리는 손으로, 마치 자신을 구원해줄 유일한 무기인 것처럼 단검을 꼭 움켜쥐었다. 혼란스러운 머릿속에서 다시 한 번 여자를 죽이겠다는 생각이 떠올랐다. 이미 죽어 있는게 틀림없으니 죽이기 위해서가 아니라 끈질기게 괴롭히는 보이지 않는 적을 침으로써 모든 재앙을 한 방에 쫓아내기 위해서였다.

보르스키는 팔을 쳐들었다. 어디를 찌를지도 정했다. 순간 더없이 잔인한 보르스키 특유의 표정은 범죄를 저지르는 기쁨으로 환히 빛났다. 보르스키는 별안간 팔을 내리꽂았다. 손이 가는 대로 열 번이고 스무 번이고 온 힘을 다해 미친 사람처럼 찍어댔다.

"자… 주, 죽어라." 보르스키가 더듬거렸다…. "다시 또 죽어…. 끝장을 보자고…. 너는 날 방해하는 악령이야… 널 죽여버리겠다…. 날 좀 내버려 두고 죽어버려…! 내가 유일한 주인이 되게 죽어버리라고…!"

그러다 숨을 고르려고 동작을 멈췄다. 보르스키는 기진맥진했다. 자기가 무엇을 보는지도 모르는 듯 멍한 시선이 갈가리 찢긴 시체의 끔찍한 광경으로 향했는데, 이때 위쪽에서 비쳐드는 햇살과 자기 사이에 무언가 끼어든 것 같은 기묘한 느낌을 받았다.

"자네 모습을 보면 뭐가 떠오르는지 아나?" 낯선 목소리가 말했다.

보르스키는 얼어붙었다. 오토 목소리가 아니었다. 여전히 여자의 시체에 꽂힌 단검을 움켜쥔 채 고개를 수그린 보르스키의 귓가에 목소리가 들려왔다.

"자네 모습을 보면 뭐가 떠오르는지 아나, 보르스키? 우리나라 황소가 생각나네. 내가 스페인 사람이라는 것도 이참에 말하네만, 나는 대단한 투우 애호가란 말이지. 무슨 말이냐고? 황소들은 말이야, 쓸모없어진 늙다리 말 몇 마리를 뿔로 찔러 죽여놓고는 생각날 만하면 되돌아와서 그놈을 뒤집어보고 다시

한 번 뿔로 찌르면서 끝없이 죽이고 또 죽인다네. 네가 그놈들 같아, 보르스키. 화가 머리끝까지 났다고 했나. 살아 있는 적에게서 자신을 지키려고 세상을 떠난 적에게 분풀이하는 셈이지. 죽음 그 자체를 죽이려는 거란 말이네. 이 짐승 같은 놈!"

보르스키가 고개를 들었다.

자기 앞에 한 남자가 고인돌 기둥 하나에 기대어 서 있었다. 중간키에 늘씬하고 균형 잡힌 몸매를 하고 있었으며 관자놀이 부분에 희끗희끗한 머리칼이 보이기는 했지만 꽤 젊어 보였다. 금색 단추가 달린 짙은 청색 선원 작업복에 검정 챙이 달린 선원 모자를 쓰고 있었다.

"기억하려고 애쓸 것 없어." 남자가 말했다. "자넨 날 모르니까. 이름은 돈 루이스 페레나, 스페인 대귀족이고 다른 무수한 나라에서 영주로 있으며 사레크 섬의 왕자라네. 그래, 놀라지 말게. 사레크 섬의 왕자, 방금 나 스스로 부여한 직위지만 내게는 자격이 충분하단 말이지."

보르스키는 영문을 모른 채 멍하니 남자를 바라보았다. 낯선 이가 말을 이었다.

"자네가 스페인 귀족 명부에 익숙지 않은 것 같군. 그래도 기억해보게⋯. 바로 이 몸이 데르주몽 가족과 사레크 주민을 구하러 오기로 한 그 사람이거든⋯. 자네 아들 프랑수아가 그토록 순진하게 기다리던 그 사람⋯. 어? 기억나? 그렇지, 자네 동료인 충직한 오토는 떠오르는 게 있나 보군⋯. 하지만 나의 다른 이름을 들으면 자네도 무언가 알지 모르겠어⋯. 그 이름이 훨씬 잘 알려졌으니까⋯. 뤼팽⋯ 아르센 뤼팽이라고 들어봤나?"

남자를 바라보며 보르스키는 점점 더 공포에 사로잡혔다. 이 새로운 적수의 말 한마디에, 움직임 한 번에 의심은 확신으로 변해가고 있었다. 분명 남자도, 또 그의 목소리도 알지 못했지만 이미 경험한 바 있는 위엄에 짓눌리고 가차 없는 조롱기에 호되게 얻어맞은 듯했다. 어떻게 이런 일이 가능하단 말인가?

"자네가 무슨 생각을 하든 세상에 불가능한 일이란 없네." 돈 루이스 페레나가 계속 말을 이어갔다. "그런데 다시 한 번 말하지만, 자네는 정말 짐승 같은 놈이로군! 맙소사! 대단한 깡패나 통 큰 모험가인 체하지만 실은 자신이 저지른 범죄 속에서도 우왕좌왕하는 놈이야! 일단 신나게 죽이는 부분에서는 제대로 달리더군. 그런데 장애물이 나타나자마자 미치는 것 좀 보라고. 보르스키가 죽인다, 그런데 누굴 죽인 걸까? 그것도 모르고 있어. 베로니크 데르주몽이 죽었을까, 살았을까? 십자가형을 당한 참나무 위에 묶여 있을까? 아니면 이 제단 위에 누워 있을까? 그 여자를 저 위에서 죽였을까, 이 방에서 죽였을까? 오리무중이지. 심지어 여자를 치기 전에 누굴 치는지 들여다볼 생각도 안 했어. 자네에게 중요한 건 팔을 휘둘러 내리치는 것, 피를 보고 그 냄새에 도취되는 것, 살아 있는 살점을 혐오스러운 곤죽으로 만들어버리는 것, 바로 그런 것들뿐이지. 사람을 죽일 땐 죽이는 걸 두려워하지 말고 당하는 사람의 얼굴을 가리지 말아야 하는 법이야. 그러니 지금이라도 들여다보라고, 이 등신아."

돈 루이스는 몸소 시체 위로 몸을 수그려 얼굴을 덮은 베일을 걸었다.

보르스키는 고집스럽게 눈을 감아버렸다. 또한 무릎을 꿇고 죽은 여자의 다리에 가슴을 짓이긴 자세로 꼼짝하지 않았다.

"그래, 알아챘나?" 돈 루이스가 빈정댔다. "차마 쳐다보지 못하는군. 짐작했거나 아니면 곧 짐작하게 될 테니. 안 그래, 이 파렴치한 놈아? 그 멍청한 머리로 계산은 해봤나? 사레크 섬에는 여자가 둘 있었어. 두 명밖에 없었지, 베로니크와 다른 한 명…. 다른 여자 이름이 엘프리드던가? 아니, 내 말이 틀렸나…? 엘프리드와 베로니크는 자네의 두 아내지…. 한 명은 레이놀드의 어머니, 다른 한 명은 프랑수아의 어머니…. 그리고 만약 자네가 십자가에 매달았고 방금 찔러댄 여자가 프랑수아의 어머니가 아니라면 레이놀드의 어머니란 말이지…. 이렇게 손목에 형벌 자국이 가득한 여자가 베로니크가 아니라면 엘프리드라고. 착각할 여지가 없어…. 엘프리드, 자네 부인이자 공범이며… 저주받은 자네의 영혼이나 다름없는 자…. 자네가 이 사실을 너무나 잘 알고 있기에 살짝이라도 시체 얼굴을 보느니 차라리 내 말을 그대로 믿고 싶은 거야. 이 죽은 여자 얼굴, 자네한테 고문받은 이 순종적인 동반자의 얼굴을 보는 게 어려웠겠지. 이 겁쟁이, 저리 꺼져!"

아니나 다를까, 보르스키는 팔을 구부려 얼굴을 가리고 있었다. 눈물을 흘리지는 않았다! 보르스키는 눈물을 흘릴 줄 모르는 인간이었다. 하지만 두 어깨는 경련이라도 일으킨 듯 들썩였고 그 움직임에는 처절한 절망이 담겨 있었다.

이런 상태가 한참 지속됐다. 이윽고 어깨의 떨림이 멈추었다. 하지만 보르스키는 움직이지 않았다.

"정말이지, 자네가 불쌍하다는 생각도 드는군." 돈 루이스가 다시 입을 열었다. "엘프리드를 그토록 아꼈나? 습관인가, 그래? 부적 같은 그런 거야? 세상에, 멍청해도 그런 수준으로 멍청할 순 없지! 무슨 일을 할 때는 알고 난 뒤에 하는 법이야! 조사한다고! 생각해본다는 말이야, 젠장! 그런데 갓난애가 물에 뛰어들 듯 범죄로 풍덩 뛰어든 꼴이라니. 그러니 그 속으로 빨려 들어가 가라앉는 게 놀라울 것도 없지. 자, 늙은 드루이드 사제는 죽었을까, 살았을까? 콘라트가 자기 단검을 그 등에 꽂았을까, 아니면 내가 콘라트의 등에 단검을 꽂았을까? 그보다 그 미치광이 드루이드 사제의 역할을 했던 건 나일까? 간단히 말해서 늙은 사제와 스페인 대귀족은 모두 존재할까, 두 인물이 실은 한 사람일까? 자넨 가련하게도 이 모든 일이 도무지 뭐가 뭔지 감도 못 잡고 있지. 그래도 상황을 이해해봐야 하지 않겠나. 내가 도와줄까?"

지금껏 깊이 생각해보지 않고 행동했던 건 사실이지만, 고개를 든 보르스키의 표정으로 보아 이번만큼은 깊이 생각해본 후 자기가 궁지에 몰려 절망적인 결정을 내릴 수밖에 없도록 상황이 돌아가고 있음을 깨달은 듯했다. 물론 돈 루이스가 권하듯 상황을 이해해볼 준비도 되어 있었으나 손에서 놓지 않은 단검을 사용해야겠다는 마음도 굳히고 있었다. 자기 의도를 별로 감출 생각도 없이 보르스키는 돈 루이스의 눈을 정면으로 바라보며 느릿한 동작으로 시체에서 단검을 뽑고 몸을 곧추세웠다.

"조심하게." 돈 루이스가 말했다. "그 칼도 자네 총처럼 위조

됐을 수 있으니 말이야. 실은 은종이로 만든 칼이라네."

실없는 농담이었다. 보르스키가 이성적인 숙고 끝에 최후의 결전을 벌이겠다고 마음먹은 이상, 그 어떤 것도 이 과정을 앞당기거나 늦출 수 없었다. 보르스키는 신성한 제단을 한 바퀴 빙 돌아 돈 루이스 앞에 버티고 섰다.

"그렇다면 며칠 전부터 내 일을 사사건건 가로막고 다닌 사람이 너였나?" 보르스키가 물었다.

"딱 스물네 시간 전부터지. 사레크에 도착한 지 스물네 시간 됐거든."

"끝까지 가보겠다는 건가?"

"가능하면 그보다 더 멀리 가보고 싶군."

"왜지? 무슨 득을 보겠다고?"

"관심이 있거든. 그리고 네가 하는 꼴이 정나미가 떨어져서 그래."

"그렇다면 합의할 생각은 없나?"

"없어."

"내 일에 가담할 생각은?"

"그걸 말이라고 하나!"

"절반을 주지."

"난 전부를 원하네."

"그 말은 신의 돌을 원한다…?"

"신의 돌은 내 거야."

더 이상 말은 필요 없었다. 이 정도 되는 인물은 제거해버려야 한다. 안 그러면 이자한테 제거당할 테니까. 두 가지 결말 중

하나를 택해야 한다. 세 번째 결말은 존재하지 않았다.

돈 루이스는 여전히 기둥에 등을 기댄 채 태연했다. 보르스키는 머리 하나만큼 키가 커서 돈 루이스를 내려다보고 서 있었는데 힘이나 근육, 몸무게 등 모든 면에서 자신이 월등하다는 느낌을 받았다. 이런 상황에서 어떻게 망설일 수 있을까? 게다가 돈 루이스가 단검에 찔리기 전에 제대로 방어하거나 피하기란 불가능해 보였다. 그자가 지금 당장 움직이지 않는다면 방어 태세를 취한다 해도 이미 늦고 말 것이다. 그런데 돈 루이스는 꼼짝도 하지 않고 있었다. 그래서 보르스키는 이미 죽은 것이나 마찬가지인 사냥감을 찌르듯 마음 놓고 칼을 내찔렀다.

하지만 3~4초 후 보르스키는 무기를 놓치고 바닥에 쓰러져 있었는데(너무도 순식간에, 도무지 묘사할 수 없는 방식으로 벌어진 일이라 보르스키는 자기가 왜 졌는지조차 알 수 없었다), 두 다리는 막대기로 한 방 얻어맞은 듯했고 꼼짝할 수 없는 오른팔은 금방이라도 비명이 터질 만큼 아팠다.

돈 루이스는 보르스키를 묶을 생각도 없이, 옴짝달싹 못 하는 커다란 몸통에 한 발을 얹은 후 몸을 반쯤 수그려 입을 열었다.

"일단 연설은 삼가겠네. 자네는 좀 지루하겠지만 내 방식대로 나중에 말해주겠네. 들으면 알겠지만 나는 이 사건의 처음부터 끝까지 모조리 알고 있어. 다시 말해 자네보다 훨씬 더 잘 알고 있단 말이지. 단지 하나 모르는 게 있는데, 그건 자네가 알려줘야겠어. 자네 아들 프랑수아 데르주몽은 어디에 있나?"

대답이 없자 다시 물었다.

"프랑수아 데르주몽이 어디에 있나?"

보르스키는 우연히 예기치 못한 카드를 손에 쥐어 완전히 진 게 아니라고 판단했는지 고집스럽게 침묵을 지켰다.

"대답을 거부하는 건가?" 돈 루이스가 물었다. "하나… 둘… 셋…. 여전히 거부하나? 좋아!"

돈 루이스가 가볍게 휘파람을 불었다.

남자 네 명이 방 한구석에서 불쑥 튀어나왔다. 구릿빛 피부에 모로코 출신 아랍인들처럼 보였다. 돈 루이스처럼 선원 작업복에 윤이 나는 챙 달린 모자를 쓰고 있었다.

다섯 번째 인물이 바로 그 뒤에 나타났다. 오른쪽 다리에 의족을 한 프랑스 상이용사 장교였다.

"아! 당신입니까, 파트리스?" 돈 루이스가 말했다.

돈 루이스는 깍듯이 격식을 차려 소개했다.

"여기는 내 가장 절친한 친구 파트리스 벨발 대위네. 그리고 여기는 독일 놈 보르스키 씨."

그런 뒤 이어 말했다.

"새로운 소식은 없습니까, 대위님? 프랑수아는 못 찾았나요?"

"예."

"이제 한 시간 후면 그 아이를 찾아서 여기를 뜰 겁니다. 우리 사람들은 다 배로 돌아왔나요?"

"그렇습니다."

"그쪽은 일이 잘되고 있나요?"

"물론이지요."

돈 루이스는 네 명의 모로코인에게 명령했다.

"이 독일 놈을 붙들어서 저 위쪽 고인돌에 올려놓게. 묶을 필요는 없어, 손 하나 까딱 못 하게 해놓았으니. 아! 잠깐만."

그러더니 보르스키의 귀에 대고 속삭였다.

"떠나기 전에 천장 포석 사이에 있는 저 신의 돌을 잘 봐두게. 그 늙은 드루이드가 거짓말을 한 게 아니거든. 수 세기 동안 사람들이 찾아 헤매던 그 신비한 돌이 바로 저거라네…. 그걸 내가 찾아냈지. 그것도 멀리서 편지를 주고받는 것만으로 말이야. 돌한테 작별 인사나 하게, 보르스키! 앞으로 다시는 못 볼 테니까. 네가 이 미친한 세상에 있는 무언가를 다시 볼 일이 있을지 모르겠군."

그런 뒤 신호를 보냈다.

모로코인 네 명은 신속하게 보르스키를 붙들어 옆방과 통하는 좁은 복도 반대편 끄트머리로 데리고 갔다.

돈 루이스가 오토를 향해 돌아섰다. 그동안 오토는 꼼짝 않고 모든 광경을 바라보고 있었다.

"오토, 자네는 머리가 좀 돌아가는 놈이라 상황을 잘 이해하고 있으리라 생각하네. 설마 여기에 끼어들겠나?"

"절대 그러지 않을 겁니다."

"그렇다면 내버려 두겠네. 걱정하지 말고 우릴 따라와도 돼."

돈 루이스는 대위의 팔에 자기 팔을 끼고는 담소를 나누며 걸어갔다.

신의 돌이 있는 방에서 나오자 다른 세 개의 봉안당이 연이어 나왔는데, 각각의 위치가 나중으로 갈수록 점차 높아졌으며 마지막 봉안당을 지나자 반대쪽 출구와 마찬가지로 일종의 현관이 나왔다. 현관 끄트머리 내벽에 사다리가 하나 걸쳐져 있고, 모래와 석회로 이루어진 벽면 중 부실한 곳을 골라 최근에 뚫은 듯한 출입구가 나 있었다.

사람들은 그 출입구를 통해 밖으로 빠져나왔다. 계단으로 군데군데 끊겨 있는 가파른 오솔길 한가운데였는데 암벽으로 올라가며 휘도는 그 길은 전날 아침, 프랑수아가 베로니크를 데리고 갔던 곳까지 이어져 있었다. 바로 비밀 문으로 올라가는 비탈길이었다. 위쪽으로 올라가 보니 베로니크와 그 아들이 함께 타고 떠나려 했던 배가 두 개의 쇠막대기에 묶여 있는 게 보였다. 그리고 멀지 않은 곳, 작은 만에는 날렵한 잠수함이 보였다.

바다를 등지고 참나무가 반원형으로 늘어선 공터를 향해 올라가던 돈 루이스와 파트리스 벨발은 요정 고인돌 근처에서 걸음을 멈췄다. 모로코인들이 거기에서 기다리고 있었다. 돈 루이스는 보르스키가 마지막 희생자를 매단 나무 밑동에 보르스키를 앉혔다. 그 나무에 남은 참혹한 형벌의 흔적이라고는 오로지 V. d'H.라고 적힌 푯말밖에 없었다.

"너무 피곤하진 않은가, 보르스키?" 돈 루이스가 물었다. "다리는 좀 괜찮아?"

보르스키는 거만한 태도로 어깨를 으쓱해 보였다.

"그래, 알지." 돈 루이스가 말했다. "믿을 만한 최후의 카드가 있다, 이거겠지. 하지만 알아둘 게 있네. 내게도 역시 으뜸 패가 몇 개 있는데 꽤 능숙한 솜씨로 다룰 줄 알지. 네 뒤에 서 있는 나무를 보면 충분히 알 수 있을 테지. 다른 예를 들어줄까? 네가 몇 명을 죽이는지도 모르고 범죄에 정신이 쏙 빠져 있을 때

내가 이들을 살려냈네. 수도원 집에서 누가 왔는지 한번 보게. 보이나? 나처럼 금 단추가 달린 작업복을 입었지…. 네 손에 죽은 사람 맞지, 안 그래? 고문실에 가두었다가 바다로 집어던지지 않았나. 네 귀염둥이 레이놀드가 베로니크 눈앞에서 이 사람을 밀어버렸지. 어때, 스테판 마루를 기억하나…? 그 사람도 죽은 줄 알았지? 보게, 안 죽었단 말이네…. 내 요술 방망이를 휘두르면 사람이 살아난다고. 자, 이렇게 그 사람한테 손을 내밀지. 그리고 말을 걸고…."

돈 루이스는 이제 막 도착한 사람에게 한 걸음 나서서 악수한 뒤 말했다.

"스테판, 정오가 되면 모든 게 끝나고 요정 고인돌에서 만날 거라고 했지요. 지금이 정각 12시입니다."

스테판은 건강해 보였다. 상처 하나 없었다. 보르스키가 깜짝 놀라 스테판을 쳐다보며 더듬거렸다.

"선생… 스테판 마루…."

"그렇지." 돈 루이스가 말했다. "무얼 바라나? 여기서도 네가 멍청이같이 굴었다고. 자네와 그 깜찍한 레이놀드는 남자를 바다로 던져놓고 나서 그 사람이 어떻게 됐는지 내려다볼 생각도 안 했지. 그래서 내가 고이 접수했네…. 놀라지 말라고, 친구…. 아직 시작에 불과하고 해줄 이야기가 여러 개 있으니까. 생각해봐, 내가 늙은 드루이드의 제자라니까…! 그런데 스테판, 지금 상황이 어떻습니까? 성과는 있습니까?"

"소용없었습니다."

"프랑수아는요?"

"도무지 찾을 수가 없어요."

"미리 이야기해둔 대로 만사형통 그 녀석이 주인을 찾아가게 풀어놓았습니까?"

"예, 그런데 비밀 문을 통해서 프랑수아의 배까지만 가더군요."

"그쪽에 은신처가 있나요?"

"전혀 없어요."

돈 루이스는 입을 꾹 다문 채 선돌 앞에서 이리저리 거닐기 시작했다. 마음속으로 결심한 일련의 행동을 시작하기 전에 잠시 망설이는 듯했다.

마침내 보르스키를 향해 말했다.

"허비할 시간이 없어. 두 시간 뒤에는 이 섬을 떠날 테니까. 프랑수아를 당장 풀어주는 데 얼마를 원하나?"

보르스키가 대답했다.

"프랑수아는 레이놀드와 결투를 벌였으나 졌지."

"거짓말하지 말게. 프랑수아가 이겼어."

"그걸 네가 어떻게 알아? 싸우는 모습을 봤나?"

"아니! 만약 그랬다면 끼어들었겠지. 하지만 누가 이겼는지는 알고 있어."

"나 말고는 아무도 모른다. 애들은 복면을 쓰고 있었으니까."

"만약 프랑수아가 죽었다면 넌 죽은 목숨이야."

보르스키는 생각에 잠겼다.

빠져나갈 여지가 없었다. 이번에는 보르스키가 물었다.

"그러면 얼마를 주겠나?"

"자유를 주지."

"그리고?"

"아무것도 없네."

"아니, 신의 돌이 있지."

"절대 안 돼!"

돈 루이스가 단호하게 손을 휘저으며 우레 같은 목소리로 말했다.

"절대로 안 돼! 그나마 봐줘서 풀어주겠다는 거야. 그래, 자네에 대해 내가 아는 바로는 완전히 빈털터리 신세가 됐으니 어디 가서 목이나 매달고 죽을 테지. 하지만 신의 돌은 구원이자 부, 권력, 악행을 저지를 힘을 뜻하는 거라…."

"바로 그렇기에 원하는 거야." 보르스키가 말했다. "게다가 네 입으로 그 사실을 확인한 셈이니 내가 프랑수아에 관해서 더 까다로운 조건을 내걸 수밖에 없겠군."

"프랑수아는 찾을 걸세. 인내심만 있으면 돼. 필요하다면 이곳에 이삼일 정도 더 머물러야지."

"못 찾을걸. 만약 찾는다 해도 너무 늦을 거고."

"왜?"

"프랑수아는 어제부터 아무것도 안 먹었으니까."

보르스키의 어조는 냉랭하고 악랄했다. 잠시 침묵이 흐른 후 돈 루이스가 말을 이었다.

"그렇다면 더욱 말해줘야겠군. 그 애가 죽지 않길 바란다면 말이네."

"그게 나와 무슨 상관인가? 일도 망치고 여기서 주저앉게 된 바에야 내가 꺼릴 게 뭐가 있어? 나는 목표를 이루겠어. 그 길을 가로막는 놈들만 고생하는 거지."

"거짓말하지 마. 자넨 피붙이인 그 애를 죽게 내버려 둘 리가 없어."

"다른 애도 죽게 내버려 뒀는걸."

파트리스와 스테판은 흠칫 놀랐으나 돈 루이스는 껄껄 웃음을 터뜨렸다.

"좋았어! 위선은 부리지 않는다는 거군. 빌어먹을 만큼 분명하고 설득력 있는 논리야. 독일 놈의 정신세계가 그대로 드러나다니 이 얼마나 아름다운가! 허영심과 잔혹, 냉소와 신비주의가 멋들어지게 뒤섞여 있다니까! 독일 놈은 항상 이루어야 할 임무가 있다고 말하면서 고작 하는 짓이라고는 약탈과 살인뿐이지. 그런데 네놈은 보통 독일 놈이 아니라 슈퍼 독일 놈이란 말이야!"

웃으면서 또 덧붙였다.

"그러니 나도 자네를 슈퍼 독일 놈으로 대하고 싶군. 마지막으로 묻겠네. 프랑수아가 어디에 있는지 말하겠나?"

"아니."

"좋아."

돈 루이스는 더없이 차분히 네 명의 모로코인 쪽으로 몸을 돌렸다.

"그럼 시작하지, 친구들."

이후 과정은 눈 깜짝할 사이에 이루어졌다. 모로코인들은 마치 군사훈련에서 미리 동작 하나하나를 분리해 익히고 반복적으로 연습한 것 같았다. 놀랍도록 절도 있는 동작으로, 협박하고 괴성을 질러대는 보르스키를 나무에 매달려 있던 노끈으로 묶어 끌어 올렸다. 보르스키는 이내 자신에게 희생당한 여자들과 똑같이 나무에 꽁꽁 묶인 꼴이 됐다.

"악을 써보게, 이 사람아." 돈 루이스가 차분히 말했다. "실컷 질러봐! 그래 봤자 아르시냐 자매들이나 서른 개의 관에 잠든 혼들을 깨울 수 있으려나! 원하면 실컷 짖어보라고. 그런데 세상에, 자네 정말 못생겼군! 그렇게 얼굴을 찌푸려서야!"

그러고는 이 광경을 좀 더 잘 관망하겠다는 듯 몇 걸음 물러섰다.

"좋았어! 그림 좋고, 전부 딱 맞아떨어지는군…. 심지어 V. d'H.라는 푯말까지 말이야. 보르스키 드 호엔촐레른Vorski de Hohenzollern이 아닌가 말이야! 자네가 왕의 아들이니 이 귀족 가문하고 연관이 있지 않나 싶거든. 보르스키, 이제 내 말을 듣기만 하면 돼. 아까 약속한 그 이야기를 해주지."

보르스키는 나무 위에서 온몸을 뒤틀며 끈을 풀려고 애썼다. 하지만 애를 쓰면 쓸수록 고통만 더해졌다. 결국 잠잠해진 보르스키는 분풀이하느라 돈 루이스를 상대로 온갖 욕설과 모욕적인 말을 퍼붓기 시작했다.

"도둑놈! 살인마! 바로 네놈이 살인자야! 너 때문에 프랑수아가 죽게 됐다고! 프랑수아는 형에게 상처를 입었는데 중상이라 악화될 테지…."

스테판과 파트리스가 돈 루이스에게 달려가 말했다…. 스테판은 겁이 났다.

"어쩌시려고요?" 스테판이 말했다. "이런 괴물 같은 놈은 무슨 짓이라도 할 수 있어요. 만약 정말로 애가 다쳤다면요…?"

"허튼소리일 뿐입니다! 다 협박이라고요!" 돈 루이스가 단언했다. "아이는 건강합니다."

"확신하십니까?"

"적어도 한 시간쯤은 기다릴 수 있을 겁니다. 한 시간 뒤에는 슈퍼 독일 놈이 이미 입을 열었을 테니까요. 독일 놈이 더 오래 견디지는 못할 겁니다. 저렇게 매달면 혀가 풀리는 법이거든요."

"만약 저자가 전혀 견뎌내지 못하면 어떻게 합니까?"

"무슨 말이지요?"

"그래, 저자마저 죽어버리면요? 갑자기 힘을 쓰다가 동맥류가 파열된다거나 혈전에 문제라도 생기면요?"

"그러면요?"

"그렇게 저자가 죽어버리면 프랑수아가 잡힌 곳을 알 희망이 사라지는 게 아닙니까."

하지만 돈 루이스는 의견을 굽히지 않았다.

"놈은 죽지 않아요!" 돈 루이스가 소리쳤다. "보르스키 같은 놈은 쉽게 죽어버릴 놈이 아니란 말입니다! 아니지요, 입을 열 겁니다. 한 시간 후면 말할 겁니다. 그 정도면 내가 연설할 시간이 충분하지요!"

파브리스 벨발은 자신도 모르게 웃음을 터뜨렸다.

"아니, 하실 연설이 있으세요?"

"그것도 아주 대단한 연설이지!" 돈 루이스가 즐겁게 외쳤다. "신의 돌에 얽힌 모든 이야기를 총정리했달까! 선사시대부터 슈퍼 독일 놈이 저지른 서른 가지 범죄에 이르기까지, 전체를 총망라하는 역사 논문이랄까요! 세상에, 이런 강연을 할 기회가 날이면 날마다 오는 게 아니니 어느 제국을 통째로 넘긴대도 절대로 이 기회를 놓치지 않을 겁니다! 자, 돈 루이스는 연단으로 가시고 입담 한번 늘어놓아 보실까!"

그러더니 보르스키 앞에 버티고 섰다.

"자네는 운도 좋군! 일등석을 차지하고 앉았으니 한마디도 놓치지 않겠어. 안 그런가! 오리무중인 이 상황을 밝혀준다니 좋지 않아? 갈피를 못 잡고 고생하고 있으면 명확한 방향 설정이 절실해지는 법. 나마저도 지금 정확히 어떤 위치에 와 있는지 헷갈리기 시작한단 말이지… 생각해보라고! 수 세기나 이어진 수수께끼였는데 네가 나서는 바람에 더 복잡해지고 말았으니!"

"깡패! 도둑놈!" 보르스키가 으르렁댔다.

"욕설이나 하신다! 아니, 왜 그러나? 그렇게 불편하면 프랑수아에 대해 말하면 되지 않나."

"절대 못 해! 그 애는 죽을 거야."

"아니지. 자네는 말할 거야. 말할 때 연설을 멈추겠다고 약속하겠네. 도중에 끼어들려면 〈맛 좋은 담배 있어요〉라든가 〈엄마, 물에 떠가는 작은 배〉를 휘파람으로 살짝 불러주기만 하면 되네(둘 다 당시 대중가요 제목 ─ 옮긴이). 그러면 당장 아이를 찾으러 사람을 보낼 텐데, 만약 그게 거짓말이 아니면 자네를 여기에 얌전히 놔두겠네. 오토가 풀어줄 테니 둘이 프랑수아의 배를 타고 떠나면 돼. 괜찮지 않나?"

돈 루이스는 스테판 마루와 파트리스 벨발을 향해 돌아섰다.

"이야기가 길어질 테니 좀 앉읍시다. 제가 말발을 세우려면 청중이 필요하거든요…. 판관 역할까지 해줄 청중 말입니다."

"우리는 둘 뿐인데요." 파트리스가 말했다.

"셋입니다."

"누가 또 있습니까?"

"자 여기, 세 번째 청중이 있습니다."

만사형통이었다. 평소보다 서두르는 기색도 없이 종종걸음으로 다가왔다. 개는 먼저 스테판에게 다가가 반가운 기색을 한껏 표현하고 나서 돈 루이스 앞에서 꼬리를 흔들어댔는데 마치 '난 당신을 알아. 우린 친구지…'라고 말하는 것 같았다. 그러더니 아무도 귀찮게 하고 싶지 않다는 듯 한구석에 엉덩이를 깔고 앉았다.

"좋았어, 만사형통." 돈 루이스가 외쳤다. "너도 역시 이 사건에 대해 알고 싶은 모양이로구나. 그렇게 흥미를 보이다니 정말 가상해. 틀림없이 내 이야기에 만족할 거야."

돈 루이스는 무척 만족스러운 듯했다. 나무에서 매달려 온몸을 뒤트는 보르스키 앞에 청중과 재판정이 마련되었으니, 어찌 이 순간이 달콤하지 않으랴.

돈 루이스는 보르스키 앞에서 선보였던 늙은 드루이드의 현란한 춤을 연상시킬 앙트르샤 동작을 취했다가 몸을 곧추세워 가볍게 인사했다. 그리고 물잔을 입으로 가져가는 시늉을 하고 나서 두 손으로 가상의 탁자를 짚으며 드디어 차분한 목소리로 이야기를 시작했다.

"신사 숙녀 여러분, 기원전 732년 7월 25일에…."

6

보헤미아 왕가의 묘석

    돈 루이스는 이렇게 운을 띄워놓고 잠시 멈춰 청중의 반응을 즐겼다. 벨발 대위는 이미 이 친구를 잘 아는지라 껄껄 웃고 있었다. 스테판은 여전히 수심에 가득 차 있었다. 만사형통은 꼼짝도 하지 않았다.

    돈 루이스 페레나가 이야기를 이어갔다.

    "신사 숙녀 여러분, 고백하건대 이렇게 정확한 날짜를 댄 이유는 여러분을 다소 놀라게 하기 위해서입니다. 사실 이 자리에서 들려줄 그 사건은 대략 그때쯤 벌어졌을 뿐 정확한 날짜를 알 도리는 없습니다. 하지만 확실한 건 이 일이 오늘날 보헤미아라고 불리는 유럽의 어느 지방, 즉 요아힘스탈이라는 소규모 산업도시가 세워진 곳에서 벌어졌다는 것입니다. 뭐, 이 정도면 정확히 말씀드린 거겠지요. 이야기로 돌아가 보면, 그 당시 어느 날 아침 다뉴브 강 유역과 엘베 강 발원지 사이, 고생대 석탄기 숲 속에 1~2세기 전부터 터를 잡고 살아오던 켈트족 중 한 부족이 온통 시끌벅적했습니다. 전사들은 여자들의 도움을 받아 천막 기둥을 뽑고 신성한 도끼와 활, 화살을 모았고 도

기며 각종 청동 용구를 그러모아 말과 소 등에 실었지요. 부족 장들이 한자리에 모여 세세한 사항까지 살피고 있습니다. 무 질서라든가 소란스러움은 찾아볼 수 없었습니다. 사람들은 아 침 일찍 엘베 강의 지류인 에게르 강을 향해 출발해 날이 저물 무렵 목적지에 도착합니다. 그곳에는 미리 보내놓았던 100여 명의 최고 전사들이 한 무리의 배를 지키고 있었지요. 특히 그 중 배 한 척은 규모와 화려한 장식 때문에 더욱 눈에 띄었습니 다. 특히 기다란 황톳빛 천이 이쪽 끝에서 저쪽 끝까지 드리워 져 있는 게 꽤 독특했지요. 선미에 마련된 연단 위로 부족장의 우두머리, 말하자면 그들의 왕이 올라서서 연설했습니다. 남은 이야기를 줄이고 싶지 않으니 여기서 그 연설을 들려드리지 않 습니다만, 그 연설의 요지는 이러했습니다. '우리 부족은 주변 종족들의 탐욕에서 벗어나기 위해 이주를 거듭해왔다. 살던 곳 을 떠나는 건 언제나 슬픈 일이다. 하지만 부족의 가장 중요한 자산을 지니고 떠나는 마당에 무엇이 문제 된단 말인가! 조상 으로부터 전해 내려오는 신성한 유물, 부족을 지켜주며 더없이 위대하고 강한 존재가 되도록 돕는 그것, 바로 왕의 무덤을 덮 고 있는 돌 말이다.' 말을 마친 족장 우두머리는 엄숙한 몸짓으 로 황톳빛 천을 걷어냅니다. 가로 2미터, 세로 1미터 크기의 포 석 모양 화강암 덩어리가 나타나지요. 표면은 오톨도톨하고 어 두운 빛깔이었는데 군데군데 금속 조각이 박혀 번쩍였습니다. 순간 남녀노소 할 것 없이 이구동성으로 탄성을 터뜨리며 두 팔을 쳐들고 바닥에 코를 박고 엎드렸습니다. 족장 우두머리는 화강암 덩어리 위에 놓인 동그란 손잡이가 달린 금속 왕홀을 집어들더니 이렇게 선언했습니다. '기적의 돌이 안전한 장소에 놓이기 전까지 이 전능한 지팡이가 내 손을 떠나는 일은 없으리라. 전능한 지팡이는 기적의 돌에서 태어났다. 그 안에는 죽음이나 생명을 부여하는 천상의 불이 담겨 있다. 기적의 돌이 우리 선조의 무덤을 덮어주는 한, 불행이 닥치든 승리를 차지하든 전능한 지팡이는 우리 선조의 손을 떠나지 않았다! 천상의 불이 우리를 인도하기를! 천상의 신이 우리를 비추기를!' 그 말과 함께 모든 부족이 길을 떠났지요."

돈 루이스는 잠시 말을 멈추더니 만족스러운 듯 되풀이했다.

"그 말과 함께 모든 부족이 길을 떠났지요."

파트리스 벨발은 무척 재미있어했으며 스테판도 대위의 즐거운 기분에 영향을 받아 심각했던 표정이 조금 풀어졌다. 그런데 돈 루이스가 이렇게 호소하는 게 아닌가.

"웃지 마십시오! 아주 심각한 이야기입니다. 요술을 믿는 아이들을 위한 이야기가 아니라 실제로 있었던 일이란 말입니다. 앞으로 아시겠지만, 그 모든 사실 하나하나가 정확하고도 지당하며 어떤 점에서 보면 과학적 설명에 근거하고 있습니다…. 그렇습니다, 과학적이란 말이지요. 신사 숙녀 여러분…. 이 일은 바로 과학의 영역에 들어가 있으며 이야기를 전부 듣고 나면 보르스키 자신도 저렇게 비웃고 의심했던 걸 후회할 겁니다."

두 번째 물잔이 올라갔다 내려갔다. 돈 루이스는 다시 말을 이었다.

"몇 주에서 몇 달 동안 부족은 엘베 강을 따라가다가 어느 날 저녁 9시 반쯤 훗날 프리슬란트(네덜란드, 독일의 북해 연안 지방 – 옮긴이)라 불리는 지역의 바닷가에 도착했습니다. 부족은 한동안 그곳에 머무르기도 했으나 안전하지 못하다고 판단해 다시 길을 떠났습니다. 이번에는 바닷길을 따라가지요. 서른 척의 배가 떠나는데, 부족을 이루는 가족 숫자이기도 한 이 서른이라는 숫자에 주목하십시오. 부족은 또다시 바다를 따라 몇 주에서 몇 달 동안 이 고장 저 고장을 전전했습니다. 스칸디나비아에 정착했다가도 색슨족에게 쫓겨나 다시 항해를 시작해야 했지요. 솔직히 이 얼마나 기묘하고도 감동적인 대단한 광경입니까. 과거 왕들의 묘석을 끌고 다니며, 부족의 상징인 이 돌을 적으로부터 안전한 곳에 숨겨놓고 숭배하며 부족의 힘을 다지기에 적합한 최종 정착지를 찾아 방랑하는 모습이 말입니다. 마지막 정착지는 아일랜드였습니다. 이 땅에서 반세기에서 한 세기를 사는 동안 좀 더 개화된 토착민과 접촉해 풍습도 많이 순화되었을 무렵, 처음 방랑에 나섰던 부족 수장의 손자 또는 증손자뻘 되는 당대 수장은 이웃 나라에 파견해두었던 밀사 중 한 사람을 만납니다. 이 밀사는 유럽 대륙에서 오는 길이었지요. 이 사람이 기막힌 은신처를 발견했다는 겁니다. 서른 개의 암초에 둘러싸여 거의 접근이 불가능한 섬인데, 서른 개의 화강암 거석이 그 위에서 섬을 지키고 있다는 거지요. 서른 개라니요! 운명적인 숫자 아닙니까! 그러니 이를 신비한 신성의 부름과 명령으로 받아들일 수밖에 없지 않겠습니까? 그리하여 서른 척의 배가 다시 원정길에 나섰습니다. 그리하여 성공했지요. 섬을 공략해버린 겁니다. 토착민은 깡그리 몰살시켰지요.

부족은 그곳에 정착했고 보헤미아 왕의 묘석도 자리를 잡았습니다…. 바로 오늘날 있는 그 자리, 보르스키에게 보여줬던 바로 그 장소에 말이지요. 여기서 잠깐, 아주 중요한 몇 가지 역사적 사실을 고찰해볼 필요가 있습니다. 간단히만 짚어보겠습니다."

돈 루이스는 대학교수 같은 어조로 설명하기 시작했다.

"당시 프랑스 전 지역이나 서유럽과 마찬가지로 사레크 섬에는 수천 년 전부터 리구리아인들이라 불리는 민족이 살고 있었는데, 이들은 혈거인의 직계 후손으로서 동굴생활에서 내려온 풍습과 관례의 흔적을 여전히 지니고 있었습니다. 그런데 이 리구리아인들은 대단한 건축가들로서, 간석기 시대에 아마도 위대한 동양 문명의 영향을 받아 그 어마어마한 화강암 덩어리를 일으켜 세우고 자기네들의 거대한 묘실을 건축했습니다. 바로 우리의 부족이 그곳을 발견한 것이고 자기들에게 맞게 이용했던 겁니다. 즉 자연적으로 복잡하게 이루어진 동굴 구조를 끈기 있게 인간의 손으로 개조한 그곳, 신비롭고 미신적인 상상력을 자극하는 켈트족 특유의 고대 유적을 발견한 겁니다. 그리하여 신의 돌은 최초의 단계, 즉 오랜 기간의 방랑 시기에 이어 소위 드루이드 시기라 불리는 휴식과 종교의식의 시기를 맞이합니다. 이 기간은 1000년에서 1500년 동안 지속됩니다. 부족은 이웃 부족과 융화되고 어떤 브르타뉴 왕의 보호를 받았을 겁니다. 이 시기에 지배력은 부족장에서 신관으로 넘어가는데, 신관인 드루이드의 권한은 이후 세대로 넘어가며 더욱 강화되지요. 바로 이 권한이 신비한 돌에서 나온다고 단언합니다. 물론 이들은 유명한 지역 사제들이었고 골족 젊은이들을 교육하는 임무를 떠맡고 있었지요(우리끼리 말이지만 검은 황무지의 지하 방들은 수도원 방, 아니 일종의 신관 양성소라는 데 의심의 여지가 없습니다). 또한 당대 관습에 따라 이들이 인신 공희 제의를 주관하였으며 겨우살이나 마편초를 비롯해 온갖 신령한 풀들을 채취하는 업무를 주관한 것도 틀림없습니다. 하지만 사레크 섬에서 사제들은 그 무엇보다도 '생명과 죽음을 주는 돌'의 수호자이자 지배자였습니다. 지하 희생 제의실 위에 박혀 있던 그 돌은 당시 분명 야외 공간에 드러나 있었을 테고, 우리가 지금 여기서 볼 수 있는 요정 고인돌도 현재 십자가상 꽃밭이라 불리는 곳에 서 있었을 겁니다. 바로 그곳이 환자나 장애인, 허약한 어린이들이 누워서 건강을 되찾던 장소였지요. 불임이던 여자가 임신하고 늙은이가 힘을 되찾은 곳이 바로 그 포석 위였단 말입니다. 내 생각에 브르타뉴 지방의 전설적이고 황당무계한 과거사 전체에 신의 돌의 영향이 남아 있는 게 틀림없어요. 이 돌에서 모든 미신과 신앙, 불안과 희망이 비롯됐다는 말입니다. 신의 돌이나 신관 우두머리가 휘두르는 마법의 왕홀은 그때그때 살을 태우거나 상처를 치료했고 이 때문에 놀라운 이야기가 자연스럽게 생겨난 겁니다. 일테면 원탁의 기사나 마법사 멀린(모두 아서 왕의 전설에 등장하는 인물들 – 옮긴이)이 등장하는 모든 이야기가 전부 여기에서 비롯된 거지요. 바로 신의 돌이 이 모든 난해한 이야기의 배경이자 모든 상징의 핵심인 겁니다. 그러니 신의 돌은 불가사의이자 명료함이요, 위대한 수수께끼이자 곧 해답이에요⋯."

감정이 격해진 목소리로 마지막 말을 내뱉고 난 뒤 돈 루이스는 미소 지었다.

"너무 흥분하지 말게, 보르스키. 자네가 저지른 범죄를 이야기할 때나 실컷 흥분하라고. 자, 우리는 지금 드루이드교의 절정기를 이야기하고 있습니다. 이 시기는 드루이드 사제들이 사라진 후에도 수 세기 동안 계속 이어지고 이 영험한 돌은 마법사나 예언가들에 의해 사용되지요. 이제 바야흐로 세 번째 시기에 다가서고 있는데 이 시기는 종교적 시기로서, 순례라든가 기념 축제 등 사레크의 풍요로움을 이루던 모든 요소들이 점차 쇠퇴하는 시기라고 할 수 있습니다. 가톨릭교회는 이런 야만적인 물신 숭배를 용납할 수 없었지요. 그래서 권력을 잡자마자 신도들을 끌어모아 이처럼 혐오스러운 숭배사상을 지속시키는 화강암 덩어리를 상대로 싸움을 벌여야 했습니다. 승부가뻔한 싸움이었고 그렇게 과거는 지고 말았지요. 고인돌은 지금 우리가 있는 이곳으로 옮겨지고 보헤미아 왕들의 묘석은 땅속에 파묻힌 후 신성모독적인 기적의 현장 바로 위에 십자가상이 세워진 것입니다. 그리고 그 이후로는 모든 사실이 까맣게 잊힙니다. 확실히 해두지요. 관습이 잊힙니다. 제의와 사라진 숭배사상의 역사를 이루던 요소들이 잊힙니다. 하지만 신의 돌은 잊히지 않았습니다. 그게 어디 있는지는 알 수 없게 됐습니다. 심지어 그게 무엇인지도 모르게 되었지요. 하지만 그 이야기는 계속 전해져 사람들은 신의 돌이라고 불리는 그 무언가가 존재한다고 믿습니다. 세대를 거쳐 입에서 입으로, 현실과 상관없는 황당무계하고 끔찍한 이야기가 회자되어 점점 더 모호하고 끔찍한 전설의 형태를 띠게 되지요. 하지만 신의 돌에 대한 기억과 상상력, 특히 그 이름은 고스란히 남습니다. 사람들의 기억 속에 끈질기게 남아 있는 생각과 지역연감에 기술된 흔적들 따위로 흥미를 품은 누군가가 이따금 그 신비한 기적의 실체를 확인해보려고 시도한 건 아주 자연스러운 일이었습니다. 그런 사람 중 15세기 중반 베네딕트 수도회 소속 토마 수사와 우리 시대의 마그녹 영감이 아주 중요한 역할을 합니다. 토마 수사는 시인이자 채색 삽화가였는데 전해지는 이야기는 거의 없으나 일단 그가 남긴 시구로 보아 형편없는 시인이었던 것 같습니다. 하지만 삽화가로서는 그런대로 솜씨 좋게 소박한 스타일의 작품을 그려냈습니다. 또한 사레크 수도원 생활을 노래한 일종의 미사경본을 남겼는데, 그 안에 섬의 서른 개 고인돌을 그려넣고 경본 전체에 짤막한 시구며 종교적 인용문, 그리고 노스트라다무스식의 예언을 적어놓았습니다. 마그녹 영감이 찾아낸 이 미사경본 안에 바로 문제의 그림인 십자가에 매달린 네 명의 여자와 사레크 섬에 관련된 예언이 담겨 있었던 겁니다. 간밤에 제가 직접 마그녹의 방에서 경본을 찾아내 읽어봤지요. 그런데 마그녹 영감, 참 이상한 인물이더군요. 옛 마법사의 후손을 자처하는 듯한데 몇 차례나 유령 흉내도 냈던 것 같습니다. 사람들이 달이 차오르는 여섯 번째 날에 목격한, 겨우살이 따는 흰옷 입은 신관도 사실은 마그녹 영감이었습니다. 마그녹 영감은 나름 자기만의 비법을 가지고 있었고 치료용 약풀이며 커다란 꽃을 피우도록 땅을 일구는 방법 따위도 알고 있었지요. 확실한 건 마그녹 영감이 봉안당과 제실에 들어갔으며 왕홀 손잡이에 들어 있던 마법의 돌을 꺼내 갔다는 사실입니다. 영감은 방금 우리가 빠져나온 출구를 통해 봉안당에서 비밀 문으로 통하는 오솔길 한가운데로 빠져나왔고, 매번 돌로 된 가리개를 제자리에 끼워두어야 했지요. 데르주몽 씨에게 미사경본의 그림이 담긴 종이를 전해준 사람도 바로 마그녹 영감입니다. 영감은 자기가 마지막 탐사를 통해 얻은 결과를 데르주몽 씨에게 넘긴 셈입니다. 그렇다면 데르주몽 씨는 무얼 알고 있었을까요? 그건 별로 중요치 않습니다. 이제 이 사건에 새로운 실체를 부여할 다른 인물이 등장하는데 이 사람을 주목해야 하거든요. 세기의 수수께끼를 해결하고 신비한 권능의 명을 수행하여 신의 돌을 차지하게끔 운명이 파견한 사자…. 그 이름 하여 보르스키가 등장한 겁니다."

돈 루이스가 세 번째로 물잔을 들이키더니 보르스키의 공범에게 손짓했다.

"오토, 놈한테 마실 거라도 주지. 목마르다면 말이야. 목마르지 않나, 보르스키?"

나무 위에서 저항하다 지친 보르스키는 기진맥진해 있었다. 그 모습을 본 스테판과 파트리스는 너무 빨리 불상사가 일어날까 봐 안달이 났다.

"천만에, 천만의 말씀입니다." 돈 루이스가 외쳤다. "놈은 아무렇지도 않으니 내 이야기가 끝날 때까지 버틸 거예요. 궁금해서라도 그럴 겁니다. 아닌가, 보르스키? 이야기가 정말 흥미진진하지 않나?"

"도, 도둑놈! 이… 살인자!" 보르스키가 딱한 꼴로 더듬거렸다.

"잘됐군! 여전히 프랑수아가 어디 있는지 알려주기 싫다는 말인가?"

"살인자…! 강도…!"

"그럼 편하신 대로 좀 더 있어보게, 친구. 얼마간의 고통만큼 건강에 좋은 것도 없거든. 게다가 자네가 다른 사람들을 여간 고통스럽게 했어야 말이지, 이 너절한 놈!"

돈 루이스의 어조는 엄하고 분노에 차 있었는데 이미 무수히 중죄를 봐왔으며 많은 범죄자를 상대로 싸움을 벌여온 사내에 게선 예기치 못한 반응이었다. 하지만 보르스키의 범죄야말로 지금까지의 모든 정도를 뛰어넘는 게 아니었던가?

돈 루이스가 말을 이었다.

"약 35년 전, 보헤미아 태생이지만 헝가리 혈통은 아닌 빼어 나게 아름다운 여자가 바이에른 호수 주변 촌락에서 카드 점이 며 수상술, 예언과 영매에 능통한 점술가로 급속히 명성을 얻 었습니다. 바그너의 친구이자 바이로이트 시를 건설한 왕 루트 비히 2세에게 관심을 받기에 이르는데, 이 왕은 미치광이이자 황당무계한 행동으로 유명했지요. 미치광이와 여자 점쟁이의 관계는 몇 년간 계속됐으나 불안하고 광폭한 관계였습니다. 왕 의 변덕으로 중간중간 관계가 끊기곤 하더니 급기야 바이에른 왕이 슈타른베르크 호수에 떠 있던 배에서 몸을 던진, 그 수수 께끼 같은 밤을 기해 결국 비극적인 결말을 맞았습니다. 공식 적인 해명대로 광기에 의한 발작이거나 자살이었을까요? 아니 면 사람들이 주장하듯 살해당한 걸까요? 그 답은 아마 결코 알 수 없을 테지요. 하지만 한 가지 분명한 사실이 있습니다. 보헤미아 여자는 호수로 유람 갔던 루트비히 2세 곁에 있었다는 겁니다. 그리하여 여자는 모든 보석과 재산을 빼앗기고 국경까지 인도돼 추방당합니다. 그런데 여자는 왕과의 관계에서 얻은 네 살의 어린 괴물과 함께 돌아옵니다. 이름은 알렉시스 보르스키지요. 이 꼬마 괴물은 자기 어머니와 함께 보헤미아 요아힘스탈에서 그리 멀지 않은 곳에 살았고, 나이가 좀 더 들자 어머니에게서 각성 상태에서 하는 암시기법이나 투시력 따위의 온갖 사기 수법을 배우지요. 극단적인 폭력 성향이 있었으나 정신력은 매우 약해서 곧잘 환각이나 악몽에 빠져들기도 했습니다. 마법이나 예언, 꿈, 신비한 힘 따위에 자주 사로잡히던 보르스키는 전설을 역사로, 거짓말을 현실로 받아들였습니다. 특히 산간지방에서 전해지던 무수한 전설 중 하나가 소년의 마음을 사로잡았지요. 신비한 힘을 지닌 돌에 관한 이야기인데, 태곳적에 나쁜 정령들이 이것을 탈취해 갔으며 언젠가 왕의 아들이 되돌려 놓아야 한다는 내용이었습니다. 시골 사람들은 언덕 자락에서 그 돌이 빠진 자국을 보여주기까지 합니다. '왕의 아들은 바로 너란다.' 소년의 어머니가 말하지요. '만약 네가 빼앗긴 돌을 찾아내면 네 생명을 위협하는 칼을 피해 네가 바로 왕이 될 거란다.' 보헤미아 여자는 이 괴상한 예언에다 또 다른 이상야릇한 예언을 덧붙였습니다. 아들은 친구의 손에 죽을 것이며 그의 아내는 십자가에 매달려 죽으리라는 예언이었는데, 운명의 순간이 오자 두 번째 예언이 보르스키에게 직접적인 영향을 끼쳤습니다. 그럼 여기서 바로 그 운명의 순간에 대한 이야기로 넘어가지요. 뭐, 간밤에 나누었던 여러 대화로 알게 된 사실을 굳이 말할 필요는 없겠지요. 스테판 씨, 당신이 감방에서 베로니크 데르주몽에게 했던 이야기를 자세히 되풀이할 필요가 있겠습니까? 파트리스 대위와 보르스키, 그리고 만사형통에게 이미 알려진 사건을 꼭 말할 필요가 있을까요? 가령 보르스키, 자네의 결혼 이야기나(아니, 이중 결혼이라 해야 할까? 처음에는 엘프리드와 그다음에는 베로니크 데르주몽과 결혼했으니 말일세) 할아버지한테 납치된 프랑수아, 베로니크의 행방불명, 자네가 베로니크를 찾아다닌 일, 전쟁 중 자네의 행실이나 수용소에서의 삶 같은 이야기들 말이야. 이건 모두 앞으로 일어날 사건의 곁가지에 불과한 이야기야. 자, 우리는 신의 돌에 얽힌 내력을 밝혀보았습니다. 신의 돌을 둘러싸고 벌어진 현대판 모험담이라 할 수 있는데, 보르스키 때문에 영 뒤얽히고 말았지요. 자, 이제 우리가 한번 풀어봅시다. 사건은 이렇게 시작됩니다. 보르스키는 브르타뉴 한복판 퐁티비 근처의 전시 수용소에 감금됩니다. 당시 이자는 보르스키가 아니라 라우터바흐라 불렸지요. 이미 15개월 전, 보르스키는 처음으로 탈출했다가 붙들린 후 군법회의에서 간첩 혐의로 사형선고를 내릴 조짐이 보이자 다시 탈출했습니다. 퐁텐블로 숲에 몸을 숨긴 보르스키는 우연히 라우터바흐라는 이름의 옛 하인을 만났습니다. 보르스키는 자신과 마찬가지로 독일인이자 도망자 신세였던 이자를 죽이고 자신의 옷을 입혀 분장해놓았습니다. 군사법원은 속임수에 넘어가 가짜 보르스키를 퐁텐블로에 매장합니다. 진짜 보르스키는 운 나쁘게 다시 한 번 붙들리는데 바로 이때 라우터바흐라는 새 이름을 대고 퐁티비 수용소에 감금되었지요. 여기까지 가 보르스키에 대한 기본적인 이야기입니다. 한편 첫 부인이자 보르스키가 저지른 모든 범죄에 참여한 공범 엘프리드는(이 여자에 관해서나 보르스키와 부부로 함께 살았던 삶에 대해서도 몇 가지 정보가 있긴 하지만 굳이 말할 필요는 없을 것 같군요) 독일인이며 보르스키와의 사이에서 얻은 아들 레이놀드와 함께 사레크 섬의 감방에 숨어 지냈습니다. 보르스키가 데르주몽 씨를 염탐해서 베로니크 데르주몽을 찾아내라는 명령을 내려놓았던 겁니다. 이 가련한 여자가 어째서 이 일에 가담했는지 나로선 알 도리가 없습니다. 맹목적인 헌신이었는지, 보르스키에 대한 두려움이나 악한 본능 때문이었는지, 그도 아니면 자기 자리를 빼앗은 경쟁자에 대한 증오심 때문이었는지 말입니다. 하지만 그건 별로 중요하지 않지요! 여자는 이미 가장 끔찍한 형벌을 받았으니까요. 여자가 무슨 용기로 그 지독한 3년간의 지하 생활을 견디었는지, 밤에만 빠져나와 훔친 음식물로 아들과 함께 연명하면서 자기 주인이자 지배자를 위해 유용하게 쓰일 날만을 어찌 그토록 참을성 있게 기다려왔는지 알 수 없습니다. 그러니 그저 여자의 역할만을 이야기해봅시다. 어떤 과정을 거쳐 보르스키가 활동에 나섰는지, 또 보르스키와 엘프리드가 어떻게 연락을 주고받았는지는 모릅니다. 하지만 확실한 사실은 첫 부인이 오랫동안 세심하게 보르스키의 마지막 탈출을 준비했다는 것이지요. 모든 준비가 더없이 완벽하고 철저했습니다. 작년 9월 14일, 보르스키는 두 명의 부하를 이끌고 탈출합니다. 수용생활 중에 알고 지낸 오토와 콘라트를 끌어모은 것이지요. 여행은 어렵지 않았습니다. 갈림길이 나올 때마다 숫자와 V. d'H.라는 머리글자(물론 보르스키가 정한 머리글자였겠지요)가 달린 화살표가 적혀 있어 갈 길을 알려주었습니다. 이따금 버려진 오두막이나 돌멩이 아래, 건초 더미 한가운데 식량이 숨겨져 있었지요. 이리하여 이들은 게메네, 파우에, 로스포르뎅을 거쳐 벡 멜 해안에 이릅니다. 밤을 틈타 엘프리드와 레이놀드가 오노린의 모터보트를 타고 세 명의 도망자를 데리러 오고 검은 황무지의 드루이드 지하 방으로 데리고 갑니다. 이들이 지낼 곳으로 준비된 곳은 여러분이 보셨다시피 상당히 쾌적했습니다. 겨울이 지나며 점차 시간이 흐르자 여태껏 애매했던 보르스키의 계획이 점차 윤곽을 드러냅니다. 기묘한 점은 보르스키가 전쟁 전, 처음으로 사레크 섬에서 지냈던 시절에는 이 섬의 비밀에 대해 들어본 바가 없었다는 겁니다. 다시 말해 엘프리드가 퐁티비 수용소로 보내는 편지에 신의 돌 전설을 적어주어 처음으로 알았을 겁니다. 신의 돌 전설이 보르스키와 같은 인간에게 불러일으켰을 효과를 한번 상상해보십시오. 신의 돌이 바로 자기 나라에서 약탈당한 신비한 돌이 아닌가? 왕의 아들이 되찾아야 하며 그것만 찾으면 모든 권력과 왕위를 되찾는다고 하지 않았나? 전설에 대해 더 많이 알수록 보르스키는 이러한 신념을 굳히지요. 그런데 사레크에서 지하 생활을 하던 보르스키의 생각을 최근 몇 달간 특히 지배했던 건 바로 토마 수사의 예언이었습니다. 당시에는 섬 사람들에게 그 예언의 단편들이 여기저기 회자되고 있었는데, 보르스키는 저녁나절에 초가집 창문 아래나 곡물 창고 지붕 위에 숨어 농사꾼들의 대화를 엿들었지요. 이를 통해 사레크 섬 사람들이 보이지 않는 돌이 발견됐다가 실종되는 순간에 끔찍한 사건이 벌어질까 봐 두려워한다는 것을 알았습니다. 또 난파라든가 십자가에 매달린 여자들에 관한 이야기도 빠지지 않았습니다. 게다가 보르스키는 요정 고인돌에 적힌 내용… 즉 서른 개의 관에 서른 명의 희생자라든가 네 명의 여자가 겪을 형벌, 생명이나 죽음을 부여하는 신의 돌에 대해서도 알고 있지 않았습니까? 심약한 정신 상태를 지닌 이자에게는 얼마나 놀라운 우연의 일치였을까요! 하지만 무엇보다도 마그녹 영감이 채색 미사경본에서 발견한 예언이 이 사건에서 가장 중요한 부분입니다. 마그녹 영감이 경본에서 그 유명한 페이지를 뜯어냈다는 사실, 그리고 그림이 취미였던 데르주몽 씨가 그 페이지를 여러 번 베껴 그리면서 자신도 모르게 주요 여자의 얼굴 대신 딸 베로니크의 얼굴을 그려넣었다는 사실을 기억해봅시다. 어느 날 밤 마그녹은 이 페이지의 원본과 사본 중 하나를 희미한 등불에 비추며 들여다보았고 보르스키는 우연히 이 모습을 보았습니다. 그 즉시 어둠 속에서 되는대로 연필을 놀려 자기 수첩에 그 귀중한 문서의 열다섯 개 시구를 옮겨 적습니다. 보르스키는 이제야 모든 것을 깨달은 것 같았습니다. 그 놀라운 사실에 압도되었고요. 흩어져 있던 모든 요소가 한 덩어리로 뭉쳐 단단하고 치밀한 하나의 진실을 이루고 있었습니다. 의심의 여지가 없었지요. 이 예언은 나에 대한 예언이다! 이 예언을 이룰 사람은 바로 나다! 다시 한 번 말씀드리지만 바로 이 지점이 핵심입니다. 이 순간부터 보르스키가 갈 길에 환한 등대가 켜진 것입니다.

아리아드네의 실을 손에 쥔 셈이었지요. 예언은 보르스키에게 반박의 여지가 없는 정본 문서였거든요. 모세의 십계명이자 성서였습니다. 하지만 그 시구는 오로지 각운을 맞추느라 터무니없는 내용을 엉터리로 끼워 맞춘 것에 불과했습니다! 영감의 흔적이라고는 한 치도 없었습니다! 번뜩이는 구절 하나 없었지요! 델포이 신전의 무녀들을 신성한 무아지경에 빠뜨리고, 예레미야나 에제키엘과 같은 예언자에게 광기 어린 환영을 보여주었던 그런 신성한 영감이라고는 전혀 없었다고요! 전혀 말입니다. 그저 음절이요, 운율일 따름이었습니다. 아니, 없는 것만도 못한 시였어요. 하지만 저 심약한 보르스키의 눈을 띄워 풋내기 신도의 열정을 불태웠던 겁니다! 스테판, 그리고 파트리스, 이제 토마 수사의 예언을 한번 들어보시겠습니까! 슈퍼 독일 놈이 자기 살점에, 그리고 자기 정신에 온전히 각인시킬 것처럼, 늘 가지고 다닌 수첩 열 쪽에 걸쳐 열 번을 반복해 적어놨더군요. 여기 그중 한 장이 있습니다. 들어보세요! 충실한 오토, 자네도 들어보게. 그리고 보르스키 자네도 마지막으로 토마 수사의 이 엉터리 운율을 한번 들어보게! 자, 읽습니다.”

사레크 섬에서 14년 하고도 3년에,
난파와 애도, 범죄가 있으리라
화살과 독, 신음과 공포,
죽음의 방, 십자가에 매달린 네 명의 여인이 생기리니,
서른 개의 관에 서른 명의 희생자
제 어미 앞에서 아벨이 카인을 죽이리라

이때 알라마니아 태생의 아비,
운명을 받드는 잔인한 왕자는
무수한 죽음과 서서히 깊어가는 고통으로
6월 어느 밤, 제 아내를 처단하리니
위대한 보물이 있는 비밀스러운 장소에서
땅을 가르고 불꽃과 굉음이 솟구치리
남자는 마침내 돌을 발견하리라
옛날 북방 야만족이 약탈당한 돌,
생명 아니면 죽음을 주는 신의 돌

　돈 루이스 페레나는 우둔한 내용과 단조롭기 그지없는 운율을 강조하기 위해 과장된 어조로 이 시를 읽었다. 마지막에서 목소리는 들릴 듯 말 듯한 불안한 침묵 속으로 사그라졌다. 지금까지 일어난 모든 사건의 잔혹함이 적나라하게 드러나는 것 같았다.

　돈 루이스가 다시 입을 열었다.

　"이제 여러분은 이 일이 어떻게 전개된 것인지 이해하셨겠지요? 피해자 중 한 명이며 다른 희생자들과도 알고 지낸 스테판, 당신은 어떻게 생각하십니까? 파트리스 대위님은요? 15세기 어떤 같잖은 수도승이 광기 어린 상상력과 지옥 같은 환각에 시달리다 자신의 악몽을 '정신 나간' 예언으로 풀어냈습니다. 그 예언은 신빙성 있는 어떤 자료에도 근거를 두지 않으며 세부 내용은 오로지 각운이나 중간 휴지를 맞추기 위해 작성된 것이었습니다. 시인의 정신세계나 현실적인 사실을 고려해

봤을 때, 그저 자루 속을 뒤지다 우연히 집히는 대로 단어를 짜맞춘 것 이상으로는 아무런 가치도 없다는 겁니다. 이 예언을 쓰면서 시인은 신의 돌에 관한 역사적 사실은 물론 전통과 전설에서도 아무런 요소를 끌어다 쓰지 않았어요. 오로지 시인의 머릿속에서 쥐어짠 것일 뿐이란 말입니다. 선량한 사람이라 나쁜 의도는 없이 그저 자신이 심혈을 기울여 그린 이 악마 같은 그림 옆에 적어 넣을 글이 필요했을 뿐이었겠지요. 그런데 자신이 완성한 글이 꽤 만족스러웠는지, 시인은 뾰족한 도구를 사용해 시구 일부를 요정 고인돌에 새겨 넣기까지 합니다. 4세기가 흐른 후 예언이 적힌 종이쪽지가 허영심과 광기에 젖은 범죄자, 슈퍼 독일 놈 손에 떨어졌습니다. 이 슈퍼 독일 놈이 그 시구를 보고 무슨 생각을 했을까요? 깜찍하고 유치한 상상력이라고? 그저 의미 없는 농담일 뿐이라고? 전혀 그렇지 않았습니다. 슈퍼 독일 놈들만이 가능한 방식으로 깊이 연구해야 할 더없이 흥미로운 문서로 간주하지요. 단, 다른 문서와의 차이점이라면 이 문서는 신비주의적 성질을 지녔다는 점입니다. 사레크를 지배하는 법칙을 알려주고 해명해줄 구약성서이자 신약성서였던 셈이지요! 신의 돌의 복음서였단 말입니다. 그리고 이 복음서가 바로 슈퍼 독일 놈인 보르스키 자신을 천상의 섭리를 구현할 구세주로 점지하고 있었던 것입니다. 보르스키가 봤을 때 이 모든 것에 의심의 여지가 없었습니다. 게다가 재물과 권력을 모두 훔치는 일이었으니 당연히 보르스키의 구미에도 맞았지요. 하지만 그건 부차적인 문제였습니다. 보르스키는 자신이 선택받았다고 믿으며 임무에 충실해야 한다는 종족 특유의 신비주의적 충동에 따라 움직이고 있었어요. 이 임무란 재건하는 것 못지않게 약탈하고 불태우고 살해하는 것이었습니다. 보르스키가 보기에는 자신의 임무가 토마 수사의 예언에 그대로 적혀 있었습니다. 토마 수사는 해야 할 일을 명확히 지시했으며 보르스키 자신을 운명이 점지한 인물로 명백히 지목한 것입니다. 자신이 왕의 아들, 즉 '알라마니아의 왕자'가 아니던가요? 신의 돌을 약탈당한 '북방 야만족' 출신이 아니던가요? 심지어 점쟁이 어머니의 예언에서도 자기 아내가 십자가형을 받아 죽을 거라고 하지 않았던가요? 또한 아벨처럼 온화하고 부드러운 아들과 카인처럼 성정이 못되고 거친 아들, 이렇게 두 아들이 있지 않던가요? 보르스키에게는 이러한 증거들만으로 충분했습니다. 이제 동원령과 거쳐야 할 도로 지도가 주어진 셈입니다. 신들이 자기가 걸어가야 할 길을 명확히 보여준 겁니다. 그리하여 보르스키는 걸어가지요. 가는 길에 살아 있는 사람들을 몇 사람 만납니다. 거참, 잘됐지요! 예견된 일이었으니까요. 살아 있는 모든 사람을 제거하되 토마 수사가 예견한 방식대로 제거해야 임무가 완수되며 그래야 신의 돌을 얻어 마침내 운명의 도구였던 보르스키가 왕위에 오를 것이었습니다. 그러니 팔을 걷어붙여 푸주한의 칼을 들고 작업에 나설 수밖에요! 보르스키는 토마 수사의 악몽을 실제의 삶으로 형상화한 겁니다!"

7
운명을 받드는 잔인한 왕자

돈 루이스는 다시 보르스키를 향해 말했다.

"내 말에 동의하지 않나, 친구? 내가 한 말 모두가 그대로의 진실 아닌가?"

보르스키는 눈을 감고 고개를 떨구고 있었다. 이마의 혈관이 크게 불거져 있었다. 스테판이 또 잔소리하리란 걸 예상한 돈 루이스가 지레 소리쳤다.

"자넨 말할 걸세, 친구! 그래, 고통이 점점 견디기 어려워지지 않나? 머리가 어찔어찔하지? 기억해보게…. 휘파람 한 소절이면 된다고 하지 않았나…. 〈엄마, 작은 배…〉를 부르면 당장 연설을 멈추겠네…. 아직도 원하지 않아? 아직도 덜 구워졌나? 안됐군. 스테판 씨, 프랑수아 일이라면 전혀 걱정하지 마십시오. 제가 책임지겠습니다. 이 괴물한테 동정심은 제발 갖지 마십시오. 아! 그럴 순 없지요, 절대로 안 될 말입니다! 이자가 모든 것을 냉정하게 계획하고 준비해놓았다는 사실을 잊으시면 안 됩니다! 잊지 말자고요…. 아이고, 제가 흥분했군요. 그럴 필요도 없는 일인데."

돈 루이스는 보르스키가 예언을 적어둔 수첩 종이를 펼쳐 눈앞에 들고 말을 이었다.

"이제부터 제가 할 말은 좀 덜 중요합니다. 대강 중요한 설명은 모두 한 셈이지요. 하지만 아직 몇 가지 세부 사항을 살펴본 후 보르스키가 상상하고 계획한 이 사건의 기제를 분석하고 마지막으로 우리의 유쾌한 드루이드 노인장이 맡은 역할을 알아볼 필요가 있어요…. 바야흐로 때는 6월에 이르지요. 서른 명을 희생하기로 예정된 시기입니다. 물론 이 시기는 토마 수사가 카인Cain과 운명destin(데스탕)에 각운을 맞추어 6월juin(주앙)로 정한 것일 뿐이지만 말입니다. 14 하고도 3trois(트루아)년이라 한 것도 공포effrois(에프루아)와 십자가croix(크루아)의 운을 맞추기 위해서였고, 희생자 수가 서른 명이라고 한 것도 사레크의 암초와 고인돌 수에 맞추기 위해서였습니다. 하지만 보르스키에게는 바꿀 수 없는 명령과 같았습니다. 6월 17일에 서른 명의 희생자가 나와야 했지요. 그럴 예정이었습니다. 단, 사레크 섬 스물아홉 명의 주민이(조금 있다가 보르스키 수중에 서른 명의 희생자가 있다는 걸 확인하게 될 겁니다) 희생 제물로 바쳐질 날까지 얌전히 기다려주어야 했지요. 그런데 보르스키는 별안간 오노린과 마그녹이 섬을 뜬다는 소식을 들었습니다. 오노린은 때맞춰 돌아올 예정이었지요. 하지만 마그녹 영감은? 보르스키는 주저하지 않았습니다. 엘프리드와 콘라트에게 마그녹 영감을 뒤쫓아 가서 죽이고 기다리라는 명령을 내리지요. 소문에 마그녹 영감이 그 귀중한 돌을 가지고 떠났다고 하니 더욱 지체할 여유가 없었습니다. 돌은 손을 댈 수도 없고 오로지 납으로 된 상자 안에 넣어둬야만 하는 신비한 보석이었습니다(마그녹 영감의 표현이지요). 이리하여 엘프리드와 콘라트는 떠납니다. 어느 날 아침 한 여관에서 엘프리드는 마그녹 영감이 마실 커피잔에 독을 탔습니다(예언에 따르면 독살이 있을 거라 하지 않았던가요?). 마그녹은 길을 떠나지요. 하지만 몇 시간 못 가 견딜 수 없는 고통을 느끼며 언덕 아래에서 즉사하다시피 합니다. 엘프리드와 콘라트는 달려가 주머니를 뒤지지요. 아무것도 없었습니다. 보석이 없었어요. 귀중한 그 돌이 없더란 말입니다. 보르스키는 목적을 달성하지 못한 겁니다. 어쨌든 시체가 생겨버렸습니다. 이제 어떻게 해야 할까요? 일단 보르스키가 몇 달 전에 자기 부하들과 지내기도 했던, 근방의 반쯤 무너져가는 오두막에 시체를 놔둡니다. 바로 그 자리에서 베로니크 데르주몽이 마그녹 영감 시체를 발견했다가… 한 시간 후에 시체가 사라졌습니다. 엘프리드와 콘라트가 근처를 지키고 있다가 버려진 작은 성 지하실에 임시로 시체를 숨겨놓았던 겁니다. 일단 여기서 하나만 짚고 넘어가겠습니다. 마그녹은 서른 명의 희생자가 어떤 순서로 죽을 건지 예언하고 있는데(자신부터 죽는다고 했지요) 여기엔 아무런 근거도 없었어요. 예언에는 나온 바가 없단 말입니다. 어쨌든 보르스키는 거침없이 움직이기 시작합니다. 사레크에서 신중을 기하기 위해, 또 들키지 않고 섬을 누비면서 수도원 집에 더욱 쉽게 침입하기 위해 프랑수아와 스테판 마루를 납치한 후 보르스키는 스테판의 옷을, 레이놀드는 프랑수아의 옷을 입었습니다. 일은 너무 쉬웠지요. 집에는 노인 데르주몽과 여자인 마리 르 고프뿐이었으니 말입니다. 두 사람을 해치우자마자 방을, 특히 마그녹 영감의 방을 집중적으로 뒤질 예정이었습니다. 보르스키는 마그녹이 수도원 집에 기적의 돌을 두고 갔을지도 모른다고 생각한 겁니다 (아직 엘프리드가 떠난 후의 소식을 듣지 못했으니까요). 첫 희생자는 요리사 마리 르 고프였습니다. 보르스키는 여자를 붙들어 칼로 목을 찔러 죽였지요. 그런데 그만 피가 튀어 얼굴이 피범벅이 되었습니다. 천성적인 소심증이 도져 겁을 집어먹은 보르스키는 레이놀드가 데르주몽 씨를 처리하게 놔두고 자기는 달아나지요. 소년과 노인의 싸움은 오래갔습니다. 온 집안을 옮겨 다니며 승강이가 벌어지는데 그만 비극적인 우연이랄까, 베로니크 데르주몽 앞에서 데르주몽 씨가 살해당하고 맙니다. 이 순간 오노린이 도착하고 오노린 역시 쓰러지지요. 네 번째 피해자입니다. 이후의 상황은 더욱 급속히 진행됩니다. 밤중에 온 마을이 공포의 도가니가 됩니다. 사레크 주민은 마그녹의 예언이 실현되자 그토록 오랫동안 섬을 위협하던 재앙의 순간이 다가왔다고 보고, 잔뜩 겁먹은 채 섬을 떠나기로 한 거지요. 바로 보르스키와 그 아들이 기다리던 일이었습니다. 탈취한 모터보트에서 지키고 있다가 도망치는 주민을 추격해 가증스러운 방식으로 몰살시켰습니다. 토마 수사가 적었던 바로 그 대대적인 사건이 벌어진 것이지요."

난파와 애도, 범죄가 있으리라

"오노린은 이 광경을 목도하고 정신적 충격을 받은 나머지 광기에 빠져 스스로 절벽에서 뛰어내립니다. 그러고 나서 며칠 간 잠잠해지자 베로니크 데르주몽은 크게 걱정하지 않은 채 사레크 섬 수도원 집을 탐색합니다. 사실 보르스키 부자는 이렇게 신나게 몰살을 벌인 후 오토가 지하 방에서 실컷 술이나 마시게 홀로 놔둔 채 배를 타고 엘프리드와 콘라트를 찾아갑니다. 그런 뒤 마그녹의 시체를 가져와 사레크 섬이 보이는 곳 바다에 던집니다. 마그녹은 반드시 서른 개의 관에 묻혀야 했으니까요. 이때, 그러니까 보르스키가 사레크 섬으로 되돌아왔을 때 희생자 수는 스물네 명에 이릅니다. 스테판과 프랑수아는 잡혀서 오토에게 감시받고 있었지요. 이제 형벌을 받아야 하는 여자 네 명이 남았습니다. 그중 세 명은 아르시냐 자매들로 모두 광에 갇혀 있었어요. 이제 이 여자들 차례가 온 겁니다. 베로니크 데르주몽은 자매들을 구하려고 합니다만 너무 늦고 말지요. 이미 일당이 감시하고 있다가 훌륭한 사수 레이놀드의 활이 아르시냐 자매들을 관통하고(화살도 예언에 나와 있었습니다) 결국 적의 손에 붙들리고 맙니다. 바로 그날 저녁, 자매들은 참나무 세 그루에 매달립니다. 물론 그전에 보르스키는 1000프랑짜리 지폐 쉰 장을 슬쩍하는 것을 잊지 않았지요. 그 결과 스물아홉 명의 희생자가 나옵니다. 서른 번째 희생자는 누구일까? 누가 네 번째 여자가 될까요?”

돈 루이스는 잠시 멈추었다가 다시 말을 이었다.

“예언은 이 질문에 대해 분명하게 언급하는데, 두 구절이 서로 보완해주고 있습니다.”

제 어미 앞에서 아벨이 카인을 죽이리라

"그리고 몇 구절 지나 이런 구절이 나옵니다."

6월 어느 밤, 제 아내를 처단하리니

"보르스키는 문서에서 자기 멋대로 이 두 구절을 해석해버렸어요. 당시 온 프랑스를 돌아다니며 찾았으나 베로니크를 수중에 넣을 수 없었으므로 살짝 편법을 쓰기로 했습니다. 사형당할 네 번째 여자는 아내이되, 자신의 첫 번째 아내인 엘프리드가 될 거라고 말이지요. 예언을 거스르는 것도 아니었어요. 엄밀히 말해서 어미는 아벨의 어미도 될 수 있고 카인의 어미도 될 수 있었으니까요. 그리고 옛날에 자신의 운명과 관련해 들었던 예언을 기억해보면 누가 죽어야 한다고 정확히 지목하고 있는 것도 아니었어요. 그저 '네 아내는 십자가에 매달려 죽으리니'라고 되어 있었지요. 어떤 아내일까요? 바로 엘프리드입니다. 소중하고 충직한 공모자가 죽는 거지요. 보르스키는 가슴이 찢어졌습니다! 하지만 피에 굶주린 신에게 복종해야 할 운명이 아니던가요? 게다가 임무를 완수하기 위해 아들 레이놀드를 희생하기로 한 마당에 아내 엘프리드를 희생시키지 못한다는 건 용납할 수 없는 일이었지요. 그러니 모두 척척 맞아떨어졌습니다. 그런데 별안간 놀라운 일이 벌어집니다. 아르시냐 자매들을 뒤쫓다가 베로니크 데르주몽을 본 겁니다! 이런 상황에서 보르스키 같은 인간이 어찌 초월적인 힘이 자신을 돕는다는 생각을 하지 않았겠습니까? 꿈에도 잊지 못한 아내가, 이 중요한 일에서 제 역할을 해주어야 할 바로 그 순간에 맞춰 보내진 셈이었으니 말입니다. 제물로 바치거나… 아니면 직접 차지해버릴 수 있는 멋진 희생양이 제 발로 굴러들어온 겁니다. 이 얼마나 멋진 희망입니까! 하늘이 예기치 못하게 맑게 갠 것 같았지요! 보르스키는 이성을 잃습니다. 자신이 구세주이자 선택된 자이며 선교사라고, 즉 '운명의 뜻을 따르는' 사람이라고 점점 더 확신하게 됩니다. 신의 돌의 수호자였던 대사제들을 계승하는 '신관'이라고 믿었지요. 그리하여 베로니크 데르주몽이 다리를 불사른 바로 그날 밤(달이 차오르는 엿새째 날 밤입니다)에 드루이드 신관, 그것도 최고 신관으로서 황금 낫으로 신성한 겨우살이를 채취합니다! 그 뒤 수도원 집 점거가 시작되지요. 이 부분은 길게 설명하지 않겠습니다. 베로니크 데르주몽이 모두 이야기해주었을 테니까요, 스테판. 부인이 겪은 고통이며 유쾌한 만사형통이 해낸 역할, 지하 감방을 발견한 일, 프랑수아를 둘러싸고 벌어진 몸싸움, 그리고 예언에서 '**죽음의 방**'이라 지칭하는 감방에 갇혀 있던 당신을 둘러싸고 벌어진 싸움에 대해 우리 모두 알고 있습니다. 그곳에서 당신은 베로니크 데르주몽과 함께 기습을 당하지요. 어린 괴물 레이놀드가 당신을 바다로 떨어뜨렸고요. 프랑수아와 그 어머니는 도망치는 데 성공합니다. 하지만 불행히도 보르스키가 그 일당과 함께 수도원 집에 도착해 있었지요. 프랑수아가 붙들립니다. 그리하여 어머니가 아들을 찾아 나섭니다…. 그다음은, 다음은, 더 이상 입에 담기조차 어려울 만큼 비극적인 사건들이 펼쳐지지요. 보르스키와 베로니크 데르주몽의 대면, 그리고 아벨과 카인의 대결이라 할 두 형제의 일대일 결투가 베로니크 데르주몽의 눈앞에서 펼쳐지지요. 예언에 쓰여 있지 않았던가요?"

제 어미 앞에서 아벨이 카인을 죽이리라

"게다가 예언에 따르면 어머니는 극단의 고통을 겪어야 했으며 보르스키는 악의 극치여야 했지요. '잔인한 왕자'로서 응당 보르스키는 두 대결자의 얼굴에 복면을 씌웠고 아벨이 지려는 순간, 카인에게 직접 상처를 입혀 카인이 죽게 만듭니다. 괴물이 미친 거지요. 미친 데다 이 상황에 완전히 도취되어 있었습니다. 이제 결말이 다가옵니다. 이 작자는 술을 마시고 또 마셨습니다. 바로 그날 밤이 베로니크 데르주몽의 사형 날이었으니까요."

무수한 죽음과 서서히 깊어가는 고통으로
6월 어느 밤, 제 아내를 처단하리니

"베로니크는 '무수한 죽음'을 겪고 '서서히 깊어가는 고통'에 시달려야만 합니다. 드디어 시간이 왔습니다. 밤참을 든 후 죽음의 행렬이 이루어지고 처형 준비를 시작합니다. 사다리를 올리고 노끈을 매고… 그리고 드루이드 늙은이가 나타나지요!"
돈 루이스는 이렇게 내뱉더니 웃음을 터뜨렸다.

"아! 이 부분부터 이야기가 꽤 재밌어집니다. 비극이 희극과 맞닿고 음산한 분위기에 익살스러움이 가미되지요. 아! 그 늙은 드루이드, 참 괴상한 양반이지요! 스테판 당신이나 파트리스 대위는 무대 뒤에 있었으니 이 부분이 그다지 흥미롭지 않을 겁니다. 하지만 보르스키한테는… 이 얼마나 놀라운 계시였을까요…! 어이, 오토, 나무 기둥에 사다리를 대서 자네 두목이 발을 올려놓을 수 있게 하게. 좋아. 어때, 좀 낫지 않나, 보르스키? 내가 터무니없는 동정심에서 이런 호의를 베푼다고 생각하지는 말게. 그저 네놈이 뒈질까 봐 그럴 뿐이고, 또 네가 이 늙은 드루이드의 고백을 좀 더 편한 자세로 들어주었으면 하거든."

그러고는 다시 껄껄 웃었다. 늙은 드루이드 사제를 떠올리기만 해도 돈 루이스는 웃음이 터지는 모양이었다.

돈 루이스가 말을 이어갔다. "노사제가 등장함으로써 이 사건에 질서랄까, 이성의 빛이 다소 스며들었습니다. 지리멸렬하고 느슨하게 흩어져 있던 요소들이 서로 연관성을 찾게 되지요. 범죄가 다분히 비논리적이었다면 징벌은 꽤 논리적인 모양새를 띤 겁니다. 토마 수사의 시 나부랭이 따위를 무작정 따르는 일 없이 자신이 무얼 원하는지 잘 알고 있으며 낭비할 시간이 없는 한 인간은 철저히 상식에 따라 엄정한 방법론을 적용했습니다. 정말이지 이 노사제에게는 아낌없는 찬사를 보내야 마땅합니다. 노사제를 돈 루이스 페레나라고 하든 아르센 뤼팽이라고 하든 어떻게 불러도 상관없습니다. 자네도 동의하겠지, 보르스키? 어쨌든 노사제는 자신의 잠수함 '**수정마개**'호가 어제 정오쯤 사레크 해변 근처에 당도해 잠망경을 불쑥 밀어 올릴 때까지도 이 사건에 대해 아는 바가 거의 없었습니다."

"거의 아는 게 없었다고요?" 스테판 마루가 자기도 모르게 소리쳤다.

"실은 하나도 모르는 거나 마찬가지였지요." 돈 루이스가 단언했다.

"뭐라고요! 그러면 보르스키의 과거라든가 그자가 사레크에서 한 짓이나 계획, 엘프리드의 역할, 마그녹을 독살시킨 것에 대해 어떻게 그리 상세히 알고 있는 건가요?"

"그 모든 건 어제 이곳에 도착한 뒤에 알게 되었습니다." 돈 루이스가 선언하듯 말했다.

"누구한테 들었습니까? 우리는 당신 곁을 떠난 적이 없는데요."

"어쨌든 늙은 사제가 어제 사레크 해안에 도착할 때만 해도 아무것도 모르고 있었다는 게 사실입니다. 하지만 그 사제는 보르스키 자네만큼이나 신의 가호를 받고 있었지! 그래서 도착하자마자 따로 떨어져 있던 작은 해변에서 같은 편인 스테판을 우연히 만난 거야. 스테판은 다행히 물이 상당히 깊이 고인 곳에 떨어진 덕분에 자네와 자네 아들의 뜻대로 되지 않았네. 자, 나는 스테판을 구조하고 이야기를 나누었습니다. 30분 만에 늙은 드루이드는 모든 사실을 알게 되지요. 곧장 수색에 들어갑니다…. 그리하여 지하터널 방까지 이르러 보르스키 방에서 내가 쓰기에 안성맞춤인 흰 겉옷을 발견했습니다. 그곳에서 자네가 적어놓은 예언 문구도 발견했네. 멋지지 않습니까? 노사제는 이제 적의 계획을 알아챘습니다. 그리하여 일단 프랑수 아와 그 어머니가 도망쳤던 터널을 따라가지만 무너져 있어서 빠져나가지 못합니다. 그래서 되돌아가 검은 황무지 쪽 출구로 나오지요. 이후 섬을 탐색합니다. 그러던 중 오토와 콘라트를 만났습니다. 이들은 가교를 불태우더군요. 이때가 저녁 6시였 습니다. 어떻게 하면 수도원 집까지 갈 수 있을까요? '비밀 문 비탈길을 통해서'라고 스테판이 말해줍니다. 늙은 사제는 수정 마개호로 돌아오지요. 그리고 모든 수로를 잘 알고 있던 스테 판이 일러주는 대로 섬을 에둘러 가서(친애하는 보르스키, 수정 마개호는 아주 다루기 쉬운 잠수함이라 어디든지 지나갈 수 있다네. 늙은 드루이드가 직접 제작한 설계도에 따라 만든 것이지) 드디어 프랑수아의 배가 묶여 있는 곳에 당도합니다. 그곳에서 배 아 래에 잠들어 있던 만사형통을 만났지요. 노사제는 자기소개를 합니다. 당장 친해지지요. 이리하여 모두 함께 길을 떠납니다. 그런데 오르막길을 중간쯤 올랐을 때 만사형통이 샛길로 빠지 더군요. 절벽 한 부분이 돌을 쌓아 막아놓은 것처럼 보였습니 다. 그 한가운데에 구멍이 나 있었어요. 마그녹 영감이 지나왔 던 구멍 말입니다. 늙은 사제는 그 구멍으로 지하 제실과 봉안 당으로 들어갔습니다. 이리하여 늙은 사제가 지하와 지상을 군 림하며 이 사건에서 핵심적인 위치를 차지하게 된 겁니다. 그 런데 이때가 벌써 저녁 8시였어요. 프랑수아라면 당장 걱정할 필요는 없었습니다. 예언에 **'아벨이 카인을 죽이리라'**라고 나와 있었으니까요. 하지만 베로니크 데르주몽은 6월 어느 밤에 죽 게 예정되어 있었습니다. 이미 끔찍한 형벌을 받은 걸까? 너무 늦게 도착해서 구출할 수 없어진 걸까?"

돈 루이스가 스테판을 향해 돌아섰다.

"기억하십니까, 스테판 씨. 늙은 드루이드와 당신이 얼마나 불안에 떨었는지, 그리고 V. d'H.라는 푯말이 달린 준비된 나무를 발견하고 당신이 얼마나 기뻐했는지를 말입니다. 그 나무 위에는 아직 희생자가 없었으니까요. 베로니크는 살아날 것이었습니다. 이때 수도원 집 방향에서 목소리가 들려오더군요. 그 음산한 행렬이 오고 있었습니다. 점점 어두워지는 가운데 잔디밭을 따라 천천히 올라왔습니다. 등불이 흔들리는 게 보였습니다. 잠시 후 행렬이 멈추었습니다. 보르스키의 거만한 목소리가 들립니다. 결말이 가까이 다가오고 있었습니다. 이제 곧 기습해서 베로니크를 구해낼 참이었지요. 그런데 이때 자네가 아주 흥미로워할 일이 벌어진다네, 보르스키…. 그렇습니다. 나와 동료는 참으로 이상한 것을 발견했습니다…. 여자 하나가 고인돌 주변을 배회하다가 우리가 다가오자 숨는 게 아니겠습니까. 그 여자를 붙들었지요. 전등을 비추자 스테판이 여자를 알아봅니다. 그게 누군지 아나, 보르스키? 자넨 아마 절대로 모를 걸세. 엘프리드라고! 그래, 엘프리드, 자네의 공범이자 처음에 자네가 십자가에 매달려고 마음먹었던 그 여자 말일세! 이상하지 않은가? 완전히 흥분해서 반쯤 미친 여자가 우리한테 그러더군. 자기 아들이 베로니크의 아들을 죽일 거란 약속을 믿고 일대일 대결에 동의했다더군. 그런데 자네가 바로 그 다음 날 여자를 가두었고, 여자는 그날 저녁 도망쳐 나온 걸세. 그러고는 자기 아들 레이놀드의 시체를 발견한 거지. 증오하는 경쟁자가 사형당하는 광경을 본 후 자네에게 복수하려고 온 거였어. 자네를 죽이려고 말이야, 딱한 친구 같으니라고. 늙은 드루이드가 여자의 이야기를 들으며 '옳거니!' 하는 동안 자네는 고인돌로 다가갔고 스테판이 자네를 주시하고 있었네. 늙은 사제는 계속 엘프리드에게 질문을 던졌네. 그런데 갑자기 자네 목소리를 들어서였을까, 이 계집이 난데없이 반항하는 게 아니겠어? 전혀 예상하지 못했던 일이었네! 주인의 목소리를 듣자 갑자기 열정이 불타올랐던 모양이야. 여자는 자네를 보고 싶어 하고 위험을 알려주어 돕고 싶어 했지. 별안간 단검을 뽑아들고 늙은 사제에게 달려들더군. 사제는 어쩔 수 없이 여자를 반쯤 기절시킬 수밖에 없었는데, 이 빈사 상태의 여자를 보자 곧장 이 상황을 이용해볼 수 있겠다는 생각이 든 거야. 그래서 순식간에 이 못난 여자를 꽁꽁 묶어둔 거지. 보르스키 바로 자네가 이 여자에게 벌을 가할 것이며 여자는 자네가 애초에 계획해두었던 운명을 따르게 하겠다는 계획이었네. 늙은 드루이드는 흰 겉옷을 스테판에게 주고 몇 가지를 지시해놓았네. 그리고 자네가 도착하자마자 그쪽으로 화살을 쏘았지. 자네가 흰옷을 쫓아 뛰어다니는 동안 늙은 드루이드는 엘프리드를 베로니크로, 두 번째 아내를 첫 번째 아내로 바꿔치기했지. 어떻게 했느냐고? 그건 알 바 아니네. 어쨌든 이 수법은 먹혀들었고, 얼마나 잘 먹혀들었는지는 자네가 더 잘 알 걸세!"

돈 루이스가 말을 멈추고 한숨 돌렸다. 친근하게 고백하는 듯한 어조만으로는 보르스키가 웃음이라도 터뜨릴 만큼 즐거운 농담을 들려주는 듯했다.

"그게 전부가 아니라고." 돈 루이스가 말을 이었다. "파트리스 벨발 대위와 내 모로코 부하들 몇 명이(참고로 함정에는 모두 열여덟 명이 승선해 있었네) 지하 제실에서 한창 작업을 벌이고 있었지. 예언에 아주 명백히 나와 있지 않던가? 아내가 마지막 숨을 넘기는 순간 이런 일이 벌어질 것이라고 말이야."

위대한 보물이 있는 비밀스러운 장소에서
땅을 가르고 불꽃과 굉음이 솟구치리

"토마 수사뿐만 아니라 세상 그 누구도 위대한 보물이 어디에 묻혀 있는지 몰랐지. 하지만 늙은 드루이드는 장소를 예측해본 후, 보르스키가 본인이 간절히 바란 신호를 보고 호랑이 굴로 제 발로 걸어 들어오기를 바랐던 거야. 그러기 위해서는 요정 고인돌 근처로 나오는 출구가 있어야 했어. 벨발 대위께서 이걸 찾아 나서고 결국 발견하지. 마그녹 영감이 이미 그쪽 출구를 만드는 작업을 시작해놓은 상태였어. 그래서 우리는 그 옛날 계단을 타고 내려갔지. 죽은 나무 안으로 말이야. 그리고 잠수함에서 화약통이며 조명탄을 챙겨왔네. 자네가 나무 위에 매달려서 무슨 선지자나 되듯 '베로니크가 죽었다! 네 명의 여인 중 마지막 여자가 죽었다'라고 고래고래 소리쳤을 때 '펑! 펑!' 우렛소리와 불꽃으로 난리법석을 피우고 땅을 뒤흔든 거라네…. 이제 된 거야. 자네는 점점 더 신들의 총애를 받는 자, 운명의 점지자임을 확신하지. 그 벽난로 아궁이 같은 곳으로 뛰어들어 신의 돌을 집어삼키겠다는 고귀한 욕망에 불타는 거야. 그래서 그다음 날, 진탕 들이킨 브랜디며 럼주에서 깨어나자 비실비실 웃으며 나한테 오지. 자네는 토마 수사의 의식에 맞추어 희생자 서른 명을 죽였어. 모든 장애물을 이겨냈으니 이제 예언이 실현되는 것만 남은 셈이고 말이야."

남자는 마침내 돌을 발견하리라
옛날 북방 야만족이 약탈당한 돌,
생명 아니면 죽음을 주는 신의 돌

"늙은 드루이드는 자신의 임무에 충실하게 자네한테 천상의 열쇠를 넘기기만 하면 되었네. 하지만 당연히 작은 막간극이 먼저 있어야 하지 않겠나. 앙트르샤 몇 번과 마술쇼도 벌이며 좀 웃어야지. 그러고 나서 '잠자는 숲 속의 미녀'께서 지키는 신의 돌로 향한 거라네!"

돈 루이스는 이 동작에 흠뻑 빠진 듯 재빨리 앙트르샤를 몇 차례 보여주었다. 그러더니 이어 말했다.

"이보게, 자네가 지루한 내 이야기를 계속 듣느니 지금 당장 프랑수아가 있는 곳을 불고 싶어 하는 듯한 막연한 느낌이 드는데, 미안하네! 그래도 '잠자는 숲 속의 미녀'에 대한 것이나 베로니크 데르주몽이 난데없이 나타난 사정은 알고 있어야 할 게 아닌가. 그것도 2분이면 될 걸세. 그럼 실례하겠네."

돈 루이스는 아예 늙은 사제의 시점에서 이야기를 시작했다.

"그렇지, 어째서 내가 베로니크 데르주몽을 자네 손아귀에서 빼낸 뒤에 그 장소에 옮겨다 놓았을까? 대답은 아주 간단하네, 대체 어디에다 옮겨놓을 수 있겠는가? 잠수함에? 그 제안은 말도 안 되네. 밤에는 풍랑이 심하니 휴식을 취해야 할 베로니크에게 적합하지 않지. 수도원 집은 어떨까? 절대로 안 되네. 일이 벌어지는 장소에서 너무 멀어서 마음을 놓을 수 없을 테니까. 폭풍과 자네에게서 안전한 곳이 딱 한 군데 있는데, 바로 희생 제실이었네. 그래서 베로니크를 그곳에 데려다 놨고 이런 이유로 자네가 마취제의 도움으로 평화롭게 잠들어 있던 베로니크를 봤던 거라네. 물론 이 깜찍한 쇼를 자네에게 보여주겠다는 내 결심도 작용했다고 솔직히 고백하네. 그런데 내가 보람을 느꼈을까? 아니라네, 자네가 어떤 얼굴이었는지 떠올려 보게! 기막히게 끔찍한 광경이었던 거야! 부활한 베로니크! 죽은 사람이 되살아났다! 얼마나 끔찍한 광경인지 자네는 쏜살같이 내뺐지. 하지만 뭐, 그 부분은 생략하겠네. 도망친 자네는 출구가 닫혀 있는 걸 발견했어. 그래서 계획을 바꾸기로 했지. 콘라트가 되돌아와 비겁하게 베로니크 데르주몽을 잠수함으로 옮기는 나를 공격했네. 그랬다가 내 모로코 부하 중 한 사람에게 호되게 얻어맞지. 이제 두 번째 막간 희극이 벌어진다네. 드루이드의 겉옷을 걸쳐 입은 콘라트가 봉안당에 엎드린 모습을 본 자네가 어떤 응급처치를 해주는가 하니, 그저 달려들 뿐이었지. 그리고 베로니크 데르주몽 대신 신성한 단상에 누워 있던 엘프리드의 시체를 보자 곧장… 달려들어 자네가 이미 십자가에 매달아 죽인 여자를 다시 묵사발로 만들어놓았네. 실수투성이 아닌가! 그러니 끝내 결말까지 우스꽝스러워지는 거야. 자네는 이렇게 사형대에 매달렸고 나는 그 면전에 대고 자네를 끝장내는 일장연설을 퍼붓고 있으니 말이네. 자네가 서른 번의 살인을 저질러 신의 돌을 쟁취하려 했다면, 나는 미덕을 베푼 덕에 그걸 차지하게 된 거라네. 자, 여기까지가 사건의 전모일세, 보르스키. 굳이 알 필요 없는 부차적인 사건과 좀 더 중요한 몇몇 사건만 제외하면 자네는 이미 나만큼이나 잘 알고 있네. 거기 편히 자리 잡고 있으니 충분히 생각해볼 시간이 있을 걸세. 자, 이제 프랑수아에 대해서 대답해주게. 날 믿어도 된다니까. 자, 휘파람을 불어보게…. '엄마, 물에 떠가는 작은 배에 다리가 달려 있어요…!' 이제 됐나? 입을 열겠나?"

돈 루이스는 사다리를 몇 계단 올라갔다. 스테판과 파트리스는 불안한 기색으로 다가서서 귀를 기울였다. 보르스키가 입을 열 게 틀림없었다.

보르스키는 눈을 뜨고 증오와 두려움이 공존하는 시선으로 돈 루이스를 바라보았다. 이 놀라운 남자를 상대로 싸워봐야, 또 동정을 구해봐야 소용없다는 생각이 든 듯했다. 돈 루이스는 이미 승리자였으며 이토록 강한 자 앞에서는 무릎을 꿇고 모멸을 당할 수밖에 없었다. 게다가 보르스키는 더 이상 저항할 힘도 없었다. 고통은 견디기 어려울 정도였다.

보르스키는 힘겹게 몇 마디를 웅얼거렸으나 들리지 않았다.

"좀 더 크게 말해보게." 돈 루이스가 말했다. "안 들려. 프랑수아 데르주몽이 어디에 있다고?"

돈 루이스가 사다리를 타고 올라갔다. 보르스키가 더듬거렸다.

"나, 나를 풀어주겠나?"

"명예를 걸고 약속하네. 우리 모두 여길 떠날 걸세. 오토만 빼고. 오토가 자넬 풀어줄 거야."

"당장?"

"당장."

"그러면…"

"그러면?"

"그래…. 프랑수아는 살아 있어."

"빌어먹을, 당연하지. 그래 어디에 있나?"

"배에 묶여 있어…."

"절벽 아래 묶여 있는 그 배?"

"그래."

돈 루이스가 자기 이마를 쳤다.

"멍청한 놈…! 아니, 신경 쓰지 말게, 나를 두고 한 말이야. 그렇지, 그걸 왜 예상하지 못했을까! 만사형통이 배 밑에서 자고 있지 않았나! 주인 곁에서 얌전히 자는 개처럼 말이야! 또 프랑수아를 찾아 만사형통을 풀어놓았을 때, 스테판을 그쪽으로 데려가지 않았느냔 말이야? 정말이지! 똑똑하다 자부하는 사람도 멍청이같이 구는 경우가 있다니까! 보르스키, 비탈길과 배가 그쪽에 있다는 걸 알고 있었던 건가?"

"어제부터 알고 있었지."

"약삭빠른 놈, 자네가 그걸 타고 내뺄 생각이었군?"

"그렇다."

"좋아! 자네는 오토와 그걸 타고 가면 되네. 그 배를 남겨주지. 스테판!"

스테판 마루는 이미 만사형통을 대동하고 절벽을 향해 달려
가고 있었다.

"프랑수아를 풀어주십시오, 스테판." 돈 루이스가 소리쳤다.

그런 뒤 모로코인들을 향해 덧붙였다.

"자네들은 스테판 씨를 도와주게. 그런 뒤 잠수함 시동을 걸
게. 우린 10분 후에 여길 뜬다."

그리고 보르스키에게 돌아서서 말했다.

"작별이로군, 친구. 아! 한마디만 더 하겠네. 잘 짜인 모험에
는 사랑 이야기가 있는 법이지. 그런데 이번 모험에는 사랑 이
야기가 없거든. 자네의 성씨를 지닌 고상한 여인에게 네가 쏟
아붓는 감정을 감히 사랑이라고 부를 순 없으니까. 하지만 아
주 순수하고 고귀한 사랑이 움트고 있다는 걸 알려줘야겠군.
스테판이 얼마나 황급히 프랑수아를 구하러 떠났는지 봤나?
물론 어린 제자를 사랑하는 것이겠지만 그 어머니를 더욱 사랑
하고 있지. 더구나 베로니크 데르주몽에게 좋은 일이라면 자네
도 기분 좋게 들을 테니 말해보자면, 베로니크는 스테판의 애
정에 무관심하지 않을 뿐만 아니라 여자로서 크게 감동했다네.
오늘 아침에 스테판을 보고서 얼마나 기뻐하던지. 그러니 결국
이 모든 일이 결혼으로 귀결되지 않겠느냐는 말이지…. 물론
그러려면 베로니크가 과부가 되어야 하네. 이해하지, 안 그러
나? 이들이 행복해지는 데 유일한 장애물은 자넬세. 그러니 훌
륭한 신사인 자네가 그런 장애물로 남길 바라진 않겠지…. 하
지만 더 길게 말하진 않겠네. 예의를 지켜 가능한 한 일찍 죽어
주리라고 믿어 의심치 않네. 그러면 잘 있게. 손을 내밀진 않겠

지만 마음만은 굴뚝같지! 오토, 이의가 없으면 10분 후에 자네 두목을 풀어주게. 절벽 아래에 배가 있을 걸세. 행운을 빌겠네, 친구들."

그걸로 끝이었다. 돈 루이스와 보르스키 사이의 결투는 의심의 여지 없이 승패가 갈렸다. 처음부터 한쪽이 완벽히 기선을 제압하는 바람에 다른 한쪽이 대단히 대범하고 범죄에 이골이 난 인물이었음에도 결국 기괴하고 우스꽝스러운, 탈구된 꼭두각시로 전락한 것이다. 자신의 계획을 실행에 옮겨 목표를 달성한 보르스키는 사건의 주도자로서 의기양양해했으나 순식간에 나무에 매달려 형벌을 받는 처지가 된 채 마치 코르크 판에 핀으로 꽂힌 곤충처럼 헐떡거렸다.

돈 루이스는 자신의 희생자에게 더 이상 신경 쓰지 않고 파트리스 벨발을 한쪽으로 데리고 갔다. 대위는 기어이 항의하지 않을 수 없었다.

"그래도 그렇지, 이 비열한 인간들에게 지나치게 관대한 게 아닙니까?"

"쳇! 저들은 어찌 되든 조만간 붙들릴 겁니다." 돈 루이스가 빈정거렸다. "저들이 무슨 짓을 할까 봐 걱정되나 보군요?"

"그래도 일단 신의 돌이 저들의 손에 들어갈 수 있습니다."

"불가능해요! 장정 스무 명에 비계며 각종 장비가 필요해서 나조차 지금은 포기해야 할 상황입니다. 전쟁이 끝나면 다시 찾아올 계획이지요."

"돈 루이스 씨, 대체 그 기적의 돌이란 게 뭔가요?"

"호기심 하고는…. 자, 갑시다." 돈 루이스가 대답을 피했다.

이들은 걷기 시작했는데, 문득 돈 루이스는 두 손을 비비며 말했다.

"일이 착착 진행됐군요. 사레크 섬에 닿은 지 스물네 시간이 채 되지 않았습니다. 이 수수께끼는 2400여 년 동안 이어져왔으니 한 시간에 한 세기를 해결한 셈이군요. 대단하군, 뤼팽."

"나도 찬사를 보냅니다, 돈 루이스." 파트리스 벨발이 말했다. "하지만 내 찬사는 당신 같은 전문가의 찬사에 비하면 하찮은 것이겠지요."

이들이 해안 모래사장에 이르렀을 때 프랑수아의 배는 이미 텅 비어 있었다. 조금 더 멀리 오른쪽에는 수정마개호가 잔잔한 바다 위에 떠 있었다.

프랑수아가 이들 쪽으로 달려와서 돈 루이스 코앞에 멈춰 선 후 휘둥그레 바라보았다.

소년이 중얼거렸다. "당신이세요…? 제가 기다리던 분이 당신이세요…?"

"물론이지." 돈 루이스가 껄껄 웃으며 말했다. "네가 날 기다렸는지는 모르겠지만… 그게 나라는 건 확실한 것 같구나…."

"당신… 당신은… 돈 루이스 페레나 씨고… 그러니까…."

"쉿, 다른 이름은 부르지 마라…. 페레나로도 족하지…. 그리고 나에 관해서는 이야기하지 말자꾸나, 그렇게 해주겠니? 나는 말이다, 우연히 때맞춰 온 사람일 뿐이야. 그런데 너는… 세상에, 애야, 정말 대단하구나…! 이 배 안에서 밤을 보냈단 말이니?"

"예, 재갈이 단단히 채워지고 바닥에 묶인 채로 덮개 밑에 있었어요."

"걱정했니?"

"전혀요. 한 15분 있으니까 만사형통이 나타났거든요. 그래서…!"

"그런데 그 남자가… 그 나쁜 놈이… 네게 뭐라고 협박했니?"

"아무 협박도 하지 않았어요. 그 결투가 끝나고 다른 사람들이 나와 싸운 애를 돌보는 동안, 엄마한테 날 데려다주고 우리둘 다 배에 태우고 가겠다면서 남자가 여기로 데려왔어요. 그러더니 배 가까이 오자마자 갑자기 한마디 말도 없이 묶어버렸어요."

"그 사람이 누군지 아니? 이름을 알아?"

"전혀 몰라요. 그저 우리를, 엄마랑 나를 괴롭히는 사람이라는 것만 알아요."

"앞으로 내가 그 이유를 말해줄 테지만, 프랑수아야, 너는 더이상 그 사람 때문에 걱정할 필요가 없단다."

"오! 당신이 그 사람을 죽이신 건가요?"

"아니, 하지만 더 이상 해를 끼치지 못하게 만들어버렸지. 전부 알게 될 거다. 하지만 내 생각에 지금 당장 시급한 일은 어머니한테 가보는 일일 것 같구나."

"스테판 선생님이 그랬어요. 엄마가 저 잠수함 안에서 쉬고있고 엄마 역시 당신께서 구해주셨다고요. 엄마가 절 기다리고있지요?"

"그렇단다. 어젯밤에 네 엄마와 이야기를 나누면서 너를 반드시 찾아내겠다고 약속했단다. 날 믿으시는 것 같더구나. 그런데 스테판, 먼저 가셔서 우리가 도착한다고 아이 어머니한테 예고해주시는 게 좋을 것 같군요…."

오른쪽으로 천연 방파제를 이루며 줄줄이 늘어선 암석 끄트머리의 잔잔한 바다 위에 수정마개호가 떠 있었다. 그 주위로 십여 명의 모로코인들이 바쁘게 움직이고 있었다. 잠시 후 돈 루이스와 프랑수아는 두 모로코인이 단단히 붙들고 있는 가교를 타고 배에 올랐다.

응접실로 꾸며진 선실 안에서 베로니크가 긴 의자에 누워 있었다. 창백한 얼굴에는 지금껏 겪어온 형언할 수 없는 고통의 흔적이 남아 있었다. 여전히 매우 약하고 지쳐 있는 듯했다. 하지만 눈물이 글썽한 눈에는 기쁨이 가득했다.

프랑수아가 그 품으로 뛰어들었다. 베로니크는 한마디도 하지 못하고 울음을 터뜨렸다.

그 앞에서 만사형통이 엉덩이를 깔고 앉아 갸우뚱거리며 두 앞발을 휘저었다.

"엄마." 프랑수아가 불렀다. "여기 돈 루이스 씨가 와 계세요…."

베로니크는 돈 루이스의 손을 붙들고 긴 입맞춤을 보냈다. 프랑수아가 나직이 말했다.

"당신께서 엄마를 구해주셨어요…. 우리 둘을 구해주셨어요…."

돈 루이스가 아이의 말을 막았다.

"우리 프랑수아, 내 소원 하나만 들어줄래? 내게 감사하지 마

라. 누군가에게 고맙다고 하고 싶거든, 그래, 여기 네 친구 만사형통한테 하렴. 이 녀석이 중요한 역할을 맡았다고는 보지 않겠지. 그런데 너와 네 어머니를 괴롭힌 그 나쁜 남자와는 반대로 만사형통은 이목을 끌지 않으면서 똑똑하고 겸손한 착한 요정의 역할을 조용히 해주었단다."

"당신께서도 그러셨어요."

"오! 나는 겸손하지도 조용하지도 않아. 그래서 만사형통이 존경스럽단다. 자, 만사형통아, 이제 재주는 그만 부리고 나를 따라오렴. 안 그러면 밤새도록 그러고 있어야 할 거야. 이 어머니와 아들은 앞으로도 몇 시간이나 울어댈 테니까…."

8
신의 돌

수정마개호가 수면을 가르며 미끄러져 갔다. 돈 루이스는 스테판과 파트리스, 만사형통과 함께 둘러앉아 이야기를 나누었다.

"천하의 불량배 같은 보르스키 자식!" 돈 루이스가 내뱉었다. "내가 괴물 같은 놈들을 수없이 봐왔지만 그런 놈은 난생처음이었습니다."

"그렇다면 말입니다…." 파트리스 벨발이 항의하듯 말했다.

"그렇다면?" 돈 루이스가 되물었다.

"했던 이야기지만 다시 말씀드리겠습니다. 그런 괴물을 붙들었는데 그냥 풀어준단 말입니까! 윤리적으로도 문제가 있을 뿐만 아니라… 그자가 앞으로 저지를, 그래요, 필연적으로 저지르고 말 그 모든 악행을 한번 생각해보세요! 그자가 범죄를 저지르고 다닌다면 엄청난 책임이 돌아오지 않겠습니까?"

"당신도 그렇게 생각하십니까, 스테판?" 돈 루이스가 물었다.

"솔직히 말하면 저도 제 의견이 무엇인지 잘 모르겠군요." 스테판이 답했다. "프랑수아를 구하기 위해서라면 그 어떤 것도 양보할 준비가 되어 있었으니까요. 하지만 그렇다 해도….'"

"그렇다 해도 다른 해결책을 취했다면 더 좋았으리라고 생각한다는 말씀인가요?"

"솔직히 그렇습니다. 그 남자가 자유롭게 살아 있는 한 데르주몽 부인과 그 아들은 그자를 계속 두려워하며 지내야 할 테니까요."

"하지만 어떤 해결책이 있을까요? 나는 프랑수아를 구하는 대가로 그자를 내버려 두겠다고 약속했습니다. 놈을 살려주고 사법 당국에 넘긴다고 약속했어야 할까요?"

"그럴지도 모르지요." 벨발 대위가 말했다.

"좋습니다! 그렇게 되면 사법 당국이 사건을 심리해 결국 피고의 진정한 신원을 밝혀내고 베로니크 데르주몽과 프랑수아의 아버지를 되살리겠지요. 그걸 원하시는 겁니까?"

"아니, 아닙니다!" 스테판이 황급히 소리쳤다.

"저도 그리되는 걸 원하는 게 아닙니다." 파트리스 벨발도 당황하며 수긍했다. "그러한 해결책이 최선은 아닙니다. 하지만 저는 돈 루이스 당신이 우리 모두가 만족할 만한 해결책을 찾아내지 못하셨다는 점에 놀랐습니다."

"그런 해결책이라면 딱 하나밖에 없었지요." 돈 루이스 페레나가 딱 잘라 말했다.

"그게 무엇입니까!"

"죽음입니다."

잠시 침묵이 흘렀다.

돈 루이스가 다시 말을 꺼냈다.

"친구들, 여러분을 소위 법정 앞에 둘러앉힌 건 단순한 장난이 아니었으며 그 재판에서 심리가 끝난 것처럼 보여도 법관인 여러분의 역할은 끝나지 않았습니다. 심리는 진행 중이며 아직도 폐정되지 않았어요. 그래서 여러분께 솔직히 묻겠습니다. 보르스키의 사형이 마땅하다고 보십니까?"

"그렇습니다." 파트리스가 단언했다.

스테판도 수긍했다.

"예, 의심의 여지가 없지요."

"친구들." 돈 루이스가 말을 이었다. "여러분의 대답에 엄정함이 부족합니다. **마치 여러분이 피고를 마주 대하고 있듯** 격식을 갖추어 성심성의껏 대답해주시기를 부탁드립니다. 다시 여쭙지요. 보르스키에게 어떤 형을 내려야 할까요?"

사람들은 차례차례 손을 들며 말했다.

"사형입니다!"

돈 루이스가 휘파람을 불었다. 모로코인 한 사람이 달려왔다.

"쌍안경을 두 개 가져다주게, 핫지."

쌍안경이 도착하자 돈 루이스는 스테판과 파트리스에게 하나씩 나눠주었다.

"지금 우리는 사레크 섬에서 1.5킬로미터 남짓 떨어져 있습니다. 섬 끄트머리를 보세요. 배가 이미 출발했을 겁니다."

"그렇군요." 잠시 후 파트리스가 말했다.

"보이십니까, 스테판?"

"예, 그런데…."

"그런데요?"

"배에 한 사람밖에 없어요."

"정말 한 사람밖에 없군요." 파트리스도 말했다.

두 사람은 쌍안경을 내려놓았고 그중 한 사람이 말했다.

"한 명만 도망쳤다면… 당연히 보르스키겠군요…. 공모자였던 오토를 죽였을 겁니다."

돈 루이스가 이죽거렸다.

"오토가 보르스키를 죽였거나…."

"아니, 왜 그런 말씀을 하십니까…?"

"세상에, 보르스키가 어렸을 때 들었던 예언을 생각해보세요. '너는 친구의 손에 죽을 것이며 네 아내는 십자가에 매달려 죽으리니'라고 하지 않았습니까."

"그 예언만으로 그렇게 됐다고 간주할 순 없지요."

"다른 증거도 있습니다."

"어떤 증거요?"

"친애하는 친구들, 이건 마지막으로 함께 탐구해볼 문제 중 하나입니다. 가령 제가 어떤 방법으로 데르주몽 부인과 엘프리드 보르스키를 바꿔놓았는지 생각해보셨습니까?"

스테판이 고개를 끄덕였다.

"그 부분은 도무지 모르겠더군요."

"아주 간단했지요! 생각해보세요. 가령 응접실에서 어떤 신사가 카드를 감추는 묘기를 선보이거나 여러분의 생각을 읽어낸다고 해보십시오. 그러면 여러분은 이 신사가 어떤 속임수를 쓰고 있거나 누군가와 짰다고 생각하지 않겠습니까? 이번 경우도 크게 다르지 않습니다."

"아니! 그러면 공모자가 있었습니까?"

"물론이지요."

"누가 공모자입니까?"

"오토였습니다."

"오토! 하지만 당신은 우리 곁을 떠나신 적이 없었는데요! 그 사람과 말씀을 나눈 적도 없었잖아요?"

"그 사람이 도와주지 않았으면 내가 어떻게 성공했겠습니까? 사실 이 사건에서 제겐 두 명의 공모자가 있었습니다. 엘프리드와 오토지요. 두 사람은 모두 보르스키를 배신했습니다. 복수하겠다는 이유로, 혹은 두려움이나 순전한 욕심 때문에요. 스테판 씨가 보르스키를 요정 고인돌에서 멀리 유인하고 있을 때 나는 오토에게 접근했습니다. 지폐를 몇 장 찔러주고 이 사건에서 무사히 빠져나갈 수 있게 해준다고 약속하자 금방 합의가 이루어졌지요. 게다가 보르스키가 아르시냐 자매에게서 5만 프랑을 슬쩍했다는 사실까지 덤으로 가르쳐주었고요."

"그 사실은 어떻게 아셨습니까?" 스테판이 물었다.

"제1호 공모자인 엘프리드를 통해 알았지요. 당신은 보르스키가 다가오는지 지켜보는 중이고 나는 작은 목소리로 끊임없이 여자에게 질문을 퍼부어대던 바로 그때 말입니다. 여자는 결국 보르스키의 과거에 대해 자기가 아는 사실을 간단히 알려주었지요."

"결국 당신은 오토를 딱 한 번 보았군요."

"두 시간이 지나 엘프리드가 죽고 속이 빈 참나무에서 불꽃

놀이가 벌어진 후 요정 고인돌 아래에서 두 번째로 만났습니다. 보르스키는 술에 만취해 곯아떨어졌고 오토가 망을 보고 있었지요. 여러분께서 짐작하시다시피 이 기회를 이용해 이번 사건과 보르스키에 대해서 내가 알고 있던 사실을 보충할 수 있었습니다. 오토는 지난 2년간 자기가 증오해 마지않는 자기 두목에 대해 은밀히 정보를 수집하고 있었거든요. 나와의 대화가 끝나고 오토는 보르스키와 콘라트의 총에서 탄알을 빼놓았습니다. 아니, 화약은 빼되 탄피만 남겨두었다고 해야겠습니다. 그리고 마지막으로 보르스키의 회중시계와 수첩, 빈 메달과 몇 달 전 자기가 슬쩍 훔쳐놓았던 보르스키의 모친 사진을 내게 넘겼습니다. 나는 다음 날 봉안당 안에서 보르스키를 상대로 마법사 노릇을 하며 이 모든 것을 써먹었지요. 오토는 이렇듯 나와 한통속이 되어 움직였던 겁니다."

"그렇군요." 파트리스가 말했다. "그렇다 해도 설마 그 사람에게 보르스키를 죽이라고 하지는 않으셨겠지요?"

"아니지요."

"그렇다면 무슨 증거로…?"

"막판에 오토가 나와 짰다는 사실을 보르스키가 눈치채지 못했을 것 같습니까? 그 때문에 자기 계획이 모두 실패로 돌아갔다는 걸 말입니다. 또 오토가 그 가능성을 예상하지 않았으리라고 생각하시나요? 보르스키가 나무에서 풀려나면 복수하려고, 또 아르시냐 자매의 5만 프랑을 되찾기 위해서라도 오토를 죽이려 했을 겁니다. 그러니 오토가 선수를 치겠지요. 보르스키는 힘없고 무기력해서 이기기 쉬운 상태였으니까요. 오토가 보르스키를 찌릅니다. 아니, 더한 것도 가정해볼 수 있어요. 오토는 겁쟁이라 공격할 생각도 못 했을지 몰라요. 보르스키를 그저 나무 위에 내버려 두는 거지요. 그렇게 되면 온전한 형벌을 받는 셈입니다. 자, 이제 만족하십니까, 친구들? 정의가 충분히 구현되었다고 보시나요?"

파트리스와 스테판은 입을 다물었다. 돈 루이스가 묘사한 광경이 끔찍하게 다가왔던 것이다.

"아이고." 돈 루이스가 웃으며 말했다. "우리가 저 참나무 아래에 있을 때, 즉 살아 있는 사람 앞에서 여러분께 형을 선고해달라고 하지 않은 게 얼마나 잘한 일인지 모르겠습니다! 우리 판관님들께서는 그 순간 마음이 약해지셨을 거란 말이지요. 우리 세 번째 판관 나리도 마찬가지고요. 안 그러냐, 만사형통. 너도 감수성이 예민하고 눈물이 많지 않아? 게다가 나 역시 그렇습니다, 친구들. 우리는 사형선고를 내리고 사람을 죽이는 이들이 아닙니다. 그래도 보르스키란 인물이 누군지, 놈이 저지른 서른 번의 범죄와 그 잔혹한 수법들을 생각해보십시오. 따라서 눈먼 운명의 여신을 판관으로, 그리고 지독한 오토를 사형집행인으로 택한 건 잘한 일이었다고 나를 칭찬해주십시오. 신들의 뜻대로 모든 일이 이루어지기를…!"

사레크 섬이 수평선 부근에서 점점 가늘어졌다. 그러더니 바다와 하늘이 맞닿는 안갯속으로 사라져버렸다.

세 남자는 침묵을 지켰다. 세 사람은 모두 한 남자의 광기로 황폐해진 죽은 섬을 생각하고 있었다. 조만간 누군가가 섬에 와서 설명할 수 없는 비극의 흔적과 지하 통로 출구, 죽음의 방

을 포함한 지하 방들, 신의 돌이 있는 제실, 봉안당, 콘라트와
엘프리드의 시신, 아르시냐 자매들의 해골, 그리고 마침내 서
른 개의 관과 네 개의 십자가에 대한 예언이 새겨져 있는 요정
고인돌 근처에서 보르스키의 육중한 시신을 발견할 것이다. 까
마귀와 밤새에게 물어뜯긴 쓸쓸하고 초라한 그 시체를….

에필로그

아르카숑 근방, 만을 이루는 낭떠러지까지 소나무가 빼곡히 서 있는 물로라는 아름다운 마을의 한 별장.

베로니크가 정원에 나와 앉아 있었다. 일주일 동안 가뿐한 마음으로 쉰 덕분에 아름다운 얼굴은 생기를 되찾고 나쁜 기억의 흔적도 모조리 자취를 감추었다. 여자는 조금 떨어진 곳에서 아들이 돈 루이스 페레나의 말을 들으며 질문하는 모습을 미소 띤 얼굴로 바라보았다. 스테판에게도 눈길이 머물렀고 두 사람의 눈이 조용히 마주쳤다.

아이에 대한 애정으로 두 사람이 긴밀하게 묶여 있다는 것, 그리고 이러한 유대는 이들의 은밀한 생각과 어렴풋한 감정으로 더욱 끈끈해지고 있음을 모두가 느끼고 있었다. 스테판은 단 한 번도 검은 황무지의 감방에서 했던 고백에 대해 언급하지 않았다. 하지만 베로니크는 이를 잊지 않았으며 아들을 양육해준 남자에게 깊이 감사하는 마음과 그와는 별개로 느끼는 특별한 감정이 뒤섞여 마음속이 혼란스러웠다.

그날은 수정마개호에 일행을 태워 물로의 별장으로 데려다

놓은 직후 파리로 떠났던 돈 루이스와 파트리스 벨발이 예고도 없이 등장한 날이었다. 점심을 마친 이들은 한 시간 전부터 정원의 흔들의자에 앉아 있었다. 소년은 발갛게 상기된 얼굴로 자신을 구해준 사람에게 질문을 퍼붓고 있었다.

"그다음에는 무얼 하셨어요…? 그런데 어떻게 그걸 아신 거예요…? 그리고 그건 누가 알려줬나요…?"

"얘야." 베로니크가 타일렀다. "돈 루이스 씨를 너무 귀찮게 하는 게 아니니?"

"아닙니다, 부인." 돈 루이스가 일어나 베로니크 곁으로 다가와서 아이가 듣지 못하도록 작은 목소리로 대답했다. "천만에요. 전혀 귀찮지 않습니다. 오히려 아이의 질문에 대답해줄 필요가 있다고 봅니다. 그런데 솔직히 말씀드리자면 실수할까 봐 걱정스럽긴 합니다. 그래서 여쭙건대 아이가 이 사건에 대해 정확히 얼마나 알고 있습니까?"

"제가 아는 만큼은 알고 있어요. 물론 보르스키의 성은 제외하고요."

"그러면 보르스키의 이력에 대해서는요?"

"대충은 알고 있어요. 탈옥한 죄수인 보르스키가 사레크의 전설을 알게 된 뒤로 신의 돌을 차지하기 위해 예언을 실행에 옮겼다, 이렇게요. 예언의 몇 구절은 프랑수아한테 일부러 숨겼어요."

"엘프리드의 정체요? 부인에 대한 그 여자의 증오심이나 부인한테 했던 협박은요?"

"그저 광기에서 나온 헛소리며 나조차도 무슨 말인지 모르겠다고 이야기했어요."

돈 루이스가 빙그레 미소 지었다.

"설명이 다소 간단하군요." 이어서 말했다. "프랑수아도 이야기 일부는 자신이 알지 못할 것이고 알면 안 된다는 사실을 잘 이해한 것 같습니다. 중요한 건 보르스키가 자기 아버지임을 아이가 모른다는 사실 아니겠습니까?"

"그 사실은 모르고 있고 앞으로도 그럴 거예요."

"그렇다면(바로 그 이야기를 하고 싶었습니다) 아이 이름, 다시 말해 성은 어떻게 하실 겁니까?"

"무슨 말씀인가요?"

"아이가 자기 아버지가 누구라고 생각하겠느냐는 말입니다. 잘 아시겠지만 법적으로 따져보면 상황은 다음과 같아요. 프랑수아 보르스키는 14년 전에 난파 사고로 할아버지와 함께 죽었습니다. 그리고 보르스키도 1년 전에 동료에게 살해돼 죽었고요. 법적으로 보면 두 사람 모두 존재하지 않습니다. 그래서 여쭙는 겁니다만…?"

베로니크가 미소를 띤 채 고개를 끄덕였다.

"아, 모르겠네요. 상황이 정말 복잡하게 된 것 같아요. 하지만 모두 잘 풀릴 거예요."

"어째서요?"

"당신이 계시니까요."

이 말에 돈 루이스도 미소를 지어 보였다.

"기어이 내가 나서서 조치를 취해도 아무런 인정도 못 받을 겁니다. 어차피 모두 잘 풀릴 테니까요. 그러니 뭐하러 고생을 사서 하겠습니까?"

"거봐요, 제 말이 맞지요?"

"그렇군요." 돈 루이스의 어조가 심각해졌다. "그토록 고통받은 사람에게 더 이상 근심거리가 생겨서는 안 된다고 생각합니다. 이제부터 고통받는 일은 절대 없을 거라고 맹세하지요. 자, 내 제안은 이렇습니다. 예전에 부인께서는 먼 사촌 중 한 사람과 아버지가 반대하는 결혼을 했습니다. 그 남편은 죽고 두 사람 사이에서는 아들 한 명, 프랑수아를 두었지요. 그런데 당신 아버지가 복수하기 위해 이 아들을 납치해 사레크 섬으로 데려가신 겁니다. 부인 아버지가 돌아가심과 동시에 데르주몽이란 성은 사라지고 부인의 결혼과 관련한 그 모든 사실이 흔적도 없이 사라집니다."

"하지만 제 이름은 남아 있어요. 호적상 법적 이름은 베로니크 데르주몽이에요."

"부인의 처녀 시절 성은 결혼 후에 사라지지요."

"그렇다면 제 성은 보르스키인가요?"

"아닙니다. 부인께서는 보르스키 씨와 결혼한 게 아니라 사촌 중 한 사람과 결혼했고 그 사람 이름은…."

"무엇인가요?"

"장 마루였지요. 여기 부인께서 장 마루와 혼인했다는 정식 증명서입니다. 혼인 사실은 이 증명서뿐만 아니라 부인 호적상에도 기재되어 있지요."

베로니크가 돈 루이스를 깜짝 놀란 눈으로 쳐다봤다.

"하지만 왜…? 왜 이런 성을 쓰셨나요?"

"왜냐고요? 부인 아드님께서 데르주몽이란 성을 쓰지 않음으로써 옛일의 흔적을 떠올리지 않게 하기 위해서이고, 또한 보르스키는 반역자의 성이니 피해야 하기 때문이지요. 여기 프랑수아 마루의 출생증명서입니다."

베로니크는 얼굴이 붉어질 만큼 당황한 채로 반복해 물었다.

"하지만 어째서 이런 성을 선택하신 건가요?"

"프랑수아를 위해서입니다. 아이가 계속 함께 지내며 성장할 스테판 씨의 성이잖아요. 다들 스테판 씨가 남편의 친척이라고 생각할 것이고 따라서 그분이 부인과 친하다는 사실도 쉽게 설명할 수 있겠지요. 그게 내 계획이었습니다. 안심하세요. 어떤 문제도 생기지 않을 겁니다. 부인의 경우처럼 해결할 수 없고 고통스럽기 그지없는 상황에 닥치면 특수하고도 극단적인 조치, 솔직히 말씀드리지만 합법적이라고만은 할 수 없는 그런 조치를 취해야 하는 법이지요. 아무나 할 수 없는 일이지만 양심에 거리낌 없이 한 일입니다. 그렇게 하시겠습니까?"

베로니크가 고개를 숙여 보였다.

"예, 그렇게 할게요."

돈 루이스가 반쯤 일어서며 덧붙였다.

"몇 가지 불편한 점이 있을지도 모르겠습니다만, 시간이 지나며 차차 자연스럽게 해결될 겁니다. 가령(스테판 씨가 프랑수아의 어머니에게 느끼는 감정을 살짝 언급한다 해도 그리 경솔하다고는 생각하지 않습니다) 이성적 판단에 의해서건 감사하는 마음 때문이건, 프랑수아 어머니께서 이 감정을 받아들이기만 하시면 되는 일 아니겠습니까? 그렇게 되면 프랑수아가 이미 마루라는 성으로 불린다는 사실 덕분에 얼마나 일이 간단해지겠어요! 세간에서나 프랑수아에게나, 그 누구도 과거에 얽힌 비밀을 알아내지 못할 것이고 과거를 들춰낼 그 어떤 것도 남지 않는 셈이니 아주 쉽게 과거가 지워질 겁니다. 바로 이 점이 매우 중요하다고 생각했습니다. 부인께서도 같은 의견이라니 기쁘군요."

돈 루이스는 베로니크에게 정중히 인사하고 당황한 여인은 아랑곳하지 않은 채 곧바로 프랑수아에게 돌아와 큰 소리로 말했다.

"자, 애야, 지금부터 네 질문에 모두 답해주마. 속속들이 전부 알고 싶어 하는 모양이니 신의 돌과 그 돌을 탐내는 악당 이야기부터 해보자꾸나. 오! 그래, 악당 말이야." 돈 루이스는 보르스키에 대해 솔직히 말하지 못할 이유가 없다고 생각하며 되풀이해서 말했다. "그 악당은 내가 만났던 놈 중에서도 제일 지독한 놈이었는데 무슨 사명을 띠고 있다며…. 한마디로 정신이 이상한 미치광이였단다…."

"일단 제가 이해하지 못하는 게 있어요." 프랑수아가 지적했다. "악당들이 요정 고인돌에서 곤히 자고 있었는데도 당장 덮치지 않고 밤새도록 기다리셨다는 점이에요."

"아주 훌륭하구나, 애야." 돈 루이스가 웃으며 외쳤다. "예리하게 정곡을 찔렀어. 네 말대로 했으면 열두 시간이나 열다섯 시간은 일찍 일을 마무리 지었을 거야. 하지만 프랑수아 네가 풀려날 수 있었을까? 놈이 네가 있는 곳을 쉽게 알려주었을까? 그러지 않았을 거란다. 놈의 입을 열려면 '요리'를 해두어야 했지. 어리둥절한 채로 미칠 듯한 걱정과 불안에 시달리게 하고 여러 증거를 보여주면서 자신이 질 수밖에 없다는 느낌을 강하게 심어주어야 했단다. 그러지 않으면 놈은 입을 다물었을 테고 우리가 너를 찾아내지 못했을지도 몰라…. 더구나 그 순간은 계획이 아주 뚜렷하지 않았기 때문에 어떻게 결말을 보아야 할지 모르고 있었단다. 좀 더 지나고 나서야 놈에게 다른 고문을 가할 게 아니라(난 그런 짓은 못 하거든) 놈이 네 어머니를 죽이려 했던 그 나무에 묶어놓을 생각이 들었지. 조금 당황스럽기도 하고 망설이기도 했지만 결국 예언을 끝까지 밀어붙이기로 한 거란다. 자신을 예언자라고 자칭하는 놈이 늙은 드루이드 앞에 서면 어떤 행동을 보일까 알아보고 싶은 유치한 욕구도 있었단다. 즐겨보고 싶었다고나 할까. 어쩌겠니, 이야기가 너무도 음산한 바람에 재미난 요소를 덧붙여줄 필요가 있었어. 덕분에 실컷 웃었지. 이게 내 실수란다. 고생하고 있는 네게 정말 잘못한 일이니 용서해주렴."

아이는 함박웃음을 지었다. 돈 루이스는 양 무릎 사이에 선 아이를 꼭 끌어안으며 다시 물었다.

"용서해주겠니?"

"물론이지요. 하지만 조건이 있어요. 제 질문에 또 대답해주셔야 해요. 아직 질문이 두 개나 남았거든요. 첫 번째는 별로 중요하지 않지만…."

"말해보렴."

"반지에 대한 질문이에요. 우리 엄마 손가락에 끼웠다가 엘프리드 손가락에 끼워줬던 반지는 어디서 나신 거예요?"

"간밤에 말이다, 오래된 고리랑 색 돌을 가지고 몇 분 만에 뚝딱 만든 거란다."

"악당이 그 반지를 자기 어머니 반지라고 생각한 건가요?"

"알아봤다고 믿은 거야. 반지가 비슷하게 생겼으니까 그리 믿은 거지."

"그런데 어떻게 알고 계셨어요? 반지에 관한 이야기 말이에요."

"악당한테 직접 들었어."

"어떻게 그럴 수가 있어요?"

"세상에, 그럴 수가 있단다! 놈이 요정 고인돌 아래에서 자고 있을 때 말해준 거야…. 술주정뱅이의 악몽이었지…. 그자는 중얼중얼 자기 어머니에 관한 이야기를 늘어놓았어. 엘프리드도 어느 정도는 알고 있었고. 얼마나 간단한지 알겠지! 운이 꽤 좋기도 했어!"

"하지만 신의 돌에 대한 수수께끼는 간단하지가 않아요!" 프랑수아가 외쳤다. "그걸 아저씨께서 푸셨잖아요! 몇 세기 동안 답을 찾아 헤맸는데 아저씨는 고작 몇 시간 만에 푸셨잖아요!"

"아니지, 몇 분 만에 풀어냈단다, 프랑수아. 네 할아버지가 벨발 대위에게 그 문제에 대해 쓴 편지만 읽고 푼 거야. 내가 네 할아버지한테 신의 돌의 위치와 기적의 효능에 대해서 편지를 적어 보냈단다."

"그래요, 돈 루이스 씨." 아이가 외쳤다. "그 설명 좀 해주세요. 정말로 이게 제 마지막 질문이라고 약속드려요. 사람들이 어떻게 신의 돌의 효능을 믿기 시작한 거예요? 소위 말하는 효능이란 대체 무엇인가요?"

스테판과 파트리스도 의자를 끌어다 가까이 앉았다. 베로니크도 몸을 일으키고 귀를 기울였다. 이들은 돈 루이스가 자신이 수수께끼의 비밀을 풀어놓을 때 은근히 모두 모이기를 바란다는 사실을 깨달은 듯했다. 돈 루이스가 웃음을 터뜨렸다.

"그렇다고 대단한 걸 기대하지는 마세요." 그러고는 입을 열었다. "신비란 놈은 그 주변에 깔린 어둠 때문에 신비로 남는 법입니다. 어둠을 모두 걷어내고 나면 적나라한 현실의 형태로 남지요. 하지만 이번 경우는 현실 그 자체가 좀 대단하긴 했습니다."

"당연히 그래야겠지요." 파트리스 벨발이 말했다. "그 현실에 근거해 사레크 섬, 아니 브르타뉴 전체에 기적에 관한 전설이 퍼져 있었으니까요."

"그렇지요." 돈 루이스가 응수했다. "심지어 전설이 어찌나 뿌리 깊은지 오늘날의 우리에게도 영향을 미치고 있으며 여러분조차 기적이 존재한다는 강박관념에서 벗어나지 못했습니다."

"뭐라고요?" 대위가 반박했다. "나는 기적 따위를 믿은 적이 없어요."

"나도요." 소년도 똑똑하게 말했다.

"아니, 아닙니다. 여러분은 믿고 있어요. 기적이 일어날 수 있다고 믿고 있지요. 그렇지 않았다면 진작 이 수수께끼를 간파했을 겁니다."

"왜 그렇지요?"

돈 루이스는 자기 쪽으로 드리워진 가지에서 탐스러운 장미 꽃 한 송이를 꺾더니 프랑수아에게 물었다.

"이 꽃은 일반 장미꽃치고는 흔치 않게 큼직한데, 내가 이 꽃을 두 배로 크게 만들 수 있을까? 이 장미 나무를 두 배나 더 크게 만들 수 있을까?"

"당연히 못 하지요." 프랑수아가 단언했다.

"그렇다면 어째서 너는, 아니 여러분 모두는 마그녹 영감이 그런 일을 해낼 수 있었다고 인정하십니까? 섬의 특정한 장소에서 정해진 시간에 흙을 일구었을 뿐인데요. 이는 기적에 가까운 일인데 여러분은 의문을 제기해보지도 않았으며 무의식적으로 인정하고 말았습니다."

스테판이 반박했다.

"우리는 직접 보았기에 인정했을 뿐입니다."

"그런데 기적이라고 인정하신 거지요. 마그녹 영감이 특별한 방법을 써서, 즉 초자연적인 방법으로 일으킨 현상이라고 받아들이신 겁니다. 하지만 나는 데르주몽 씨의 편지에서 이 부분을 읽은 즉시, 음… 뭐랄까요…. '냄새를 맡았다'고나 할까요…. 엄청나게 큰 꽃과 십자가상 꽃밭이란 이름 사이에 연관을 지어보게 되더군요. '아니다, 마그녹 영감은 마법사가 아니야. 영감은 단지 언덕 주변에 버려진 땅을 갈아 부식토를 한 겹 깔았을 뿐인데 그런 비정상적인 꽃이 피어난 거야. 따라서 신의 돌은 그 아래에 있으며 중세 시대에도 이런 비정상적인 꽃들을 피어나게 했을 거야. 드루이드교 시대에는 병자를 치유하고 어린이를 튼튼하게 했겠지'라고 생각한 겁니다."

"그렇다면 말입니다." 파트리스가 지적했다. "그 말이 곧 기적이 존재한다는 게 아닌가요."

"초자연적인 설명을 받아들인다면 기적이라고 할 수 있지요. 하지만 기적처럼 보이는 현상을 일으킬 물리적 원인을 찾아낸다면 그저 자연과학에 따른 현상이라 해야 마땅합니다."

"물리적 원인은 존재하지 않아요!"

"그렇게 어마어마하게 큰 꽃이 존재하니 분명 원인이 있을 겁니다."

"그렇다면." 파트리스가 약간 비꼬듯 물었다. "자연적으로 사람을 치유하거나 강화시키는 돌이 존재한다는 겁니까? 그리고 그 돌이 신의 돌이라는 거고요?"

"유일무이한 특수한 돌이 존재한다는 게 아닙니다. 산화우라늄이나 은, 납, 구리, 니켈, 코발트 등 다양한 금속 성분으로 이루어진 광맥이 바위산이나 구릉지, 암석이나 돌무더기 따위에 포함되어 있을 수 있어요. 이러한 금속 성분 중에는 방사능이라고 하는 좀 더 독특한 속성을 띤 특별한 광선을 내뿜는 물질이 있습니다. 이 물질이 함유된 광맥을 역청 우라늄광이라고 부르는데 유럽에서는 북부 지방이나 보헤미아 지방에서만 찾아볼 수 있고, 요아힘스탈이라는 작은 마을 근처에서 개발되었다는 기록도 있더군요…. 방사능 물질로는 우라늄과 토륨, 헬륨 그리고 무엇보다 이번 경우에 문제가 된…."

"라듐이 있지요." 프랑수아가 끼어들었다.

"바로 맞혔다, 얘야. 라듐이 있지. 방사능 현상은 거의 모든 자연현상에 존재하고 있어. 가령 온천수의 효능을 그 예로 들

수 있단다. 그런데 라듐같이 방사능 효과가 두드러지는 물질은 매우 뚜렷한 속성을 띠고 있어. 가령 라듐의 방사 현상은 식물의 생장에 마치 전류가 흐를 때 발생하는 것과 유사한 효능을 발휘한단다. 두 가지 경우 모두 영양 전달 물질이 자극을 받아 식물 생장에 필요한 요소를 더욱 쉽게 전달하여 생장을 촉진하지. 라듐 방사가 생물체 세포에 생리적 영향을 미친다는 사실에는 의심의 여지가 없어. 세포에 상당히 큰 변화를 일으켜 일부 세포는 죽이고 다른 세포는 더욱 발달시켜 세포의 진화 양상을 조절하지. 라듐 치료 요법을 이용해 류머티즘 관절염이나 신경 불안, 궤양, 습진, 종양 등을 치료하거나 상태를 호전시킬 수 있다고 보고된 바 있어. 다시 말해 라듐은 현실적으로 효험이 있는 치료 물질이란 말이지."

스테판이 말했다. "당신은 그럼 신의 돌이…"

"신의 돌이 요아힘스탈 광맥에서 추출된 라듐을 함유한 역청 우라늄광 덩어리라고 봅니다. 옛날에 구릉지 사면에서 뽑아냈다는 돌에 관한 보헤미아 전설을 오래전부터 알고 있었고 언젠가 여행을 떠났을 때 그 돌을 추출해낸 빈 자국을 볼 기회도 있었지요. 그 크기가 신의 돌과 거의 비슷했습니다."

스테판이 반박했다. "하지만 라듐은 미세한 입자 상태로 암석에 들어 있습니다. 1400톤의 암석 덩어리를 채취해 세척하고 가공해봤자 겨우 라듐 1그램을 얻을 수 있단 말입니다. 그런데 당신은 기껏해야 200톤에 불과한 신의 돌에 그런 기적적인 효능이 있다고 말씀하시는 건가요…"

"이 돌에는 라듐 함유량이 상당히 높습니다. 인색하게 구는 자연이 여기저기에 라듐을 희석해놓은 것만은 아니란 말입니다. 자연이(마치 즐기듯이) 신의 돌 안에 상당한 양의 라듐을 축적해놓은 덕분에 모두가 알다시피 놀라운 현상을 일으킬 수 있었던 겁니다…. 물론 사람들의 입을 거치며 과장된 이야기는 잘 구분해야 하지만 말입니다."

스테판도 점점 수긍하는 눈치였다. 하지만 또다시 지적했다.

"마지막 질문입니다. 신의 돌 말고도 마그녹 영감님이 납으로 된 왕홀 안에서 발견한 작은 돌 조각이 있었지요. 그 돌을 계속 쥐고 있다가 영감님이 손을 데지 않았습니까. 당신이 보기에는 그게 라듐 알갱이였을까요?"

"틀림없습니다. 이번 사건 전체에서 이 일화만큼 라듐의 존재와 효능을 말해주는 부분은 없을 겁니다. 위대한 물리학자 앙리 베크렐(1903년에 퀴리 부부와 더불어 노벨 물리학상을 받음－옮긴이)이 조끼 주머니에 미세한 라듐 입자가 담긴 용기를 담고 다녔는데 며칠 후 피부에 화농성 궤양이 생깁니다. 퀴리가 이를 시험 삼아 반복해보았는데 같은 결과가 나타났지요. 마그녹 영감은 라듐 알갱이를 손에 쥐고 있었으니 더욱 심각했을 겁니다. 암 종양같이 보이는 상처가 생겼지요. 지옥 불처럼 화상을 입히고 '생명이나 죽음을 주는' 기적의 돌에 대해 알고 있던 노인은 자신이 했던 모든 말에 겁을 먹고 손을 잘라내지요."

"좋습니다." 스테판이 말했다. "하지만 그 순도 높은 라듐 알갱이가 어디서 나온 걸까요? 신의 돌 조각일 순 없어요. 아무리 순도 높은 광석이라도 라듐은 미세 입자 형태로 융해되어 있으니까요. 광석을 녹이고 일련의 과정을 거쳐 라듐을 추출한 후 결정화시켜야 합니다. 더구나 이 같은 모든 과정을 수행하려면 엄청난 규모의 설비가 필요해요. 공장, 연구소, 학자들 등…. 다시 말해 우리 켈트족 조상의 야만적 수준과는 상당한 차이가 있는 문명 수준이 필요하다는 말입니다….”

돈 루이스는 미소를 지으며 젊은이의 어깨를 두드렸다.

“아주 훌륭해요, 스테판. 프랑수아의 스승이자 친구인 당신이 명민하고 논리적인 사람인 걸 보니 기쁘군요. 충분히 합당한 이의 제기며 나 역시 곧장 그런 의문을 품었습니다. 몇 가지 논리 정연한 가설을 들어 그 의문에 답해볼 수 있을 것 같습니다. 자연적으로 라듐을 분리해내는 방법을 한번 가정해보겠습니다. 가령 화강암 단층 내부 깊숙한 곳에 방사능 물질을 함유한 커다란 광혈이 형성되어 있다고 상상해봅시다. 그런데 그 속에 작은 균열이 생겨 강물이 서서히 스며들었습니다. 강물은 라듐 입자를 싣고 오랜 시간 협곡 지대를 흐르다가 물길이 만나는 지점에서 모이기도 하지요. 이렇게 수 세기가 흐른 뒤 어딘가로 한 방울씩 똑똑 떨어집니다. 그러면 수분이 증발하고 남은, 즉 길쭉한 종유석 모양의 라듐 응축 덩어리가 형성되겠지요. 그러던 어느 날 켈트족 전사가 그 끄트머리를 부수고…. 하지만 힘들게 그런 가설까지 들어야 할 필요가 있을까요? 그저 무궁무진한 자연이 스스로 이런 일을 해냈다고 생각하면 되지 않을까요? 자연이 순수한 라듐 알갱이를 만들어내는 것이, 체리 한 알을 익히는 것이나 이 장미꽃을 피워내는 것… 또는 사랑스러운 만사형통에게 생명을 부여하는 것보다 더 놀라운 일일까요? 프랑수아 얘야, 너는 어떻게 생각하니? 우리는 같은 의견이니?"

"우리는 항상 같은 의견이지요." 아이가 대답했다.

"신의 돌이 기적을 낳아 아쉽게 생각하지는 않니?"

"그래도 기적은 항상 존재하는걸요!"

"네 말이 맞다, 프랑수아. 기적은 항상 존재하고 100배는 더 아름답고 찬란하게 빛나지. 과학은 기적을 죽이는 게 아니라 순수하고 고귀하게 해. 야만적인 족장이나 사제의 무지한 상상력에 따라 마법 지팡이를 내뻗는 대로 마구잡이로 작용하는, 그 악하고 교활하며 변덕스럽고 이해할 수 없는 작은 힘의 정체는 무엇이었을까? 오늘날의 라듐 입자가 가진 효능 역시 기적적이란 점에선 다르지 않으나 분명하고 정당하며 이로운 효능에 비하면 그건 대체 무엇이었을까…?"

돈 루이스는 갑자기 입을 꾹 다물더니 껄껄 웃어젖혔다.

"이런! 흥분해서 그만 과학 예찬으로 빠지고 말았군요. 죄송합니다, 부인." 돈 루이스는 일어서서 베로니크 곁으로 다가가며 말했다. "이러한 설명이 너무 지루하진 않으셨는지요. 아니셨나요? 그런가요? 뭐, 다행히 이제 끝났습니다…. 아니, 거의 다 끝났지요. 딱 한 가지만 밝히면 됩니다. 즉 내려야 할 결정이 딱 하나 남았지요."

이렇게 말하며 베로니크 곁에 앉았다.

"자, 바로 이겁니다. 이제 우리가 신의 돌을 손에 넣었습니다. 진정한 보물을 어떻게 해야 할까요?"

베로니크가 화들짝 놀라 힘주어 말했다.

"오! 그 일이라면 말씀하실 필요도 없어요. 사레크에서 온 것이나 수도원 집에 있던 것이라면 그 어떤 것도 원치 않아요. 열심히 일해서 우리 힘으로 살아갈 겁니다."

"그래도 수도원 집은 부인의 소유인데요."

"아니, 아니에요. 베로니크 데르주몽은 더 이상 존재하지 않으니 수도원 집은 그 누구의 소유도 아니지요. 모든 걸 경매로 팔아버렸으면 해요! 저주받은 과거에서 온 건 어떤 것도 원치 않아요."

"그러면 어떻게 생계를 유지하시겠습니까?"

"예전부터 그랬듯이 일할 거예요. 프랑수아도 이 결정에 동의하리라고 확신해요. 안 그러니, 얘야?"

그리고 스테판에게 몸을 돌려 당신도 의견을 낼 권리가 있다는 듯 바라보며 덧붙였다.

"당신도 동의하시겠지요. 아닌가요, 친구?"

"전적으로 동의합니다." 스테판이 대답했다.

베로니크는 바로 말을 이었다.

"그뿐만 아니라 아버지가 제게 애정이 있다는 건 의심하지 않지만 재산과 관련해서는 어떤 뜻을 가졌는지 증명해줄 서류가 없어요."

"그 서류라면 드릴 수 있습니다." 돈 루이스가 말했다.

"어떻게요?"

"파트리스와 나는 사레크로 되돌아갔습니다. 마그녹 영감 방에 있던 책상의 비밀 서랍 깊숙한 곳에서 아무런 주소도 쓰여 있지 않은 봉인된 봉투를 찾아냈지요. 우리가 그 봉투를 열어보았습니다. 그 안에 2만 프랑짜리 유가증권과 다음과 같은 글이 적힌 종이가 들어 있었습니다."

내가 죽고 나면 마그녹이 이 증권을 내 손자 프랑수아를 맡아 키울 스테판 마루에게 전달한다. 프랑수아가 열여덟 살이 되면 유가증권을 온전히 소유한다. 아울러 내 손주가 자기 어머니를 되찾아 나를 위해 함께 기도해줄 수 있기를 바란다. 두 사람에게 모두 축복을 보낸다.

"자 여기, 증권입니다." 돈 루이스가 말했다…. "그리고 편지도요. 올해 4월에 쓴 것이로군요."

베로니크는 아주 놀랐다. 돈 루이스를 바라보면서, 실은 이 기묘한 남자가 자신과 아들이 경제적 걱정 없이 지내도록 전부 꾸며낸 이야기일지도 모른다는 생각마저 들었다. 하지만 그러한 생각은 금세 사라졌다. 자신이 죽은 후 손주가 겪을 어려움을 예상한 데르주몽의 지극히 자연스러운 행동이었을 테니까. 베로니크가 작게 말했다.

"제게 거절할 권리가 없는 것 같군요…."

"물론입니다." 돈 루이스가 외쳤다. "부인과 상관없이 부친께서 프랑수아와 스테판에게 남긴 재산이니까요. 이 점에 대해서는 우리가 합의를 본 셈이로군요. 그러면 신의 돌 문제가 남는데, 다시 여쭙겠습니다. 이걸 어떻게 할까요? 이건 누구의 소유입니까?"

"당신 소유지요." 베로니크가 잘라 말했다.

"내 소유요?"

"예, 당신이 직접 발견했고 그 속에 담긴 진정한 의미를 알아내셨으니까요."

돈 루이스가 지적했다.

"이 돌덩어리에 헤아릴 수 없이 큰 가치가 있다는 사실을 상기시켜야 하겠군요. 아무리 자연이 위대한 기적을 일으킨다 해도 이토록 귀한 물질을 고농도의 작은 크기로 응축하기란 쉽지 않습니다. 가히 경이로운 우연의 일치라고밖에 할 수 없지요. 그러니 보물 중의 보물입니다."

"더욱 잘됐군요." 베로니크가 말했다. "그 누구보다도 잘 알아서 처분하시리라 믿습니다."

돈 루이스는 잠시 생각에 잠기더니 웃으며 결론지었다.

"부인 말씀이 맞습니다. 솔직히 말씀드리면 이러한 결말을 예상하고 있었습니다. 일단 사레크에 소유한 부동산의 권리증서 덕분에 신의 돌에 대한 합법적인 권리를 내가 가지고 있습니다. 또 그 돌이 내게 꼭 필요하기도 하고요. 세상에, 보헤미아 왕들의 묘석이 지닌 마법의 힘이 다하지 않았다는 말입니다. 이 힘이 아직도 어떤 부족에게는 과거 우리 선조인 골족에게 행했던 만큼의 권능을 지니고 있고, 마침 이런 힘이 필요한 멋진 일을 하나 꾸미고 있거든요(《호랑이 이빨》참조-글쓴이). 몇 년 후면 진행 중인 일이 끝날 거고 그러면 신의 돌을 프랑스로 다시 가져와 내가 설립하고자 하는 국립 연구소에 기증하도록 하지요. 그러면 신의 돌 때문에 저질러진 모든 악이 과학을 통해 정화되고 사레크의 고통스러웠던 사건이 조금이나마 바로

잡힐 겁니다. 동의하나요, 부인?"

베로니크가 손을 내밀었다.

"진심으로요."

한참 침묵이 흐른 후 돈 루이스 페레나가 다시 말했다.

"오! 그렇습니다. 고통스러운 사건이었고 이루 형언할 수 없이 끔찍했지요. 나는 지금껏 온갖 끔찍한 일을 겪어왔고 그중에는 아직도 불안한 기억으로 남아 있는 일이 있습니다. 하지만 이번 일은 그 모든 수준을 뛰어넘었습니다. 모든 현실을, 인간적 고통을 뛰어넘었지요. 이번 사건은 미친 사람의 행동이 불러온 결과임이 틀림없습니다…. 이는 우리가 광기와 방황의 시대를 살아가고 있기에 가능했을 것이고요. 전쟁이 벌어진 탓에 그런 괴물 같은 인간이 마음 놓고 안전한 곳에 틀어박혀 그 따위 범죄를 고안해 실천에 옮길 수 있었던 겁니다. 평화로운 시기에는 괴물이 자신의 망상을 끝까지 실현할 여유가 없지요. 하지만 지금, 저 고립된 섬에서 그 악마가 비정상적이고 특수한 조건을 찾아냈던 겁니다…."

"그 모든 이야기는 그만해주세요. 그렇게 해주시겠어요?" 베로니크가 가늘게 떨리는 목소리로 속삭였다.

돈 루이스는 젊은 여인의 손에 입을 맞춘 후 두 팔로 만사형통을 번쩍 들어 안았다.

"부인 말씀이 맞습니다. 이 이야기는 그만두지요. 안 그러면 또 눈물을 흘릴 테고 만사형통이 울적해질 테니까요. 만사형통아, 사랑스러운 만사형통아, 이 끔찍한 사건에 대해 더는 말하지 말자꾸나. 그래도 깜찍하고 아름다운 일화는 몇 가지 이야기해도 되겠지. 안 그러냐, 만사형통? 마그녹 영감의 거대한 꽃 송이가 가득하던 정원을 기억하고 있지? 그리고 신의 돌 전설 과 자기네 왕들의 묘석을 끌고 방랑하던 켈트족 이야기, 생명 을 주는 기적의 입자를 끝없이 내뿜은 라듐 포석 이야기까지 말이야. 만사형통아, 이렇듯 근사한 이야기도 많지 않았니? 단 지 말이다, 내가 만약 서른 개의 관이 있는 섬에 관한 이야기를 써야 하는 소설가라면 끔찍한 진실보다는 네가 한 역할에 훨씬 더 큰 비중을 둘 테다. 말만 번지르르하고 피곤한 인간인 돈 루 이스가 끼어든 부분을 없애버리고 말이야. 네가 바로 끈질기고 조용한 구원자가 되는 거야. 네가 그 혐오스러운 괴물에 맞설 테고 그자가 꾸며놓은 작전을 좌절시켜 결국에는 훌륭한 본성 의 힘으로 악을 처단하고 미덕을 승리로 이끌 테지. 그렇게 된 다면 훨씬 좋을 텐데 말이야. 왠지 아니, 감미로운 만사형통아. 그건 바로 너보다 더 분명한 방식으로 우리에게 중요한 사실을 증명해주는 이가 없기 때문이란다. 살면서 모든 일은 해결되게 마련이고 결국 만사형통이라는 사실을 말이야⋯."